倾城之心 上

伍家格格 / 著

重庆出版集团 重庆出版社

图书在版编目(CIP)数据

倾城之心 / 伍家格格著. —重庆：重庆出版社，2014.8
ISBN 978-7-229-08371-7

Ⅰ.①倾… Ⅱ.①伍… Ⅲ.①言情小说—中国—当代 Ⅳ.①I247.5

中国版本图书馆 CIP 数据核字 (2014) 第 153605 号

倾城之心
QINGCHENG ZHI XIN

伍家格格 著

出 版 人：罗小卫
责任编辑：王 淋
责任校对：温雪梅
装帧设计：意书坊

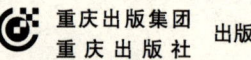
重庆出版集团 出版
重庆出版社

重庆长江二路 205 号 邮政编码：400016 http://www.cqph.com
重庆出版集团艺术设计有限公司制版
重庆市国丰印务有限责任公司印刷
重庆出版集团图书发行有限公司发行
E-MAIL:fxchu@cqph.com 邮购电话：023-68809452
全国新华书店经销

开本：720mm×1 020mm 1/16 印张：33 字数：624 千
2014 年 8 月第 1 版 2014 年 8 月第 1 次印刷
ISBN 978-7-229-08371-7
定价：52.00 元

如有印装质量问题，请向本集团图书发行公司调换：023-68706683

版权所有 侵权必究

目 录 Contents

楔　子	重逢，静水流长，沧笙踏歌	/001
第一章	过往，执子之手，一笑倾城	/005
第二章	过往，轻轻温柔，桃花盛放	/033
第三章	过往，不念纠葛，不望相守	/061
第四章	过往，窥见真心，花开正艳	/084
第五章	过往，事在人为，爱在人心	/114
第六章	过往，花开花谢，情真情假	/139
第七章	现今，所有重逢，心皆安宁	/162
第八章	现今，爱情不再，原地等你	/185
第九章	现今，爱且深爱，放且全放	/213
第十章	现今，如花美眷，常思朝暮	/246
第十一章	现今，得而忘忧，给而忘心	/275
第十二章	现今，一场一笑，一泪一殇	/289
第十三章	现今，舍之与得，一切随缘	/318
第十四章	现今，质问真心，情深不寿	/337
第十五章	现今，一叶一追，一花一世	/363
第十六章	现今，无悔倾情，爱在我在	/394
第十七章	现今，一瓣心香，默默相伴	/416
第十八章	现今，心若清净，情可长存	/440
第十九章	现今，红尘初心，天涯海角	/473

番外　/512

楔子
重逢，静水流长，沧笙踏歌

C市，九月。

天迪大厦十八层的某间圆形办公室，纯白的墙壁上未做任何装饰，连一幅简单的挂画都没有，甚至和房间墙面面积对半分的弧形落地窗上连落地窗帘都没装，仅是整块一尘不染的透明玻璃，远眺出去，天空蓝得十分纯净，让人的心瞬间开阔起来。

办公室中央放了张两米长的半圆形办公桌，这套桌椅成了房间里唯一一套物件，再无其他。

此刻，一个神情激动的女孩正趴在办公桌前对着坐在桌后大班椅里的女子连续说着话。"你说说，裴医生，他怎么能这样对我？我对他那么好，洗衣做饭擦地，等等等等，从无怨言，他怎么能和我分手？"

半小时后，女孩子说到悲愤之处，竟号啕大哭，"他、他怎么可以这样对我……"

身着米白色齐膝裙的裴衿衿从手边抽了张纸巾递给女孩，目光柔和地看着她，用一种伤痛万分的口气轻声道："好几年前，在一个陌生的城市，我落魄得身无分文，没地住，没饭吃。有一个男人好心收留了我。"

裴衿衿停顿了，女孩抹干眼泪，问道："后来呢？"

"后来，日久生情，我喜欢上了他。"

"再然后呢？"

"再后来，他抛弃了我，我又变得一无所有。没工作、没钱、没住没吃。"

女孩诧异地看着裴衿衿，"这么惨？"

"是啊，很惨，比你现在惨多了。曾经我们都以为自己失去某个人就会活不下去，其实失去爱情死不了人，它只会于你忽然想起它时在你心里最软的地方扎上一针，然后我们欲哭无泪，随后辗转反侧，慢慢地久病成医，最后我们百炼成钢。我不是风儿，他也不是沙，再缠绵也到不了天涯。回头我一想，我这辈子见的帅哥还不够多，活个七老八十兴许能看够。"说着，裴衿衿对着女孩漾开两个梨涡，用一种苦尽甘来的语气说道，"你看我现在，没走投无路饿死、急死。你这么漂亮，又聪明，用不了多久，肯定比我混得好。"

女孩将裴衿衿上下打量了一番，认同地点点头，"我想也是。"

"那，一起吃午饭？"

"下次吧。"女孩子捏紧自己的包带，"我得尽早混得比你好。哎，不是我说你，裴医生，你当年也太挫了，那么惨。行了，我走了。"拉开房门时，女孩回头看着裴衿衿，问她，"裴医生，你用多久抚平伤痛的？"

窗外的阳光斜斜地投射在裴衿衿的背后，背光的暗影里，她的笑容温和而平静，连声音都静若蓝湖的水面，无波无痕。

她答："五年。"

时间好快，一晃，五年了。

女孩走后，裴衿衿的办公室门被敲响。

"请进。"

何文笑嘻嘻跳了进来："到底是我们的裴大美女，这么快就搞定了'哀怨姐'。"

"呵。"裴衿衿笑着站起身，"她只不过需要一个倾诉机会和一个比她经历还惨的人，将自己的快乐建立在别人痛苦上的病人算是最好治的，你比她惨，她立马就心理平衡了。"

见裴衿衿从办公桌底拿出一套衣服，何文问，"要去见'困难户'？"

"嗯。这个，真会让我一个头两个大了。"

*

希金大厦。二十六层。

上午九点五十九分，将齐肩梨花头盘起，穿着一套天蓝色西装裙的裴衿衿站在一扇办公室门前，秒针跳到十点整的一瞬间，优雅地抬手，敲门。

很快，里面传来一个公式化很足的女声："进来。"

闻声，涂着黑色指甲油的纤指扭开门，踩着八公分的细跟皮鞋，裴衿衿走进房内。

"……这 case 我需要再考虑一下。"正靠窗打着电话的田心回头看眼裴衿衿，用手指了下她办公桌前的椅子，"坐。"

裴衿衿浅浅一笑，示意田心先忙她的事情。

几分钟后，田心对着电话那端的人说道："这样吧，下午我给你电话。嗯，拜。"收了线，田心转身坐到办公椅上，一改刚才的干练，整个人透着无力感，神情幽怨，"你总这么准时。"

裴衿衿微微笑了笑，问她，"吵了多久？"

田心长长地叹了口气，"哎，破纪录，三小时。"

看着面前妆容精致的女子，裴衿衿真有种想撬开她脑子一看究竟的想法，外企高管，收入丰厚，家境殷实，走哪都有十足的御姐范，可她却和一个与她年纪差了整整十岁的人恋爱。虽说爱情不分年纪性别职业身高胖瘦美丑，甚至不分物种，但两人既然爱得死去活来，能不能不要在男孩出国念书后以每个星期三小吵一大吵的频率造成女方出现心理疾病呢？

"衿衿，我没安全感，我觉得他在澳洲一年变得越来越不爱我了，你说，他的身边会不会有别人？"

裴衿衿直接道："我现在帮你订飞澳洲的机票？"

"不不不。"田心惶恐，"我害怕看见自己不想看到的场面。"

"衿衿，你知道，我和他相爱三年，这三年里……"

在秒针的一圈一圈里，田心将复述了一年的话又对裴衿衿说了一遍，直到她疲惫，迷茫，不知所措。

"田心，甩了他。"

下一秒，田心坚决道："不，我要和他在一起。"

房间里安静下来，裴衿衿在田心的眼睛里看到了清晰的坚持，站起身，姿态强势地对着她道："听着，田心，女人要有骨气，要么谈恋爱到结婚，要么玩玩别当真，要不就高傲地单身。不必用自己的青春调教别人的老公还那么认真！"

如之前的每一次般，裴衿衿转身后，田心坚定地说三个字。

"我要他！"

裴衿衿勾勾唇，潇洒地走了出去。

没有信任没有安全感的爱情，单靠心理医师一次次的帮助到不了终点。

希金大厦首层的金色大厅，华壁照人，辉煌尽显。与裴衿衿先前进楼不同的是，许多媒体人拿着"长枪短炮"在等候着什么大人物，素来事不关己高高挂起的裴衿衿蹬着高跟鞋目不斜视地朝门口走去。

"来了。来了。"大厅里的记者们开始骚动。

净可映人的大厦门口，一团西装革履的男人簇拥着一个气宇轩昂的俊拔男子快步走了进来。很快，那团人走过裴衿衿的身边，人声嘈杂闪光灯频闪的大厅里无一人关注到她，所有人的目光都在被众人围着的男子身上。

"施先生，为什么你会亲自参加这次会议呢？"

"施先生，有关你是施氏财团下一任董事长的传闻是真的吗？"

"施先生,你的研究……"

天蓝色身影的脚步渐渐慢下来。终于,停住。静静地站在原地,却固执地不转身。

有着一张比女人更精致面孔的男子一言不发地在众人的簇拥中走进电梯,电梯门合上的刹那,他眼明手快地揿下开门键,视线落在门口的天蓝色背影上。

是她!

第一章
过往，执子之手，一笑倾城

五年前。初夏夜。

Y市，C大天文楼楼顶。

一个身型修长的男子正将从天文望远镜中看到的星空变化标注在记录本星图上，低头写字时，额前几缕发丝落到他的眉前，一张五官比女孩更为精致的脸庞愈发显得细致如天雕，白色长袖衬衫的袖子随意卷到他的手肘处，黑色腕表的表盘比一般男士手表的表盘还要大一个号，里面好几个精度精确到0.01的标尺，标着常人看不懂的字符。

忙了一会后，男子合上笔记本，将钢笔放进衬衫的左胸口袋，转身下楼，刚走了几步，裤兜里的手机振动起来。

"施南笙。"

"哈哈……"电话那端传来让人听了感觉十分清爽的笑声，紧接着，一句故意变调的称呼响起，"小爷的施美人。"

被调戏的施南笙将走向电梯的脚步一改方向，走进楼梯间，闲着步调儿一级一级地下楼，回击着电话里的男孩，"今天世瑾琰小朋友不用在杰西卡老师的监督下背西方经济学了？"

"施南笙，你悠着点对我啊，刺激我这种患有'间歇性不定期发作神经病'的患者是很危险的。"

施南笙轻笑出声："随便你发作，听说英国的精神病医院护工服务不错，回头你给评价评价。"

"嘿嘿，明天，回国。"

"哟，完成了对剑桥大学女生的残害任务，你的将军老爹批准你从'前线'回来了？"

世瑾琰扯了下嘴角："他哪有时间管我呀。再说了，用你那比小爷少一个点的智商想想，我会选择他在Y市的时间回国吗。哎，你在干吗？"

"去物理楼的路上。"

"这么勤奋？"刚说完，世瑾琰那边也来了事，"哎，不说了，有事要忙了，回去联系。"

"行。"

世瑾琰感慨一句："啧，女人当男人用、男人当动物用的研二哟。"

晚上十点。赶在保安查楼前的一刻钟，施南笙关掉电脑，拿起手边的几本物理书刊走出大楼。

一个穿着整齐干净的男人从一辆黑色房车中走下来，迎到施南笙的面前："少爷。"

"我今天不住家。"

男人面有难色，"可夫人交代……"

施南笙拿着书本朝楼前停车区走去，边道，"我会和我妈说的。"

黑色沃尔沃渐行渐快地从黑色房车边开过，直至消失在C大校门外的道路尽头。

*

Y市远郊，沁春园。

沁春园远离市中心，按着寻常理念该是个很一般的地方，但园内一百零八栋单楼别墅却非任何人都能买得到。Y市早就传言，想在沁春园里住，不但要有钱，还得有权有势。僻与静，恰恰成了沁春园的招牌噱头，别墅群配备了森严的守卫系统来严密保护户主们的隐私，保障生活其内的人不受外界的一点骚扰。

忽儿，一道刺耳的急刹声响在宁静的公路上。

施南笙解开自己的安全带，从后排拿出自己的随车天文望远镜在路边快速架设好，连拍了好些照片，观察近半小时后才结束。

奇怪，今天晚上怎么会出现天琴座流星雨？施南笙一边纳闷，一边将设备收起放进车内，心中想着到沁春园后要忙的事情。

嘭、嘭嘭。

"唔唔，唔……"

什么声音？施南笙慢慢将后座车门关上，转身朝四周看了看。

远离城市的繁华和人造灯光，满天星光微微照亮着郊区夜里的视野，辨识到声源的位置，施南笙在车边观察了一阵，不远处一个黑色物体里发出的声音似乎开始小了。

多一事不如少一事。施南笙拉开了驾驶室的车门，一条修长的腿已跨进了车内，莫名的，下一个动作停住了。

万一是……

关上车门，施南笙慢慢走近路基下一团黑乎乎的物体，星光太淡，他不得不掏出手机照了下物体。一个黑漆漆的大箱子？

"唔……"一个细细的声音从箱子里传了出来。

施南笙小心翼翼将箱子拆开，打开一看，不由得大吃一惊。真是个……人！

呼吸的空气突然变得充足，盒子里神志不清的人本能般嗅到了生存下去的希望，挣扎着想逃出来，试了几次都没成功。看着她一次次跌倒在箱子里，施南笙伸手抓起女孩两条脏兮兮的胳膊，将轻盈的她拎出箱子。

"你是谁？"

女孩的眼睛打开一条窄窄的缝儿，声若虚无："裴…衿…衿"

施南笙急忙搂住晕过去的身躯。

*

似温犹软的阳光从窗外照射到柔软的白色大床上，裴衿衿慢慢睁开眼睛，目及之处一片纯白，她死了吗？转头看见落地窗外生机勃勃的绿色草坪，裴衿衿脑子里晃过一个念头，不是地狱。思维停顿间，房门被人轻轻推开。

施南笙站在床边看着被子里傻愣愣望着窗外的裴衿衿，这人听力和视力有问题？等了会儿，出声道："喂！"

受到惊扰的裴衿衿倏地转头看着施南笙，一脸惊恐，慌忙朝被子里缩。白色的薄被里，缩成一团的人儿揪着被子轻抖着。

"你别怕，我不会伤害你。"

好一会儿，裴衿衿从被子里探出头，怯怯的目光打量着施南笙。

看着裴衿衿的样子，施南笙忽然有种新奇感，从小到大，还是第一次从女生眼中看到除花痴以外的眼神。当然，另外两个特例女孩不算在内。一个是世瑾琰的妹妹，世瑾慈，那姑娘从小看他看多了，对他没感觉。还一个是罂姐，伍罂，绝对货真价实的女王，连她的英文名都彪悍得让他们这几个当弟弟的不敢直视，queen！这个姐姐要是驾到，伍氏三兄弟和他以及世瑾琰立马老实乖乖，不敢犯事。

"饿吗？"施南笙简短而直接地问。

裴衿衿点头，又摇摇头。

施南笙双臂环在胸前："到底饿？不饿？"

裴衿衿摇头，又点点头。

C大有名的高材生施南笙无语又无奈了："想吃东西就出来。"说完，转身走出房间。

约莫二十分钟后，在与客厅相连的开放式书房里忙碌的施南笙听到外面的脚步声，抬起头，看着裴衿衿，伸手指了指餐厅方向。

"在那。"

裴衿衿走过去，低头扒着饭，一只装着牛奶的玻璃杯放到她的手边，那是她第一次看着一个男生的手走神，骨节分明，指甲干净，指干格外修长。她以前见过让人大为惊艳的女手模的手，不承想，原来男人也可以有如此漂亮的手掌。

"慢点吃。"

放下牛奶，施南笙坐到裴衿衿对面的椅子上，十指交叉放在桌面，姿态随意，神情轻松。但裴衿衿从他落座的位置和整个人的形态知道，他在防备她，他努力想掩饰好他对她的不信任，换成别人可能会误觉他友好而随和，但她裴衿衿很明白，不是。只是话说回来，对一个陌生人能做到这般绅士，他已很好。

施南笙声音轻软地开口："你之前遭遇了什么我不问，你是谁我也不想知道，你有什么打算也与我无关。饭后，你洗个澡，我送你出去。"

裴衿衿拿着筷子，呆头鹅一般看着施南笙。

施南笙问："听不懂？"

一脸茫然无措的裴衿衿只是静静看着施南笙，没说懂，也没说不懂，看得久了，施南笙再度怀疑自己两天前的夜里无意救了个傻女。

"行了，吃饭。"说完，施南笙起身回到书房，继续忙自己的事，一段时间没注意，他再抬头时，裴衿衿已不在餐桌上。

去哪了？施南笙朝客厅里看了圈，听到一楼洗手间有声音，大跨步地走了过去，赶在裴衿衿关上门前伸手撑在门板上，看着她疑惑不已的眼睛。

"等一下。"

三分钟后。

施南笙从二楼自己的衣帽间拿了件白色衬衫递给门里的裴衿衿："没女浴袍，你将就着。"

一只纤细的手轻轻接过衬衫，将门锁上。

时间大约过了一个小时，裴衿衿还没从洗手间里出来，施南笙放下手中喝了两口水的玻璃杯，看看腕表，不会晕在里面了吧？想着想着，他站起身准备去瞧瞧情况，书桌上的手机响了。

"喂。"

世瑾琰略有不耐烦的声音从那端传来："喂你的美人脸，嗨，我说施美人，大周一的，你不在学校学习，流窜到哪犯案去了？"

"呵，你在 C 大？"

"废话。"世瑾琰口气跩跩的，"说，在哪儿风流呢？"

"沁春园。"

电话里传来汽车门关上的声音，世瑾琰的话也飘了出来："怎么搁那去了，行，我过去找你。"

施南笙瞬间想到裴衿衿还在家里，待会还得送走，搞不好会和世瑾琰在路上碰着，虽说不是什么解释不清的事，但多一事不如少一事，免得圈子里的那些少爷小姐没事拿他开涮。

"别。"

世瑾琰疑惑："别什么？"

"我这会正忙，你等我忙完去找你，说个碰面的地儿。"

回国后在世家大院被迫听训了两天的世瑾琰好不容易获得人身自由，第一个找的人就是施南笙，他脑子也没定聚会的地方，便随口道："成。我先去找地，回头告儿你。"

"好。"

挂了电话的施南笙放下手机，转身。

"啊！"一贯优雅的男子被吓了一跳。施南笙看着穿着他衬衫的裴衿衿，"你什么时候站我背后的？"

裴衿衿双手抱在胸前，白色衬衫长及她大腿的中部，衣下匀称笔直的双腿趿拉着一双大大的男士拖鞋，齐臀线的黑发柔顺地散在背后，无助也无害地微微仰起头望着施南笙。

墙壁纯白无一点缀物的书房里，施南笙和裴衿衿对视了良久良久……

不知是谁先从凝望中回神，两人都有些尴尬，两双眼睛都不知该看哪儿。裴衿衿低着头，脸颊微微染起粉红色，施南笙四处瞟着。

"呃……那个……"施南笙抬手挠挠头，说道，"那个……我这没有女装，我给你拿条我的裤子，你将就下。"

话音还没落下，施南笙绕过裴衿衿准备去楼上拿他的长裤，哪知，从醒来后就没有说过话的裴衿衿突然开口了，而且言简意赅，直接得施南笙连说半个"不"字的机会都没。

她说："买。"

施南笙站住脚，转头看着裴衿衿，她刚说话了？

房间里又陷入了一阵安静，裴衿衿愣愣看着施南笙，仿佛她从没张嘴说过一个字，不过施南笙却一点不怀疑自己的听力，她肯定让他给她买衣服了。

"穿了裤子去。"没两分钟，咚咚咚的脚步声从楼上下来，施南笙将自己一条黑色休闲西裤递给裴衿衿，"穿上。"

看着裴衿衿拿着裤子乖顺地走进洗手间，施南笙忍不住暗道，怎么会有人如此像……天使，一尘不染。

*

黑色沃尔沃从沁春园开出，快速地驶向 Y 市市区。

车内，施南笙情不自禁地勾起嘴角，一想起刚才见她从洗手间出来的模样他就想笑，他的裤子对于她太长，裤腰也过大，她抓着裤腰走动，一不小心就会踩到裤脚，若提着裤管儿，裤头就从她细细的腰肢上掉下来，那窘窘的样子，滑稽得很。

从房间到屋外的车里不过几步路，裴衿衿走了好几分钟，看着施南笙步若流星地上车，她急得真有想叫他帮忙的冲动。只是她不知道，先上车的施南笙坐在驾驶座上，从后视镜里看着她着急的模样，嘴角翘出了一个鲜为人见的倾城微笑。

生平第一次到女装店的施南笙略有些不自在，对店员道："拿几套适合她穿的衣服。"

"好的。"

看着连试了七套衣服的裴衿衿，服务员忍不住在施南笙旁边说道："先生，你女朋友身材真好，每件衣服都像为她量身定做的。"

施南笙从沙发上站起身，看着裴衿衿："行了，身上这套穿着，其余她试过的，连配的鞋，都打包。"

裴衿衿愣愣地看着欣喜忙碌的店员，买这么多？

"走了。"耳畔突然响起男声，裴衿衿恍然回神，跟在施南笙背后上了车。现在去哪？他要把她丢在市区了么？

黑色沃尔沃缓缓开离女装店，慢行了一段路之后，施南笙开口了。

"小姐，希望我把你送到哪？"

副驾驶位子上的裴衿衿低头沉默着，先前那么利索地带她出来买衣服，真正的目的果然是为了能顺其自然又毫无驱赶之意地将她处理掉。面对施南笙的问题，裴衿衿默然不答。

施南笙又将车开了几分钟，这傻妞虽楚楚可怜，但他又不是慈善家，夜里救她已是开恩了，难道她以后的日子他还得管？不行！但……半路赶姑娘下车这等没有风度的事情他又做不出来。

"你消失几天，家人不担心？"施南笙开始找话题，试图勾起裴衿衿思家之情，她总会需要给父母报平安吧。

裴衿衿的头埋得更深了。

掌着方向盘的施南笙内心一抽，哎呀，他个傻子，就被这傻妞给影响了，她遭遇不幸，现在安全无事，肯定不会想告诉爸妈，以免惹得他们担心。

"你家住哪？我送你回去。"好事做到底，送佛送到西，谁让他那晚好管闲事。

轻轻的一声，直接拒绝了施南笙的好意。

"不。"

不？施南笙看着裴衿衿："不回家？还是不要我送？"没法子，施南笙只得将车停在路边，看着裴衿衿。

"你不回家，去哪？"

"你是学生？"

"上班族？"

"你之前在哪住？"

从生下来就被人捧着供着一点麻烦事没有的施南笙觉得自己真被眼前的傻妞弄纠结了。救只猫救只狗，他还能给流浪动物收容所送；救个病人，他能给医院送，哪怕就是救了个精神病人他也知道朝哪地儿送；可这傻妞他送哪旮旯待着？

"姑娘。"施南笙耐着性子，好脾气地说道，"我们非亲非故，彼此也不认识。那晚救你，如有巧合，纯属意外。现在你吃饱喝足了，精神也恢复了，我能帮你的，就到这步了。你看，我们是不是该分手了？噢，这些衣服鞋子，都送你。还有……"施南笙从钱包里抽了一叠粉红钞票放到裴衿衿手里，语气尽量放柔着，"这些钱也给你。"他的话可够明白了吧。

这世上总有一种人能把非同类惊得下巴都掉下来，例如，裴衿衿之于施南笙。

裴衿衿温柔着声线，道："还没开始。"

施南笙微微皱眉，什么没开始？

突然间，他明白了。她的意思该不是：尚未恋爱，何来分手？见到裴衿衿略带羞涩的表情，施南笙知道自己将她的话理解对了。极品，真正的极品，活生生的一朵现代奇葩被他救了。他真想敲开这傻妞的脑子看看里面装的什么火星逻辑。

"姑娘。"施南笙哭笑不得地看着裴衿衿，解释着，"我所说的'分手'，是你该回到你原来的生活环境里了，你离开这些天，你的朋友们肯定很担心。"担心自己的话对裴衿衿作用不大，他又道，"我女朋友很小气的，看到我和陌生女孩在一起会不高兴。"

一直低着头的裴衿衿转脸看向施南笙："我的衣服。"

施南笙忍住恐会伤到裴衿衿自尊的一句话没说，将车掉头，朝沁春园开去。

*

沁春园。

裴衿衿拿着自己的脏衣服从洗手间走进客厅，刚和施南笙的视线对上，门铃响了。

"我先开门。"施南笙转身走到大门前，拉开，微微诧异，"你怎么来了？"

"呵呵，小爷怎么就不能来了？一时我也没想好在哪聚，就……"世瑾琰说话时边走进屋内，见到房中静立的裴衿衿，吃了不小一惊，后面的话都卡在喉咙里头，回头看向施南笙。

施南笙随手将门关上，无辜道："别看我，我不认识她。"

"施美人，我们好像是从穿开裆裤的时候就认识吧。"不认识你能带这姑娘到沁春园？

施南笙朝裴衿衿走，边驳着世瑾琰的话："你回头看我就足以说明你不了解我。"他施南笙能和陌生女人共处一室？站到裴衿衿的面前，施南笙似有些不高兴，"走吧。"

他一贯不爱与陌生人打交道，用圈子里朋友的话说，他施南笙不需要认识新人，多的是人想结识他这个施氏财团董事长独子的人。世瑾琰没说错，他着实有不允许陌生人无端闯入自己生活的习惯，到现在他都不知道为什么那晚会救这傻妞。唯一一个鬼都不信的理由是，也许她当时在箱子里许愿有人救她，正下落的天琴座流星雨刚好听见。经过世瑾琰身边时，施南笙伸出胳膊搭在他的肩上，带着他一同朝门外走。

"不是说没想好地吗，我建议一个。"

"哪？"

"西雅。"

世瑾琰一双带着与生俱来邪魅气质的狐眼亮了下，低声道："带她？"

施南笙双眉挑了挑："可能吗？"

*

再度开向市区的沃尔沃里，施南笙的口气里带了丝不容人反抗的强势。"我把你送火车站，等会你在那下车。跨城你就搭火车，城区你就选公车。"

很快，Y市火车站到了。

施南笙和世瑾琰两人的越野车慢慢开到站前广场的停车区。

"裴小姐，到了。"

裴衿衿一改之前慢悠悠傻乎乎的反应，对着施南笙礼貌地轻声道谢："谢谢。"

被"无视"好几次的施南笙愣了下，傻妞这次反应这么快？"你下车后看看自己要去哪，注意别搭错车。"若再遭到什么恶事，可不见得满天下都是"施南笙"。

"嗯。"裴衿衿低低地应了声后，打开车门下车，提着几个时装袋朝人群里走去。

看着挡风玻璃前娇俏的背影一点点远去，施南笙心里忽然有种以前从没有过的感觉滋生出来，是一件事情未按他内心预计出现的不甘和诧异。嘿，这傻妞，榆木小呆鹅一只，柔弱得谁都能欺负，怎么把她丢这人多车密的地儿一点不怵？怎么这次没有楚楚可怜的感觉？好像她巴不得赶紧脱离他一样，看看刚才下车时的表现，丝毫不留恋他这个钻石级救命恩人。

等等！

施南笙定睛看着裴衿衿，这傻妞好像没问他叫什么！

嘀，嘀嘀。

世瑾琰在后面摁了两声车喇叭，施美人，走了。

施南笙从车内后视镜中向后看了眼，缓缓发动汽车，救了只白眼——妞！居然连他名字都不问。

　　*

裴衿衿提着七个袋子走在人群里，初夏临近正午时的阳光温度已不低了，没几步便感觉身上生出了薄汗。

"啊。"冷不防的，裴衿衿被从她后面奔跑的几个急于赶车的男女撞得向前猛地踉跄一下。

"哎唷。"

裴衿衿不小心撞到了前面走成一排的几个女孩，手里的提袋还砸到了一个男人身上。一时间，小小的一方空间里尖叫声连连响起，随后便是不停的斥责和抱怨声。

"你这女的怎么走路的啊！没带眼睛啊！"

另个女孩瞟了眼地上的裴衿衿："突然扑来，吓死人了。"

裴衿衿连忙道歉："不好意思，我不是有意的。"说完，准备去捡地上散落的东西。

被衣袋打到的男人一把抓住弯着腰的裴衿衿手腕："撞了我的妹妹们，打了我，一句'不好意思'就够了？"看着男子不会善了的表情，裴衿衿慢慢地低下头，开始沉默。

一个被裴衿衿撞到的女孩盯着地上一件粉色的连衣裙，不屑道："这件是仿品吧？"

"喂。"抓着裴衿衿的男子指间加力，"别以为不说话就没事，老子……"

忽然，一道冷冷的声音穿了过来。"她想不说话就不说话！"

围观的众人转头看去，两个气质格外出众的俊美男子站在抓着裴衿衿的男人身后。

某一秒，施南笙觉得男人紧扣裴衿衿手腕的动作看着相当碍眼，这傻妞沉默、无视他时他都没摆架子，别人能有资格对她这"特质"发火？施南笙抬手打掉男人的手，看着他，声音里略带慵懒味道地说，"谁在生活里没个不小心撞人的经历，以大欺小？"

气焰嚣张的男人被施南笙和世瑾琰浑身散发出来的气势压挫不少，开口说话："她……"

不等男人说完，施南笙向裴衿衿走近两步，动作极其自然地握住她垂在身侧的纤手，目光温柔地看着她，温和的声音让周围人的心尖也禁不住陡然一软。"平日里怎么教你的，被欺负了，不爽就还击回去，捅多大的篓子都有我管。"

裴衿衿缓缓地掀起眼睑，看着施南笙，愣愣的。

"听着。被人欺负，只有三种情况。一种是你心甘情愿被他欺负，那种人，一辈子都不会有几个；一种你觉得无所谓，那就当他放了个P，不要理会；一种会让你心中各种憋屈、怒火难遏，如果遇到了，不爽就狠狠反击回去。柔弱胆怯在这个社会没什么用处，展现淑女风度家庭教养要看对象。"最关键，他不可能永远在"拐角处从后视镜里看到她被人撞倒被欺的可怜样"。

施南笙话刚说完，裴衿衿向欺负她的男人走上一步，猛地顶起自己的右膝盖。

"啊！"

众人反应过来后，只见男人双手捂着自己的裆部，满脸痛苦。周围的男性忍不住都哆嗦了下，连施南笙和世瑾琰心底都咯噔了，那……够狠！

裴衿衿面无表情地看着男人："我讨厌男人未经允许碰我！"

此话一出，施南笙牵着裴衿衿纤指的手瞬间有了松开的动作，臾秒间，他又反应过来，他们现在装情侣，放开她反倒显得怪异，于是又握紧了她。

"走吧。"说着，施南笙带着裴衿衿朝路边沃尔沃走去。

世瑾琰从钱夹里掏了叠钞票递给被裴衿衿回击的男人："医药费。"随后上了自己的车，给钱后，他脸上一直挂着幸灾乐祸的笑意。

汽车稳稳地朝西雅开，施南笙看了下裴衿衿，不知怎的，说了句："我刚碰你，事出有因。"他总不能给人一种"狗拿耗子"的感觉吧，男女朋友关系他说话时底气也足点，他可不想什么时候冷不丁被她"顶一下"，想想都疼。

裴衿衿安静地坐着，没说话。

"哎，你听见没？"

"嗯。"

施南笙放心之余，嘀咕道："你听见得吱一声啊。"

"吱。"

第一次，施南笙觉得自己被个傻妞秒杀了。

施南笙一路车速颇快地开到西雅休闲会所，三人从大门进去后，顺着后现代设计的旋转楼梯到了三楼。

"您好，请问是三位吗？"

服务员的声音还没落下，在主台后调配咖啡的凌西雅余光瞟到了施南笙三人，转头看着他们，笑道："哟，稀客。"

"呵。"世瑾琰笑着走了过去，"你说的'稀客'是指我还是施美人？"

凌西雅将泡好的咖啡放到托盘里，对着身边的服务员吩咐着："八号桌。"

"是，老板。"

"啧啧，凌老板亲自服务，不简单。"

面对世瑾琰的调笑，凌西雅眼睛里带了一点点坏，倾身向前，双手勾住他的脖子，声

若白兰:"若世大少需要,我会亲自为你服务得更好。"

世瑾琰笑:"小弟不才,岂敢受此大赏,还是给施美人吧,他饿了。"

凌西雅目光转到施南笙脸上。

"别拿我当挡箭牌。"

世瑾琰回头看着施南笙:"不饿你开那么快?"

施南笙扫了眼世瑾琰,径自走到靠窗的一张桌子前坐下。

裴衿衿一出现凌西雅就注意到她,本想借着几人打招呼的时间看看这姑娘是跟哪个少爷,没想到,一点没看出来。直到服务员送了四杯咖啡过来,她才把目光从裴衿衿身上挪到世瑾琰脸上。

"世大少,手脚挺快的嘛。"

世瑾琰浅笑:"不是我的。"

凌西雅略微一惊,施南笙的?"一萌她?"

施南笙喝了口咖啡,轻轻放下白色瓷杯,看着对面问他话的凌西雅:"出差。"

"施美人,你可以呀。"世瑾琰乐了,"趁着正主儿出差在家干坏事,举报举报,我要举报。还有,刚给那男人的医药费,我得算你利息,按分钟计算。"

施南笙挑眉:"我又没让你给。"

"喂,你女人伤人,我帮着善后,你倒一点不感恩怎么的?"

想起粗鲁男揪着裴衿衿的模样,施南笙一脸理所当然道:"他该!"

凌西雅听着两个男人的对话,好奇地问道:"我错过什么好戏了?"

"呵呵,她被人欺负后,施美人教育了她几句,成效立竿见影,做了一个很漂亮的动作。"

闻言,凌西雅的视线落到一直安安静静的裴衿衿身上,施南笙素来以不爱管闲事出名,怎么可能维护她?何况,他最讨厌麻烦的女人,柔柔弱弱经不起风霜的小妮子从来都不对他的味,怎么可能是他的人?再说,孙一萌可不是个简单的人物,能把到手的钻石王子拱手让人?

被凌西雅打量的裴衿衿慢慢抬起头,目光迎上她的,微微点了下头,不让自己显得太过失礼和拘束。

施南笙考虑到裴衿衿木讷寡言的性格,怕凌西雅太过直白的注视会让她尴尬,刚想出口为她解围,却不料裴衿衿说了一句差点让三人从椅子上掉下来的话。

"我没钱。"

凌西雅愣住,看着裴衿衿,又转脸看看施南笙和世瑾琰,这姑娘……什么意思?

世瑾琰一口咖啡哽在喉咙里,不上不下,差一点就喷了出来,什么……这妮子说她没钱，开什么国际玩笑，有他们两个大男人在，什么时候需要她考虑付账的事了？

最憋的是施南笙，一口气闷在胸腔，怄得很，这傻妞就不能慢点开口说话吗？她怎么就恰好赶在他前面说了这么一句"坑爹"的话。是，他施南笙是不经常带女孩出门吃饭，但只要他在场，绝不会是别人买单，她是想破他的例？跟着他，她还需要担心没钱？

"施美人。"世瑾琰鄙视地看着施南笙，"你什么时候变这么抠了？"居然让自己女人没钱吃饭！

裴衿衿连忙为施南笙解释："不是的。他有给我很多钱。刚放衣袋里，都掉了。"她脸上认真的表情让其他三人简直想拍桌，神啊，怎么会有这样听不懂玩笑话的女孩，她以前难道生活在原始社会，山顶洞人？

施南笙抬手抚抚自己的额头，看在她是维护他的分上，她的傻，他忍了。"好了好了。以后你来西雅吃饭，全算我的，不用你带钱。"

这下，凌西雅吃惊了。施南笙从未让任何一个女孩用他的名义做过什么事，包括和他确定恋爱关系一年的孙一萌都未在他名下消费过一毛钱，只知道他每月给她的生活费极高，却是转账到她的户头，不给现金也不给他的金卡。

裴衿衿愣愣看着施南笙，忽闪着的长睫毛下一双明亮的大眼睛看得他心里闪过一丝奇怪的感觉。

"听懂了？"施南笙问裴衿衿，这妞太傻了，他真为她着急。

"吱。"

瞬间，施南笙石化了。她到底怎么长这么大的？一会儿后，施南笙平复过来，他觉得再不恢复，他会送医院急诊科了，傻妞杀伤力太大了。用手指了下裴衿衿的后方，"行了，去洗手间洗个手，吃饭了。"

"哦。"裴衿衿走后，施南笙悄悄地长舒一口气，睨到世瑾琰的脸，勾了下嘴角，"什么表情？"

"见鬼的表情。"

"她太傻，给钱、用卡，不靠谱。"

凌西雅探究地看着施南笙，嘴角的笑容隐约有些不自然。

这时，邻座从进西雅就气氛不好的一对情侣开始出现了更严重的情况，男人从最初的解释变成了大声叱责女友不信任他，女孩很快挺不住，气势败下来。

"哎呀。"从洗手间回来的裴衿衿不小心撞到女孩的椅子。

"小姐，你没事吧？"

裴衿衿弯腰揉着膝盖，对女孩道："没事没事。"

依旧在指责女友的男人丝毫没见到裴衿衿趁机对向她伸出友好之手的女孩掌心塞了张

小纸条，而这一个"地下动作"却被施南笙三人眼尖地看到。

女孩怔了下，指尖摁紧纸条，偷偷在桌下打开，半分钟后，女孩将纸上的话一字不差说了出来，男人瞬间被绝杀在她横飞的唾沫里。

她说："朱先生，请不要把我对你的容忍，当成你不要脸的资本！"

女孩对面的男人即刻闭嘴不再说话，望着女孩，脸色从白变红，变黑，再变苍白，待他再说话时，一句话，真相大白。

"美美，你相信我，对那些女人我不过是逢场作戏。"男人双手越过桌面抓住女孩的一只手，急道，"我只爱你，真的。"

被唤做"美美"的女孩心痛地看着自己男友，早已发觉他花心，只是一次次在心底告诉自己他没有背叛她，却原来，伪君子的爱情，禁不起任何一点考验。慢慢地，女孩低下头，看着裴衿衿给她的小纸条上第二句话：选择未来，承担结果。

世瑾琰细嚼慢咽着，边打量对面专心致志使用刀叉的裴衿衿，这妮子塞那女的纸上写了什么？弄得战局眨眼被扭转。若是那男人知道使他败北的幕后操盘手正在认真吃着牛扒，作何感想？

"美美，你相信我，真的，我真的只爱你一个。"

女孩使劲抽出自己被握的手，心中有了决定。

男人急了，想再抓住女孩的手，被她躲开，只得起身坐到她的旁边，紧紧抓住她放在腿上的手，央求着，"美美，别这样，相信我，我们在一起时多么开心，我对其他女人没有认真。"

女孩心中的决定渐渐变成坚定，使劲想挣出自己的手："你放手。朱宇，我们分手。"

"不，我不分。美美，我不会和你分手的。"

僵持中，女孩没辙，突然出声问道："小姐，帮帮我。"

裴衿衿面无表情地送了一小块牛排到嘴里，嚼碎，咽下，悠悠道："你的话，我连标点符号都不信。"

"对！"美美气势满满地看着男人，"朱宇，你嘴里出来的话，我连标点符号都不会再信。"

男人一头雾水看看美美，又看看裴衿衿，问道："你？她？她是谁？"

"她……"美美转头看着裴衿衿，不知如何说。

裴衿衿放下刀叉，站起后转身看着朱宇，礼貌地点了个头，轻声道："你好，我是一不小心协助美美小姐剿杀了一只兽类的女奥特曼。"

"噗……"餐厅里顿时响起一波压抑的笑声。

朱宇火了，对着裴衿衿斥道："你有毛病吧，为什么要拆散我和美美。还女奥特曼？

动画片看多了吧。兽类？我看你才兽类，怪兽。"

裴衿衿也不恼，说道："好吧，我是怪兽，但作为一个怪兽，我的愿望是至少消灭一个奥特曼。"

"噗！"

这次，先前强忍喷饭欲的施南笙都没忍住，喷了。

餐厅里的笑声让朱宇面子挂不住，想对裴衿衿开火又碍于她身边坐着三个看似不好惹的角色，拉起美美，提着自己的公文包，口气恼火道："美美，我们走。"

女孩犟住身子："朱宇，我们没有关系了，放手。"

"美美……"朱宇显然没有想到女友分手的决心如此坚定。

"朱宇，我不会再相信你了。"

周围不少人的目光让朱宇待不住了，甩开美美的手，哼了一声，气咻咻走了。

朱宇一走，美美的眼睛开始发红，分手她是坚持不改，但，一段感情，一个人，纵然他再花心再不对，她投入的心力和感情却是真的，硬生生结束，真的心痛。

所有的人都以为裴衿衿会安慰开始掉眼泪的美美，让人大跌眼镜的是，她竟在朱宇走后回到自己的位子上，若其事继续切牛排，仿佛什么事情都没有发生。

凌西雅看了裴衿衿好几次，好奇怪的姑娘，莫名其妙插手别人的事，现在人家散伙了，她一句客套都不说了？

美美似乎也没想到裴衿衿会丢下自己不管，独自低泣一会，感觉自己在公共场合失态了，用纸巾抹干脸上的泪痕，拎起包包，站了起来。

刚走一步，美美站住脚，转身对着裴衿衿，问她。

"小姐，请问，你怎么知道我男……前男友姓'朱'？"

裴衿衿偏脸微微仰着，看着美美："在收银台问的服务员。"

"你怎么会想到她们知道他的姓？"

"周一中午，上班族，情侣碰面首选老地方。"

只要细心观察就会发现现代社会的这个特点，在固定的地方，有一批固定的消费群体，当他们刷卡消费多次后，他们的姓名、动作习惯、大概性格和签字方式就会被服务员记住，甚至连他们的职业和喜好都会在与友人的对话中轻易了解。当下时代，想个人隐私绝对保密，是奢望。

美美继续问："你怎么就确定他……背叛了我？"

"兵不厌诈。"

"嗯？"

美美一时没反应过来。

"他要真没做过,你说出那句话,他不会慌。"

美美与裴衿衿对视了许久,眼眶渐渐又红了。

"小姐,谢谢你,再见。"

裴衿衿点了下头。

听了裴衿衿与美美的交谈,施南笙心中略略有些改观,也不是傻得没救。但他对她变佳的印象还没维持一分钟,裴衿衿对着走开几步的美美说了一句话,整个餐厅里的男子脸都黑了。

她说:"姑娘,不要难过,你要深信,总有一个男人是为了受你的折磨才来到这个世界上的!"

施南笙想说,傻妞,你能当哑巴吗?

午饭后,施南笙、世瑾琰和凌西雅在会所里的悠闲厅随意聊着天,裴衿衿一人坐在露天阳台上,一页一页翻阅着手中的时尚杂志,不知她看到了什么,抿着一条线的薄唇渐渐向上弯起,两个可爱的梨涡顿时浮现在脸颊上。

不经意看到翠金色阳光下裴衿衿模样的凌西雅忍不住感慨:"真像……天使。"

施南笙和世瑾琰的目光循着看了过去。

世瑾琰勾起嘴角,似是漫不经心地说了句:"君恩许归此一醉,傍有梨颊生微涡。"

"呵呵。"凌西雅笑,"看来我们的世大少在英国也没忘记研修博大精深的中古文化呀。"

"西雅,你真要夸夸的该是我们的施美人,一声不响地就骗了个十分有趣的小妮子。"

面对世瑾琰的打趣,施南笙想起裴衿衿说过的话,笑了下,心情颇佳道:"捡的。"

"哪?"凌西雅问,"我也去转转。"

世瑾琰笑容满面道:"祝你别捡到个脸先朝下落地的天使。"

凌西雅轻笑出声,用手肘拐了下旁边的施南笙,说道:"要捡个丑的,咱们换。"

施南笙但笑不语。

三人又说了会话,凌西雅欠起身:"你们先聊,我去下洗手间。"

凌西雅走后,施南笙的余光瞟向阳台。

咦?

傻妞哪去了?

*

西雅休闲厅洗手间。

裴衿衿刚站到水盆边洗手,凌西雅走到她的旁边,看了眼镜子里垂眸认真洗手的容颜,微微一笑。

"其实你不必在今天让他们分手的。"

洗手间里只听见两个水龙头喷出哗哗的水声，凌西雅一度以为裴衿衿没有听到她的话，直到裴衿衿烘干手。

"长痛不如短痛。"

凌西雅甩了甩湿漉漉的手，看着裴衿衿，"你怎么就知道那些'长痛'里没有幸福没有心甘情愿？"

裴衿衿的眼睛仿佛能看进凌西雅的心底，每一个字音都钻进了她的心间。

"她不是你。"

凌西雅一愣，完全没想到看长相稚嫩得仿佛未成年的裴衿衿会说这么一句话。她看出什么了？

随即，凌西雅失笑。

"呵呵……"

这么多年，怕是周围的人都看出她的心思了。唯独他，视而，不见。

裴衿衿和凌西雅一起回到休闲厅，见到施南笙站在阳台上，手里拿着裴衿衿先前看的杂志，正问着服务员什么。

"施美人。"世瑾琰喊道。

施南笙回头，目光盯着裴衿衿，看着她走到他面前："又去消灭奥特曼了？"

"女厕所只有怪兽。"

一旁的世瑾琰笑弯了腰："西雅，恭喜你升级。"

施南笙突然就冒出一个念头，以后绝不能带傻妞见他的朋友。

半下午时分，世瑾琰正和施南笙商量着去哪儿玩，手机响了。接完电话，世瑾琰歉意地看着施南笙："施美人，要改天了。"

"没事，你忙。"

凌西雅在一边笑道："该不是某个 MM 急呼吧？"

"要是有 MM 呼我倒好了。"世瑾琰笑着，"我小爸提前回了 Y 市，现在得去宏安见他，走了。"

施南笙将手中把玩的高脚杯放下，站起身："我跟你一起下去。"

凌西雅问："有课？"

"嗯。"

黑色沃尔沃开出视线许久凌西雅还站在西雅休闲会所的大门口，嘴角挂着一抹苦笑。

施南笙，你可知，我早知周一你整天无课。

*

裴袊袊看着面前的女装专柜，这不是她刚才在阳台上翻阅的那本杂志里介绍的品牌么？

　　想到杂志上每件衣服标注的价格，裴袊袊稍稍向施南笙挪近些，用极细的声音说道："太贵。"

　　施南笙表情认真地看着裴袊袊，回她："我知道你不是盏省油的灯。"

　　最后结账时，施南笙感慨了下，这灯果然烧油，他不过就取笑她一句，犯得着下手这么狠么，真怀疑她不知道"客气"两个字怎么写。

　　拎着大包小包出门时，施南笙微微弯腰附耳对着裴袊袊，口气十分严肃地说道："傻妞，出门后赶紧跑。"

　　裴袊袊疑惑地转头看着施南笙，下一秒，她还没问什么便被人拉着向电梯冲了过去。

　　快速下降的电梯里，裴袊袊不明所以地看着施南笙，希望他能解释个只言片语，哪里料到，电梯一到首层，施南笙又拽着她跑。

　　停车区的黑色沃尔沃旁边，裴袊袊双手撑在双膝上，弯着腰直喘息，腿短的就是不能拿自己的短处与长腿妖孽比。

　　施南笙将东西都放到后排座位上，关上门，看着裴袊袊的模样，浅笑。

　　"你偷东西了啊！"裴袊袊不满地瞪着施南笙。

　　施南笙一脸惊讶："你怎么知道？"

　　"喊。"

　　裴袊袊十足十不信。

　　"不信？"施南笙挑眉。

　　裴袊袊连个白眼都懒得翻，拉开副驾驶的车门，准备上车。

　　施南笙笑着走近裴袊袊，放了一个方方正正的盒子在她手里："不跑，你今天就要典当在这了。"

　　打开盒子见到里面的手表时，裴袊袊犹疑了下，好像在哪见过？

　　想起了！

　　那本杂志上特别大篇幅介绍的一款限量版珍藏腕表，她第一眼见到时还颇为喜欢地笑了。

　　"你没付款？"

　　裴袊袊拿着手表惊诧地看着施南笙。

　　施南笙无辜道："我也不想的。刷完衣服，卡快爆了，干脆就……"

　　看着裴袊袊开始变化的神情，施南笙暗笑，傻妞儿，终于有内疚感了？

　　哪知——

"身手这么好，怎么不多偷两块。"

回沁春园的路上，施南笙不止一次因为"裴衿衿埋怨他少偷了两块手表"而教育她。

"傻妞，我再说一遍。"

"你知道我是谁吗！"

"你知道我的名字吗！"

"施南笙！"

"记住！施、南、笙！"

"做人不能贪，好东西，有一个就要知足。"

居然还嫌他"偷"少了，正确的做法应是严词让他物归原主，她倒好，立即将腕表戴在手上，没一点不安。

裴衿衿目光平视着前方，小声得像是自言自语一般："现实不是这样的。"

施南笙饶有兴趣地偏过头，微笑着问："那你说说，现实是怎样的？"

"说知足常乐，都不满；说金钱是罪恶，都在捞；说美女是祸水，都想要；说高处不胜寒，都在爬；说烟酒伤身体，都不戒；说天堂最美好，都不去。"所有的一切，归结起来，不过一个字——贪。

匀速行驶的越野车速度慢了些，施南笙深深看了裴衿衿一眼，笑了下，沉默了。

*

稍不留意，一个星期的生活很快过去。

周五，西雅休闲会所贵宾包厢。

施南笙推开包厢的门，人称"鸟叔"的韩国歌手 Psy 一首在一个月内就红透全球的《江南 Style》振聋发聩，房间里几个人正上演群魔乱舞般的"骑马舞"。

"施美人。"

"这，南笙。"

施南笙隐隐蹙了下眉头，朝沙发上看去，都是几个一圈儿长大的老熟人，世瑾琰还没到。

原本和人一起大跳"骑马舞"的凌西雅待施南笙走到沙发前时，特意朝门口看了几秒，见没动静，嘴角情不自禁扬得更高，一曲终了后便下了台。

凌西雅端了一杯红酒坐到施南笙旁边，不经意地问道："就你？"

"嗯。"

一旁同施南笙一块长大一起读 C 大的尹家瀚笑道："大嫂居然放心你一个人出来鬼混，啧啧，难得。"

圈子里的人谁不知道孙一萌盯施南笙盯得紧，不过也怨不得她，施家公子品貌财德皆

属顶级精品,到手了,自然得上心看住,不然,稍不留神就被别家姑娘给惦记走了。

凌西雅呲着尹家瀚:"哎,你愿意当鬼,我还不愿意混呢。"

"哈哈,西雅,你真说对了,我可是酒中色鬼。"

凌西雅笑着,目光落到施南笙脸上:"那姑娘呢?"

"谁?"穿着白色衬衫的施南笙在柔和的房灯照射下,五官显得愈发精致,慢慢靠进沙发中,姿态慵懒而优雅,连单单的一个字音里都带着唯属于他的慵态,温软得很。

"梨涡天使。"

施南笙缓缓地将目光落到凌西雅脸上:"你对她很有兴趣?"

凌西雅加深脸上的笑容,顺着施南笙的话说道:"咱这圈子里很久没进新朋友了,好奇一下不为过吧。"

"呵……"施南笙浅浅地一笑,他的笑让凌西雅看不明白,到底那女孩是不是他们圈的人?他不否认,亦不承认,委实不像他一贯的作风。大伙可都知道施家公子崇尚简单干净明了,处事不含糊,任何事情在他的眼中都有对错,是非黑白分得很清晰,就如同判断题,不是 YES 就是 NO。

"哎,南笙。"一个男人突然从沙发后面拍了一下施南笙的肩膀,"你来得挺早嘛。"

施南笙回头,笑着:"你什么时候进来的?"

"刚刚。"

凌西雅佯装吃味道:"司南,太明显了啊,我这么一大活人坐着,你两眼睛愣就没看见。"

"哈哈……"被唤做司南的男人大笑,"哪能啊,凌老板可是美貌与智慧并存的女强人,小弟我哪敢怠慢,这不是太久没见到南笙么,您可恩准我与他多聊聊?"

不等凌西雅说话,施南笙站了起来,拍拍司南的肩:"走,那边聊会。"

"好。"

映着楼外霓虹灯的窗下,施南笙和司南并排斜倚着,两人神情闲淡随意。

"C 市户口,无父母信息,由爷爷奶奶养大,但不是嫡亲。"

施南笙疑问:"嗯?"

"被他们领养的。现在在 XS 大学读大二,几天前就没在学校出现过了。"

"什么专业?"

"社会科学。主攻心理学,生物学基础和神经学科成绩不错。"

心理学?

施南笙暗道,难怪她能说出那些让他诧异的话,倒是没想到她的成长经历如此凄凉,当初他说她父母会担心她也怪不得她会沉默不语。

"哎，我说，南笙，你一向对女孩不感冒，怎么会让我查裴衿衿。"司南打量着身边的施南笙，"什么情况？"

"没事。"

性格严谨的司南又盯着施南笙看了几秒，问道："和孙一萌出问题了？"

"没有。"

司南朝房间里看了一圈："孙一萌没来？"

"出差。"

　　＊

周六晚上，施南笙几个年轻朋友聚会，想到裴衿衿一人在家无聊，带着她一道去了。

司南和凌西雅坐在吧台边，两人贴面细说着什么，其余人散在他们身周或者舞池中，各怀心思地欣赏着旖旎灯光下的妖娆风情。

"嗨，南笙，这里。"

凌西雅和司南闻声回头，见施南笙带着裴衿衿从边道走来。途中有些人来往，纤瘦的裴衿衿一不小心就被人阻住，与施南笙之间的距离渐渐拉大。

行走自如的施南笙仿佛是下意识的，回头一看，见裴衿衿落后好些，折身走回她身边，伸手拨过她的肩头，将她带到身前，一只手轻轻搭在她的手臂上，护着她畅通地走到吧台前。

"喝什么？"司南问。

"水。再来杯橙汁。"

司南挑挑眉，不是吧，来酒吧喝水？

施南笙简短地说了两个字："开车。"

"找代驾。"

司南一脸理所当然，他们出来玩，喝了酒，哪次不是找代驾开车送他们回去的，施大公子又不是没干过。

施南笙坚持让服务员上了一杯水和一杯橙汁，若住在市区，他当然知道可以叫代驾，但现在他住沁春园，先不说那里不方便外人进出，就是代驾真去了，回城可是个问题，深更半夜的，哪里能坐到进城的车。

"司南，你太不识趣了，没看到我们施大公子的身边有佳人相伴么？"一旁的席琳笑道，"这等表现个人能力的机会他怎么会让给代驾。"

"哈哈，席琳，你还不如说得更直白点。怕是我们施大公子忌讳有人打扰他发挥'个人能力'吧。"

一团人大笑。

施南笙睨了一眼双手捧着橙汁不说话的裴衿衿，嘴角无奈地勾了勾，这群损友……

"我说南笙，你好歹……"尹家瀚的话没说完，施南笙掏出裤兜里振动不止的手机，看了他一眼，"电话。"

施南笙走开后，众人也不好太逗裴衿衿，施大公子没给她一个"名分"，他们实在不好定位她，话题很快便转开了。

凌西雅一饮而尽杯中的红酒，看着隔了一个空位的裴衿衿："最近过得好吗？"

"嗯。"

"为什么？"

裴衿衿看着凌西雅："什么为什么？"

"小妞，别装。"

"凌老板，你想得太多了。"

"噢？"凌西雅扬高声音。

"我很清楚自己的档次。"

听到裴衿衿的话，凌西雅忽然苦笑："是啊，你有自知之明，为什么我偏偏就没有呢？"

"我看到过这样一段话，原话不记得，大意就是：当他不爱你的时候，你的爱便是他的负担。不要去计算自己的付出，不要希望有什么回报。你用心，他无心，爱着不爱自己的人，本身便是没有回报的。情爱的曼妙在于不受控制，不可预知。这一秒，你很爱他，但你永远不会知道，在什么时候，即使你们眉目相映，你也再不能够对他千山万水。"

第一次，凌西雅极为认真地打量着裴衿衿："你是谁？"

裴衿衿浅浅一笑："裴衿衿。"

凌西雅看着裴衿衿，神情严肃无比："南笙虽出身豪门，但他秉性修养极好，没有现在很多男人那套花花肠子，我可以不管你的来历，不过丑话我说在前头，你最好不要对他动什么歪脑筋，否则，我一定不会放过你。"

听着凌西雅的话，裴衿衿忽然就失笑了。

凌西雅脸色有些挂不住了，问道："好笑吗？"

"凌老板，先不说我对他有什么想法，单说立场问题，我以为，孙一萌才是唯一有资格对我说这些话的人。"

一度给人温柔无害感觉的裴衿衿双眼正视着凌西雅，不卑不亢，不避不躲，坦然而带着丝丝傲气。

这一刻，凌西雅终于承认了自己心中对裴衿衿的感觉，她绝不会是一个简单的小女孩，她的内心要比她的外表强悍很多，最可怕的就是她那双清透至极的大眼睛，那两束目光好像能穿透人心，挖出一个人最深的本质。

"你，到底是谁?"凌西雅潜意识地又问了一次。

"裴衿衿。"

凌西雅还想问更多的信息，见施南笙严肃着表情走了过来，忍住了。

施南笙轻轻拍了下裴衿衿的手肘："我现在送你回家。"

凌西雅立即从施南笙的口气中察觉到异常，关切地询问着："出什么事了吗? 南笙。"

"没事。"

说着，施南笙和一群朋友招呼着道别："哎，先走了，你们慢慢玩。"

"就走?"

"南笙，再玩会呗。"

施南笙挥挥手，带着裴衿衿很快走出西雅休闲会所。离沃尔沃约两米的时候，裴衿衿站住脚步，看着施南笙轻声道："你忙，我自己回去。"

"带钱了?"

"有一些。"

施南笙又问，"够?"

"打的去沁春园多少钱?"

施南笙一下被问住，他又从没打过计程车，怎么可能知道。想了下，掏出钱夹，刚抽出几张钞票，又放了回去，说道，"我送你回去。"她这么傻，万一被骗了怎么办? 而且她没沁春园的钥匙，大门是指纹锁，除他以外谁都进不去，他还说不准今晚会不会回沁春园住，难保她不会遭遇露宿墙角的事情。

快速行驶的黑色汽车里，施南笙的手机又振动了。

"把车停下。你接电话。我来开车。"

施南笙惊讶地看着裴衿衿，傻妞会开车?

"你开始怎么不说?"

裴衿衿反问："为什么要说?"

施南笙语结。

"美男，电话。"

接电话前，施南笙脑子里冒出了一句话：他被傻妞调戏了。

尽管施南笙用词极为简明地回应着电话那端的人，但裴衿衿还是从他的口气中听出一丝事态的严重。

"……嗯……还要会……"

吱——

轮胎急速摩擦地面发出尖锐刺耳的声音。

原本平稳行驶在道路上的黑色沃尔沃突然掉头，副驾驶位上没有系安全带的施南笙被甩撞到车门上，待他坐稳后，汽车已经朝来时路飞快地奔驰了。

"你干吗？"施南笙看着手握方向盘双眼注视着前方的裴衿衿。

"哪？"

施南笙一头雾水："什么哪？"

"你的目的地。"

"不用。先回沁春园。"

裴衿衿直接过滤掉施南笙的好心，车子在路上跑得越来越快，眼见不远处出现十字路口，问他。

"拐哪边？"

施南笙随口就回："直走。"

路口的绿灯倒数最后五秒，施南笙预料中的车辆减速没有出现，反而感觉到裴衿衿将油门越压越下，她不会是想……

"傻……""妞"字还在施南笙的口中，裴衿衿开着车已经冲到了十字路口的中间，绿灯时间显示还有一秒，见状，施南笙忍下心中的话，算了算了，她这样赶时间毕竟是为了他。

当裴衿衿连着三个路口都上演"五秒夺魂"后，施南笙实在忍不了了，看着远处的交通信号灯，开始了对她的教育。

"不要抢红绿灯最后几秒。"

"宁等一分钟，不抢一秒钟。开车时，安全意识必须有。"

"你爱抢灯的习惯，改改。"

车子越来越驶近道路的交汇口，可车速却不见缓下来，施南笙看着裴衿衿，提了些音量道："你听到我……"话还没讲完，就听见他忽然"啊"的一声，整个人从座位上向前飞了出去，脑袋直接磕到前挡风玻璃上。

落回到位上后，素来优雅绅士的施南笙一手揉着额头，恼火了："喂！急刹不会先吼一声啊？"

他施南笙什么时候在人前出过这样的糗事，说出去都要被人笑死，坐在副驾驶上居然被飞出去了，真是……真是有够逊。

裴衿衿慢慢转头看着施南笙，与他的急躁形成鲜明的对比，连说话的语气都慢悠悠得让施南笙有种火上加火的感觉。

"都急刹了，哪有吼的时间？"

施南笙愤愤瞪着裴衿衿，怄啊怄啊，可气的是，他居然还找不到反驳她的话。

嘀嘀。红灯过，沃尔沃后面的车鸣了催行的喇叭。

裴衿衿一脸淡定地将车开动，安全意识？嘿，不系安全带的他就有安全意识了？大美男，小女子这是给你生动地上一课，免费，不收你钱。

一个三岔路口出现在裴衿衿的视野里，坐在副驾驶位的施南笙感觉到车速微微有所降低，心底不免笑了起来，哟，不错不错。

绿灯又显示最后几秒的倒数。

施南笙还来不及说裴衿衿，越野车仪表盘上指示车速的指针就开始以顺时针方向做移动，从九点钟方向直奔十二点方向。

"吼！"

车里突然响起裴衿衿一声"吼"。

施南笙一头雾水，问她："你吼什……啊！"副驾驶上的声音戛然停止在男子的"啊"声后，再一次地，施南笙又飞到了挡风玻璃上。

黑色沃尔沃停在刚刚压人行道的地方，车厢里静悄悄的，裴衿衿握着方向盘，像一个犯错的小孩，慢慢耸起肩头，吐了吐小舌头。

施南笙揉着二度被撞的脑袋坐在位子上，傻妞！好！很好！本事，真本事她了，居然让忍性极好的他第一次来了脾气，他从来不知道自己竟然也能对一个女人来气，这种生物从来不在波动他情绪的范围里，她倒成第一例了。

"裴、衿、衿。"第一次，施南笙连名带姓喊了裴衿衿，而且咬字特别的清晰，但是，音量却比他平常说话时小，一字一顿。

裴衿衿转溜了两下眼睛，动作极慢地转头，看着施南笙，声若蚊吟："是你说'急刹先吼一声'。"她吼了啊，是他没反应过来，难道还能怪她？

傻！妞！

施南笙感觉，幸好他现在头上没有戴一顶帽子，否则，他会在她的面前上演一个成语的"现代真人演绎版"。

怒发冲冠！

"你理解能力有小学水平吗？你大学怎么考上的？期终考试那么多科'优'怎么来的？让你'吱'一声，你张口一个'吱'字；让你'吼'一声，你就真喊个'吼'字。你……你真是……"

好教养的施南笙突然发现自己骂人的词语太少，他真的找不出形容眼前这个女人的词语了，博大的中华五千年文化啊，在这朵奇葩面前，黯然失色，"过来，我来开。"再坐她开的车，他肯定英年早逝，太不靠谱了。

裴衿衿伸手指指前方的交通灯："看。"

施南笙抬眼时，汽车已被裴衿衿启动了。

眼看不能自己开车，施南笙这次学乖了，抬手将安全带扯下来扣上。哼，靠她提醒还不如靠他自己来得有用。

没过多久，裴衿衿见到路的尽头出现了一扇异常宏伟的大门，车子直对着开了过去。开近了，紧闭的大门缓缓打开，发出厚重而流畅的声音。

"等一下。"施南笙突然出声。

裴衿衿将车停下来，冷不丁地问了一句："哎，你家大门两边的门卫室能抗几级地震？"看这外观和材料，怕是能让帝京某某海的房子震落瓦片的震级也不能让他们家的房子抖三抖吧。

施南笙愣了下，很快反应过来，真心有种想撬开裴衿衿脑袋看看里面到底装了什么的想法。她怎么就这么怪诞呢？搞不懂不知道她是不是地球生物，完全理解不了她的思维模式。

"如果Y市地震，恩准你到我家的门卫室躲难。"看着裴衿衿的大眼睛，施南笙挑挑眉梢，他很大方吧。

裴衿衿眨了两下眼睛，看看施家大门，又看回施南笙的脸。嘿，还别说，仔细看这男人，着实美，够对得起他的称号——施美人，连很容易让人产生厌恶感的不屑表情都掩盖不住他的芳华，精致得挑不出一丝瑕疵。对视着施南笙的目光，裴衿衿扬了扬声调："小女子是不是得说，谢主隆恩？"

施南笙也坏，反应极快地接了一句："爱妃不必多礼。"

倏地，裴衿衿眉心浅蹙，啥？

施家大门已经大开，施南笙言归正传，道："你随我进去不方便，在门卫室等我。"

"你是在预报要地震了吗？"

施南笙道："你也可以选择在门外大路上等，但是我要告诉你，我并不确定自己什么时候能出来。也许……今晚就在家住。"

绅士施南笙虽然做不出让女生通宵站屋外等他的残忍事情，他的话是有些吓唬她的意图，但也没说谎，他的确不能肯定自己要处理的事情能很顺利解决。可他忘记了一点。那就是，傻妞裴衿衿是不知道"客气"两个字怎么写。

她扬起嘴角，露出可爱的一对梨涡，对他道："还有一个选择。"

"嗯？"

"你步行进屋。"

"你知道大门离我家主宅多远么！"

也不知裴衿衿是不是故意的，表情老实且诚实得让施南笙抓狂，她道："不知。"

"傻妞，这是我的车。"

他凭什么留车给她自己走路回家？

裴衿衿说了一个施南笙这辈子都无法反驳的理由。

"我是女的，弱势群体。"

一分钟后，沃尔沃的副驾驶车门被推开，施南笙头也不回地说了一句话："等着，弱势群体。"

裴衿衿勾起嘴，立马收起，将头伸出车窗："两小时。过时不候。"

施南笙边走边哼，这也叫弱势群体？

施家管家罗平非见施南笙被施宅的内部使用车送到主屋门口，诧异了一下，少爷不是自己开车回的么？

"少爷。"

施南笙朝罗平非点下头。

"夫人在客厅等您。"

"嗯。"

极尽奢华精装的首层大客厅里，身为施家财团董事之一的福澜一套宝蓝色西装裙姿态优雅坐在沙发中间，长发一丝不乱地盘在头顶，妆容十分精致，静默的眉目间自带着一股让人不敢直视的威严。此刻她正交叠着双腿，随意翻阅着腿上的杂志，身后站着一个提着黑色公文包的男子，她的特别助理付西喆。

施南笙走进客厅时，不由自主扫视了一下客厅。这，抗个八级地震应该没问题吧！

"夫人，少爷来了。"付西喆微微倾身小声对着福澜说道。

福澜抬头，一眼便锁定了她最疼爱的独子，红唇微扬。

"妈。"施南笙先打招呼。

福澜合上腿上的杂志，拈着书角抬起手，付西喆迅速反应，拿过杂志，对着施南笙点下头。

"飙车了？"

"没。半道折回了。"

施南笙坐在福澜左手边的大单人沙发上，脸色略有疑惑地问道："事情怎么出的？"

福澜看着施南笙，眼底闪过一丝歉意："南南。"随即，她叫了一声："Tom。"

"是，夫人。"

付西喆应话后，从神情到口气都十足十的汇报公事般："孙经理率队去G市谈项目，合同比预计时间早一天成功签约，昨晚大家各自安排时间。今天出发去机场时，找不到孙

经理。"

"酒店怎么说？"施南笙问。

"酒店监控显示，昨晚七点孙经理离开酒店，再没回去过。"

施南笙微微蹙眉，又问道："几点发现她不在的？"

"今天上午九点。"

"那为什么现在才告诉我？"

施南笙直视付西喆的眼睛，人失踪了一天，到现在晚上九点才通知他。

"这……"

福澜抬了抬手，示意付西喆不要再说，看着施南笙，将责任揽到她的身上。

"南南，不关 Tom 的事，是我安排他现在才告诉你。"福澜极轻地叹了口气，"我原本以为一萌是在 G 市多贪玩了一会，又或者她是去找在 G 市的同学叙旧，上午便也没太放心上，直到下午还找不到她的人，才发觉可能出了点意外。哪里知道，派人找了一下午，竟没找到，这不，把你叫回来，一起想想办法。"

施南笙沉默着，昨天六点多时孙一萌给她打过电话，说事情谈得顺利，今日回 Y 市，之后他们便再未联系，现在人不见了，怎么找？

"南南，是妈妈疏忽了。"

"妈，不是你的错。现在首要想怎么找到人。"

"南南，你是不是和一萌……吵架了？"

施南笙反问："妈，你觉得我是会花时间和女人吵架的人吗？"

福澜稍稍笑了笑："按你的性格说，当然不会浪费宝贵的时间。但，南南，情侣之间，不可能不出现拌嘴的情况，只不过是频率的多少和程度的大小。"

"如果非得吵架才算情侣的话，那我和一萌不算恋人了。"

"真没闹过？"福澜有些不信。

"真没。"

施南笙不禁觉得奇怪，他和孙一萌从去年十月确定关系到现在四月，半年时间内，竟真没一次意见不合，他的生活节奏她完全配合着，有时候看到身边的男性朋友苦恼于和女友闹矛盾他都觉得不可理解，男女恋爱有那么难吗？只不过，如果说和孙一萌没摩擦是意外，那他生活里还有另一个大意外，傻妞裴衿衿，真怀疑他和她的八字相克。不知道，若是和傻妞恋爱，他们会不会两天一小吵三天一大吵，出现烧完厨房掀翻屋顶的局面？

"南南。南南。"

施南笙在福澜好几次喊声中回神。

"在想什么呢？"福澜看着难得在自己面前走神一次的施南笙，"是不是知道一萌在哪?"

施南笙将脑中裴衿衿的模样挥去,有些自责着,一萌失踪了,他居然还走神,真是不该。

"妈,我一时真想不到她能去哪。"

"她在 G 市有什么朋友吗?"

"我不清楚。"

福澜微讶:"你们不是一个学校吗?她平时有哪些好朋友,你一个都不知道?"

"她比我低一届。"

孙一萌读 C 大经管系研一,施南笙研二,福澜是知道的。当初刚进研一的孙一萌到施氏财团旗下的公司应聘,各方面表现相当出色,一个星期之后便破格让她成为在校在职职员。两个月后,当施南笙某一天开车到公司接加班的孙一萌回学校时,偶遇从电梯里出来的福澜。三人相见,一起吃了顿晚饭。后经多番考察,当孙姑娘满足施家最变态的一个准儿媳条件设定时,施家当家主母对独子的女友不再有异议,且举贤不避亲,屡次提拔。

"低一届你就一点不了解她的交友情况?"

施南笙默然,孙一萌是他众多追求者中唯一有丝好感的女孩,她成熟,有能力,又是经管出身,两人确定关系后,他身边少了许多花痴,最主要的,将来能用她管理施氏集团,不用他太费心施氏财团的事务。她付出爱,他接受她的爱,平和相处,他又怎会浪费时间去了解她。

突然,福澜问道:"门外车里的女孩是谁?"

第二章
过往，轻轻温柔，桃花盛放

施南笙脸上未出现丝毫的紧张和诧异，声音平板着解释道："世琰托我照顾的一个小朋友。"

"琰琰？"

福澜稍微扬了些声调，有些惊讶。俗话说，知子莫如母。她了解自己的儿子，他是一个极不喜欢管闲事的人，甚至出生在施家这样一个庞大的金融财团世家却对经济管理没一点兴趣。与钱和人打交道的经商，往好听的说，是要求人懂得各方变通、和人交友；若直白地讲，则需要人圆滑世故。常言道，无奸不商，无商不奸。但偏偏她家的贵公子，不管她和他爸怎么教导，都只坚持自己那套为人处世的方式——清清楚楚明明白白、一是一二是二、是非对错各有分辨。

是了，在施南笙的生活里，没有灰色地带，黑白分明，爱恨也很分明。

施南笙应声："嗯。"

"呵呵……"福澜轻轻笑了笑，"提起琰琰，好像有几个月没见到他了。上次……是在农历新年，是吧？"

"是。"施南笙语气随意道，"他最近回国了。"

"噢？"

"好像有些什么事情需要在国内处理。"

福澜点点头。这么一说，她倒不怀疑什么了。

"妈，你多派人在 G 市找一萌，只要她人没出 G 市，应该很快能找到。"

"妈知道。"

施南笙想了想，又道："我这边回头再问问其他朋友，看看他们是不是和一萌有联系。"

"嗯。好。"

管家罗平非端着一个托盘走了过来。

"夫人。"一杯飘香四溢的奶茶放到福澜身前的茶几上，一杯清淡的香茶放在施南笙面前，"少爷。"

福澜看着年过半百的罗平非："老罗啊，以后这些小事，你让底下的人做，不必亲自劳累。"

"夫人，没事，你和老爷的口味喜好我最了解，换别人，我不放心。"说着，罗平非看着施南笙道，"少爷，你的房间收拾好了。"

虽然每天有人将施家大宅挨间打扫，但只要施南笙回来住，睡前一定会有人再清理一遍。

"嗯。我今晚不住这。"

福澜微挑眉："嗯？"

"今晚我还有事。"

"别太累。"

施南笙点头。离开施家大宅时，福澜看着他的背影一点点走出视线，未作他语。

"夫人，要不要派人……"付西喆试探地问。

"不用。"福澜眼底浮现一丝柔和，"琰琰那孩子很像他过世多年的母亲，爱打抱不平，小时候没少惹事儿出来，若是他托南南这孩子照顾朋友，倒也不奇怪，南南虽不爱瞎管事，但世家大少只要开口，他可什么事都会应，呵呵，那俩孩子啊，可比亲兄弟还亲。"

施家大门口，施南笙远远便看见了他的黑色沃尔沃，在自家大门内下车，抬手看了看手表，一小时过十五分钟，还好没超时，不然搞不好这个傻妞还真会独自开车跑掉，到时他真不知道怎么跟母亲解释。伸手拉副驾驶车门时，施南笙愣了愣，车门锁了？

施南笙在车外看着放倒驾驶座位闭眼睡觉的裴衿衿，轻敲车窗。裴衿衿纹丝不动地仰躺在椅子上，完全没听见敲窗声。

咚咚。

这次，施南笙敲得重了些。

车内睡得正香的裴衿衿眉心浅浅地皱了皱，耸了耸小鼻头，将脸转到另一边，留着自己的后脑勺给施南笙看，继续安睡。

施南笙看着裴衿衿又想气又想笑，他这么耐心地敲两次她竟然还自顾自睡觉，胆还真够肥。

绕过车头，施南笙走到驾驶室的车窗外，望着裴衿衿沉睡的模样，心中那点闷气不自觉消散了。他凝眸锁颜，目光清澈；她闭目恬和，嘴角含笑。就像是一个容颜清美的异世男子透过一层玻璃看着安宁入睡的睡天使，她的身上散发出一种让人安静下来的魔力，好似吵醒她是一种罪过。

"呵……"施南笙轻轻一笑，转身靠着车门，优雅地屈起一条腿，双手滑进自己的裤兜，型态慵懒而帅气有加，不再继续叫醒裴衿衿。

初夏的月光柔柔软软，幕下万物浸在朦胧中，似远似近，轻风徐过树林，带着让人神怡的淡香，宽阔的道路在远处弯了一个半圈，延伸不见尽头。身型颀长的男子斜倚着汽车，微扬着头，眼底是一片月朗星稀的夜空。

那幅画面，竟唯美得让施家大门两边的安保人员都看得呆了。

不知过了多久……

裴衿衿微微动了动脑袋，慢悠悠地张开眼睛，当她视线能清晰辨认物体时，一眼便瞧见了靠着车窗的施南笙。他的父母将他生得可真好看！好一会儿，车内的裴衿衿躺在椅子上一言不发地盯着车外施南笙的侧脸。

他在车外，看星空；她在车内，看着看星空的他。

星空，装饰了他的月色，可他却不知，他装饰了一个女孩最清新的眼帘。

美，不胜收。

若不是道路的远处传来汽车的引擎声，施南笙和裴衿衿不知道还要保持彼此姿势到几时。

施南笙转头去看来车时，稍稍瞟了眼车内，见裴衿衿醒了，目光一下被她抓住，看着她，说了两个字。

"下车。"

裴衿衿打开车门，问道："你确定不用我开车？"

施南笙点头，他脑袋被门挤了才要她开车回沁春园。

"其实我……"

"你再不下来，我可能会拎着你扔到副驾驶位上。"

裴衿衿突然就笑了："哈哈……，我刚好属鸡。"

施南笙终于知道，这世上，真有人能气死人不偿命。

望着说自己属鸡的裴衿衿，施南笙带着淡淡的笑意，说道："小姑娘，以后别随便对人说你'属鸡'。"

"Why？"

"不雅。"

"嘿，十二生肖里的必备物种，怎么就不雅了？"裴衿衿吊起眼角看着施南笙，"美男，我可告儿你，全中国属鸡的人多了去了，你别一竿子得罪十二分之一的国民大众啊，小心出门被人爆头。"

施南笙笑："纠正一下，我无意贬低任何人。生肖属鸡当然没丝毫不妥。但其他属鸡的人可就未必会用你刚才说自己'是鸡'的那副表情和语气了。"

"我刚怎么了？"

"很容易让人想到某种……职业。"

裴衿衿白了一眼施南笙："下流。"

看着裴衿衿碎碎念着下车坐到副驾驶位上，施南笙的心情莫名有些好，想笑，又不好意思表现出来。

回沁春园的途中，每每遇到红绿灯时，施南笙和裴衿衿之间就会出现很细微的怪异感觉，两人面色上都十分淡定自若，但各自心中的小九九就蹦跶得欢。

小妞儿，哼哼，急刹，谁还不会玩急刹怎么的……

哼哼，美人兄，你当我像你那般傻，不系安全带？不懂抓牢车内安全把手？

又一个红灯停车时，也不知道怎么就那么巧，施南笙和裴衿衿同时看到了路边斜对面绿化带的空隙部分出现了一个 LED 广告牌，从他们的视觉角度看去，正好看到一句不着前句不挨后词的话。

……鸡，是不会飞的鸟儿……

说时巧那时怪，两人看到那句话后的第一个反应竟是同时转头看对方，可是，又不知道要讲什么，总觉得有什么怪怪的感觉横在两人的呼吸间。

汽车再次开动后，裴衿衿嘀咕了一句。

"鸡，是鸟类吗？！"

"鸡属于脊索动物门—脊椎动物亚门—鸟纲—突胸总目—鸡形目。它是恒温动物，卵生，体表被羽毛，前肢翅形，胸骨前突，嘴喙形，有爪。这些条件让它与鸟为同类。"

裴衿衿看着侃侃而说的施南笙："你学什么的？"

"呵……"施南笙笑而不答。

"如果鸡是鸟类，那家鸡是鸟变的？"

"家鸡源出于野生的原鸡，其驯化历史至少起自约 4000 年前。"

突然，裴衿衿想到了一个世界难题，笑着问施南笙："你知识面这么广，你倒说说，是先有蛋，还是先有鸡？"

施南笙看着前方的路况，轻笑出声："告诉你有什么好处？"

"有……奖励。"

从来都不受人利诱的施南笙忽然笑声朗朗："傻妞，你觉得，这世上，还有我施南笙

会稀罕的东西吗？"

"那可未必。"

"说说看。"施南笙饶有兴趣地看着裴衿衿。

裴衿衿也精，知道施南笙对她的奖励好奇，故意吊着他，扬扬眉毛，说道："你还没回答问题就告诉你，会没惊喜。"

"呵呵……"

施南笙笑着，惊喜？也许是因为他出身太好的缘故，很多年前他就不知道惊喜为何物了。绝大部分时，他想要的，都能轻而易举得到，甚至很多东西只需要他说一句话一个眼神，不消多时就有人送到他面前。次数多了，当他需要的出现在眼底时，心情早已波澜难起了。这个傻妞连自己都养不活，还能给他什么惊喜？

见施南笙单笑不语，裴衿衿神情轻松愉快地说道："除了没什么奖励可以打动你这个借口外，你还可以光明正大地选择——弃权。"

这次，施南笙倒是很快出声："妞儿，记住。没有我施南笙弃权的东西，只有我想不想做的事。"

弃权，在他心底是懦夫的表现，纵是一个必输无疑的结果他都要尽百倍努力去争取，他在乎的，更多的，是一种拼搏进取的过程，一件事情的结果对于他来说，往往都不重要。但，有一点他很看重，他的绝对主动权。想，或者不想，都只能听从他的意愿。

裴衿衿浅笑："当一个男人在女人面前说'不想'时，80%的人并非真的不想，而是怕。"

"怕什么？"

"怕丢脸。"

"可很多时候女人要求的事情，男人还是会照做。"

"那是男人本性。"

"噢？"

"爱表现、内心男性自我强者具暗示倾向、男人本能责任意识。"

施南笙好奇地打量裴衿衿："你很了解男人？"

"谢谢夸奖。"裴衿衿自动转换了施南笙话语里对她的疑问语气，"你太不了解女人。"

"谢谢指教。"

"不客气。"裴衿衿的梨涡挂到了嘴角，望着施南笙，"要表现下吗？美男。"

"呵……蛋。"

裴衿衿挑眉："哦？"

"加拿大阿尔伯塔卡尔加里大学古生物学者达拉·泽冷斯基，通过对 7700 万年前的恐龙蛋化石的研究发现，恐龙首先建造了类似窝的巢穴，产下蛋，然后有些恐龙再进化成鸟类，鸡属于鸟类。很明确，蛋先于鸡之前就存在了。每当诞生一个新的生命时就会发生基因的变异，从远古时代起，鸡的"祖先"（据说是一种鸟类）每繁衍一次后代都会伴随基因变异，当最接近鸡类的那一代成熟所下的蛋就具有了属于鸡的全部基因。于是，蛋先于鸡存在。"说完，施南笙表情平静看了眼裴衿衿。他倒要看看她给什么惊喜给他。

意外的，施南笙没有看到裴衿衿的奖励，却在她的笑声后听到这样的话语。

"呵……你确定先有蛋吗？"

施南笙一愣，她想反驳？

"英国《每日邮报》曾报道，谢菲尔德大学和华威大学的研究人员撰写了一篇题为《蛋壳蛋白质晶核的结构控制》论文，文中详细阐述了科学家用一台超级电脑'放大'鸡蛋形成过程所得出的结论：一种名为 ovocledidin-17（简称 OC-17）的蛋白是加速蛋壳生长的催化剂，没有 OC-17 蛋白，鸡蛋的外表就无法结晶形成蛋壳。这种蛋白将碳酸钙转换为构成蛋壳的方解石晶体。谢菲尔德大学工程材料系博士科林·弗里曼介绍说：科学家以前就发现了 OC-17 蛋白，并猜测它与鸡蛋形成有关。有趣的是，各种禽类似乎都有类似 OC-17 这样可催化蛋壳形成的蛋白。他下结论说：有了蛋壳，蛋黄和蛋清液体才有地方容纳，要是没有鸡卵巢里的 OC-17 蛋白就不可能有鸡蛋。因此，一定是先有鸡。"

裴衿衿说完，施南笙好一会儿没讲话。傻妞说的这些话从新闻里看到的？先有鸡再有蛋？经过细细的琢磨，他发现了可以辩驳裴衿衿的地方。

"傻妞，你的那篇英国报道里说'各种禽类似乎都有类似 OC-17 这样可催化蛋壳形成的蛋白'，发现了吗？是'可催化蛋壳形成的蛋白'，它只决定蛋壳的生成，并未说只有鸡才有。由此可见，即便不是鸡，其他动物也能生出蛋。在长时间的进化过程中，那些蛋的基因发生变异，孵化出来的物种逐渐变成现在的鸡。蛋，在先。"她要给他的奖励，没跑。

"呃……"裴衿衿拉长声音，好像很舍不得很无奈的样子，那声调让施南笙的心情继续回温。

施南笙笑："君子不强人所难。"若是不想给他，他不会强求。"不过，我想知道，你打算奖励我什么？"

裴衿衿问道："现在给？"

"舍得？"施南笙反问。

"当然，我一般不赖小账。"

聪明如斯的施南笙岂会没发现裴衿衿话后的意思，小账？呵呵，若他想，他会是她最大的债主，即使她跑到天涯海角，他掘地九尺也不会让她赖掉账。但，很遗憾，他不想与

她扯太多关系。

"闭上眼睛。"裴衿衿说道。

"在开车。"

"不闭眼就不是惊喜了。"

闻言,施南笙索性将车停到了路边,闭上眼睛。

副驾驶的位子上传来一阵窸窸窣窣的小响声,施南笙轻搭在方向盘上的手被裴衿衿拿了过来,掌心向上摊开。过了小会儿,施南笙感觉有什么东西被放到他的手心,很轻盈。

"睁眼吧。"

听到裴衿衿的声音,施南笙睁开眼睛一看,差点没惊出一声有失风度的尖叫,手掌一挥,掌心的东西飞撞到挡风玻璃上,掉到玻璃下。

"你搞什么?!"

施南笙看着裴衿衿,把这东西当给他的奖励?

"送你的。"

"这,什么!"

裴衿衿小心翼翼地将两只肉肉的毛毛虫拈到自己的手心,轻声安慰它们:"哎哟,小乖乖,不好意思,让你们遇到暴力分子了。刚才撞的那一下有没有骨折?"

施南笙看着将毛毛虫放到眼前的裴衿衿,微微蹙眉,哪里来的怪物女孩,居然不怕肉虫,软蠕蠕的翠绿色虫体真够瘆人的,她还玩得不亦乐乎,要早知她给他虫子,他一个字不得答。

"哎呀!"

突然,裴衿衿低呼,观察了一只体型小些的虫子几秒,把手送到施南笙面前。

"你行凶了。它老婆被你甩死了。"

施南笙睨了一眼不动的那只:"一派胡言。"

"你看。"裴衿衿又将手朝施南笙送了送。

施南笙身子朝侧边让了些许,他真不想用那个词语来形容眼底的生物,但他确实不喜欢见到它们,很不喜欢。看到它们浑身起鸡皮疙瘩,头皮都有点麻麻的:"好了好了,看过了,把它们弄出去吧,很晚了,赶紧回家。"

说完,施南笙正了正身子,准备开车,刚将车启动,裴衿衿似笑非笑的声音钻进了他的耳朵。

她问:"你……怕毛毛虫?"

戛然一下,沃尔沃忽停。

施南笙神情有一瞬间的变化,时间虽说很短,但很走运的,他面前是一个心理专业的优秀学生，察言观色尽管没到出神入化的地步，对付他倒还不难。

"哈哈……"裴衿衿没能忍住，在车内放肆笑了起来，她不过试探地问问，没想到是真的，他怕肉虫。

施南笙不满地瞪着裴衿衿："有什么好笑的。"

寻常女孩能怕的东西他就不能怕么？她也不想想自己是一个外星系来的怪咖，有像这样的女孩吗？起码他身边没有出现过，邋邋遢遢，性格怪异，不懂客气，还不怕长相吓人的毛毛虫。

"哈哈，没，没，是没什么好笑的。"裴衿衿乐得很，"就是你怕肉虫而已，小事小事，哈哈。"

"你再发这样'惊天地泣鬼神'的笑声，信不信我把你扔下车？"

裴衿衿淡定地看着施南笙："你就不想知道我在你车里放了多少只毛毛虫么？"

瞬间，施南笙的脸变色了，他……他真想骂脏话！

宽阔的马路上，一辆黑色的沃尔沃飞快朝郊区奔驰而去。

回到沁春园后，施南笙二话不说下车，大步流星走进屋内，好像一刻都不想和裴衿衿待在一起。事实上，他是怕自己开口对她说的第一句话是用吼的，凶女生他素来不屑，只有本身无能的男人才会欺小。但她的"奖励"实在不能让他淡定，惊喜？惊是惊了，喜倒没见。

直到，晚上睡觉前。施南笙终于敲响了裴衿衿的房门。

房内直接传出两个字："睡了。"

施南笙敲门的手抬在空中，敲不是，放下又不甘："我就问一个问题。"

过了一会儿，门内传出声音。

"0。"

施南笙纳闷，什么0？

"我问完就走。"

裴衿衿带着无奈口气的声音透过门板："我不是回答你的问题了吗？"

"我是想问……"

施南笙打住话音，他是想问她，到底在他的车内放了多少只毛毛虫，她的回答是……0！

一下子，施南笙觉得自己傻透了，居然被裴衿衿用文字游戏给吓了一路，这个女人真是……可恶得很。

施南笙对着紧闭的门板吹胡子瞪眼一番，发现自己就算纠结出火星人的表情裴衿衿也不可能看见，泄气地转身准备回自己的房间，刚迈腿，实木门从里面拉开。

"给。"

施南笙回头，见裴衿衿把装着一只毛毛虫的玻璃瓶递到他面前。

他直接拒绝："不要。"

穿着睡衣的裴衿衿一双亮晶晶的大眼睛定定地看着施南笙的墨瞳，她问："如果瓶子里装的是一只彩蝶，你会拒绝吗？"

施南笙低头看着玻璃罐，肉肉的软虫正在瓶底慢慢地蠕动，那模样让他浑身不自觉地又浮起一层细细的疙瘩，如实地回答了裴衿衿。

"不会。"

"蝴蝶在破茧成蝶前，都是毛毛虫。"

施南笙饶有兴趣地对视着裴衿衿的眼睛："你想说什么？"

"接纳什么东西时，只有容下它的所有，才是真的接受。"

裴衿衿将玻璃罐放到施南笙的手里，关门。

"你觉得我肤浅？"施南笙抓住门合上前最后一丝缝隙问道。

"你肤不肤浅不是看我的感觉，是看你的行为。"

深夜时，裴衿衿站在落地窗前，透过窗帘间的窄缝看着窗外月下草地上的男子。

施南笙也不知从哪儿找出了一个四方形的玻璃缸，将毛毛虫从罐子里倒了进去，又在缸中铺了些绿草和绿树叶，低声地自言自语："很抱歉，让你成了单身汉。为了弥补，我将你的'经济适用房'换成了'宽敞大别墅'，你好好在里面住着，等着变蝴蝶那天。"

草地上，施南笙坐在草地上看着毛毛虫很久很久，脑子里想起裴衿衿的话：接纳什么东西时，只有容下它的所有，才是真的接受。她看出了他在排斥她吗？

近凌晨时分。

砰砰砰，砰砰砰。

裴衿衿被一阵沉重的敲门声吵醒，谁在敲门？过了一会儿，听到楼上走下来脚步声，定是施南笙起床开门，她便扯过薄毯，继续蒙头大睡。

从安全猫眼里看出去，不见人，但又听到外面有细微的声响，施南笙微微皱了下眉头，拉开门。

世琰？！

施南笙一把伸手搀扶住斜靠着墙面的世瑾琰，怎么醉成这样？！

"世琰。"

世瑾琰一只手搭到施南笙的肩膀上，气息里满是酒味，如狐的眼睛迷离地寻不到焦点，身躯瘫软如泥往施南笙胸口贴："为什么？你说为什么？"

施南笙搂扶着世瑾琰的身子，将他拉进屋内，关上门。

"到底为什么？"世瑾琰自顾自地质问着，"难道你就一点都看不出吗？"

施南笙大约猜到什么了，将世瑾琰扔到沙发里，给他倒来一杯水："喝点水。"

世瑾琰一双眼睛醉得看不清眼前人是谁，挥臂打开施南笙端着水杯的手，冲他低吼，"我不信你那么聪明看不出我的心思！"

"是是是，看得出看得出，但是你看清我是谁。"施南笙坐到世瑾琰的身边，无奈道，"我看得穿有什么用，你吼的对象又看不穿。"停顿了一下，"或许应该说，她不想看穿你的意图。"

"为什么？为什么对我这么冷淡……"世瑾琰还在发着郁气，"我到底哪里让你不喜欢了。我这么喜欢你，你喜欢我一下会死啊！"

"呵。"听到世瑾琰的话，施南笙忍不住扑哧一笑，斜眼看着他，醉得一塌糊涂才敢吼出这么 Man 的话吧，要是这小子清醒时，他谅他也不敢在 queen 面前这样喊，只会乖得像个孙子。

啪！

施南笙被突然一巴掌拍在沙发上的世瑾琰吓到，听见他火大道："老子就不信这世上有哪个不怕死的男人敢要我世瑾琰看上的女人！"

"世琰，其实 queen……"

施南笙的话还没有说完世瑾琰的身子慢慢倒到了他的肩上，迷迷糊糊地说着话："宠儿。宠儿，我是真的……真的很喜欢……你。"

看着世瑾琰醉醺醺的样子，施南笙不知道该说什么了。

"宠儿，你喜欢我，好不好……"

不知道为什么，施南笙在这一刻突然很羡慕世瑾琰，如此浓烈地喜欢一个人是什么感觉？为什么他明明有女朋友却没有世琰这样的状态，狠狠地想和某个人在一起的愿景。奋力去爱一个人，到底是什么滋味？

到凌晨，好不容易将发酒疯的世瑾琰弄进房间休息，施南笙看看时间，下楼打算喝口水短暂眯一个觉，经过裴衿衿房门前，听到里面传出细细的叫声。

呃？

施南笙站住脚，傻妞在搞什么？

房内的叫声似乎越来越痛苦，施南笙敲了两下门，没人应他，果断扭动门把。

"放开我！"

"我不去！"

"救……救……"

施南笙弯腰轻轻唤着满头冷汗的裴衿衿："哎，醒醒，你醒醒。"

"救命……"

"傻妞。醒醒。"

裴衿衿在自己的梦魇里似乎越陷越深，呼吸和梦话愈来愈急促，看得施南笙也不禁跟着急了起来，好好的睡觉，怎么就做噩梦了。

"裴衿衿，裴衿衿。"

施南笙伸手拍打着裴衿衿的脸庞，一下一下，力度渐渐加大，"裴衿衿，你醒醒。"

"我不要去！"

忽然，裴衿衿像是发现了救命稻草，双手紧紧抓住施南笙拍打她的手，越攥越紧，指甲深深刺进了他的掌心，无助地低喊，"我不去！"

施南笙本能般地用修长手指握紧裴衿衿的手，俯低身，轻声安慰着她："不去，我们哪儿都不去，就在这。"

仿佛是溺水的人对生存的强烈渴望，裴衿衿拉着施南笙的手循着他的声源一点点仰起身子，好像要借用他的力量挣出即将吞没她的深海，她不知道自己要逃到哪儿，只知道自己若放开手里的温度就会迷失，那一点不知从何处出现的温暖是她最后的希望。

不自觉被裴衿衿感染的施南笙越加放低姿态，慢慢地，两人的身子贴合到一起，他一只手被她揪紧着，另条手臂轻轻搂住她探起来的腰身，将她温柔地拢在胸口，声音软如棉絮地抚慰她。

"别怕。有我呢。"

"我不去，不要让我去……"

施南笙不知道裴衿衿口中的"不去"到底是不去哪儿，但能让一个人如此陷入凶梦的，绝对不是好地方，他只能顺着她的话哄她。

"不去，我们哪儿都不去。"

"不怕。"

"衿衿不怕。"

纯白的房间里，施南笙弯腰抱着裴衿衿，一遍一遍说着话，听着耳边浅浅的呼吸渐渐变得均匀，感觉着怀中的身躯逐渐安静下来，把她轻轻放倒在床上，动作极轻地从她手里抽离出自己的手掌，为她拉好薄被，看了一会之后，走出房间。

喝完水，施南笙将玻璃杯放到桌子上，不经意看到自己掌心被裴衿衿的指甲扎出的伤痕，四个小小的月牙儿，隐隐有血丝渗出，带着挥不去的痛意。

裴、衿、衿……

心底念着这三个字，施南笙长长地呼出一口气，再想想，容他再想想。

*

"什么?!"

世瑾琰惊讶地看着施南笙,他刚说什么?

施南笙端着白色咖啡杯抿了一小口,修长的身型慢慢从落地窗前转过来,看着世瑾琰,看似漫不经心地说道:"你的话,我妈不会怀疑。"

还遗留了一点宿醉疼痛的世瑾琰抬手揉揉自己的太阳穴,整个人放松地仰在大沙发里,媚色眼眸半眯着,声音懒懒的,"我说施美人,你到底从哪儿捡来的野丫头?不像你的作风啊。"

居然想送她进 C 大读大二!

施南笙仿佛没听见世瑾琰的话,直接下结论:"就这么说定了。"

"哎,我可没答应。"世瑾琰觉得头更痛了,"你可是让我对你妈做伪证啊。伪证,伪证懂不懂?要是给你妈查出我根本没叫你帮忙照顾那个裴衿衿,咱们俩吃不了兜着走。"

福澜是谁啊?在 Y 市跺一脚商界都得抖三抖的女强人。

施南笙笑:"这世上还有你世大少害怕的人物?"

"有,怎么没有。"世瑾琰开始细数,"我爸啦,我爷爷啦,我小爸啦,你妈啦,你爸啦……"

"好了好了。"施南笙打断世瑾琰,"你当我白跟你混到大的?"

他世瑾琰天不怕地不怕,唯一怕的,只一人!

世瑾琰开始傲骄了:"我是好孩子,不撒谎。"

"真不帮?"

"帮不了。"

施南笙拿出自己的手机:"昨晚无聊,录了些很精彩的片段,不知道发给 queen,她有没有兴趣看?"

倏地一下,世瑾琰从沙发上跳起老高,冲到施南笙面前抢他的手机,两个大男孩子打闹成一团。

"哎,世瑾琰我告诉你,你删了没用,我电脑里备份了,要多少有多少,这短片要给我们的嬜姐看到,你猜,她会怎么说?"

世瑾琰看着自己酒醉大喊喜欢宠儿的模样,一张俊秀的脸红到耳根,将手机扔给施南笙,装成无所谓的样子:"无聊。"

施南笙笑得坏坏:"那我发了?"

"喂!"世瑾琰瞪施南笙,宠儿本就对他没感觉,要是看到他那副尊容,说不定在心底怎么讨厌他呢。

"你打算哪天送她去学校?"世瑾琰问。

"后天。"

世瑾琰将施南笙仔仔细细打量几次，走到他面前，表情严肃道："我说你这个美人不对劲啊，你说，你是不是……看上人家姑娘了？"

"别乱说。"

"是你的行为让人不得不怀疑。"

"上午医生来看过她，说她心病太重，我想让她好好忘记一些事情。"

"她有病，是她家人该担心的事情。你该送她回家。"

施南笙不是没想过送裴衿衿走，但想到凌晨她深陷噩梦时躲在他怀中的无助样，怎么都下不了决心，笑了下："积德。"

"喊！"世瑾琰摆明了不信，"施美人，别怪我没提醒你，太平洋的警察不是那么好当的。"

午后，窗外，阳光正好，万物悄然地发展。

*

周四，阳光媚朗，晴空万里。

C大的行政办公大楼门前，施南笙将汽车停稳，解开安全带，转头看着副驾驶位上没反应的裴衿衿。

裴衿衿问："我就这么读吗？"

"不然呢？"施南笙挑眉，难道她想回XS大学？如果她想，他不拦。

裴衿衿忐忑地问："他们会不会……不要我？"

"呵呵……"施南笙笑，弄半天她在担心这个。"若是别人带你当插班生他们收不收我不知道，但，我带你，一切问题都不是问题。"

裴衿衿露出小小的梨涡："真自信。"

事实上，结果也确实像施南笙说的那样，当他找到校长说明来意时，裴衿衿的插班生事宜办理得相当顺利，甚至连她的学籍都直接转到了C大。

裴衿衿跟着施南笙朝行政大楼外走，一个没注意，直接撞到前面的人。

施南笙皱眉，看着撞到自己而回神的裴衿衿："想什么呢，叫你几次都没听到。"

"抱歉。"

"先吃午饭，下午送你去上课。"

裴衿衿轻声道："我想明天再开始上课。"

"明天我一天课，没时间带你熟悉环境。"

她这么傻，到时连教室都找不到，可别到处闹洋相。

"我需要预习功课。"

施南笙真想说，你脑子就那么不好使吗？上课前翻翻书不就能跟上教授讲课的进度了，还非得花半天一本本预习？

有些C大学生会的干部到行政大楼办事，见施南笙和裴衿衿面对面站着，好奇地多看了几眼。这一看就看出了问题，有人认出了施南笙。

"哎，那不是施南笙吗？"

"是吗？哪？"

"哎呀，好像真是大校草。"

越来越多的人向施南笙和裴衿衿投来或好奇或惊喜或探究的目光，甚至有些人还大胆地猜测。

"校草的女朋友不是经管系的孙一萌吗？她好像不是孙一萌吧？"

"不是孙一萌，我见过她，利落的短发，很干练的样子。"

施南笙转身朝门口走，"先吃饭。"

裴衿衿一边走一边祈求，C大好歹是国内有名的重点大学，这里的学子应该没有太多八卦因子吧。但是，第二天的事实却告诉她一个清晰的答案。世界上，可以缺少八卦，但绝对不会缺少八卦的人，她对C大的骄子厚望太高了。

星期五，也是裴衿衿到C大上学的第一天。

她不是不知道现代社会有钱有权好办事的法则，但她没想到，施南笙能把她的事情安排得如此顺风顺水。社会的生存法则是对那些没有能力改变法则的人而言的。对于那些手握法则修改大权的人，从来不存在什么戒律条规，他们就是规矩。

施南笙将裴衿衿送到第一堂课的教室门口，叮嘱她："连着两节课都在这，三四节课在五号教学楼409，如果不知道，就跟着其他同学，千万别走错地儿。"

裴衿衿点头，她又不是傻子。

"上午下课后不知道怎么到天文楼找我就不要乱跑，坐在教室给打我电话，我来接你。"

裴衿衿再点头。

"手机带了吧？"施南笙问。

抱着书的裴衿衿再点点头。

为了让裴衿衿能及时找到自己，昨天下午，施南笙给她买了和自己同款的手机，还特意高价买了个和自己号码只差一个数字的手机号，他是9结尾，她是8。

见陆陆续续有同学来教室，施南笙看了下时间："行了，进去吧。"

"嗯。"裴衿衿总算发声。

毫无意外地，第一节课，裴衿衿同学成功地吸引了全班的目光，男生细馋她的天使面孔，女生猜测她和施南笙的关系，甚至有胆大好事的女生在下课时主动靠近她。

"哎，新同学，你之前在哪儿读书？"

裴衿衿微微一笑，问道："刚刚教授说的这个问题，我有些不明白，你懂了吗？"

搭讪的同学将目光转到裴衿衿的书上。

"这个我知道，就是说……"

"哪是你这样理解的，应该是……"

"不对，依我看……"

下课的十五分钟，原本探查裴衿衿情况的同学都成了教授眼中爱学习爱讨论的乖仔，而关于她的消息一点没流传出来。上课时又碍于她坐在教授眼皮底下，素有"千百年学校式第一传递法"之称的小纸条一张都没成功抵达她的手中。

*

施南笙上完两节课回到研究生办公室，邻桌的研二同学赵韩眼神奇怪地盯着他看了几秒，笑："施大公子，想不到你也会被诱惑啊。"

"嗯？"

"还装。"

施南笙将课本放到自己桌上，打开电脑。

赵韩的头伸过办公桌，满脸笑容，"很像天使呐。"

施南笙笑了下："早上被门夹了你？"

"喊，不够兄弟啊，论坛上可什么都爆出来了。"

"什么论坛？"

"学校的啊。"赵韩指指施南笙的电脑，"不信你自己去看。"

现代媒体的功力施南笙多年来见识得太多了，但他没想到，C大论坛上的那些天之骄子完全可以媲美那些专业八卦记者了，瞎掰的能力真看不出是未毕业的大学生。

"C大史上最绅士校草施南笙新欢现身……"

"清纯天使撬动经管系美女御姐孙一萌的校草男友……"

"施大公子劈腿真相大曝光！有图有真相！"

猜测裴衿衿身份的跟帖就算了，让施南笙凝起眉头的是，那些胡说八道他和裴衿衿"爱情"的留言就太无厘头了，几乎一边倒地攻击谩骂她勾引了自己，他施南笙是那种随便就被女人诱惑到的人吗？再说了，傻妞那智商也能勾到他？一天到晚傻乎乎的，感觉捡到她是捡了个女儿。还附图？真是无聊。

赵韩看着施南笙笔记本电脑屏幕上显示的照片，问道："你们这是在行政大楼？"

"嗯。"

"4S拍出的效果看上去还不错嘛，才子佳人，像模像样。"

同是研二生的李东笑道："财子佳人也说得过去。哎，施兄，别怪我没提醒你，这两人深情对望的照片若给孙一萌看到，可不是好事噢。"

施南笙笑了笑，"一萌没那么小气。"

提到孙一萌，施南笙掏出手机，给付西喆打了个电话。

"Tom。"

"少爷。"付西喆的声音很快传来，"孙经理还没有消息。"

"有什么进展第一时间告诉我。"

"是，少爷。"

和付西喆通完话，施南笙将手机放到桌上，指尖刚刚离开机身，手臂的动作忽然停住，看着黑色的手机，脑中莫名其妙出现一张纯净无瑕的面孔。

*

裴衿衿抱着书走在人流中赶往下一堂课的教室，或许是太过认真地看着脚下的路，身边好几个想和她说话的人努力了几次都没能发出声音。

终于。

"新同……"

恰时，裴衿衿的手机响了起来。

"不好意思，我先接电话。"裴衿衿歉意地看了眼女生，掏出手机，正想着挂断来电，身边一个低呼的声音传进她的耳朵。

"施南……笙。"走在裴衿衿身边的女生眼尖看到了来电显示的名字，惊讶地对周围的同学道，"是施南笙。"

裴衿衿到底不想惹出什么"新欢勇挂施家大公子电话"的新闻，点了接听键。

"喂。"

听到裴衿衿平静的声音，办公室里的施南笙突然不知道要说什么，连拨她电话的初衷都一下跑得无影无踪，简简单单地说了两个字。

"是我。"

"嗯。"

她的电话是他昨天下午买的，号码就他一个人知道，除了他，谁还能打进来。

"马上要上课了。"

"嗯。"

"别走错地儿。"

"嗯。"

施南笙声音有些打顿："那个……"

裴衿衿握着电话，不急不躁地静待那端的声音。

"那个……"

施南笙实在不知道应该说什么，很多时候都是别人打电话给他，往往只用他选择接或者不接，不用他费脑细胞找话题寻思怎么与人交谈，最后，他只找到了一句。

"下课后我去找你。"

裴衿衿轻轻应了一声："嗯。"

直到两人挂断电话，施南笙握着手机才想到一个问题，这个……傻妞，通话时竟然都只用一个"嗯"字来应付他，太敷衍了，太随意了，太不上心了，亏得他还担心她被人围攻，现在看来，他真是白替她担心了。

　　　　*

不知谁在论坛上曝出裴衿衿上课的位置，当第三节下课时，不少人跑到她所在教室，围观她，就像看一个外星生物一样，评论到起劲处还能听到手机拍照的声音。

门口倚着三个穿着相对"奔放"的大四学姐，听得一个吊起眼角斜觑着座位上的裴衿衿，声音不大不小，刚好传到裴衿衿的耳朵里，又让周围的同学都能听得清楚。

"也不是绝世倾城的漂亮，看上去还不聪慧，性感没三分，温柔没看出来，强悍不见一丝，可爱又比不上萝莉，喊，哪只瞎眼的造谣说校草为她神魂颠倒啊。"

裴衿衿身边的女生不满地看着门口，滋生出一种"护新"的心态，愤愤然。

"要一起去洗手间吗？"裴衿衿问着邻座的女生。

同班的几个女生以为裴衿衿是受不了学姐的阴阳怪气，颇为同情她，都起身了。

"好啊，我正想去。"

"我也去。"

有个女生抱怨道："当女人就是麻烦。"每个月总有那么几天不得不成洗手间常客。

裴衿衿轻轻笑出声，对着怨念的女生道："女人，不能太漂亮，太漂亮会被人称之为花瓶；不能太聪慧，太聪慧会被人称之为隐形杀手；不能太性感，太性感会被称之为招摇过市；不能太温柔，太温柔会被称之为没有主见；不能太强悍，太强悍会被称之为男人婆；不能太可爱，太可爱会被称之为幼稚无知。做女人啊，是真难！"

边走边说话的裴衿衿音量不高，但一字不落都给门口的学姐们听了去，一个个脸色都有些挂不住。而那些她身边的女孩子们则惊悚地看着她，不是吧，高手啊！

到了洗手间，来 WC 抱怨的女生首先爆笑："哈哈，今儿算是见识了江湖中传说的高手啊，杀人于无形，剑未出鞘，一击毙命。帅！"

洗手间里乐成了一团。

*

上午最后一节课的下课前十分钟，教授合上教案，眉目慈祥。

"同学们，学心理学，目的并不是让我们去窥探别人的内心。世上最复杂最难测的便是人心。不管我们学得多精，总有些人的心思看不透。我希望你们将来在自己拥有强大内心的同时，帮助更多的人认识自己，走出心灵的困境。不盲目尊大，也不用妄自菲薄，端正客观地待人接物，无憾自己一生。"

无憾！一生！

临窗而坐的裴衿衿看着老教授，到他这般年纪能说"一生"，可她呢？谁又知，下一秒，她会经历什么。无憾！怕是美国总统都有许多无能为力的遗憾吧。

下课后，之前和裴衿衿一起上洗手间的女生们叫她同路。

"哎，新同学，吃饭去？"

"你们先走吧，我还要……等会。"

几人也不是傻子，自然会猜裴衿衿不一起离开是要和施南笙一道，便也不多问什么结伴离开。

初夏的阳光翠金得不可思议，裴衿衿一只手支着下巴，看着窗外操场上飞扬着青春的打球男生，进攻、起跳、投篮，一系列动作连贯且帅气。操场的边缘，一大片迎春花张扬在温暖的灿阳里，鹅黄色的花朵像是大把大把铺撒在藤藤蔓蔓的绿叶上，地下更是掉了厚厚的花朵骸。早夏的清风吹过，藤枝上又纷纷坠落娇滴滴的花儿。

"再过几天，那些花儿，都该掉了。"

裴衿衿喃喃自语。她知，迎春为落叶灌木，先花后叶，盛花期无叶，而今这满目的青绿告诉人们，花期无多，花色要落幕了。

教室后门，身着白色衬衫的施南笙静静站立着，双手斜入裤兜，望着裴衿衿的侧脸，失神。

他读过好些学校，进过许多教室，有着很多同学，见过很多女子静默无语的侧面，可没有谁的画面比她更美。没有旁人的教室，简单的课桌椅，几净无尘的窗户，耳朵里是过道和楼下行人来往嬉闹的嘈杂声，可他的眼中，却看到了一处静得能听见人心跳的景色。她坐在那儿，仿佛与他们生活的环境隔绝着，不交集，不浮华，时间就在她存在的空间停止着。那是他第一次遇到的情况，一个似乎他靠近不了的人。是的，一个让施南笙赫然不自信的人，就好像他走近她，对她是种打扰。

此后，每每有人问施南笙关于裴衿衿的事情，他都隐藏了一句话，从未对任何人说起过。

裴衿衿，你是唯一能让我听见自己心声的女子，独独的，唯一。

时间一分钟一分钟地过去，裴衿衿的目光不经意滑过窗户，玻璃上，后门口静立着一道颀长的身影，如遗世独立，清俊得让人不忍眨眼。

藤枝下，俊雅青年，款款慢步。

初夏风中，清丽女孩，翩翩漫行。

施南笙走在路外侧，平时办事一定选择最短路程的他破天荒带着裴衿衿绕远，沿五号教学楼弯了大半个圈后才带着她朝天文楼的停车场走去。

"想吃什么？"施南笙问。

"粥。"

施南笙看了眼裴衿衿，正想说什么，见她低头看着掌心，一片迎春花藤叶从她的指间飘落。

"为什么不摘花呢？"施南笙问。

"花叶不同期，只能选一种。"

施南笙慢慢打开自己的手，掌纹清晰的掌面上，一朵鹅黄色的迎春花娇艳惹人。

裴衿衿笑了下，说了句在施南笙看来很大煞风景的话，她说："破坏公共绿化。采花贼。"

采花贼？！

哭笑不得的施南笙放下手，那朵迎春花从他的指尖掉下，飞落到路边。

并排行走的脚步越来越远，谁都没有发现，一阵风过，从裴衿衿手里飘下的那片树叶在风的作用下，竟飞到了从施南笙掌中掉下的花朵旁边，挨着它。

*

不注意间，不算第一天的周五，裴衿衿在 C 大就读已满整整一星期。

周六。沁春园。

恼人的电话铃声一直在床头柜上响，逼得裴衿衿不得不接通。

"喂。"

"起床了。"

裴衿衿声音里是浓浓的不满："今天没课。"

"我知道。"施南笙心道，只怕他比她更熟悉她每周的课时。

"拜。"

"等等。"

"说。"

"别睡懒觉。今天有人去沁春园做房屋例行修护检查。"

裴衿衿睁开眼睛，说话间有浓重初醒时的懒懒感觉："你的潜台词是，要我暂避？"

原来，施南笙昨晚将裴衿衿送到沁春园后便回了市区，现在他不在，怕付西喆安排到沁春园的人会被陌生的裴衿衿吓到。

"如果可以，那最好。"

"没别的事了？"

施南笙想了想："这个周末我不回沁春园，你自己悠着点。"

"嗯。拜。"

挂掉电话的施南笙还担心沁春园的房子会不会被某人烧掉，可待他周日深夜从市区赶回沁春园时，他发现自己的担心太多余。

裴衿衿，不见了。

施南笙把房子里里外外都找了一遍，不见裴衿衿的影子，拨她电话，处于无人接听的状态。

跑哪儿去了？她在Y市没认识的朋友，难道周六让她出门避人又遭遇什么了？

想到此，施南笙拿起手机，找到凌西雅的号码。

"喂。"电话那边凌西雅的声音里带着难以掩饰的惊喜。

"西雅吗？裴衿衿在你那吗？"

听到施南笙问裴衿衿，凌西雅脸上的笑容僵了两秒："你们……吵架了？"

"没。"

"那你怎么会找不到她？"

不愿耽误时间施南笙并不想和凌西雅说太多，便道："打扰了，西雅。"

凌西雅连忙叫住施南笙："哎，等等南笙。"

"嗯？"

"你和她，住在一起吗？"

施南笙答非所问地回了凌西雅的问题，语气很温和，像是寻常老友间的聊天，但细微的语气变化和用词足以让认识他多年的凌西雅明白，他不高兴她过问他的私生活。

"西雅，我记得，你可不爱八卦的。"

凌西雅干干地笑了笑："呵呵，好了，不问了，你赶紧找她。"

"嗯。"

收线之后，施南笙又打了两次裴衿衿的电话，依旧没人接。

常年生活简单明了无烦心事的施南笙情绪有些躁动，双手习惯性滑进裤兜里，微微蹙起眉心。一萌消失这么久，还没有找到，他花了周末两天时间配合付西喆找线索，毫无结果。现在傻妞又不见了，难道有人专门对他身边的女孩下手？

*

C 大，女生宿舍十三号公寓，五楼 510。

裴衿衿拖着酸胀的腿走进房，沉沉坐到椅子上，长长呼了口气，总算爬上来了，她这两天爬楼爬得真想吐了。

"衿衿，你现在洗澡吗？"同寝室同系不同专业的舍友潘良良拿着睡衣看着裴衿衿。

"你先，我喘口气。"

原来，周六接完施南笙的电话，裴衿衿收拾了衣服和书本打车到 C 大，借着入学时施南笙亲自带着她去行政楼的"影响力"，在校长助理用心的调配下，顺利入住 C 大女生宿舍。而且，她上了一周课，同班同学对这个时不时就跑出几句经典话语的"犀利姐"越来越喜欢，女生们知道她以后住校，拉着班上的男生为她开了个班级欢迎晚会，一整个班的同学在校外聚餐唱 K，玩到宿舍门禁时间才回来。

Beyoncé 的《Halo》在宿舍里响起，裴衿衿听了好一会儿才想起，这是她昨天换的新手机铃声。

手机？

裴衿衿摸自己的口袋，这两天穿的裙子没兜，她把手机放哪儿了？直到铃声停止，还没找到手机。

舍友杜雅丽好心道："你号码多少，我呼你。"说着，拿出了自己的手机。

裴衿衿转头看着杜雅丽，皱了下眉头："我……忘了……"

"不是吧？！"潘良良裹着浴巾从洗手间跑了出来，对着裴衿衿道，"你也太奇葩了，连自己的手机号码都能忘记，人才。"

"号码没用几天，我没特意记。"

杜雅丽看着潘良良："哎，我说吃货，你这么快就洗完了？"

"没啊，我忘了拿沐浴露。"

杜雅丽翻翻白眼："我去，说别人人才，你也是个人才，洗澡忘沐浴露。"

潘良良一只爪子揪着自己的浴袍，一扭一扭朝洗手间走着猫步，扬扬另只手中的沐浴露，为自己力证"清白"："不要拿我和奇葩妹相比。我是要试试下午新买的'玫瑰香'沐浴露。呀呀呀，玫瑰香啊玫瑰香。玫瑰玫瑰，我爱你……"

嘭的一声，宿舍门被人大力从外面推开，一个身影冲了进来，接着就听到一个女士提包砸到书桌上的声音。

"嗷，跑死老娘了。鸭子，我跟你说，刚才有多惊险你是不知道，就在宿舍铁门要关上的 0.001 秒，老娘迈着 0.75 米的优雅大步，以迅雷不及掩耳之势，将我妙曼的身姿从那一丝丝的门缝中挤了过来，场面相当之惊险，速度相当之快，动作相当之惊艳，简直让宿管大妈看得瞠目结舌五体投地。"说着，女孩来了最后一句总结，"啊……想不到我这么的完美，真是想不爱自己都难。好讨厌，怎么可以这么棒。"

裴衿衿翘着嘴角看着一个黑色性感修身包臀的女子，这应该就是她搬来两天只闻其名不见其人的第三个舍友了，大三学姐，苏紫。

"嗯？"苏紫总算发现了裴衿衿，目光从杜雅丽身上转到她身上，"哪个部门来的？"

杜雅丽连忙介绍："她叫裴衿衿，新同学，以后住我们宿舍。衿衿，她叫苏紫，高我们一届的学姐，校外公司找了份兼职，周末上班。"

"裴、衿、衿？"苏紫细声念着裴衿衿的名字，慢慢踱步走到她面前，仔细打量，"校草施南笙的新欢？"

杜雅丽愣了下，显然没料到一向只对赚钱感兴趣的苏紫竟知道最近校内网最火爆的新闻的女主角。

"如果我说，我不是他女朋友，你信吗？"

苏紫又将裴衿衿细看了一番："信。"

裴衿衿笑："你是真信。她们……"看着杜雅丽，"不信。"

"嗨，她们和我的智商不是一个档次的。"苏紫摸摸自己的脸，对着洗手间大喊，"吃货，你洗好了吗？清炖还是熬汤啊，洗这么久，水费很贵的，赶紧出来。"

洗手间传出欢乐的声音："我爱洗澡好多泡泡……"

裴衿衿笑出声，看来她运气不错，遇到仨可爱的姑娘。

潘良良洗完澡后，接着是苏紫和杜雅丽，到裴衿衿洗漱出来后，宿舍楼不少的房间都熄了灯。

苏紫坐在床上，手里举着小镜子研究着自己的脸，低声碎碎念着："这腮要再小点就好了……攒钱攒钱。"

啃着苹果的潘良良问："攒那么多，去整容啊？"

"要你管。"

"整得再漂亮也没用。"潘良良嘚瑟道，"你没看网上将金喜善的女儿和阿汤哥的女儿做对比的帖子吗？有本事，你把基因都整过来才是本事。"

"老娘存钱不整容还不能干别的！"苏紫无比怨念着，"你以为谁都像孙一萌那么幸运，哎，施氏财团董事长的独子哇，为什么施南笙会生得那么好看，没天理啊。"

"你见过？"

"老娘在C大读书三年就遇见了他一次，目测距离三米，啧啧，那皮肤真好，五官挑不出半点瑕疵。哎，那个……"苏紫看着用毛巾拭擦头发的裴衿衿，"有机会帮我问问校草用什么牌子的护肤品。"

潘良良仰头看着苏紫，嘴角还挂着一点苹果屑，嘴里咂巴不停，说道："衿衿告诉你

又怎样，你还能用得起和施家大公子同品牌的东西？"

"嘿……"正爬梯子上床的杜雅丽笑了，"吃货这次脑子怎么这么灵光，反应挺快啊。"

"妹妹我反应向来就快。"

潘良良得意了。

苏紫挑挑眼角，睨着潘良良："得意个什么劲儿，反应快也不过就是个机灵胖子，心地好点叫善良胖子，开心时也不过叫幸福的胖子，大了叫大胖子，小时叫小胖子，死了叫死胖子。哼。"

咔嚓。

潘良良狠狠地咬一口苹果，瞪着苏紫："我是胖妞我怕谁。我要胖成一片海，淹没所有炫耀的死瘦子。哼！"

宿舍里常年扮演调停角色的杜雅丽抖开薄被，说道："死胖子，死瘦子，我睡了。"

裴衿衿放下毛巾，湿润的长发披在背后，走过潘良良身边时，用手拍了下她的肩膀。

"良良啊，有一天，你一定会瘦成一道闪电。"

"啊？"

潘良良呆呆地看着裴衿衿："真的？"

"嗯。"

苏紫甩了下头发："裴同学，撒谎不是好习惯噢。"

裴衿衿微微地笑着："女生在二十一二岁时，身体会有自我调控的抽脂阶段，只要个人体质不是特例，绝大部分都会瘦下来。"

"真的吗？"潘良良来了兴趣。

裴衿衿摸着潘良良的头，目光温柔："过两年不就知道了。"

"哇。"潘良良意气风发道，"老子要瘦成一道闪电。"

苏紫来了一句："那你一定是狂风暴雨前的闪电。"

"噗。"

"哈哈。"

裴衿衿和杜雅丽没忍住，直接笑喷了。

夜深人静的时候，C大女生宿舍十三号公寓五楼510里的四个姑娘都进入了梦乡。

"Remember – those – walls – I built，Well – baby – they're – tumbling down……"Beyoncé音域宽广的天籁搅动宁静，在黑暗的空间里听起来尤为清晰，歌声最先吵醒了杜雅丽，迷糊了几秒，知道是裴衿衿的手机在响，轻声叫她。

"衿衿。"

"衿衿,电话。"

跟着,苏紫被吵醒:"哪个不怕死的吵人春梦啊。"后面,苏紫嘀嘀咕咕地骂了些听不清的字。

杜雅丽坚持不懈的"呼唤"总算成功让裴衿衿和周公分手,缩在被子里的裴衿衿懒糊糊地应声。

"干吗?"

"你电话。"

"嗯。"

裴衿衿应了声,蒙了头,继续睡。

电话铃声停了,宿舍安静了,可没几秒,Beyoncé又在宿舍里唱了起来。一首歌曲再优美动听,但若是一而再再而三地在人十分瞌睡的时候唱响,只怕也会让人床火大增。

"吃货,吃货。"苏紫开始叫和裴衿衿睡在同一边的潘良良,"胖子,死胖子。"

杜雅丽加入叫人行列:"良良,良良。"

潘良良咕哝了两声,继续安睡。

苏紫冒火了:"真想把这只吃货掐死。潘娘娘,潘娘娘,闪电,闪电,想变闪电的潘娘娘。"

"嗯,干吗?"潘良良终于回话了。

"去,把裴衿衿给老娘端下床。爪机叫魂似的,让她赶紧发功搞定,再吵到老娘睡觉,看我不把她和她的爪机扔出去。"

"噢。好。"

潘良良将身子缩下不少,一只脚踹着她的床和裴衿衿的床铺之间的铁栏杆。

"衿衿,起床,接电话。"

裴衿衿蒙着被子答道:"不想起床,不接。"

电话第三次响起。

苏紫吼:"我说闪电,你丫不会两只脚踹啊,装什么斯文,你那佛山无影双脚运起十成功力,不信她床铺不散架。"

裴衿衿打了一个长长的哈欠:"大家不要急,一会就不唱了,都倒下睡吧,乖。"

就像是一个魔咒,裴衿衿说完后,铃声响完第三次,果真停了。

但,裴衿衿到底没有彻底明白打她电话的人是谁,于是,十分钟后……

510宿舍的姑娘们刚要再度进入美梦中,一阵敲门声响起。

苏紫恼火地踢了下被子:"我××你个○○的,今晚还让不让人睡了。闪电,去开门。"

叩叩叩。

杜雅丽问："谁啊？"

"宿管。"

什么？！

510 的姑娘们都睁开眼睛，宿管大妈来了？

潘良良抱着被子小声怯怯地说道："瘦子苏，宿管大妈的胸部怎么都不可能缩小到 - A，你倒是要小心她'隔墙有耳'听到了你的话，扒你一层皮。"

杜雅丽从床上爬起，下床，打开了门。

"请问，这么晚，有事吗？"

宿管大妈手里拿着工作登记簿，低头看了看，问道："你们宿舍是有个叫裴衿衿的吗？"

"是。"

"让她出来下，楼下有人找。"

杜雅丽点点头："好。"

叫完人的宿管大妈端着严肃的表情离开，杜雅丽关上门，走到裴衿衿的床下，"衿衿，楼下有人找，你赶紧下去下。"

"嗯。"

苏紫和潘良良见没自己什么事，安心地睡觉，杜雅丽也爬回自己的床，继续睡觉。

五分钟过去，裴衿衿还躺在床上。

十分钟……

十五分钟……

半小时过去，裴衿衿依旧在自己的被子里睡得踏实，她实在是被周末两天跑上跑下买生活品和一晚上的嬉闹给折腾累了，只想睡觉。

叩叩叩。

510 宿舍的门又被敲了。

苏紫终于暴走了。

"老娘倒要看看是哪只妖魔在门外嚣张，今晚不收你进雷峰塔都对不起法海。"

说着，苏紫三下两下从床上下来，趿拉着拖鞋冲到门前，大力地拉开门，"今晚到底还……"让不让老娘睡觉了。

杜雅丽和潘良良只听到了半句话，后半截的话音都卡在苏紫的喉咙里。

苏紫看着眼前的男子，脑袋瞬间死机，没了反应，老天，她在做梦吧？！校……校草……校草大晚上的敲开她的门，临风翩翩站在她的面前？！

"不好意思，打扰了。"施南笙轻声说着话，"请问我能进去找裴衿衿吗？"

话是个问句，但施南笙却没有给苏紫说"NO"的权利，在宿管大妈和C大安保部长的眼前背脊笔挺走进了宿舍。

"嗷！"

见到施南笙走进宿舍，潘良良整个吓得睡意全无，像安了弹簧般从床上弹坐起来，嘴巴张了"O"字型。四个人中性格最稳重的杜雅丽也惊得叫了一声。

"啊！"

施南笙走到裴衿衿的床下，因有高度优势，裹在被子里的女子显得不那么难以抓到。

"裴、衿、衿！"

裴衿衿睡意朦朦地含糊应声："干吗？"

施南笙声音里已带了丝丝不悦："起床。"

"手机不是没响嘛。"

通过沁春园监控查到裴衿衿拖着箱子出门，然后费了些心力和时间追查到她来了C大，从C大后勤部长的口中得知她确实住进了C大女生宿舍，那一秒，施南笙清晰感觉到自己心脏落回到原处。他不怕她不告而别，他也不怕她对他闹什么女孩子脾气，找不到她，他只怕她又遭遇了什么不好的事情，她那么傻的一个姑娘，没他保护，他不知道她是不是被人欺负了又只会傻傻呆呆站着，任人责骂。来C大的路上，他的心，是安的。他很清楚，自己只不过想问她几个问题，为什么搬到C大？为什么住宿舍不通知他？为什么他连打那么多电话她不接？

可是，结果呢？

他赶到C大，她还是不接电话，可以，他请宿管大妈到楼上叫她。

半小时不见人。

现在他亲自来楼上找她，她不起床，没问题，他移驾到她的面前。

她！她说了一句什么！

敢情她听到了手机铃声就是不想起床接听啊！

好！很好！非常好！他施南笙眼巴巴地担心着她，结果是自作多情，人家姑娘根本就不想听见他的声音，人家烦他烦得很。

施南笙看着裴衿衿被子外的后脑勺，转身便准备离开，她既然讨厌他，他不会再管她！

门口站着的苏紫在施南笙和裴衿衿两人简短的对话中回了神，知道施南笙是真的来了气，连忙大声对着裴衿衿道："裴衿衿，你男人要被你气走了！"

有那么一下，施南笙的脚步停住了。

裴衿衿的男人?!"

裴衿衿总算睁开了眼睛:"我男人……"

从床上转头看到朝门外走的施南笙,裴衿衿慵懒地问了句,"你还没睡?"

施南笙一口气哽在胸腔里,他知道她在问他,但他是真气,气得不想转身和她说话。

还没完全看清形势的裴衿衿自认很体贴地说了一句,"你早点睡,明天要上课呢。"

一只脚跨出门的施南笙终于站住,周一他有什么课?上个星期若不是她有课,他会起早床送她来学校?她到底属什么的,睡个觉能把智商睡得像某种动物。

"裴衿衿。"施南笙转身看着裴衿衿,"三分钟后,我看不到你出现在我身边,你信不信,我会让人拆了你的窝,将你连人带床抬下楼。"

宿舍里的人在施南笙越来越远的脚步声里反应过来。

"嗷。"潘良良学狼嚎,"校草好霸气!"

苏紫一脸花痴:"施家大少,绝对大少风范啊。不行了,要迷死了。"

杜雅丽看着裴衿衿:"一分钟过去了。"

很快的,510宿舍跑出一个纤瘦的身影,啪嗒着拖鞋,长发翩翩飞舞在背后。

走在宿管大妈和安保部部长前面的施南笙听到楼上传来的急促脚步声,浑然不自觉地勾起嘴角,还真需要他撂狠话才会乖。

仿佛是为了惩罚裴衿衿,施南笙下楼的速度悄然快了些,他发现,被她追逐的感觉,不错。

没有多余声响的楼梯间忽然响起一声。

"啊!"

施南笙的脚步瞬间止住,在宿管大妈和安保部部长没反应过来前,一个身影已经朝楼上快速跑去,咚咚的脚步声比刚才追他们的声音快了太多。

裴衿衿整个人斜挂在楼梯扶手上,一只拖鞋掉到了五级阶梯下,表情痛苦。

"衿衿?"施南笙喊了一声,跑到裴衿衿身边将她小心翼翼地半扶半抱拉起,忍不住埋怨,"跑太快了吧。"

"鞋。"

看到裴衿衿翘起一只光光的脚丫子,施南笙连忙四处看了下,帮她把拖鞋捡起,穿到她脚上。哎,不懂"客气"得罪不起啊。

"磕到哪儿了?"施南笙问。

"膝盖。"

施南笙蹲下身子检查了下:"擦破皮了,去消毒,上点儿药。"

"不去。"

"理由？"

"疼。"

"不成立。"

"不去。"

施南笙瞧着眼底透着坚持光泽的裴衿衿，嗓音里有着比她强烈太多的不容抗拒："我施南笙下了定论，没人可以更改。"

*

校外的二十四小时门诊。

"嗞。"裴衿衿哆嗦了下，看着给自己膝盖消毒的女护士，腹语：疼啊疼啊疼……

护士小姐该是听惯了患者这样的叫声，一点没放在心上，手上动作十分熟练，消毒完一只膝盖转另一只。裴衿衿嗞嗞了三次后，觉得自己不能再发声了，因为她发现她嗞一次护士小姐下手就重一层，为了她的右膝盖，她得忍。

裴衿衿右膝盖是直接磕在铁扶手上，伤口比左边的情况严重不少，护士的消毒药水刚碰到她，整个人就激灵灵地颤了下，下唇被牙齿紧紧咬住才没叫出声。

一旁的施南笙见到裴衿衿的模样，到底忍不住了。走到她的身边，对着护士道："你轻点。"

护士抬头，接触到施南笙目光时，脸色悄悄泛红，随后，声音温和地向裴衿衿说话："消毒时是有些疼，你忍忍。"

裴衿衿真想说，能忍住她叫干吗，有本事她磕成这样她来给她消毒，保管她叫得比自己凄惨两倍，十指尖尖都连着心呐，何况她划出这么大的伤口，全赖某人。想着想着，抬头瞄身边的人。

诡异的事情就在裴衿衿斜觑某男子的时候出现了，她自认讨伐的目光到了施南笙的眼中成了娇滴滴的哀怨。而且，下一秒，他的动作实实在在惊到了她。

第三章
过往，不念纠葛，不望相守

  裴衿衿见到施南笙的俊脸一点点在自己眼中放大，还来不及有任何反应前，额头上轻轻落下了一个吻。
  忙着给裴衿衿消毒的女护士显然也被施南笙突然的动作惊到了，呆呆看着他们，有种不真实的唯美感，像看一张被人精雕细琢过的"凝爱"画作。
  施南笙一只手掌轻抚在裴衿衿的头顶，腰身弯到他的目光刚好与她视线相平的位置，定定地看着发愣的她，唇角微勾，连狭长的眼睛里都带着浅浅的笑意。
  一笑，倾城。
  裴衿衿耳朵立刻听到的声音就像他刚刚给她的亲吻，轻轻的，软软的，像一缕幽幽的风吹进她的耳膜，直溜溜地往她心田里钻。
  他说："衿衿，不怕。"
  有时候，人真的是奇怪的动物。明明简简单单的词语，明明也从别人的口中听过，明明知道话语再轻松改变不了身体的痛楚，明明知道哄人的话功效就是为了欺骗人，但听了就是让人控制不住地变得坚强无畏起来，仿佛所遭受的一切苦痛都不值得一提。很多时候，我们不是缺少安慰自己的话，而是缺少心底真正想要的那个安慰自己的人。他可以说话，他也可以什么都不说，只要他在，心就是坚强的，无所畏惧，无所疼痛。
  裴衿衿觉得，她活这么多年，磕磕碰碰不知多少次，受伤时，长辈同学的安慰从不缺，可哪一次哪一个人都没这次施南笙的有效，她似乎真的不怕不疼了。
  "嗞！"
  裴衿衿痛得打颤，内心嚎着，哪里是什么施美人的话让她感觉不疼啊，明明就是刚才护士小姐停了帮她消毒的事，人家一动，她照样疼得龇牙咧嘴的。
  她不知道，她痛，只因，此刻他不是她心底的人。

有一种勇敢叫,只要握紧你的手,天塌地陷我都不怕。

或许是把施南笙对裴衿衿的态度理解成男朋友十分心疼女朋友,护士小姐的动作柔和了许多,上药包扎都尽量不让裴衿衿痛得太厉害,很快就把他们俩打发了。

裴衿衿趿拉着拖鞋走路姿势有些奇怪,连连看了好几次膝盖,怎么包得像个大馒头,活像她不是划道伤口而是膝盖骨折。

"怎么了?"施南笙问。

裴衿衿如实回答:"走路不方便。"

"过几天就好。"

"还不如不包。"

施南笙声音陡然就严肃了起来:"你拆掉试试!"

"美男,不要威胁我,我会顺着你的话听的。"

施南笙站定脚步,侧身看着裴衿衿,对着她慢慢笑开:"你,试试!"

裴衿衿眼中的倔强越聚越多。

看着裴衿衿一副"刘胡兰"的架势对着他,施南笙其实自己心里也没多少底,要是她真的拆了膝盖上的纱布,自己真会将她五花大绑固定在医院的床上?

但,裴衿衿的脑子又岂是正常的施校草能理解的呢?

裴衿衿摆出献媚的狗腿样,两只小手抓着施南笙的一只袖管,轻轻摇啊摇:"不好意思啦,人家知错了,不拆就是了嘛。"

忽地一下,施南笙愣了。一直被裴衿衿的"言简意赅""不懂客气""叛逆诡异"等等各种奇葩特质虐待的施南笙略微地低着头,望着她,心中问号直冒。不是吧,这么乖顺?不正常啊。

施南笙面色上虽带着疑问,但不得不说,她这小狗式的摇尾乞怜模样还真是讨了他的喜,怎么瞧怎么舒服,小女生不就得这样么?巴拉巴拉着他的胳膊,乖乖顺顺的,整天弄些噎死他的话难道就能证明她不是傻妞?没戏,她的傻,他认定了,翻不了身。智商-2,即便回炉再造,估计也只能提升到0,跟他这样的人才混日子,充其量也就能到+2。她这辈子啊,智商就在-2到+2之间了。

"真知错了?"施南笙轻轻扬了点尾音。

"嗯。"

见裴衿衿态度确实很好,施南笙颇为大方地放过胆敢挑衅他威严的小女子,毕竟是第一次犯嘛,小女孩,不懂事,他哪能和她计较太多,知错能改,孺妞可教。

"走吧,回家。"

裴衿衿跟着施南笙走到他的车边,却没上车,对着他礼貌地说道:"路上小心开车。"

施南笙停下拉开车门的动作，挑眉："你想回 C 大？"

裴衿衿反问："有问题？"

那是她的宿舍，她难道不可以回去？

"上车。"

施南笙的声音听着很温和，但，这仅仅是他的好素养所决定的，事实上，他有些生气，只不过不想花时间和裴衿衿争论无聊的问题，他让她暂避沁春园，并不是有心赶走她，她若不满，可以对他发脾气，一声不响地搬到学校宿舍像怎么回事？现在他深更半夜跑来接她，她难道还不知足？

裴衿衿仿佛没听见施南笙的话，轻声道："我回学校了。"

下一秒，施南笙看着眼前的姑娘转身，小走几步，拦住医院大门口的一辆空的士，打开车门，上车。

"师傅，请到 C 大西门。"

直到橘黄色的的士车消失在视线里，施南笙站在沃尔沃车边还没一丝动作。

什么？！她居然扔下五个字就这样在他眼皮底下走了？！

*

从医院与施南笙分别后，整整一个月，裴衿衿的手机上再没出现过那个和她只差一个数字的电话号码。

施南笙不再给她电话。

施南笙不再提醒她不要走错教室。

施南笙同样也不再关心她是不是生活无忧。

他和她，就像从来都没认识过一样，过着自己的生活，吃着自己的饭，走着自己的路，忙着自己的事情。两人的生活里，都寻不到对方一点痕迹。慢慢地，就连火极一时的校内网的新闻都淡了下来。众人在围观"裴衿衿被甩"后嘲讽她几句，又无限感慨了"豪门不好进"，时日渐长，事件也就平息了。

周六晚上。

C 大，女生宿舍十三号公寓楼 510。

嘭！

从开门方式和声音分辨，裴衿衿头都没抬就知道，苏小姐回来了。

包包砸书桌上后，响起堪比宰杀某种动物的尖叫声："啊！什么玩意，给的钱那么少，要干的事那么多，居然还来一个 BT 上司，鸡蛋里面挑骨头，想 fire 我直接说，这么虐人，气。"

杜雅丽看着火气正旺的苏紫，难怪她今晚回来，原来是被气回的。

苏紫拿着水杯走到饮水机前，气呼呼地放了满杯的矿泉水，咕咚喝了两大口，一只手叉着腰，长长地吐了口气。

"哎，裴奇葩，说几句话来安慰安慰姐姐。"

一个月下来，不止510宿舍的人，就连裴衿衿班上的同学都习惯了听上一两句"裴氏经典语录"，不管是她原创的还是从各处学习来的，只要经她口，效果瞬间升级，很多时候彪悍得让人不敢直视。

裴衿衿看着手上的心理案例分析教材，看似漫不经心道："昨晚在网上看到一段视频，某一周姓的名人说：人啊，好了遭人嫉妒，差了让人瞧不起，开放点人说你骚，保守点人说你装，忠厚的人家说你傻，精明的人家说你奸，冷淡了大伙说你傲，热情了群众说你浪，走在前头挨闷棍，走在后头全没份，总之就算你再好也会有人从你身上挑刺儿。这就是：现实。"

"这段话用一句现在网络上流传得比较广的话概括就是：你又不是人民币，怎么可能做到人人喜欢。再说了，你就真是人民币，也不见得张张都被人喜欢，一毛和一百，差别待遇很大的。"

潘良良正巧从别的寝室串门回来，听到裴衿衿的话，不明情况地接了一句："我看苏紫顶多就是张'五毛'。"

"潘！闪！电！"苏紫转身伸出白骨爪，直袭潘良良的胸部。

"嗷。"

宿舍里闹腾了一会，听到敲门声。

杜雅丽问："谁？"

门外传来一个秀秀气气的女生声音："请问裴衿衿在吗？"

潘良良骑在苏紫的身上，转头看着裴衿衿："找你的。"

"死胖子，你还不起来，我的小蛮腰都要被你坐碎了。碎了我一地琉璃，你赔得起我的青春时光吗？"

潘良良翻白眼："还碎你一地琉璃，我看是碎你一地粉底。瘦不拉叽的，给我当坐垫我还嫌不够圆润。"

苏紫从地上爬起来："圆润？你当姐是什么？猪啊！还圆润。吃姐一脚。"说着，抬脚对着潘良良踹过去。

"我闪，我闪闪闪。"

裴衿衿站在门口，门外的陌生女孩问她："你就是裴衿衿吧？"

"嗯。"

"宿舍楼下有人找你，你能马上下去吗？"

潘良良闪着闪着就闪到了站在门口的裴衿衿身边，惊喜道："校草？"

苏紫也停下"追杀"潘良良的动作，看着裴衿衿，大喜："是是是是，说不定就是帅得天塌地陷的校草大人。"

"人家找的是衿衿，你这么亢奋干什么？"潘良良送一记卫生眼给苏紫，"一脸花痴样，有失身份。"

"犯花痴是每个女人的权利，随姐高兴。"

马上，苏紫就发现了问题，拉着裴衿衿，"不对，等等，你不能下去。"

潘良良问，"为什么？"

"平时说你二你还不承认，看吧，脑子不够使了吧。"苏紫挑挑眉角，"裴奇葩下去了，校草就不会上来，他不上来，我们看什么？去，裴奇葩，你到床上躺着，没姐命令，不许下床。若你胆敢走出这510半步，我们仨就把你逐出'奇葩教'。"

门外的女子看着眼前几个自顾自YY的人，憋着笑，道："不是校草找。"

一听不是施南笙，苏紫一把将裴衿衿轰出510宿舍。

"去去去，赶紧下去，不争气的东西，我说怎么最近没见到我们美丽的校草给她电话了，还听到风声说把她甩了，真是让姐失望，原本还打算当一回'皇亲国戚'，这下全被她弄没了。"

裴衿衿哭笑不得朝楼下走。

潘良良关上宿舍门，看着苏紫："你说，衿衿没事吧？"

苏紫一改刚才的悍妇模样，认真想了想："看样子，没事。"

"那次，感觉校草挺关心她的，怎么就……"

"哎，施校草岂是一般人，你别忘了还有一个孙一萌，裴奇葩一看就傻，怎么可能抢赢。"苏紫走到自己书桌前，悠闲着道，"要说，裴奇葩真搞定校草多好，那男的，我看得出，真正的很好。"

刚洗完澡穿着睡衣的裴衿衿走出宿舍楼。

因为穿的是睡衣，裴衿衿并没有走出宿舍楼太远，站在门前两步的地方朝左右看了看。还没到宿舍门禁的时间，进出的人不是很多，很快她便看到二十步开外的地方站着一个貌似在等什么人的高瘦男孩子。男孩子也在裴衿衿看他的第一时间发现了她，约等了三秒，朝她走了过来。

"衿衿。"

男生看着裴衿衿，显然没想到她会是这样的装束出现，在他的观念里，女生见陌生人时都会精心打扮一番，希望能给人以好印象。当然，也有些姑娘是自然派，不做过多的修饰。但，不管哪种，都不会出现穿着睡衣见素昧平生的男生吧。可是，他却好喜欢她这样的模样，越发像一个纯净的天使，不染尘埃。

裴衿衿一脸"不敢相信"的表情到处看了看，打探时，悄然和男生拉开了距离，问他。

"你是？"

"哦，我先自我介绍下。我叫凌萧玮，C大经管系，大二。"

裴衿衿声音无波地轻声问："找我，什么事？"

号称经管系最帅的男生凌萧玮有些诧异，平时他找女生时，绝大部分脸上会出现娇羞的表情，何况，他现在手上还拿着一个粉色的礼物盒，这尊容出现在女孩面前，再笨的女孩都该知道他为什么来了吧。怎么到了裴衿衿面前，她完全感觉不到他送出的讯息呢？面对完全感受不到他"电力"的裴衿衿，凌萧玮哽了下喉，有些局促了。

"那个……"

"我明天早课，若没重要的事，我回去了。"话音还没落下，裴衿衿转身便准备上楼，腹稿都没打好就来找她，耽误彼此的时间。

"等一等。"

怕裴衿衿真转身上楼不留他说话的机会，凌萧玮突然伸手抓住她的手臂。

*

不远处，提着笔记本电脑的赵韩和手里拿着两本书的施南笙正走着。

"哎哟……"赵韩看着亮灯的女生宿舍楼群，感慨，"南笙你说说，像我这种玉树临风风度翩翩的美男子居然也没有女朋友。哎……女朋友这种生物难道是天上的星星，只能让我远远地观望？悲哉，悲哉。"

施南笙轻轻笑了下。

"今年光棍节哥们一定不能过，太凄苦了。"

"呵……你先把你三分钟热情的毛病改掉，不然，保证第十任也撑不过一个月。"

"你别诅咒哥。"赵韩笑骂着，眼睛不经意看到一幕，用手肘捅捅施南笙的胳膊，"哎哎哎，看那，你的小天使被人性骚扰。"

施南笙的性子本是极不爱管闲事，若是平时别人让他看什么热闹，他的目光移个5°视角都难，可听到赵韩说"你的小天使被人性骚扰"，鬼使神差地，他就转头看去。

墨色如夜的双眸里，一个高高瘦瘦的男生一手拿着礼物一手抓着……她。

*

裴衿衿看着凌萧玮，心有不悦，而且心有所想，面有所表，一点就没打算掩藏自己的情绪。

凌萧玮一愣，连忙松开手。

"不好意思，我、我不是故意冒犯的。"

裴衿衿反问："你不是有意拉住我？"

"是。"凌萧玮想为自己辩解什么，说道，"我想你别这么快上楼。"

"那还不是故意？"

凌萧玮无言以对，看着裴衿衿，脸色微微发红。之前在校内每次看到她，都觉得她是个需要被好好呵护的天使娃娃，和他以往的那些身材性感、性格张扬的女朋友有着天壤之别。他以为，这样温婉如清泉的女孩是极容易追到手的，几束玫瑰花，几封情书，几份礼物，几次咖啡厅的深情凝望，一切便手到擒来。可她，似乎带刺。

让凌萧玮更加想不到的是，裴衿衿对着他说了一句——

"晚上我想个拒绝你的理由。"

一阵风吹来，凌萧玮像尊石像一样站在女生宿舍十三号楼的大门前，看着裴衿衿的背影消失在楼梯拐角。

赵韩在不远处一手扒在施南笙肩上闷笑得快出内伤。

见裴衿衿上楼，施南笙扫了眼赵韩，迈开步子朝天文楼走去。

"哎哎哎，南笙，别走这么快嘛。"

"哈哈。"

"哈哈……"

施南笙低声道："还没够？"

"哈哈……"赵韩乐得很，"你不觉得她真的很逗么，别的女生看穿男人的心思，会装傻，会玩娇羞，她不娇羞就算了，大不了就直接戳穿别人嘛，可你看看她是怎么回答的，等她想一个拒绝的理由，哈……人家萌芽还没破土就给她踩死了，残忍啊，太残忍了，惨不忍睹。连拒绝的理由都要她临时去想，整个连敷衍都不想啊，你说，这男人有多不讨她的喜。"

"人家既是来表白，她说那些敷衍的理由，能拒绝成功？"

赵韩笑："那她就不怕别人反咬一口说她自作多情？"

施南笙不答，信步走着。

被人误会自作多情？哼，就算被人那么说，以她的傻，估计也不会尴尬。

"哎，我发现个事。"赵韩像是发现了什么大秘密，一脸神秘兮兮地探瞧着施南笙，"有鬼，有鬼，肯定有鬼。"

"我发现，你和天使分手了。"

施南笙目光蓦地一凝，微微眯起眼。

亲见凌萧玮对裴衿衿表白的夜晚，施南笙睡在自己的床上，翻身几次还是没能睡着，索性从床上起来，下楼给自己泡了杯咖啡，坐到了沙发上。

"我发现，你和天使分手了。"

不知怎地，施南笙脑海里冒出赵韩在天文楼前说的话。

他和她……分手？呵呵，可笑。他们从未在一起过，何谈分手？可，看到那个男人在宿舍楼前抓着她的一幕，为什么他会有种自己东西被人觊觎的感觉？不舒服。

施南笙略微地蹙起眉心，傻妞是他救的，也是他放进C大的，自然是"他的人"，他这个堪比她在Y市的监护人还没松口，别人岂能沾惹她？

一瞬间，施南笙脸上浮现出不悦。

一个月前她在医院不听他的安排，把他气得不轻还不知悔改，若是之后主动给他打电话认错，也就罢了。偏偏她居然一个月里，对他无声无息。她心里没他，他又何必为自己惹麻烦。

"哎……"略感疲惫的施南笙叹了口气，将头朝后仰靠在沙发上，看着天花板上的水晶灯，奢华、夺目、光鲜靓丽……她与他们的世界真的太不同了，明知差距太大，为什么他却有些想要去她的世界探索的欲望呢？这种感觉，以前从未出现过。

*

新的一周。

裴衿衿和杜雅丽刚抱着书走进教室，讲台处围着的几个女生一脸兴奋地看着她俩，更具体地说，是盯着裴衿衿，笑得让人顿觉四个字，不怀好意。

果然，当裴衿衿坐下后，几个女生拿着书从三排前的位置换到了她的身边。

"衿衿啊。"副班长林琳笑靥如花地对着裴衿衿猛眨眼。

裴衿衿笑："别，副班，您老有话直说，你知道，我对美色的抵抗力向来不强，不要考验我。"

"啊，我就知道衿衿你是最好说话的。是这样……"

"衿衿。"林琳的话才说一半，教室门口响起一个洪亮的声音，裴衿衿只听得有人喊自己，才抬头去看，一个人影已经蹿到了面前，速度之快让她不禁怀疑眼前的人真是胖妞潘良良。

"闪电，你怎么来了？"裴衿衿问。

"我们专业下周末和生物系某专业联合组织一次活动我得到可靠消息需要随行五名心理专业的同学我是来强烈要求你一定要抢到五分之一的名额随本宫一起出游，好了，说完了。"

潘良良噼里啪啦说完，裴衿衿和一干人听得三秒钟没反应。

"你听到了？"

裴衿衿点头："听到了，但是没听清。"

潘良良鄙视地扫了眼裴衿衿："本宫再 say 一遍。下周末，我们专业和生物系一专业组织活动，要五名心理专业学生随行，本宫要你施展十八般武艺拿到名额，随行。你的，明白？"

"明白。但，不想去。"

"Why？"

问话的，不止潘良良，还有林琳等几人。

"要睡觉。"

潘良良挥手一巴掌推在裴衿衿的脑门上："我说你能不能出息点。啊。你知不知道，我们会死很久，百年千年万年，有你睡的机会，活着的时间不多，葬送在你那巴掌大的破床上有什么收获。睡再多，你也成不了美人，王子没功夫爬床吻醒你。"

杜雅丽在旁边笑出声，摊开书本，道："潘良良同学，你就把你肚子里那点实话抖出来吧。"

"啊！"潘良良惊讶地看着杜雅丽，"你看出来了？"

裴衿衿将开始的一巴掌还到潘良良的脑门上："用苏紫的话就是，'你屁股一撅，老娘就知道你要放什么屁'，从实招来。"

"嘿嘿……"潘良良笑得极为奸诈，"那我真说了哈。"

"说。"

"我们这次活动的目的地正好还有一个专业要去。"

潘良良的话才说一半，林琳她们就替她把后面的说了出来："天文系夏季星空观测地。"

裴衿衿大约猜到潘良良找她为何了，装傻道："没兴趣。"

潘良良不急不躁地掏出手机，发出一条彩信。几秒后，裴衿衿手机嘀嘀作响，掏出手机，打开。

"潘良良！"

潘良良摇着手里的手机："你不把校草请出马，我就把这照片发到校内网上去。走了。"

裴衿衿眼睁睁地看着小肥妞扭着她的琉璃水桶腰走出教室，嗷，有一个偷拍她"穿着内衣内裤坐在床上抠脚趾"的室友是多么可怕的事情啊！

上完一天课，裴衿衿抱着课本朝宿舍爬，看到前面约五十米外一群说说笑笑的人中有个身影很像潘良良，一下想起了她发她的彩信。

"这死胖妞……"

极为不情愿地,裴衿衿掏出自己的手机,翻到那个从没拨打过的号码,想了想,编了条短信息发了出去。

*

刚刚走出天文楼的施南笙感觉到裤兜里手机振动,掏了出来。

嗯?

见到那个"熟悉"的号码,施南笙愣了下,她?

"下周天文专业的夏季观测活动,你去吗?"

施南笙略略搜了搜脑子里关于下周事务的安排,什么夏季观测活动?

"施学长。"

迎面两个声音略显青涩的女生站在施南笙的面前,看着他的脸,微微发红,"施学长,能打扰你几分钟吗?"

施南笙好态度地问:"什么事?"

"下周我们班组织夏季星空的观测活动,能请你前去指导吗?"

"你们是?"

"大二,天文专业。"女孩开心地补了句,"和学长同专业。"

下一秒,施南笙想到了裴衿衿的短信,她问的活动应该就是这个吧,她不是社会学科的么?主攻心理学,问他去不去,什么意思?

"不好意思,我下周的工作排满了,恐怕不能去。"

混到研二的施南笙哪里不懂这些小女生的心思,这样的活动都有一到两个老师带队,如果老师不去,也必然会只派两个天文专业的研二生跟随,既然他的导师没有安排他,他又怎会主动惹这群小学妹。

"真的不能去吗?"女孩眼底满是期待。

施南笙微笑地点头。

"好可惜啊……"

"施学长。"

施南笙保持着微笑:"相信会有很优秀的老师或学长带你们去的,好好学习。"

也不知为何,随后施南笙朝自己的汽车走时,心情莫名地有些奇怪的好。坐进车里,将手机在手中转了几个圈儿,嘴角一勾,低头发了条短信出去。

*

进宿舍门时,裴衿衿听到手机来信息的声音。

"不去。"

裴衿衿细细蹙眉,很快放开,就猜到他的回答。

回到 510 宿舍，潘良良抱着一包薯条在啃，见到裴衿衿，立即扑到她面前，口中的薯条屑直喷。

"哎哎哎，校草答应了吗？去吗？去吗？"

裴衿衿拈了一块薯片塞进自己的嘴里，摇头。

"你摇头是还没问他，还是他不去？"

"他，不去。"

杜雅丽感叹："良良，用你奔腾 2 的脑子想想，校草研二，活动是大二的去，启用他这样的高材生不是大材小用吗？何况，校内有个传说没听过吗？"

"什么传说？"

"C 大最难请动的大腕——施南笙。"

不知道是杜雅丽的话起了作用，还是潘良良忘记了"威胁裴衿衿"一事，之后几天都没再提起让她请施南笙参加大二活动的要求。

周五，中午。

赵韩收拾着办公桌上的东西，准备去吃饭。同专业的李东教课回来，走到他的桌前，随手将教案塞进书架里，同赵韩讲话。

"韩哥，下周末，你机会来了。"

赵韩一时没反应过来："什么机会？"

"哎。"李东侧身看着赵韩，"下周末天文专业大二不是有外出的观测活动吗？咱俩搭档带队。"

"哟，你导师派你去？"

"是啊。"李东笑着，"我刚听说，另个人是你。"

一想到下周末的外出活动，赵韩脸上藏不住的笑："好兄弟，这次，可算是老天开眼了，哈哈，满眼都是小学妹啊。"

李东指着赵韩看着施南笙："南笙你看看他的德行，眼中就只有小学妹。"

施南笙敲着电脑键盘，笑着："我们韩哥的心思太明显了，小学妹是他的，小学弟是东哥你的。"

"哈哈……"赵韩大笑，"笙哥果然了解我。"

李东笑着摇头，随口道："我好像听说，这次的目的地还有另外一个活动，是社科系的宗教专业和生物系某个专业联合举办的。"

"东哥别怕，有我赵韩在，不管来什么专业，我都会保护你的。"

"你是想着去的专业越多你选择面就越大吧。"

赵韩站起身，伸了一个长长的懒腰："啧啧啧，中国有句古话，看破不说破，东哥，你不厚道。哈哈，走了，我吃饭去，哥要狠狠锻炼一个星期的身体。"

李东道："我和你一起去。"

"你不和你女朋友一块吃？"

"她今天中午没时间。"

"看，没有女人陪的时候就想起了哥的好吧。走吧，我请客，你买单，一人一项，多公平。"

李东拿起自己的钱包和手机，从椅子上拿起外套，看着施南笙："南笙，一道？"

"不了，还有点没忙完，下次。"

赵韩朝门口走："要才有才，要材有材，要财有财，还如此拼命，笙哥啊，你让我们这群屌丝情何以堪啊情何以堪。"

李东和赵韩一起走出门，闲话地说了一句："宗教和生物这次活动还随行了五名心理专业的学生。"

"心理专业？"赵韩纳闷，"都是大二？"

"嗯。"

"去干吗？"

李东说的什么已随他的步伐远走听不清楚，第一句话倒清晰地传进了施南笙的耳朵，心理专业，大二？

　*

阳光明媚得让人心情特好，虽说是专业内的课外活动，但一群女生还是弄得像外出郊游，看得一身从简的男生们个个无语，果然，"女生"这种生物是全世界最难研究透彻的物种。

裴衿衿背着书包，步态懒洋洋的，慢慢吞吞朝中巴车挪。

"浪费啊浪费。"

走在旁边的林琳问："什么浪费？"

"时间。"

裴衿衿刚说完，啪的一下，肩膀被人重重地拍了下，潘良良的脸瞬间在她面前放大，声音也跟着肆虐她的耳朵。

"裴女士，如此好的天气，外出才显得不浪费，懂吗？"

"闪电姑娘，我是凡夫俗子，没有你这等上仙的觉悟。草地、阳光、木椅、音乐、零食，外加可以肆无忌惮睡觉的周末时间，这，就是我心目中的不浪费。"

潘良良挽过裴衿衿的手，拖着她朝车上快步走，"你这是吃到了葡萄还嫌葡萄酸，要知道，你们心理专业多少人想得到这次机会都没捞到。"潘良良将裴衿衿拽进中巴车，为

了防止她逃跑，将她塞到里座，自己坐在过道一侧，从鼻子里哼出一声，"给本宫老实待着。"

被撂到座位上后，裴衿衿将书包放到腿上，靠着椅背，连打了好几个哈欠，慢慢睡了过去，连车子什么时候开动的都不知道。

"啊！"

突然，中巴车里一声尖叫。

"啊！"

顺着第一个尖叫女生的目光，整车人的视线都投到一个地方，接二连三地响起更多的叫声，男生们纷纷皱起眉头，大惊小怪，不就一帅哥开着一黑色越野车嘛，有什么值得惊喜成这样的。

当然，尖叫的女生里缺了一个，她睡得香，被吵醒后，脸上颇为不满，用力推开将她挤压在窗户上的潘良良。

"闪电，我要成饼了。"

潘良良白一眼裴衿衿："你本来就是个饼，身无二两肉。"

"到目的地了？"裴衿衿问，不然一群人兴奋成这样？

"还早。"潘良良推着裴衿衿，"看，看，看外面。"

裴衿衿转头。

窗外，与她车窗平行而驶的黑色沃尔沃里不是施南笙又能是谁呢？

车内响起了各种对施南笙的称呼，什么校草，施公子，帅帅的草，迷死人的笙……裴衿衿浑身起了一层鸡皮疙瘩，这美人没事怎么跑这来了？

裴衿衿再看窗外时，施南笙的车加速开到了前面，好像一点没发现她。

"哎，校草走了，他到前面去了。"

"前面是天文专业的车吧。"

潘良良撞了下裴衿衿，"你不说校草大人不去么？"

裴衿衿耸耸肩，她哪里知道他是个出尔反尔的家伙。

到了目的地之后，裴衿衿才真正感觉到此次"浪费"周末的时间值了，她们到的并不是一般活动场地，而是邻市一个少数民族县区，风俗人情与Y市有着太大的不同，风景更是别具一格，难怪活动是民族学和生物学专业一起。不过，捎带上心理专业的她们干吗？

"嗨，裴女士。"

潘良良从后面勾住裴衿衿的脖子，笑得好不奸诈："嘿嘿，嘿嘿。"

"闪电姑娘，你感觉到一阵阴风了吗？"

"阴风？本宫只感觉一阵沁香怡人的暖风吹拂过心头，真是让人无比期待的周末活动啊。"潘良良做出一副陶醉状，"哎，跟你说，一间房睡四个人，你们心理学五个人，我主动把你拉到和我一起，怎样，够意思吧，不用太感谢姐姐，随便请个十顿八顿KFC全家桶就成了，姐不挑食，好伺候。"

裴衿衿斜眼看着潘良良："闪电娘娘，天蓬是你什么人？"

"什么天蓬？"

"二师兄天蓬元帅啊。"

还要十个八个全家桶，胃口不小，她怎么不说直接掏出几百大洋来感谢更实在，不挑食倒是真的，选了快餐食品。

潘良良反应过来，出其不意挠起了裴衿衿的痒痒。

裴衿衿身型纤瘦，哪里会是潘良良的对手，被她抓着成了手心里的"玩物"，痒得咯咯直笑。

"别闹了……哈哈……"

玩闹间潘良良哪里会注意太多，下手的准度也没保证，一不小心，她肥肥的爪子就落到了裴衿衿的酥胸上。

"啊！"

裴衿衿尖叫一声，本能般地用力推开潘良良，双手环着胸，身子朝后大退一步，忽地撞到了一个物体险些摔倒，被一双有力的长臂搂住了身子。

潘良良惊讶地看着自己的手掌，叹息："好有手感哇。"

"潘良良！"

"噗。"

裴衿衿耳后响起笑声，惹得她蓦地回头。

一个女人被人袭胸就够尴尬了，若这一系列的动作被一个男人看到，那应该算是尴尬的"比较级"，如果他好巧不巧是与自己传"绯闻"且半熟不熟的那一个，可能会变成尴尬的"最高级"。

裴衿衿看着眼前的施南笙，头顶真的有种出现闪电的感觉，不会吧，撞到他。

施南笙眼底藏着笑，望着裴衿衿："撞了人不道歉？"

"哪？"此时裴衿衿反应奇快无比，转头看潘良良，"闪电娘娘，你看见我撞人了吗？"

那个"人"字裴衿衿说得特别重，瞬间就让潘良良闻到了两人间的火药味，哎哟哟，这可怎么办好咧？现在她帮哪边？经过大脑0.0001秒的分析，潘良良做出了自认最正确的选择。

"衿衿啊，幼儿园时，老师教育我们，知错就改仍然是好孩子。撞人不道歉我也是能

原谅你滴，但再拐弯抹角骂人可就真的不该哟。"

　　潘姑娘的想法是，得罪裴衿衿没关系，反正她们住一起，日后修复关系的机会大把，再说，姑娘家生气好对付，哄哄就没事了。可她要开罪了校草大人，那就损失惨重了，毁自己公正严明的形象不说，施大公子也不是她天天都能看得见摸得着的呀。大人物，她这个小菜鸟是得罪不起的，所谓识时务者为俊杰，所谓为了好姐妹两肋插刀，为了校草插好姐妹两刀。这个浅显的道理，裴女士应该能理解吧。

　　裴衿衿瞪着潘良良："你的十桶全家桶没了。"

　　施南笙好整以暇地看着裴衿衿，模样大方地等着她说对不起。

　　"哎唷。"裴衿衿捂着肚子叫了一声，皱起眉头，"我突然肚子疼。"

　　潘良良表情别提多鄙视地看着裴衿衿，裴女士，你不至于吧，这么拙劣的演技也用来糊弄我……们的校草大人，你好意思吗？

　　施南笙也没当裴衿衿的疼痛为一回事，这傻妞奇葩得很，不想道歉装肚疼的事未必就干不出来，他可不是三岁小孩，不上她这当。

　　这时，一小群女生嬉闹地朝这边走，见到施南笙三人，紧步促了过来。

　　"施学长。"

　　"学长好。"

　　"学长，你也来这了啊。"

　　叽叽喳喳的人声里，总算有个人说了句与施南笙没关系的话。

　　"心理专业的学生好像和我们不住一块吧，我们专业女生28个，刚好7个房间。"

　　裴衿衿愣了，潘良良也愣了。

　　施南笙将手自然地搭到裴衿衿肩上，说道："衿衿是不住这，你们忙，我们先走了。"

　　一双双羡慕的目光中，裴衿衿就这样被施南笙"拎"走了。

　　*

　　在一栋带着浓郁少数民族风格的五层小楼前，裴衿衿拿眼斜了下施南笙："来这，干吗？"

　　"晚上你睡马路？"

　　"我和闪电睡。"

　　施南笙看着裴衿衿，笑了笑："她那没床位了。"

　　"挤一床。"

　　"你确定你能从她身边挤出'一亩三分地'？"

　　裴衿衿转身想走，边道："那也不跟你住一块。"

　　施南笙长臂伸出，握着裴衿衿的皓腕一拉，把她拽到自己的跟前："好心提醒你，没地方住了。"

"美男，没文化了不是，一个县城还找不到住的地方？"

明明不是一句玩笑话，施南笙却好像心情不错的样子，浅浅地勾起了嘴角，道："本来有，但你说完话之后，没有了。"

裴衿衿愣了下。

施南笙道："相信我，真的。"

"那也不和你住一屋。男女授受不亲。"

"本来不是和我住一屋，现在……是。"

也不知道怎么搞的，施南笙忽然就来了和裴衿衿个人意思逆着做的瘾。她要走，他就留，她不和他住，他就非要她与自己住一块。而且，他发现，和人唱反调时，感觉还不错。难怪她那么希望对着他干，原来是有心理快感。

被强拉着朝小楼里走时，裴衿衿犟着身体对抗施南笙。喂，要不要这么野蛮啊，居然使用蛮力，很像古代的强买强卖"地主霸占村花"啊。

"我不去，我不住，我不要。"

施南笙大步朝前走，头也不回地接了裴衿衿的话："就去，就住，就要。"

"你蛮横霸道不讲理。"

"你娇俏可爱我喜欢。"

裴衿衿一把抓住路边探出来的一截树枝，用力揪着："你再不放手，我就叫了。"

施南笙回头看着裴衿衿，脸上挂着微微的笑："叫'非礼'？"

"嗯。"

刚好，几个天文学专业的同学走了过来，不等裴衿衿反应过来，施南笙用力将她拉近胸口，一条手臂揽住她的腰肢，将她牢牢地圈在怀中，一脸挑衅盯着她乌黑闪闪的双眼。

"来吧，叫声试试。"

看着施南笙迷死万千少女的脸，裴衿衿顿时觉悟了，叫什么叫，别人不误会成她要强他就不错了，人家是艳名远播的施大公子，校草大人啊校草。不过，也算是和他在一个屋檐下生活了一段日子，当初没发现他有这等无赖撒泼的嗜好啊，一个多月不见，感觉不同了。

施南笙与裴衿衿暗流涌动，四眼相对，个中较量在路过的同学眼里，成了他们旁若无人的深情凝望，让人钦羡不已。

裴衿衿悲催地想，尼玛，好不容易平息的校内网估计又要热闹了。

忽地一下，一个身影蹿进了裴衿衿的余光里，她像是败兵看到了援军，大呼："闪电，十份全家桶啊。"

潘良良看着施南笙和裴衿衿两人的姿势,自动忽略掉她的喊话,双眼圆瞪,哇噻,天雷勾动地火啊,光天化日朗朗乾坤之下,裴女士居然投怀送抱地紧贴她们的校草大人,多么热情洋溢,多么幸福无比,多么……不该打扰。得,不用担心她的住宿了。

看着潘良良越走越远,裴衿衿无力地低吟,"闪电娘娘你不要十桶全家桶吗?"

"呵……"两人交战第一次获得胜利的施南笙笑出声,心情越发的好,半搂半拉地将裴衿衿"挟持"进屋,还自认为很绅士地安慰着她,"傻妞儿,来,进房去。"

裴衿衿心底哆嗦了一下,这话怎么听怎么感觉别扭啊,但她没想到的是,更惊悚的事情还在后面。

被施南笙明着搂暗里拖地弄到五楼后,裴衿衿冷着脸道:"你的蹄子能拿开了?"

施南笙表情非常真诚地对着裴衿衿说道:"你问问我的蹄子。"

兴许是被施南笙的赖皮弄得恼火了,裴衿衿突然抓过他另一边的手,张嘴就咬了下去,也不管卫不卫生,会不会伤人,只想着怎么发泄心中的不满。

"啊!"

施南笙低低地叫了一声,不过也仅仅就一下,随后没音了。他一安静,逞凶的裴衿衿反而感觉不对劲,松开牙齿,抬头看他。

"怎么不叫了?"

"想到了一个人。"

瞬间,裴衿衿心中出现一个名字,孙一萌。八成是他女友也这样对待过他吧。

施南笙看了眼手背上的齿印,不算深,看得出她口下留情了,目光回到裴衿衿的脸上,眼底竟带着一丝纵容的笑意。

"张无忌。"

裴衿衿脑袋短路一秒钟,张无忌?

"金庸老先生的《倚天屠龙记》里,蒙古郡主赵敏为了让张无忌永远不要忘记她,在他手背上咬了深深的一口。"

听到施南笙的话,裴衿衿点了点头:"施美男,别说,你还挺有自知之明的。"

"怎么说?"

"知道自己是魔教教主。"

就他这脸,就他这身材,就他这家世,就他这学识,魔教或妖孽教教主非他莫属。

施南笙被裴衿衿的话惹笑,眼睛亮得像两颗钻石,精致的五官因他扬起的嘴角越发好看,将"妖孽"一词发扬得更加光大。

"我的重点不在此。"

"小女子才疏学浅,理解不到深层次的东西。"

让裴衿衿窝火的是，施南笙一脸当然地看着她，很认真地承认了她的智商。

"不用做自我检讨，我了解你的智商高度。"边说着，施南笙打开了房门，拎着裴衿衿塞进门里，自己随后走进来，反手将门关上，修长的手指灵巧地施展几个小动作，竟是把房门的小锁给锁上了。

正打量套房的裴衿衿耳尖地听到了小锁落上的声音，迅速转身，瞪着施南笙，质问他："你上了小锁？"

"嗯。"

裴衿衿还没说什么，施南笙对着她微微一笑："送你点东西。"

走进里间卧室的施南笙很快走了出来，手里拿着一大捧娇艳欲滴的红色玫瑰花，看大小，该是九十九朵。而且，不得不承认的是，白衬衫配黑色裤子的他拿花行走的模样，着实帅气迷人得很，有一瞬间裴衿衿都出现了花痴的幻觉，眨不了眼，心跳都似乎慢了半拍。

魔教教主啊。

施南笙站到裴衿衿的面前，很满意她的反应，眼角眉梢全是笑意，将花送到她面前，又从背后变戏法似的拿出一盒扎了粉色丝带的巧克力。

"裴衿衿，当我的女朋友！"

不是"裴衿衿，当我的女朋友吧？"

不是"裴衿衿，当我女朋友好不好？"

也不是"裴衿衿，当我女朋友行不行？"

真真就是一句：裴衿衿，当我的女朋友。理所当然、理直气壮、完全听不出问句感觉的一句祈使句。给人的感觉是，他施南笙不是在追求女孩子，而是宣布一个命令，没有选择的余地，没有反抗的可能，没有不同意的机会，只能执行。

一阵花香熏醒了裴衿衿，就像看见一个王子变成了青蛙般，惊得她眼睛睁大了许多，雷公电母，谁来告诉她，现在是什么状况？施南笙被雷劈了，还是她被闪电闪到了？

看着裴衿衿半天没反应，施南笙将花塞到她怀中，把巧克力放到她手中，继续宣布。

"这几天，住这。"

轰的一声，裴衿衿觉得头顶上什么东西爆开了，第一反应就是，这个人是C大校草施南笙？

施南笙吸了口气，有些沉地呼出来，耷下肩膀，身姿慵懒放松地站着，好似古代皇帝终要临幸某个名不见经传的小妃子般，态度傲然而自我感觉非常良好，悠悠然地说着话。

"我知道突然改变两人的关系你会有些不适应，没关系，我可以等你。要知道，这个决定我想了足足一星期才最终敲定，我能想到你的适应期会有多长。"

一个星期前，施南笙在办公室偶然得知心理系会有五名同学来这，想起裴衿衿正好是那个专业，再想起她发给他的那条短信，估摸她可能参加了。果不其然，他轻而易举地从心理专业的朋友口中得到确切信息，她是五人之一。原本被他婉拒的天文系活动莫名其妙地就浮现在他的脑海里，心中居然有点想参加的心思了。

　　脑子一向好使的施南笙发现，在参不参加大二活动的问题上，他没法一下就定案，不想参加是自己最真实的反应，没时间没兴趣应付学妹学弟，可一想到那个傻乎乎的女孩要过来，他心里就跟放了只猫仔似的，时不时挠他的心两下，勾得他心里痒痒的，怕她遇麻烦，怕她闯祸，怕她被欺负，还怕她又遭人表白，最怕她突然像不拉叽答应某个猥琐的男人。终于，周四的晚上，他发现了问题所在。他过不过来的关键不是活动本身，而是跟天文系八竿子打不着关系的一个女生，换句话讲，他在乎的是她，他心里的结是她。再明着点说就是，他喜欢上了她。

　　确定自己心中所想的一刻，施南笙在沁春园的房子里吓得从沙发上跳了起来。

　　不是吧，他喜欢上了傻妞?! 辗转反侧一夜后，施南笙认了。喜欢就喜欢吧，越逼自己不想她，她的模样在脑子里出现得越清晰，与其这样，不如堂堂正正地和她恋爱，也好过其他男人惦记她。

　　尽管施南笙想不明白自己怎么就会喜欢上裴衿衿，但对于从小就被培养要有绝佳的行动力和执行力的他来说，一旦有了决断，便会用最有效的方式在最短的时间内达到自己想要的目标。

　　于是，在周五晚上请赵韩大吃海喝，到最后滴酒未沾的他把醉得不省人事的赵帅哥送到宿舍继而今天带领天文系学弟学妹过来进行观察活动的事情成了一件神不知鬼不觉的成功"取而代之"案例。

　　裴衿衿眯了眯眼睛，她适应和他是男女朋友关系的时间会很长？尼玛，她就没打算和他是恋人关系好不好，他从来就看不起她的智商就算了，现在还私自霸占她"男朋友"一职，会不会也太霸道了点。

　　"今晚是我们确定关系后的第一顿饭，我订好了饭店，你休息下，一会我们过去。"

　　"等等！"

　　裴衿衿把花和巧克力都塞回施南笙的怀里，看着他："施大公子，我不想当你的女朋友。"

　　说完，裴衿衿转身准备离开，被施南笙一把抓住。

　　"去哪？"

　　"找住的地方。"

　　"就这。"

"男女授受不亲的。"

"我是你男朋友。"

裴衿衿更正："错。你和我，暂时是校友。"

"我说了你是我女友。"

裴衿衿问："你说是就是啊？"

"当然。"

能成为他施南笙的正牌女友不是每个女人梦寐以求的吗？虽然他觉得她实在不符合施家需要的儿媳条件，但谁让他喜欢上了她呢，那些东西就让她日后好好学习就是了。

裴衿衿无语了，她忽然觉得自己和施南笙不是一个星球的，他的思维太奇特了，有这么追求女生的吗？送束花，送盒巧克力，然后对她下命令"你是我女朋友"，完了两人关系就算确定了，他自动走上了"男友"岗位。

"哎，施南笙，民主懂不懂？两情相悦懂不懂？"

"你太笨，我和你之间不需要民主，我替你拿主意就行。至于感情，日后可以培养。"

裴衿衿躁了，不带这样挤对她的智商的吧。

"你放手。"

"不放。"

"放手。"

"不。"

"我不要你当我男朋友。"

"我要你当我女朋友就行。"

"你脑子里装的什么呀？"

"你。"

"施南笙，你到底是不是施南笙啊？"

"如假包换。"

裴衿衿一边对话一边挣扎着想抽出自己的手腕，终不成功，最后，来了一句："施爷，你放过我吧。"

"你什么时候见过狮子咬住了猎物后松口的？"

一语，顿悟。

裴衿衿低头朝施南笙手背上咬去。

手背的痛清晰地传到施南笙心底，裴衿衿当真是火了，咬得很重，可一点没听到施南笙叫出来的声音，连哼都没哼一声，直到她尝到一点腥味，惊愕地松开牙齿，看着骇人的咬痕，像被吓坏的孩子，恐慌地看着施南笙。

"你……你怎么……"

施南笙说了一句话，一句裴衿衿一辈子没忘记的话，很简单的一句话，但顷刻间就让她鄙视自己了。

他说："我是你男朋友，得包容你。"

裴衿衿心底咒骂，傻子！

*

县三医院。

护士第 N 次斜视裴衿衿，交代她："这些天不要让他的手碰水，不要提重物，按时陪他来医院。记住了？"

裴衿衿点头。

和施南笙一起走出门口，裴衿衿还清晰听见护士们在背后讨伐她。

"什么女朋友啊，这么狠。"

"就是，伤口那么深，怎么咬得下去，也不怕自己男朋友得破伤风。"

"那玩意弄不好会死人的。"

"现在的年轻小女友啊，没生活常识真会害死人。"

裴衿衿的头越低越下，倒不是因为护士的话，而是她真心觉得自己不对，她也不知道怎么搞的，明明挺理智的一个人，当时怎么就做出了那样蠢的事情。而且，要换了别人，她真懒得下口。一只手掌忽然罩上她的后脑，揉着。

"不要理她们说什么。"

裴衿衿耷拉着脑袋："对不起。"

"呵呵……"

"真的对不起。"

"我没事。"

走到沃尔沃前，裴衿衿轻声说道："我来开车吧。"

俗话说，吃一堑长一智，被裴衿衿急刹撞过两次挡风玻璃的施南笙哪里还会给她开车的机会。尤其，现在的他，是她男友，肩负着照顾她呵护她的职责，怎会让她当"车夫"。

"别担心。"

有了"行凶"的前提后，施南笙将车开到饭店，裴衿衿也没说半句抗议的话，顺着他的安排，下车、进屋、落座、准备吃晚饭。

只是，当饭店的服务员准备点蜡烛时，裴衿衿出声制止了："等一下。"看着服务员，指指蜡烛、玫瑰花，说道，"能把这些这些都撤下去吗？"

服务员看着施南笙，这些可都是按他的要求摆上的，现在……撤吗？

施南笙挥手："她不喜欢就撤吧。"

"是。"

饭近尾声，裴袊袊看着施南笙的吃相，优雅，真是优雅，这美男的家教真不是一般的好，但是，他再怎么教养好也不该单方面宣布他们是情侣关系吧，这人从小到大估计一直都站在对人下命令的位置，养成了什么都是他说了算的习惯。

"施……南笙。"

施南笙抬头，望着裴袊袊，细嚼慢咽下嘴里的东西，放下筷子，用一旁的纸巾拭擦好嘴角，声音轻柔地说道："有什么就说吧。"

"强扭的瓜不甜。"

施南笙将身子靠到椅背上，态度十分友好地否定裴袊袊的说法。

"错。一个西瓜，长地里，不管我们用什么方法摘、割、剪、砍、扭，里面的瓜瓤（ráng）熟透了，就是甜的，与我们用什么方式将瓜、藤分离没关系。我们吃的是西瓜里面，不是蔓藤。"

"你不觉得我们俩性格不合适吗？"

裴袊袊觉得自己说了句大实话，他们真的不是一个环境下长大的人。他的世界，是她努力十年二十年甚至一辈子都不可能达到的水平，每个人都爱财，她也不例外。但她并不做白日梦，"豪门"那种东西虽然闪闪发亮，可对人的要求也苛刻得要人命，她不说自己一定学不会当一个豪门少奶奶，至少，她很清楚地知道，她不想把自己弄得太累。没吃过猪肉也见过猪跑，港台至全球，多少关于豪门爱情婚姻的新闻还不够让爱幻想的女孩子清醒吗？自己没超级金刚钻，就不要去揽"豪门王子"那瓷器活。

施南笙点头："我知道。"

裴袊袊看到了希望，说道："夫妻有如琴瑟和鸣才能谱出幸福的婚姻。"

"我智商不低，你智商太欠，正好中和。"

"我说的是我们的性格，性格，懂吗？"

"我脾气很好，你的太差，也算互补了。"

"我感觉自己年纪太小了，还不明白'什么是爱情'。"

"我也不老，咱们正好一起学习。"

裴袊袊总算知道了，他的心是横的，她任何理由都改变不了他的决定，干脆摊牌。

"我不要当你女朋友。"

"我想得很清楚了，你找不到比我更好的。"

"但我能找到自己心里真正喜欢的，就算他没你优秀。"

"一辈子很长，你未必就不会爱上我。"

裴衿衿终于体会到了什么是暴走的感觉，她好想拍桌掀凳啊，这人到底是什么思维?!他怎么就不能接受自己不想当他女朋友的现实呢？少年啊，逃避现实不是办法啊。

她要疯了！

餐桌上的谈话，以裴衿衿的败北而终。

*

饭后，施南笙和裴衿衿回到住宿的地方。

施南笙停好车，打开车门，看着下车后站在车边不肯挪步子的裴衿衿。

"怎么了？"

"我想去找良良。"

说实话，施南笙着实搞不懂裴衿衿的心，他当她男朋友有那么为难吗？他品行长相家庭等等等等，都算不错了，或者更自信点说，是相当的好了，她还有什么不满意的吗？多少女孩子想和他拍拖都没机会，他第一次主动喜欢上女孩，合着她反而不待见他，她眼光是有多高?!

走到裴衿衿身边，伸手牵住她的一只手，像是害怕她跑掉一样，霸道中又带着小心翼翼的感觉。

"你放心，我晚上会很规矩的。"

裴衿衿嘴角细细地抽搐了几下，难道他想两人同床？

"我去找良良。"

手中的皓腕一动，施南笙的长指下意识地就握紧，几乎让裴衿衿感觉到一点疼了。

"今晚要进行天文观测，我不用房间。"

裴衿衿看着施南笙，心底舒了口气，不早说。

和施南笙一同回房的裴衿衿自然不知道在他们进房间后，他们相伴而行的照片碎了多少C大女生的琉璃心，而两人同住一房的消息在C大校内网又被传成了什么样子。这些或许都不重要，真正重要的是，从来没有人告诉她，生活无处不存在意外这个道理啊。就像，某个男人一脸可信度高达99%地对她说"他晚上不需要用房间"，可结果却是……

第四章
过往，窥见真心，花开正艳

提溜着心，裴衿衿和施南笙进了房，将套房里里外外查看了一番，对她来说，环境还算可以，但对她身边的美男来说，怕是他生平至今住过的设施最不给力的酒店。

裴衿衿站在卧室门口，看着睡房里唯一的一张大床，内心暗喜，今晚可以睡个好觉了，学校的铁架床需要爬梯她不计较，关键还窄，对内侧翻身是面壁，向外翻身看着近两米落差的地面，心里瘆得慌。

"洗漱用品都在洗手间。"

施南笙突然说话，吓了裴衿衿一跳，看着他："你怎么还不出门？"

"九点。"

裴衿衿掏出手机看时间，八点四十，没差几分钟嘛。

"你一个人在这里，不害怕吧？"施南笙关心地问裴衿衿。

"只要你不在，我就不怕。"

裴衿衿半真半假的一句话，施南笙竟然当真了，盯着她看了几秒钟，点头。

"好，我出去了。"走到门口，施南笙回头又说了一句，"有什么事打我电话。"

看着被轻轻关上的房门，裴衿衿哭笑不得。有时候，她真觉得施南笙好单纯，虽然这个词用在一个成年男人身上不是特别合适，但看到他某一个时刻处理事情的态度，她发自真心地感觉他简单。喜欢的，花钱得到；不喜欢的，礼貌婉拒；他喜欢的就必须喜欢他，他不喜欢的别去烦他。是他分内之事，他会追求完美地做好；不归他管，任人怎么请求都不想出手。

裴衿衿将房门的小锁挂上，走到窗前准备拉上窗帘，不经意地，透过窗子看到了外面楼前草坪上站了一个人，仰着头，看着她的窗户。

"真是个傻子。"一边低声说着话，裴衿衿一边将窗帘拉上，从客厅走到卧室，手刚

碰到帘子，就发现了外面草坪上多了三个女生的身影。教主就是教主，走到哪儿都是发光体，自动吸附女人追逐过去。

　　＊

　　裴衿衿窝在沙发里，操控着手里的遥控器来来回回调着二十几个电视台，没一个台播放的内容是她能打起精神坚持看五分钟的。

　　难道现在的电视台都这样的水平了？不是电视购物就是各种婆媳家庭伦理大剧，再不然就是抗战解放片。电视购物结局永远是花最少的钱得到最大的实惠，电话永远是爆满，主持人的亢奋状态和语速永远考验人的心理承受力和反应速度；婆媳大战最后都是幡然醒悟，一家人相亲相爱，刁难婆婆变最可爱的妈。

　　"唉……"裴衿衿叹气，将电视画面停在一个第N次被翻拍的古装电视剧上，轻声念道，"世人皆醉，我独醒。"

　　无聊至极地看完一集电视，裴衿衿起身走进洗手间准备洗漱完睡觉，到里面一看，她才明白为什么施南笙离开前会说一句"洗漱用品在洗手间"，当时她还在心底鄙视了他一下，她当然知道洗漱用具什么的都在洗手间啊，但现在明白，施南笙当时的意思不是她理解的那样。

　　他居然把她在沁春园生活时的个人用品都带来了，细心得连她的浴巾浴袍都拿了。

　　裴衿衿哑然失笑，"呵呵……"

　　忙好后的裴衿衿躺在床上，看着天花板上用得有些久的电灯泡，莫名之间就想到了那张脸。如果他不是施南笙多好？他是施南笙，但不要这么聪明，又多好呢？还或者，她不是裴衿衿岂不是更好？

　　"唉……"裴衿衿再次叹气，说来说去，如果他没有救她，她没有认识他，才是最好的。起码对他，肯定是最好的。

　　想着想着，坐了一天汽车的裴衿衿慢慢闭上眼睛睡了过去。

　　夜深，人静。

　　睡到酣处，裴衿衿舒服地翻个身，隐约地听见有哗哗的水声响起，没在意，继续安睡。一会儿后，迷糊中，她听见房间里有脚步声。

　　贼！

　　脑子里乍现这个想法后，裴衿衿猛地睁开眼睛，见到一个颀长的身影果然在房中，本能地尖叫。

　　"啊！"

　　身影倏地一下蹿到她面前，紧张地问她："怎么了？"

　　裴衿衿如五雷轰顶。

施南笙?!

床头灯被摁亮,橘黄的灯光中,沐浴露的香气扑鼻而来,裴衿衿见到身上仅围着一条浴巾的施南笙出现在她的床边,黑色的短发还滴着水珠,整个人看着清爽无比。

裴衿衿揪着薄毯按在胸口,惊恐地看着施南笙:"你是人还是鬼啊?"

"人。"

"你怎么进来的?不说不回来吗?"

骗子!

"用钥匙开门进来的。下大雨了,观测不了。"

裴衿衿仔细一听,可不是吗,外面雨滴打在窗户上啪啪直响。不过……

"我上了小锁的,你撬的门?"

施南笙摇头,十分认真地回答:"我怕吵醒你,叫老板开的门。"

"上了小锁也能打开?"

"你确定?"

"嗯。"

施南笙站起身走出卧室,没多久又走了进来,说道,"外间门上的小锁坏了。"

裴衿衿立即警觉:"换房间。"

"现在大家都睡了,明天让老板换把锁吧。"

想到自己这时的尊容,裴衿衿想换房间的念头便作罢。这个问题先搁置,下一个是,他今晚睡哪?

"你不准睡到床上。"裴衿衿抢先把话说明,"其他地方,随便你。"

施南笙围着浴巾,站在床尾,慢慢将两只手叉腰,歪着头望着她,难道他的脸上写着"色狼"两字?她就以为他对女人那么饥渴?

"我没答应做你女朋友,你要敢胡来,别怪我不客气。"裴衿衿亮出两个拳头,"跟你说,我可练过,到时候你缺胳膊少腿在医院躺十天半月别怪我下手狠。"

"你练过什么?"

施南笙纯属好奇地问裴衿衿,她这细胳膊细腿的还能练防身术?

"花拳还是绣腿?"

说着,仿佛要试试她功夫的施南笙故意朝裴衿衿逼近,惹得她哇哇直叫,七手八脚地从床上爬起来,准备来一招三十六计里的上上之策。

跑!

也许是人的潜意识反应,见到猎物跑自然就有追的动作。裴衿衿刚窜到卧室门口,就被施南笙从后面拦腰搂住。

裴衿衿叫了声，扬起手拍打施南笙箍着她腰肢的手臂，碰到他包着纱布的手背时，乍然一下想起护士交代的注意事项，回头瞪施南笙。

"你洗澡弄湿了手?"

施南笙摇头："没。"

"那怎么洗的?"

"举着。"

趁着两人对话，裴衿衿迅速拉开施南笙的手臂，想借此逃脱，哪里想到，有人的反应速度简直用"神速"形容都不为过，搂紧她的同时，另一只手扣住她的手腕，下一秒就把她稳稳当当扔回了床上。

"施南笙!"裴衿衿喝道。

他拦截她，她忍；他扔她到床上，她忍；他今晚睡在这个套房里，她也忍；但是，他抱着她一起躺在床上，她绝不忍。

"嘘。"

裴衿衿很想爆粗口，她的清白都要被毁了，她还能静下来吗?

"你别怕，我现在不会把你怎么样。"

"你话的可信度需要折上折。"是谁说今晚要观测不需要房间的?

施南笙解释："天有不测风云。天气预报说是没雨。"

"你想让我谴责老天爷?"

"大家都没带雨具，我一身湿透，所以就……"

"你有个研二的同学一起来的吧。"去他房间不能洗澡?

施南笙再解释："他和一个学弟住。"

"施南笙，你的家教不是很好吗?"裴衿衿努力让自己冷静下来，开始调动自己所有的智慧和眼前这个天才抗争，"要尊重女孩子，对不对?"

"嗯。"

"现在我不想和你恋爱，不想和你同床共枕，你能尊重我吗?"

"不能。"

裴衿衿压制住自己要爆发的怒吼，平心静气地问："为什么?"

"房间小锁坏了，安全系数不高，我们身处外地，身为男友，保护在你的身边是应该的。你可以安心睡觉，有我在。"

嗷，就是因为有你才不能安心好不好。从未遭遇过这种事情的裴衿衿实在想不出办法"救赎"眼前的男子，莫名其妙就同情起他的前女友了。

"你前女友也是这样被你拐到手的吧?"

施南笙看着裴衿衿浓密的长睫毛，觉得她眼睛还蛮好看的，真像好几个人说的天使娃娃，听她提起孙一萌，连忙纠正她的说法，"和你不一样。"

"那是怎样的？"

"她问我可不可以当我女朋友，我看她不讨厌，各方面都挺优秀，有她帮我管理施氏集团的事务能省不少心，就答应了。"

裴衿衿以为自己听错了，转过头，认真地看着施南笙，他刚说什么？他的前女友就是这样来的？

"有问题吗？"施南笙问。

"施南笙，你是在谈恋爱还是在选财团助理啊？"

施南笙反而觉得裴衿衿的问题很奇怪，反问她："有差别吗？"

在他所看到的施氏财团里，最上层的握权者生活都比较轻松，巨细事情交由他们的太太打理，例如他老爸就不怎么管事，决策大部分都是他妈在拿主意。从他成年后，他妈不止一次地告诉他，选媳妇一定要选能力卓越的，如果不能帮他分担，则要考虑清楚。

"爱情和工作，性质能一样吗？"

"有什么不同。一个是和一个人相处，另一个是和一群人相处。只要性格没大缺陷，都不难。"

裴衿衿真觉得施南笙太……与众不同了，他的生活就像被模板框好了，应该做什么事，应该选什么样的人，应该怎样去思考问题，从小就被灌输到骨子里，也许在他那样环境下长大的人，在和朋友同事长辈生活时会让人喜欢，但放在爱情里，总觉得少了什么，具体少了什么感觉，她一时又说不上来。

"施南笙，爱情不是仅靠性格没有缺陷就能成功的。爱了，就丢不掉了。它不是工作，不能随便就辞职。"

施南笙以为裴衿衿是担心他会轻易分手，立即给她吃定心丸。

"我知道，你放心，我不会随便就把你从女友的位子上'解雇'的。我想得很清楚，你若担心，我研三毕业后就娶你。若你不想在校就结婚，也可以等你大四毕业后结。"

"……"

裴衿衿无语数分钟，"施南笙，我与你沟通不了了。"

"我没觉得我们之间沟通有问题。衿衿，你想多了。"

裴衿衿欲哭无泪，施南笙，是你想得太少了，你那根本就不是找女友。照他的条件，大把女孩适合当他的女朋友。但爱情，是要用心寻找，而不是用管理才能去衡量。

一整晚，施南笙并没有逾矩的动作，但裴衿衿睡得并不好，隔了一会就醒了，听着耳边轻轻的呼吸声，又羞又恼，只要她稍稍动一下，身上的长臂就收紧，像有感应器控制

着一样，让她恼火得不行。以前觉得他是富家心地善良家教良好的公子哥，现在看来，他还是个爱情观念有问题的偏执狂。

*

第二天，大雨未停。

天公不作美，天文专业的活动无法进行。当施南笙跟着裴衿衿出现在生物和民族专业活动集合的地方时，人群里发出一阵惊呼。

裴衿衿走到副班长林琳的面前，看了看心理专业的同班同学，她应该没有迟到吧。

林琳的目光直接掠过裴衿衿，问候施南笙："施学长好。"

面对同学们对施南笙各种友好的问候，裴衿衿嘀咕："怎么就不是晚上恰逢停电呢。"

"你说什么？"耳尖的施南笙凑近裴衿衿问道。

"好让我看看你有多能发光发亮啊。"

施南笙勾嘴浅笑，眼底映着两个小小的裴衿衿，问："不高兴？"

是挺不高兴的，她来参加活动，他非跟着。本来昨晚和他住一房就够让俩人的关系说不清了，现在更是百口莫辩。如果预先能知道这次过来会招惹到他，就是八抬大轿请她也不会来呀。

裴衿衿问："你想我高兴吗？"

"当然。"

"那你走吧。"

施南笙挑眉。

"你回去忙自己的事情，我会很开心的。"总之就是不要出现在她的眼前。

"好。"

施南笙把手里早上出门强行主动帮裴衿衿拿着的书包递给她，交代着，"活动注意安全，有事给我电话。"

"嗯。"

"中午我过来找你。"

"不用不用，我和良良一起吃饭。"

施南笙看了下旁边的潘良良："好吧，那我回去了。"

裴衿衿头点得像鸡啄米，恨不能有法术，一挥手就能把某人从眼前扫得不见踪影。

走了几步，快要到门口的施南笙又折了回来，对着裴衿衿说，"晚上让你看看我有多能发光发亮。"

像是安装了一个消音装置，裴衿衿周围的噪音都消失了，回响在众人脑海里的只有施南笙临走前的那句话，他晚上要对她发光发亮。这，是一句多么能让人产生无限遐想的话啊。"

潘良良激动地拉着裴衿衿的手，活像是自己千辛万苦筹谋怎么嫁出去的"剩斗士"闺女终于有了买家，问她："裴女士，快说，昨晚你和校草大人都干吗了，为什么他今晚要对你发光发亮，你们昨晚是不是直接'全垒打'了？"

"潘良良，你脑子里怎么尽装这些邪恶的东西啊，你来学校是干吗的？学习，学习懂吗。"

"爱情也是一门需要终生学习的功课啊。"

"你应该找个男生一同学习，而不是拉着我问些没营养的问题。"

潘良良斜视裴衿衿："你的潜台词是，你只愿意和校草大人一起畅谈'爱情的真谛'吗？"

"闪电，我跟他，没什么，你想多了。"

裴衿衿现在总算能体会为什么明星出了绯闻很多都不回应，因为解释和澄清没什么用，媒体大众自有他们的臆想，真相不是他们追求的最终目标，他们要的是一个八卦的主题和心情。

一天调研的最后部分，裴衿衿一刻未休地收集着民族村里有心理疾病的患者病情材料，从她任务里的最后一家走出来，站在路上伸了一个长长的懒腰。总算忙完了。看着路上来往的车辆，脑子里出现了一个念头。

*

晚上十点，C大女生宿舍十三栋510室。

苏紫打着哈欠从电脑前站起来，踩着拖鞋上洗手间，宿舍的门突然被人推开，看清进屋的人，扶了扶眼镜。

"裴女士？！"

"我回来了。"

苏紫忘记自己要上厕所的事，跟着裴衿衿走到她的桌前："你不去外地了吗？"

杜雅丽也从床上探出头："衿衿你不是明天才回吗？"

"任务完成，我提前回了。"

"潘胖子呢？"

"她明天。"

苏紫双手抱在胸前，将裴衿衿上三路下三路地打量几次，吊起眉梢，开始审查裴衿衿："有情况噢，裴女士，你老实交代，这次外出，有什么重大新闻，别据实不报啊，我们可都不是好糊弄的人。"

裴衿衿停下从书包里拿书本和材料的手，侧身靠在衣柜上，整个人透着一股无力感：

"你们两个饶了我吧，我就不信校内网上的那些八卦还不够让你们尖叫的。"

她早就见识过校内网的威力了，这次当着么多人的面和施南笙进进出出，科技如此发达的社会，全民狗仔的年代，她和施南笙的动向绝不可能是秘密。

苏紫兴趣大增："这么说，网上说的那些都是真的喽？"

"什么？"

"你和施南笙同居？"

"没床位了。"

苏紫丢白眼："喊。裴袗袗，你侮辱我智商呐，就算安排的床位不够，就算是个不怎地的小县城，你难道找不到一个可住宿的小酒店？招待所都行。是不是，鸭子你说。"

杜雅丽点头："嗯。"

"我被挟持了。"

"我去。"苏紫一掌拍在裴袗袗的额头，"刚说你侮辱我们的智商，你还侮辱上瘾了。你别说你被校草挟持要住在一起啊。"

裴袗袗看看苏紫，又看看杜雅丽："不信啊？"

"啧啧啧。"苏紫摇头，"裴袗袗，你自己照照镜子，你觉得你的话可信度有多少？"

裴袗袗望望天花板，仔细想想，还真没什么可信度，但真是赤裸裸的事实啊。

"裴袗袗，你老实说，你是不是对我们迷死人的校草用了美人计？"苏紫对着裴袗袗眨巴着小眼睛，"'那个'没有？"

"本姑娘现在最讨厌听见的三个字，你知道是什么吗？"

"知道。但是，你知道 C 大女生现在最讨厌听到的三个字是什么吗？"

裴袗袗颓败地低头，岂能不知啊！

这时，门外乍现一个声音。

"510 室裴袗袗楼下有人找你。"

苏紫开始幸灾乐祸地笑："耶！裴女士，你最讨厌的'三个字'来找你了噢。"

裴袗袗一脸笃定："他今晚还有观测活动，回不了。"

再者，让裴袗袗肯定来人不是施南笙的是，如果是他，他不会拜托女生来宿舍叫她，要么手机直呼她下楼，要么就是宿管大妈上来找她，施家公子的面儿大着呢，若靠自己的能力无法让她下楼，他一定会选择最能体现他身份地位的方式。

"哟哟哟，鸭子你看看她那样，活像多了解施公子一样，啧啧……同居了就是不同，说话的口气都不一样了。"

裴袗袗边朝门外走边问杜雅丽："鸭子，你信我和施南笙没什么吗？"

"太难了。"

裴衿衿怄得恨不得踹门捶胸了。

Y市的天空仿佛和民族县区不是一块天，月朗星繁，虽然城市光源太强使人肉眼看不到星星，但裴衿衿非常肯定现在夜空里挂着数不尽的星星，因为和施南笙住在沁春园时，每个这样的夜晚他都会在阳台上用天文望远镜观测天空，还别说，见过他几次边观测边记录的模样后，她真觉得男人认真专注工作学习时最帅气，特有感觉。

裴衿衿站在楼下望天时，一个人停到了她面前。

"嗨，衿衿。"凌萧玮灿烂的笑脸似要与月亮媲美般地出现在裴衿衿面前，"终于见到你了。"

好几次他来找她，她都不在宿舍，帮他传话的女生都快被他的痴情感动了，奈何却撼动不了裴天使心中的爱情，他都快对她咆哮了，他凌萧玮真的不差，她不用这样躲着他吧，也是有不少女生给他写情书的，她怎么就看不到他的好呢？

裴衿衿望着凌萧玮的脸，说道："我似乎在哪儿见过你。"

凌萧玮作出晕倒状，不是吧，这个裴天使也忒能打击人了。

"呵呵……"凌萧玮尴尬地笑了两声，"衿衿你漂亮又可爱，我知道，追你的人很多，你不记得我也没关系。"

"你有什么事吗？"

凌萧玮抬手挠挠头："今天月色不错，我们走走吧，边走边说。你看这宿舍门口……"

裴衿衿点头："嗯。"

对于此刻又身在校内网重大新闻浪尖上的她来说，宿舍门口确实不是说话的地方，搞不好过几分钟就出现"施家公子同居女友另结新欢""裴衿衿劈腿事件曝光"等等八卦。

女生宿舍前的小花园里，裴衿衿和凌萧玮并排慢慢走着，相对于某男颇为享受的悠慢散步，某女却一点不给面子地连打了三个哈欠。

"衿衿，你很困吗？"

"昨晚没睡好。"

"看书吗？"凌萧玮心疼地看着裴衿衿，"以后别太累，伤身就不好了。"

裴衿衿又打了个哈欠，声调懒懒地说道："不是。被一个男人折腾一晚没睡。"

倏地，凌萧玮脚步停下，望着裴衿衿好一会没有说出话来。

走在前面两步的裴衿衿见凌萧玮没有跟着，停下来，转身看着他，"怎么了？"

凌萧玮脸红了，又黑了，"裴衿衿，我没想到你竟是这样的女人。"

"嗯？"

"你太不检点了。小小年纪，自尊自爱都不懂。"

裴衿衿端了端身姿，看着满脸懊火的凌萧玮，丝毫也不给他面子地直道："同学，我想我有必要提醒你一句。自己思想邪恶不要紧，憋着藏着，没人发现，但若将它们暴露出来，就不能让你继续伪装成君子了。"

"你说我什么？伪君子？"凌萧玮走近裴衿衿，"你凭什么说我是伪君子？"

"凌萧玮，C大经管系，大二，二十一岁，身高一米七九，体重七十五公斤，大一军训时开始大学里第一次恋爱，至今挂名'前女朋友'人数七个，最长恋情时间四个月，最短二十八天。嗜好：与每一任女友开房地点都在同一酒店同一房间，绰号'一夜七次郎'。"

凌萧玮的脸色已经变得很难看了，这些……这些……她怎么知道的？难道说她偷偷调查过他？

"同学，我刚说'被一个男人折腾了一晚没睡'，我有说是因为什么事吗？我有说那男人是可以和我发生关系的人物吗？脑子里别尽装些有的没的，好好学习，天天向上。跟你说句实话，现代社会，泡妞也是需要资本的。何况，花钱为其他男人养老婆的亏本买卖，还是少做的好，要知道，你并不能肯定，你将来的老婆现在是不是被人好好地养着，万一她现在过得清贫，将来跟了你，你哪有钱来弥补她呢。"说完，裴衿衿甜甜一笑，露出招牌的梨涡，"我说完了，先回去休息了。"

绕过呆愣傻掉的凌萧玮，走了几步的裴衿衿又站住，回身看他。

"啊，我想起你是谁了。我说过要好好想个理由来拒绝你，你今晚是特意来要理由的对吧？我告诉你，我拒绝你是因为——"

冷不丁一个男声就从裴衿衿的后面冒了出来。

"她有我了！"

裴衿衿和凌萧玮同时惊讶地回头。

某女内心大吼，他怎么冒出来了！

施南笙脸色平静地走到裴衿衿身边，将手搭在她的肩膀上，看着压抑着情绪的凌萧玮，特别气定神闲地说道："你好，我是裴衿衿的男朋友，施南笙。"

施、南、笙。

"施南笙"这三个字在C大还能装不知道吗？

凌萧玮看着施南笙，连连点着头，眼神一倏溜地转到裴衿衿脸上："算你狠。"

看着凌萧玮火气冲冲离开的背影，裴衿衿撇撇嘴角，他刚才对她若不是口不择言，她也不想"一次击毙"他的，这小伙完全就是宽以待己严以律人的行为准则啊，他的第八任女友对象显然选错了，由此可见，拥有一双视力尚佳的眼睛是多么重要的事情。

来时路上还有些不悦的施南笙看着凌萧玮走开，心情指数呼啦啦地上扬，很是爽快。

"衿衿。"

裴衿衿抬脚便走,一个比一个头疼,情商高的还能秒杀,碰到情商低的,文的武的理性的感性的统统没用,人家脑子就一根筋,被他看上的,那就是他的。

"衿衿你别急着回去。"

施南笙伸手拉住裴衿衿的手腕,眼底都带着笑,"你回来干吗不和我说一声,打你电话也不接。"

"太累,调成无声状态了。"

面对裴衿衿的解释,施南笙爽快接受,看着她嘻嘻一笑:"你个小骗子。"

裴衿衿蓦地打了个哆嗦,他要不要一脸纯得能掐出水的表情啊,受不了了。

"我说你当时怎么就拒绝凌萧玮呢?原来是……"施南笙眼底的笑意更加深了,握着裴衿衿的手也不由得加了力道,"你喜欢我,可以直说的。"

裴衿衿又哆嗦了一下,啥?!

"就说你们女生矫情吧。我让你做我女朋友,你还死鸭子嘴硬地不同意,若不是被我撞到现场,你怕是还不肯承认喜欢我吧。"

裴衿衿觉得自己要被雷得外焦里嫩喷香扑鼻了,眼前这个"爱情一根筋"自我感觉实在是太好了,完全不受任何形式的打击,刚才那个憋足的理由明明是从他嘴里说出来,现在倒成了她拒绝别人求爱的真实原因。这下,这小伙子更不可能被她成功"唤醒"了。

"施南笙。"

裴衿衿彻底投降了,她现在真的找不出什么话对他说,唯一想到的是,她应该回去睡觉了。

"我先回宿舍睡觉了。"睡足了才有力气想如何救他救自己。

施南笙拉着裴衿衿:"等一下。"

在裴衿衿还没反应过来之前,一个宽阔的胸膛迎到了她的身前,她被人满满地抱住。

"抱一个。"

裴衿衿条件反射地想推开施南笙,双手触到他的衬衫时,一愣,抬头看着他。

"你衣服怎么是湿的?"

"县区下大雨。"

"你不知道买伞吗?"

施南笙无辜地看着裴衿衿:"我买了。"

"那你怎么不用?"

"跑到超市前就湿透了,想你当第一个用的人,就干脆没打开。"

裴衿衿不知道是施南笙故意这样说,还是他真的就这样单纯,看着他眼中的光芒,她

宁愿相信是后者，那些光泽告诉他，在他现在的认知里，要给自己女朋友最好的最用心的呵护和照顾。

"你个傻子。"裴衿衿推了推施南笙，"赶快回去洗澡换衣服。"

"你今天和我一起回沁春园吧？"

"不要。"

"住宿舍太危险了。"

裴衿衿心底追了一句，住沁春园才危险好不好。

"你赶紧回去，一身湿答答的。"

忽然之间，施南笙和裴衿衿俩人同时听到一个闷闷的嗯声，两人齐向旁边转头看去。不看还好，一看就后悔。不，该说一看就尴尬。不远处的椅子上，一对情侣情到浓时正忘我地在亲吻，女孩被男孩的热情弄得有些晕眩，忍不住发出低低的抗议声。

裴衿衿看了两眼，收回自己的视线，推着施南笙，"走啦。"

但某人似乎完全不懂"非礼勿视"四个字，认认真真地看着那对情侣，听到裴衿衿催他看了她一眼，又转过头去看那对恋人。

"还看。"裴衿衿又推了一下施南笙。

施南笙摆正头，低眸凝着裴衿衿："我也要！"

"要什么？"

"吻！"

裴衿衿怎么都没想到跟自己打交道的是一个执行力超级强的对手，她才听清施南笙口中的那个"吻"字，腰肢上的手臂就猛然收紧，一张俊脸刹那间就在自己眼前放大，唇瓣被两片柔软覆住，所有的动作仿佛都在一瞬间发生。唇瓣上传来温柔的吮吸感，裴衿衿反应过来，下一秒就想闪躲，可施南笙好像算准了她，一只手掌从她的腰上变成托着她的后脑，锢着她逃不了避不开。

"施……"裴衿衿刚开口想讨伐施南笙，唇齿稍开一丝缝隙，某人的舌尖立即抓住机会，直接钻进她的贝齿，扫着她的丁香小舌，将余下的话音都堵在她的口中。惊恐的裴衿衿使劲全力推开施南笙，眼中怒火熊熊地瞪着他，"流氓。"

施南笙伸手想去拉裴衿衿，被她愤愤地躲开，"不准碰我。"

"他们可以，为什么我们不行？"

"他们是情侣。"

"我们也是啊。"

裴衿衿怒道："跟你说了，我们不是，不是不是不是。"

看着火气老大的裴衿衿，施南笙想了想，微微弯腰，对她倾着身子，小心翼翼却又带着一丝期待地问道:"你的……初吻?"

唰的一下,裴衿衿脸色爆红,连耳根都发热了。

"哼!"从鼻子哼出一声,裴衿衿二话不说转身就走。

看到裴衿衿的反应,施南笙猜到了她的答案,喜滋滋地小跑着追上去:"衿衿,衿衿。"

"你再跟着,我就不客气了。"初吻啊,居然给了不是男朋友的男人,她以后怎么对孙子孙女闲话"当年的浪漫"啊。

施南笙心情好得要爆棚,哪里会去想裴衿衿现在是一只喷火的哥斯拉,伸手不怕死地拉住她的手腕,说话的声音都满是藏不住的笑意:"衿衿,我错了,我知错了,下次我一定选个好环境。"

裴衿衿站住脚,吼:"还下次?"

"OK!我说错了。"施南笙特诚恳地看着裴衿衿,"对不起嘛,我不知道是你初吻,虽然刚才的氛围没达到小说中的花前月下浪漫幽雅,但你原谅我这次啦。"

"施南笙,这不是关键。"她生气的关键不是环境不好。

施南笙笑:"难道你嫌我吻得不够久?"他也想的,是她推开他的嘛。

裴衿衿仰天长叹:"啊……"她真的要疯了。"施南笙,为什么你觉得我是你女朋友呢?"

"为什么你觉得我不是你男朋友呢?"

"没感觉啊。"

"什么感觉?"

"恋爱的感觉啊。"

"什么是恋爱的感觉?"

"就是看到对方会脸红心跳加速,眼神不由自主地追着对方,无时无刻不想和对方在一起,舍不得他受一点委屈,想一辈子都跟他在一起,不想见到他和其他女人卿卿我我。等等等等。"

施南笙认真地想了想:"好像我现在对你有点这样的感觉了。"

"但我对你没有啊。"

"别急。"施南笙温柔地揉揉裴衿衿的头,宽慰她,"你不能跟我比,比我慢几拍没关系,我会等你的。"

裴衿衿真的内伤了,她的智商在他心里到底有多低啊,而且为什么连这个他也用智商来衡量啊,谁能来教教她怎么把这个男人脑子里的爱情观给扭正啊。最后,努力了几次的裴衿衿到底没想出要说什么,只得无力地说了句。

"施南笙,我回去了。"

"我送你到宿舍门口。"

心情大好的施南笙牵着裴衿衿走到宿舍楼的门口,放开她,"你上……"他的话还没说完,裴衿衿撒腿就朝楼里跑,纤细身影窜得比兔子还快。看着裴衿衿的动作,施南笙毫不掩藏自己的开心,爽朗地笑出声。傻妞到底是女孩子,娇羞还是有的嘛。

*

裴衿衿一口气跑上五楼,冲进宿舍,不等苏紫她们逼供什么,钻到洗手间开始刷牙。

"喂,裴女士,你牙都要被刷融了。"苏紫斜靠在门上,扬扬手里的手机,"十七分钟,澡都能冲一个了。"

裴衿衿咕噜咕噜地将口里的水吐出来,洗完脸,颓败地走出洗手间,将自己瘫在椅子上。

"你吃什么了?"杜雅丽担心地看着裴衿衿,"刷这么久的牙。"

"我恨不得换牙。"

苏紫咂吧着下巴道:"据我分析,应该不是吃什么东西。"

杜雅丽目光从裴衿衿脸上转到苏紫身上,等着她的话。

"吃了葱蒜什么的,裴女士还不拿着'毒气'来熏我们一番?她能这么急匆匆地去刷牙?若是吃了辛辣食物,刷牙没什么效果。依我看……"苏紫准备下结论了,"莫不是被什么人强吻了吧?"

"咳咳咳……"裴衿衿一口气呛在胸口,咳了起来。

你,显出真相了!

苏紫眼睛发光:"不会是真的吧?"

杜雅丽挥挥手:"不可能。"

裴衿衿和苏紫同时看杜雅丽,问:"为什么?"

"衿衿和校草的绯闻闹这么大,哪个男生还敢动衿衿啊?至于校草,苏紫,你觉得他强吻衿衿的可能性有多少?"

苏紫睨着裴衿衿:"你不强了我们的施公子就不错了。"

裴衿衿暴走:"你们!哪天我被他啃了你们会不会也认为是我办了他!"

苏紫莞尔:"正是!"

*

天文楼。

赵韩趴在自己的办公桌上看着施南笙,一会儿眯眼,一会儿瞪眼,琢磨他比琢磨自己桌上的课本还用功。

"喂。"李东突然将头伸到赵韩面前，吓他一跳。

"嗷，干吗，吓死哥了。"赵韩坐直身子，看着李东，"和女朋友温存回来了？"

李东走回到自己的办公桌，"你脑子里就不能装些正常的东西。"

"我脑子不知道多正常，要说不正常啊，我看，我们的笙哥很不正常，有大问题。"

李东问，"什么问题？"

"哎，你不知道。"赵韩将椅子转到李东的旁边，神秘兮兮地小声说道，"我观察他很久了，以前他干事时从不走神，今晚，嘿嘿，差不多十五分钟就走神一次，注意力老是不集中。而且这还不是重点，诡异的是，他时不时发笑，很傻的那种憨笑。太不正常了，你说，我们的校草啊，怎么能笑得那么猥琐。"

闻言，李东将目光投到施南笙脸上，好巧不巧的，真看到他扬起嘴角发笑。

"喽，你看看你看看，又笑了是不是，我没骗人吧。"

李东认同："确实反常。"

施南笙听到声音，看着赵韩和李东，心情上佳地问道："东哥，韩哥是不是又在向你炫耀哪个专业的小学妹要遭他毒手了。"

"哎，这次你可说错了。"赵韩满脸嘚瑟地看着施南笙，"我们说的对象是……你。"

"我？呵呵，我有什么好让你们说的。"

"嘿，你能让我们说的多了去了，随便抓个话题都能成为校内网的头条。"赵韩想起了他很想八卦的一个问题，把椅子从李东身边转到施南笙旁边，"哎，说说，你什么时候和孙一萌分手的？为什么分手？"

"不喜欢她。"

"不喜欢她那你开始和她在一起？"

"当时不讨厌她。"

赵韩逼供："现在讨厌了？"

施南笙认真想了想："算不上讨厌，只是觉得，好像之前和她之间不是爱情。"

"啧啧啧……"赵韩感叹，"看看，我们无与伦比的校草施南笙大人也有这样敷衍的时候。孙美人现在肯定心碎、憔悴、郁郁寡欢，说不定还在独自垂泪，让人我见犹怜。"

施南笙无奈地摇摇头，没有确定喜欢上裴衿衿前，他确实没有细想过他和孙一萌的爱情，觉得她适合将来帮他打理施氏财团的事务，其他的问题，他并没有想太多。可心中有了那份对傻妞抑制不住的悸动后，他很肯定自己在一萌的身上找不到那种感觉，虽然说不上那种奇怪的感觉将来是好是坏，但他现在非常清楚地知道，他想抓紧傻妞的手，想和她在一起，想照顾她保护她，甚至会想一辈子和她生活在一起也不错。

李东随口来了一句："我们笙哥现在的心里估计关心不到孙美人，只有他的小天使

了。"

天使?!

赵韩问:"那个裴衿衿?"

"嗯。"

"那姑娘长得很干净,感觉很好,我喜欢。"

施南笙立即冷眼看着赵韩:"你少盯着她。"

"哎哟哟哟,我们笙哥开腔开始宣示所有权了噢。"

李东笑,没有把在外面参加活动时施南笙与裴衿衿同住一屋的事情说出来,他不是爱八卦的性格,但他似乎想起了某一幕,漫不经心地说了一句。

"我看那个小天使也不错,刚还在图书馆见到了她,窝在角落里安静地看书。"

嗯?

施南笙眼睛立即乍亮,图书馆?

"具体哪个位置?"施南笙问李东。

李东回忆了一下,摇头:"记不清了,三楼,社科区那块。"

施南笙笑了下,利索地关掉电脑,拿起桌上的钥匙。

"我先走了。"

*

C 大图书馆,三楼。

裴衿衿藏身在最不起眼的角落里,席地而坐,腿上摊着一本厚厚的《社科探秘》,身侧还堆放着几本书,齐臀长发被她用一支钢笔随意盘在头顶,几缕发丝落在脸颊两边,低头静静地看着书。

施南笙在最后差点错过的角落里见到裴衿衿,他没法藏住那一秒他的喜悦,身子已经走过长长的书架,却又停住,后退一步,转头,发现了他恬静而美好的天使。

见到面前的两只脚,裴衿衿抬头,看着施南笙慢慢蹲下身子,一脸温润的笑容。

他问:"吃饭了吗?"

"嗯。"

"还想看很久吗?"

"嗯。"

"今天也睡在宿舍吗?"

"嗯。"

"明天上午没课?"

"嗯。"

"那今晚去看晚场的电影?"

"嗯。"

裴衿衿还没来得及刹车,那个"嗯"字就溜出了她的喉咙,后悔都来不及。

施南笙很满意裴衿衿的回答,平时都纠结她的傻,第一次发觉,她傻也是很有好处的,比如现在,太聪明反应太快的人他就不能成功骗到。

"那好,我陪你在这看书,晚点去电影院。"

裴衿衿摇头:"我今晚没什么心情看电影。"

施南笙很真诚地问她:"那你今晚想干什么呢?"

裴衿衿想,如果说看书,他肯定陪着不走了;如果说回去睡觉,保不定他就直接拎着她回沁春园了;如果说她要去锻炼身体,那必定也要带着这个拖油瓶;结论就是,她今晚甩不掉他了。

"什么都不想干。"

施南笙索性也席地而坐,挨着裴衿衿,随手拿起她身侧的一本书:"正好,我今晚也什么都不想干,咱们就这样坐着看看书,挺好。"

图书馆里太过于安静,裴衿衿自觉自己是个安分守纪的学生,有不满也不会在这样的环境里喧哗出来,看着身边的施南笙,生生把自己逼成了一个淑女。

忍,她忍,她使劲忍。

有了"一根筋"在身边,裴衿衿开始看不进书上的内容了,总觉得施南笙身上的清爽香气影响得她沉不下心,一只耳朵总听着他的动静,发现他一页一页翻着书,怀疑他是不是真的在用心看书。最让她感觉惊悚的是,她居然会莫名其妙想起昨晚两人在宿舍楼前小花园里的"初吻"。

慢慢地,慢慢地,裴衿衿转头去看施南笙,不知道怎么搞的,眼神第一下就瞄准了他薄秀的唇瓣,红红的,润润的,看着就柔软无比,它们昨晚就覆吮在她的唇上,带着属于他的气息。

倏地,裴衿衿回神,想什么呢,怎么想到昨晚他耍流氓的事了。一下脸颊绯红,连忙低头,看自己的书。

过了一小会儿,裴衿衿耳畔响起一个声音。

"衿衿。"

"嗯?"

裴衿衿应声,转头去看施南笙。她的脸转过去的一刹那,他的容颜在她面前放大,薄软的唇轻轻地落在她的粉润唇上,时间就好像在这一秒停止,只为他突然给她的小亲密。裴衿衿慌慌地朝后躲开,看着施南笙精致又溢着微笑的脸,忽然之间连斥责他的话都讲不

出口,不满地瞪了他两秒。

"看书呢。"

施南笙发出低低的笑声,有意道:"我不过是想让你得偿所愿。"

"我愿望什么了?"

"你刚不是在回忆我亲你的感觉吗?"

被人直接揭露心思的后果就是,裴衿衿脸红得像发高烧,看着笑容越来越大的俊脸,板着面孔说道:"你是在认真看书吗?没心就赶紧出去,碍眼得很。"

看着裴衿衿低头翻书不再理他,施南笙知道,这下得罪女朋友了。

"哎,衿衿。"

裴衿衿不理。

"我错了。"

继续不理他。

"我保证下次不揭穿你。"

裴衿衿哽了一下,还是不理。

虽说字面上施南笙是在认错,但他脸上的欢喜可一秒没消失,后来索性将头靠在裴衿衿瘦削的肩膀上,不知是自言自语还是说给她听,嗓音喃喃细细的。

他说,"现在要不是在图书馆多好啊。"

这里人多,附带监控器,还不能高声说话,尤其动作幅度还不能太明显,各种不方便。

裴衿衿差点就破功了,冷着声音问:"你想在哪?"

"家。"

裴衿衿暗道,这个雄性动物啊。

"衿衿,你喜欢什么书?"

"干吗?"

"我把书都买家里,你在家看呗。"

"没氛围。"

"我把它布置成图书馆的样子。"

裴衿衿把目光从书上移开,看着肩膀上的头颅:"施南笙,你到底是来看书的还是来说话的?"

"我是来陪女朋友的。"

某女真无语了,太实诚了,太不害臊了,太让人抓狂了。

偷偷藏在书架后面拍照的人越来越多,裴衿衿想装聋作哑都不行了,细声问施南笙,

"走吗？"

"你看完了？"

裴袩袩合上书："嗯。"

"那好。"

施南笙从地上站起来，接过裴袩袩从地上抱起的书本，温柔地道："我来。"

为了尽快走出大家的视线，裴袩袩跟在施南笙的后面，指挥着他把书放回原位，两人走出社科区。在走廊上，裴袩袩想拉开两人的距离，偏偏动作反应没施南笙快，他手自然地一伸，握住她的小爪子，不管她怎么缩，就不放开，还压低声音在她耳边开导她。

"又不是高中初中，不算早恋，老师不抓的。"

裴袩袩闷声回话："我喜欢低调。"

"名分这东西太低调了，别人看不出。"

"名分很重要吗？"

施南笙异常认真地看着裴袩袩，道："相当！"

裴袩袩想起什么，问施南笙："你今天都不用做研究吗？哪有时间去电影院？"

"我们大部分时间是自己安排，导师会在每学期开学布置好任务，按时把成果交给他就行了。"

两人一同走出图书馆的大门，裴袩袩终于认命。

"我们去看电影吧。"

在和施南笙一起回沁春园和看电影的选择题中，她宁愿选择短期受虐，若给他带回去住一晚，保不定日后天天得住那，"一根筋"少爷的偏执心理不是她几天就能医治好的，他太习惯别人按他的要求生活了。

"确定？"

"百分百确定。"

裴袩袩上车时，完全没看到施南笙眼里一闪而过的狡黠，他花一晚上的时间陪她，哪里可能会让自己一无所获，是她太不懂男人还是她太不懂他施南笙了呢？任何事情，他要么不做，做了，就一定要个结果，而且要自己最想要的结果。

"你买票了没？"

施南笙掌着方向盘，看着前方的路面："别担心。"

到了电影院裴袩袩才明白为什么施南笙说"别担心"时说得那么轻松，因为他包了一个VIP的场，但包的时间让她非常不敢苟同。

"为什么是零点？"

裴袩袩看着电影院LED屏幕上显示的时间，21:35分，有没有搞错，难道让他们在这等到零点?

"怕你没时间过来。"

裴衿衿躁了,这……不带这样玩人的吧。

电影院一个负责接待施南笙的工作员看着裴衿衿懒洋洋的样子,微笑着道:"我们有提供给 VIP 场顾客等候电影放映的小包厢,需要我带你们去吗?"

"好。"

"不用。"

施南笙和裴衿衿异口却不同声。

裴衿衿看着施南笙,"干吗要小包厢?"

"你在这等?"

裴衿衿看了看四周,都是些候场看电影的夫妻和情侣,这个点正是黄金时间,候场区的座位没有空缺,不少的小情侣牵着手或倚靠在一起,说着情话,有些女孩子怀中还抱着桶装爆米花,小脸上洋溢着甜蜜的笑容。那才像和男友出来看电影的表情嘛,哪里像她。

工作人员看着施南笙,问道:"那……"

施南笙伸手牵过裴衿衿:"走吧。"

裴衿衿不情不愿地被施南笙拽着跟工作人员走了进去。

电影院的门口,走进三个有说有笑的女人,一个眼尖地看到了侧方位置的两个人影,疑惑道:"咦,那不是施南笙吗?"

凌西雅的目光追了过去,恰好看到施南笙牵着裴衿衿的手走进门,惊讶不已。

"你们看到了吗?是施南笙吗?"第一个看到施南笙的白丽还有些不相信自己的眼睛。

文夕道:"怎么可能,丽丽你看错了吧,施南笙怎么会来看电影?我可不认为他有时间陪孙一萌来这种地方浪费他宝贵的时间。"

白丽看着凌西雅,问:"西雅,你看到了吗?是不是施南笙?"

凌西雅目光好久都没从 VIP 通道的门口收回,他真的和那个女孩在一起?

"西雅,西雅。"

"呃?"

"想什么呢?"白丽问,"你看到那个人了吗?是施南笙吧?"

凌西雅摇头:"我没看清,不知道。"

文夕朝卖饮料和吃食的柜台走去:"我说那肯定不是施南笙,白丽你要去配眼镜了,施南笙的习惯我们还不了解吗,哎,你们喝什么?爆米花要大桶还是小桶?"

白丽很快就被文夕的话吸引,两人选着自己要吃的东西,凌西雅则在后面不自觉地掏出了手机,滑开后又锁上,反反复复地拨弄了几次。

"西雅，你喝什么？"

"都行。"

到放映室后，凌西雅将手机调成无声，终于发了条短信出去。

＊

候场的VIP包厢里，施南笙看着手机上的信息，回了一个字：忙。

刚才在外面，他其实很怕裴衿衿选择在大厅等，他不想拂她的意，但他并不想让无聊的人士拍到他出来看电影的照片，高中毕业的暑假里，为了庆祝，和世瑾琰几人深夜开车去泡吧，结果第二天光荣地上了报纸，将他们几个考上理想大学的人添油加醋地渲染报道了一番，中心思想是他们依靠家里的力量，只知吃喝玩乐也能上高中学子们梦寐以求的学府殿堂。他承认他们这类人里有不少让常人反感的角色，但并非所有的"二代"都是拿不出手的。那次，他们几人都被各自家长训斥了一番，之后再出门活动，就谨慎很多了。因为，这世上真的有太多的无聊之人，每天都做着一些很无聊的事情，唯恐天下不乱。

包厢里的电视机上放着最近电影院上映电影的预告片，一部接着一部，裴衿衿坐在沙发上看完之后，无聊地掏出自己的手机，开机，打游戏。

她想，她是有多无聊啊，居然可以坐在这等两个小时后的电影，还只能靠手机游戏打发时间，生命如此可贵，她却如此糟蹋，不好不好。

"打这个。"

施南笙在旁边出言提醒裴衿衿，"游戏时间快没了，你得争取。"

没一分钟，裴衿衿玩的游戏显示"GAME OVER"。

"啧，就你在旁边插嘴，分我心。"

施南笙辩解道："人笨还怨起我来了，看着。"

说着，施南笙拿过裴衿衿的手机，开始重新游戏。

时间一分分过去，裴衿衿终于忍不住了，对着快要打通关的施南笙抱怨："喂，你自己有手机。"

"乖，你看，马上就全关通过。"

胜利在望，裴衿衿不高兴了，她玩第一关都够呛，这人直接就通关了，此等对比，将来会让他觉得她智商真的很低，翻身的可能性必然越发渺茫。

"我看看。"

裴衿衿"好奇"地伸出手去拿自己的手机，手指一不小心就碰到"返回"键，她还非常不小心地连按了两下，在游戏的最后几秒钟里"放弃"了。

"呀！"裴衿衿惊讶地低呼，"没了。"

施南笙看着返回到游戏最初画面的手机，他的通关记录……黄了。

"不好意思啊,我不是故意的。"只是有意而已。

施南笙笑了起来:"没事。你知道我能通关就好。"

裴衿衿咬牙切齿,她不知道,她什么都不知道。

零点放映的电影让裴衿衿大跌眼镜,居然是一部恐怖片,妖魔鬼怪,各种吓人的画面层出不穷,音效还好得出奇,往往剧情画面还没显示出来,单听配乐就让人毛骨悚然。

"啊!"电影放到一半,裴衿衿到底忍不住了,尖叫出声。

"衿衿,衿衿。"

施南笙的手刚碰到裴衿衿的肩膀,纤细的身子一下从位子上蹿起,扑到他的怀中,两条细细的手臂紧紧搂着施南笙的颈子,浑身直抖。哪个说国产片的制作很坑爹啊,这个各方面的功夫明明就以假乱真了啊。

"衿衿,别怕。"

施南笙抱着怀中的女孩,柔声安慰着她,对着大屏幕上的恐怖画面眨眨眼,很可怕吗?一看就是假的。

"施南笙。"

"嗯?"

"我们回去好不好?"

她真觉得再看下去自己心脏要被吓出身体了。

"还有一小部分剧情,不想知道结局?"

裴衿衿将头埋在施南笙的颈窝里,使劲摇头,不想不想,太不想了。

"可是我想。"

"那你在这看,我出去等你。"

施南笙言语里十分不放心地说道:"都凌晨一点了,外面估计没什么人了,你一人在外面,我担心。"

"没事,我不走远,就在大厅等你。"

裴衿衿松开施南笙,捂着自己的耳朵,走出 VIP 放映室。

但,不过十分钟,施南笙见到放映室的门口一个身影又蹿了进来,而且姿势还是捂着耳朵,走到他的身边。

"施南笙,我回来了。"

"嗯。"

施南笙的声音里带着强忍的笑意,伸出手轻轻拨拉了一下裴衿衿,将她搂坐在腿上,由着她朝自己的颈窝里钻。他就算准了她会回来。看了大半的剧情,他还真不信她敢一个人待在大厅里等她。若不是对她太有信心,他哪里会让她一个人出去。

裴衿衿捂着耳朵，痛苦地等到了电影完场。

放映室的灯亮了起来，裴衿衿慢慢松开自己的手，心跳还没平复，下意识地就问了一句："结局真相是什么？"

"你没听？"

"没。"

她都吓得只想藏起来，哪有心思听内容啊。

"那下次我们再看。"

"别，别别别，你告诉我就得了。"

施南笙想了想："结局有点复杂，不好说。"

"那你简单地说。"

"女主角死了。"

"啊！"

"男主角也死了。"

"啊！"

"但最后他们又活了。"

裴衿衿纳闷："什么意思？"

"结局啊。"

"你这个我完全不懂。"

施南笙笑，两只眼睛像是两颗灿烂的小星星："都说了下次再看。"

裴衿衿从施南笙的腿上站起，嘀咕道："这辈子我肯定不会再看第二遍这个电影，绝对。"

两人走出放映室，施南笙自然地牵着裴衿衿的手，一向要反抗挣扎的姑娘这次老老实实地任他抓着，而且还悄悄地朝他身边靠近一些，仿佛这样更有安全感。

黑色沃尔沃从电影院停车区开走，不远处一辆黑色奥迪车里，驾驶位上一个女子紧紧地盯着远去的越野车，她手里的白色手机上一条信息正打开着，一个字，忙。

施南笙，你确实忙，忙着带她来包场看电影。

自从裴衿衿跟着施南笙看了那晚零点恐怖电影之后，她就从510宿舍里很没气节地搬回了沁春园，谁让那晚放映的故事有一半剧情是在某大学宿舍发生的呢，她一走进宿舍就感觉到处闹鬼，连洗个手都担心有人从背后掐她，各种心神不宁。

"起床了。"

施南笙看着大床上蒙头大睡的裴衿衿，这姑娘半个月前被他从电影院带回后，再不敢一个人睡觉，从当晚起就一直很不害臊地蹭他的床。隔几天闹一下"革命"，气势满满地

说要回自己屋睡，结果半夜又尖叫着吓醒，跑进他的房间。现在只要是她爬到楼下房间睡觉的晚上，他都不锁门，确切地说是不关门，方便她从楼上冲下来直接扑床。那姿势，没训练过的人绝对做不出，相当之流畅，让他每次都想大笑，但每次都不敢笑出声，只能偷着乐。

裴衿衿抱着枕头，瓮声瓮气地问："几点了？"

"十点。"

"我再眯会，一会儿就起。"

施南笙掀开空调被，俯身将裴衿衿从床上拉起："你都说了三次了，起床吃点东西。"

"不饿。"

裴衿衿又准备倒回床上，被施南笙拉住，似笑非笑地道："要不我帮你醒醒瞌睡？"

"不用！"

床上开始还懒洋洋的女孩子立即应声而起，同时眼睛睁得圆圆的，之前怎么都赶不走的瞌睡虫一下变得无影无踪，整个人倍儿精神，较之前的状态简直判若两人。

看着裴衿衿风风火火洗漱的动作，施南笙低头一笑，被他亲吻有这么可怕吗？自从被他三个早上送热吻帮她赶走瞌睡后，他再提帮她的忙，她一准精神，生怕醒晚一秒他就亲了下去。

裴衿衿东磨西蹭一番，差不多到了吃午饭的时间，午饭后是午休，睡到下午三点，睁开眼，感叹着，"舒服的人生啊。"

在书房里，裴衿衿见到了低头忙事的施南笙，倚在门口看了好一会儿，小伙子很努力和勤奋，比新闻报道里那些"X代"的反面人物要好很多，唯一让她感觉不满的就是他和那些人一样，有着从小到大的优越感，而且这小子自我感觉实在好得爆棚，别人是高调地爆，他是低调内敛地爆，但对她的杀伤力堪称无法回击。例如在"做不做他女朋友"的问题上，她完全没有抗击力度，连她自己现在都认为她是他女朋友了，这是一件多么可怕的事情啊。

"睡饱了？"施南笙头也没抬问门口的裴衿衿。

"嗯。"

"那，你要看的书。"

施南笙指了指另一张书桌上两本叠放在一起的书，"好好读。"

裴衿衿走过去，拿起书随手翻了翻，《现代企业管理基础原理》《商贸谈判》，这书和她的专业与兴趣八竿子打不着，她干吗要看？她对经管从来就无感觉，看不了两页就想睡觉。

"我不看。"

裴衿衿放下书，朝客厅走去。

"你不看，将来怎么进施氏集团。"

施南笙只当裴衿衿在使小性子，低头忙着自己的事情，顺道和她说着话。

"你又不是经管出身，这些是很基本的东西，你慢慢学，以后给你推荐更深层次的内容，毕业了，直接去施氏。"

"我不想进施氏。"为了表明自己的态度，裴衿衿转头看着施南笙，加重语气道，"从来就没想过。"

"现在不是你想不想的问题，是你肯定会去。"

裴衿衿无语了，难道她的工作他也想强势地干预吗？就像她没法抗拒做他女友一样？照他这样的态度下去，她的人生必然是被他规划。

没有了看电视的心情，裴衿衿走到施南笙的书桌前："施南笙。"

"嗯？"

看到施南笙没有抬头，裴衿衿又唤了一声："施南笙。"

这次，施南笙掀起了眼皮。

"怎么了？"

"我想我们有必要好好谈一谈。"

"谈什么？"

"谈我。"

"呵呵……"施南笙笑，放下钢笔，十指交握地轻轻放在书桌上，微微仰着下巴，看着裴衿衿，"谈你什么？"

"如果我说，我不想当你女朋友，你可以放手吗？"

施南笙看着裴衿衿，数秒后，浅笑。

"不可以。"

他施南笙看中的东西，从来没有不属于他的，他要的，就一定得成为他的专属物品，包括她。

裴衿衿已经不想在这个问题上和他讨论什么，她认命，现在她想争取的是，她以后的人生由自己来决定，希望他不要干涉。

"如果我不能选择男友，那请你让我自己选择未来的工作。"

这次，施南笙看着裴衿衿，更久一些："你心中想做什么工作？"

"成为一名优秀的心理医师。"

施南笙问："比你成为施氏财团的高管还有吸引力？"

"是。"

"不管我怎么希望你进施氏,你都不放弃你心中的理想?"

"是。"

"甚至哪怕因此而不能成为我的妻子,你也要坚持?"

裴衿衿微微愣了一下,看着施南笙,难道要做他的妻子就必须学习企业管理吗?他的妻子……妻子……

她虽没想过和他的将来,但从他的嘴里听到"妻子"两个字,还是有着异样的感觉。这些天他照顾着她,做着身为男朋友的事情,虽然太多时候她都是被逼接受,可他做得太温馨惑人,以至于她越来越不反感,甚至有些习惯和喜欢,有时会想,他未来那个合法的妻子真的蛮幸福的,他的教养让他会是个好丈夫。

不过,她真的不想去施氏工作。

"是。"

裴衿衿非常肯定地回答了施南笙。

看着桌前那双坚定非常的眼睛,施南笙明白了,点头。

"好,我明白了。"

呢?

裴衿衿纳闷,他这算是答应了吗?这么容易说话?太不可思议了吧。

"你……答应了?"

施南笙勾起嘴角,"如果不答应,媳妇儿你会学管理吗?"

"不会。"

裴衿衿皱眉,"我真的不喜欢,看那书,我就想睡觉。"

"那就不看吧。"

"真答应了?"裴衿衿眼睛睁得像两颗大葡萄。

"呵呵……"施南笙觉得此刻裴衿衿的表情生动极了,像是一个小孩缠着父母答应一个心心念念了很久的愿望,不敢置信的模样单纯得很,笑着给她一粒定心丸,"真的。"

"那我把书放回去。"

似乎是害怕施南笙"触书生情",裴衿衿蹦跳着将书拿到大书房里,放在经管书籍的架子上,满意地拍拍手。从那次她在图书馆席地看书后,施南笙真的将一楼的大书房布置成了图书馆里的模样,排排列列的书柜,放满了天文学物理学心理学社会科学的书刊,为了迁就她的女生特质,有一排书架摆满了言情小说。

嗯?

裴衿衿看着言情小说书架上一套未开封的小说,抽出来,低声念着,"《公子无双》?"

回到客厅里,裴衿衿对着在开放式小书房里敲着电脑的施南笙问道,"这本,你什么时候买的?"

"昨天。"

"你是不是觉得《公子无双》说的就是你自己啊?"

"呵呵,我难道不是独一无二?"施南笙笑,"不过你那套是被作者下了通牒才买的。"

裴衿衿看看封面:"伍家格格?你们认识?"

"岂止认识。"

施南笙似是很不满,"但我真想不认识她。"

"为什么?"

"太二。"

"呃?"

"这姑娘被太多人证实是十足十的二货一只,跟她久了,怕传染。"施南笙似乎想起什么,"你本来就不聪明,没事别和她走得近,被影响了不好。"

裴衿衿看着书,那,这套书是看,还是不看?

"不过她的书,你可以发动你同学多买几套。"

"理由?"

"她人二,书不二啊。"

　　*

夏季的日子仿佛过得特别快一些,很快就到了六月底。

裴衿衿背着书包走出二楼的教室,身后传来叫她的声音。

"衿衿。"

"裴衿衿。"

杜雅丽朝后看了下,拉住身边裴衿衿的手:"良良叫你。"

裴衿衿转头,潘良良抱着书本从人流中钻了过来,一掌拍在她的肩膀上:"裴女士,想死你了。"

"你的熊掌,能拿开了吗?"

裴衿衿觉得要是她再瘦小一点,这胖妞一爪子下来,她都能给打趴下。

潘良良不以为意地看看自己的手,压根没感觉到自己下手有多重,如果觉得痛了,那一定是裴衿衿自己的承受能力不强,怨不得她,再说了,"难道你这柔美喷香的身子就只能校草大人碰?"

周围的人都转过脸来,望着裴衿衿,各种表情的人都有,让她恨不得挖个地洞,把潘良良给埋了。

"潘良良,你总是瞬间能让我产生掐死你的冲动。"

裴衿衿和杜雅丽对视了一眼，扑哧笑了。三人跟着人群下楼。

"哎，明天周末，你有什么打算没？"潘良良问裴衿衿，"如果没有，我们……"话还没有说完，看着楼前一处笑得一脸暧昧，"哎呀，我怎么忘记了我们的裴女士现在是有家室的人了，不能随便抽时间来陪我们瞎玩。快去吧，你家施公子怕是等你很久了。"

施南笙站在越野车外望着裴衿衿，目光温柔无比。

热度和亮度都减弱的夏日骄阳里，施南笙背光而立，修长的身型仿佛是雕刻师有意制作在那里的雕像，单一地用一个夸赞男子的词似乎都不能贴切地形容出他此刻给人的感觉，像一个天然聚光体，很自然地就吸引了大家的目光。只是，纵使他再美好，浑身也带了一种让人不能随意靠近的距离感。

潘良良感叹："小时候我以为阿汤哥是世界上最帅的男人，等长大后才发现整个世界的男人都没有我们的施大公子好看，而且，最关键还是国产。"

裴衿衿鄙视了一句，"某些国产的东西害人不浅。"

例如 N 久以前和某人一起去看的那部国产片，造成她有很严重的心理阴影，现在见到类似电影画面里的东西或者地方，她就忍不住心里发怵。

"哟哟哟，裴女士，你这是饱汉不知饿汉饥啊，抓到施公子了就这样说风凉话是吧，诅咒你'猪'事不顺。"

裴衿衿哼声，"随便你，我们家的那只'猪'是 superpig，所有的衰神见到他都自动闪道，完全无敌。"

施南笙见裴衿衿走出大楼，主动迎了上去，从她肩上拉下书包，提在手里。

"累不累？"

裴衿衿摇头："你什么时候来的？"

"大概十分钟前吧。"

裴衿衿愣了下，问道："你今天下午不是有课吗？"

"最后一节课时实验器材出了问题，明天上午再继续。"

裴衿衿坐到副驾驶里，施南笙将她的书包放到后座，拉开车门上车。

"那，你明天要来学校？"

"是啊。"施南笙发动汽车，看了下裴衿衿，"要一起过来吗？"

"不要。"

裴衿衿心里乐还来不及呢，哪里会跟他一起到学校来，她恨不得他白天都待在学校，别有事没事就晃到她的面前，不是带她吃东西就是牵着她看电影，这两个月来，她觉得自己的体重直冲单位为"斤"的三位数，多可怕啊，从 44 公斤到 100 斤，若是赶上好时候，按斤卖，她能卖个很不错的价钱啊。

第二天。

日晒三竿了裴衿衿还滚在床上不肯起床，她太爱睡觉了，有时她估计上辈子自己一定被人虐待得吃不饱穿不暖睡不足，要不现代她怎么能如此深爱着床铺呢，简直爱到骨子里，爱到世界末日都不悔。曾有人问过她，如果"世界末日"是真的，她会在前一天在哪儿跟谁一起干什么。

她答：她会在前一天把自己的床弄得往死里的舒服，然后一个人，窝在床上，睡着死。她觉得自己百年之后的死亡方式最让她满意的就是睡着睡着就没醒过来，不痛不痒，干干净净。

肚子已经饿得直叫唤了，裴衿衿抗争了半个小时，实在扛不住了，掀开被子起床。

"施南笙。"

"施南笙。"

"我饿了。"

在房间里喊不应声后，裴衿衿踩着拖鞋下楼，边走边喊，"施南笙，好饿啊。"久不见施南笙回话，裴衿衿这才想起来，啊，他今天上午去学校忙昨天未完的实验了，看来得自己解决伙食问题了。

"Remember – those – walls – I – built，Well – baby – they're – tumbling – down ……"Beyoncé 的声音突然在客厅的茶几上唱响，吓了裴衿衿一跳，走过去，接起电话。

"喂。"

潘良良的声音像子弹一样从那端急促地发出："裴衿衿你这个猪，你为什么这么久才接电话，你知不知道我打了多少个电话了，一上午了，你是不是准备睡死在你的床上啊。我告诉你，出大事了，你家的施大公子出事了，你赶紧到医院去，学校里都炸锅了。"

裴衿衿将手机拿离耳朵，直到听到"施大公子出事了"几个字才将手机贴到耳边，焦急地问道："你说什么？施南笙怎么了？"

"学校物理实验室发生爆炸，你家施公子和几个学长都受了伤，现在送去医院了，伤情还不知道，你赶紧去看看。"

裴衿衿连忙问："哪家医院？"

"市一。"

"知道了。挂了。"

挂掉电话的裴衿衿就朝门外冲，拉开门才发现自己一身睡衣。"哎呀！"懊恼完，立即转身跑到楼上换衣服鞋子。

*

Y 市第一医院。

裴衿衿跑进医院大楼时已经是她得知施南笙出事的三个小时后了，她从沁春园出来拦不到车，施南笙留在那的一辆汽车她又找不到钥匙，最后急得没法了，挡下一辆从沁春园里开出的黑色小车，三言两语说着自己要到市一看病人的情况，估计别人从她表情看出不是撒谎，也不像劫财劫色劫命的歹徒，将她捎到了市中心，不想遇到周末大堵车，刚进市区不久，她便下车跑过堵车路段，拦了的士绕了远路赶到医院。

　　裴衿衿趴在医院问询前台处，看着护士小姐，气喘吁吁地说道，"请问……上午送来的 C 大研究生在哪个病房？"

　　护士小姐看着裴衿衿满头大汗的样子，端了杯水给她，"姑娘，你慢慢说，我没听清楚。"

　　"上午是不是送来几个受伤的学生，C 大的。"

　　"叫什么名字？"

　　"施南笙。"

　　"我帮你查查。"

　　护士小姐很快在电脑键盘上敲打起来，过了一会儿，抬头看着裴衿衿。

　　"是叫施南笙对吗？"

　　裴衿衿猛点头。

　　"他在我们医院做了基本抢救之后上午十一点就转院了，转到省医院。"

　　裴衿衿转身便朝大楼外跑："谢谢。"

第五章
过往，事在人为，爱在人心

　　戴着白色护士帽的女孩看着裴衿衿，这种焦急的神情她每天都要见到好几个，但这里不是一般的医院，有些病人的情况她们是不能随便透露的，例如眼下这个"施南笙"，因为已经来了好几拨人问这个人了，她几乎不用查电脑就能背出他的房号，也清楚他的身份。

　　"你是？"护士小姐看着裴衿衿，选择先问明她的情况。

　　裴衿衿想也没想说道："我是他女朋友。"

　　护士小姐愣了一下，以为自己听错了，施南笙的女朋友？

　　"他在哪房？"

　　"不好意思，小姐，我们不能随便公开VIP病房病人的资料。"

　　裴衿衿真想跺脚了，受个伤还弄去VIP病房，彰显他施大公子身份地位吗？非逼她使出看家本领才能知晓他的位置。

　　"护士小姐，你尽职，我了解，但我要提醒你，施南笙要是见不到我，他死都不会瞑目的。"裴衿衿直视着护士姑娘，"你看我这张脸，你觉得我会是他的一般性朋友吗？想想。"裴衿衿又补了一句，"我觉得你还是趁我正常的时候告诉我他在哪儿吧，等我不正常了，你就头疼了。"

　　"他住住院部八栋八楼的VIP1号房。"

　　眨眼间，裴衿衿就朝着护士小姐指的方向跑去。

　　出了电梯的裴衿衿见到一个房间门口站满了人，穿军装的、穿衬衫西裤的、穿高雅套裙的，男男女女一大堆人，大家的情绪都异常低落，甚至有不少女士都低头啜泣着。跑到门口，见到房间里一张移动床上躺着一个人，让她几乎不能呼吸的是，整个人都用白色的被单盖着，包括脸部。她不傻，清楚这意味着什么。

一瞬间，裴衿衿的眼泪冲了出来，扑到了床边。

"你个猪头……"

"你怎么可以！"

施南笙，你怎么可以死掉！

趴在床边的裴衿衿开始大声地哭泣，她要做的事还没有做完，他怎么可以死了？她还有话没对他说，他难道就不想听了吗？他答应会早点回家带她去吃好吃的，难道都忘记了吗？他说她不学经管也会成为他的妻子，他难道都不记得了吗？

施南笙，你怎么可以就这样走了！

"你起来啊。"裴衿衿摇着床上冷冰冰的尸体，"你醒醒，不要死……"

房内和门外的人看着裴衿衿，有些面面相觑，有些则因她的哭声更加地难过，也跟着哭出了声音。

忽然，一双拖鞋出现在裴衿衿的身后，一只修长的手轻轻地拍着她的后背。

"喂？"

裴衿衿没有反应地继续哭。

"衿衿？"

"干吗啦？"

问完之后，裴衿衿听出说话声音不对，猛地回头。

施南笙！

裴衿衿噌地一下从地上站了起来，差点磕到施南笙的下巴，若不是他腰身挺直得够快，下巴肯定遭袭。

"你没死？！"

穿着病人服的施南笙俊脸拉下："谁说我死了？！"

"那他们怎么都在哭？"

施南笙看了眼床上走掉的人，轻声道："人家在哭自己的亲人，我在1号房。"

"这是几号？"

"3号。"

若不是周围的环境太不对，裴衿衿真想大声说一句脏话。

周围的人看着裴衿衿，真真是哭笑不得，莫名其妙冲来一小姑娘对他们"老去"的爷爷大哭，真是……各种啼笑皆非。

施南笙看着裴衿衿还挂着泪痕的脸，心疼地伸手揽过她的肩膀，转身对着沉浸在悲伤中的众人礼貌道歉："抱歉，我女朋友太担心我了，误闯了你们的房间。"

众人理解地点点头。

施南笙将裴衿衿带出房间，走进斜对面的房间，将她一直带到套房外间的茶几前，开了一瓶矿泉水给她。

"给。"

裴衿衿接过水，问，"你怎么知道我要喝水？"

"哭得那么撕心裂肺，怕你身体缺水。"

裴衿衿咕咚喝了半瓶水，长长地吐了一口气，边拧盖子边打量着施南笙："小伙子看上去挺好的嘛，哪里像潘良良说的那么恐怖，我看你再活百儿八十年没问题，妖孽。"

"呵呵……"

施南笙轻笑，微微弯腰，凑近裴衿衿，问她："听到消息时，你是不是很担心？"

"没有啊。"

"真的？"施南笙挑眉。

"当然是真的。我慢悠悠地赶过来，不然你看看时间，从你出事到现在，我怎么才出现。"裴衿衿放下瓶子，不看施南笙的眼睛，说道，"就是想过来看看你还能活多久。"

施南笙笑意加深，"如果刚才3号房的人是我，你……"

裴衿衿炸毛了，冲施南笙开吼："你闭嘴！"

施南笙怔住，看着眼前凶巴巴的天使娃娃，整个人都像头生气的母狼。

"什么不好学，学乌鸦嘴！"

他怎么会死！他怎么可以死！他怎么能想到死！假设都不行！

裴衿衿十足十地生气，刚才的心惧感觉还在心底，白茫茫的，一布之隔，竟是永恒的阴阳，不管她如何哭泣，都唤不醒，幸好那人不是他，否则她真的不知道自己要如何面对将来的生活。

"施南笙，你最好以后都别在我面前提'死'字。你死了，我怎么办！"

瘦瘦小小的人，那样气势汹汹地站在施南笙面前，摆着一张怒吼的脸，冲着他毫不客气地发脾气。她一定不知道，这是施南笙活了二十四年第一次有人敢冲他大吼，就算是他的父母都没有对他说过一次重话。从来，在他面前高声叫喊过的人都不会在他面前出现第二次，很多时候不需要他动手，自有人会打着"保护"他的旗帜将那些不尊重他的人弄走，久而久之，他的身份就到了一种尊贵得无与伦比的高度，无人再敢挑衅。若有人细心点，就会发现，所有人中，唯有一人敢随意开他的玩笑，军戎世家的世瑾琰，也唯独他一人敢叫他"施美人"，其他的人，给他胆子都不敢喊。

施南笙微微低着头，看着裴衿衿。忽然，他伸手将她拉进怀中，紧紧地抱住。

"听好，我绝不会死在你前面！我保证！"

裴衿衿埋首在施南笙的肩窝里，说话声音闷闷的："我听过一句话，好人不长命，祸

害留千年。我告诉你，施南笙，我从今以后不会做好人的。"

"呵……"施南笙发笑，从心底笑出来的欢愉。他说："你一直就是个祸害。"

裴衿衿娇嗔地捶了施南笙几下，肢体语言诉说着她心里想说的话，讨厌鬼。

施南笙突然心情变得奇好无比，其实这次实验室出意外好像也不是坏事，一直都看她对他爱理不理，男人都是有自尊的，尤其是他，多少会好奇她什么时候能跟上他的步伐，现在看来，傻妞儿似乎已经跑步跟上了，这些日子的等待总算是没有白费。原来，这就是恋爱的感觉，心里满满的，有她，觉得生活好有期待。

"咳咳。"里间的门口一直站着一个人，一个衣着华贵的女人，将施南笙进房后和裴衿衿的互动全部都看在眼底，见他们拥抱在一起，终于忍不住轻咳出声。

施南笙放开裴衿衿，看着她，微微一笑，牵着她转身，走到门口福澜的面前。

"妈，她是裴衿衿，我的女朋友。"

福澜看着裴衿衿，面色很平静，并没有准婆婆打量未来儿媳妇的眼神，仿佛就是认识一个新的朋友一般，优雅地微微一笑。

"小姐你好，我是南南的妈妈。"

说着，福澜还对着裴衿衿伸出手。

裴衿衿看着福澜递给她的手，甜甜地露出一个微笑，没有伸出手，却是鞠了一个标准的九十度躬，声音轻轻地说道："伯母好。"

福澜看着裴衿衿的动作，笑着将自己的手轻轻搭到她的头上，温柔地摸了两下，化解了她的手放在空中的尴尬，又显出了长辈的慈爱。

"真是礼貌的孩子。"

施南笙看着自己妈妈和裴衿衿的首次招呼完成，心中的石头稍稍地放了下来，刚才真怕傻妞伸出手握住他妈的手。

付西喆提着公文包从福澜的身后稍微走上前一步，低声道："夫人，半小时后有个施氏投资高层会议。"

福澜点点头，看着施南笙："南南，妈妈有点事需要忙，会后再来看你。"

施南笙连忙道："妈你忙吧，我没事。"

福澜对着裴衿衿微笑一下，从她的身边走了过去，付西喆随后跟上，离开前特别地看了一眼裴衿衿。他想，有个任务不需要夫人布置他就该去着手做了。

待福澜走后，其他闻讯跑来看施南笙的人也陆陆续续道别离开，留下裴衿衿一人。

裴衿衿看了看空空的房间："你好好休息，我走了。"

施南笙伸手抓住她的手，眼中藏笑："你走了，我会寂寞。"

"寂寞就睡觉。"

"睡觉会想你。"

"睡着了就不想了。"

"梦里还是你。"

裴衿衿瞪着施南笙:"你死活不肯睡,你不就是不想想我吗。"

"想你有什么意思。"施南笙笑得温柔,"看你真人多好。"

悄悄地,裴衿衿心底晕开一朵小小的花儿,花朵儿越来越大,最后爬到了她的脸上,成了一张娇羞却含笑的绯色丽脸,张嘴就来了一句傻了吧唧的话,说出来她就后悔了。

她说:"不准看。"

抓到她话的缝隙,施南笙张嘴就来了一句:"我也不想只看了。"

话音还没落下,施南笙就低头亲到了裴衿衿唇上,不待她反应过来准备有更深层次的动作时,病房的门被人从外面推开,凌西雅等一群人站在门口,尴尬地看着施南笙从裴衿衿唇瓣上离开。

裴衿衿不好意思得脸颊红到脖子根,低头说了句:"你休息,我回家了。"

"别。"

施南笙拽住她,她一个人回沁春园没意思,何况他在这,她身为女朋友还回去干吗,陪他才是她现在首要的任务,不能因为他只受了轻伤就忽视他。

凌西雅看着施南笙对裴衿衿的态度,扯出一个笑容:"哟,这么看,我们大家来得不是时候哇。"

施南笙对着大家笑笑:"坐。"

几个人笑呵呵地将手里的东西放到茶几上,在沙发上坐了下来,文夕看着在泡茶的凌西雅,笑着打趣。

"西雅,你可真够自觉的哇。"

凌西雅笑:"我给你们泡茶的次数还少了?"

"是不少了。看来施公子给我们找的'泡茶姑娘'好像还没进入角色啊。"

裴衿衿看着凌西雅笑道:"凌小姐泡的肯定比我好喝,我笨手笨脚的,不会做事。"

施南笙笑着坐到单人沙发里:"你总算有自知之明。"说着,拍拍自己的大腿,"过来。"

裴衿衿老大不愿意地在大家的眼光中走了过去,被施南笙拉坐在腿上,轻轻地挣扎:"你身上的伤……"

"不碍事。"施南笙捏着裴衿衿的下巴看着凌西雅,"好好学学我们的凌老板的泡茶功夫,这是你这个未来施太太该做的事,我不想在家请佣人。"

"我自己请。"

"呵呵，你那点收入能请得起？"还一个劲想当心理医师，他还真不信靠她的工资能让她生活富足，只是话又说回来，有他在她背后支撑，她即便只把工作当玩票也没关系，养她完全不成问题，只要她高兴就好。

裴衿衿语气真诚地道："这种技术活我实在做不好，凌小姐很有贤妻良母的潜质，我觉得……"

话还没说完，施南笙就打断了裴衿衿："你的智商对付不了技术活我早就知道，你这几年安安心心读书就是了。别到时毕业还需要我帮忙，那就糟大了。"

"考试难不倒我。"

凌西雅将茶放到每个人的面前，歉意地笑了笑："很久没泡，大家凑合下。"

白丽端起面前的茶杯，看了看茶色，表情有着难以察觉出味儿的变化，话里酸涩不明："西雅随便泡出来的东西都比外人认真学出来的手艺强，你们说，是不是啊？"

随即几个人笑着附和，夸了凌西雅几句，气氛有些面暖暗冷的感觉。裴衿衿脑子里寻思着找个借口溜走，这群人的话题她没有兴趣参与，刚巧，她的手机响了。

"我接个电话。"

掏出手机，裴衿衿朝门外走，潘闪电其他时候的电话不及时，这次倒真是当了她一次救星，值得表扬。

"喂。"

"衿衿衿衿……"

裴衿衿觉得自己满脑子就被一个字统治了。

没一会儿，接完电话进房，裴衿衿走到施南笙的身边："我得去下学校，先走了。"

施南笙不确定裴衿衿刚才的电话是不是真的有叫她回学校，但他确实感觉到她并不想待在他的病房，在众朋友面前，他不会强求她留下来。不过，也不会白白放过这样一个好机会。

"你去忙，回头我叫人去接你过来。"

裴衿衿摇头："不用不用。"

"晚了你打车过来我不放心。"

施南笙似乎并不想掩藏自己对裴衿衿的关心，话说得极为顺溜，也不管旁边的朋友们是不是在挤眉弄眼笑话他。

"我还不知道什么时候忙完呢，走了。"

和施南笙的朋友们道完别，裴衿衿很快走出了病房，心情变得莫名轻松，回到自己的世界感觉真好，从听到他出事到走出医院，她都有种无法道明的压抑感，那些感觉清晰而沉闷，是她非常不喜欢的氛围。

裴衿衿走后。

施南笙的病房里开始变得热闹起来,大家说话聊天都不再顾忌什么,随便扔出一个话题,大家都能热火朝天地谈开。只是,不管大家如何欢闹,施南笙都坐在自己的单人沙发上,偶尔说上一两句,大部分的时间微笑地沉默着,看着他的朋友们嘻哈。修长的手指摆弄着他的黑色手机,随意翻着屏幕上的菜单,点开,退出,反反复复,也不知道自己到底要做什么。

"哎,南笙,你说说。"

施南笙抬头看着文夕:"什么?"

"你刚没听啊?"

"没。"

尹家瀚笑着揶揄施南笙:"文夕,你这还看不明白吗?我们的施大公子在想念他刚刚离开的小美人,你没看他拿着手机拨拉了很久啦,人家说不定在短信传情呢。"

文夕白了眼尹家瀚:"你以为人人都像你。"

"我怎么了?再说,像我不好吗?风流倜傥,玉树临风,要财有财,要貌有貌,对女人温柔体贴,对男人肝胆相照,简直堪称 Perfect。"

白丽鄙视道:"尹家瀚,你直接夸自己是打着 1200 瓦的灯泡满中国都难找到的好男人不就行了。"

"哥,正有此意。"尹家瀚笑得欢乐,"这不从你们嘴里出来感觉更爽么。哈哈……"

"花心渣男的结果只有一个。"文夕道,"拍死!"

来病房后就没怎么说话的凌西雅看着尹家瀚,她正好坐他旁边,忍不住用脚踹了他一下。

"干吗踹我?!"

"踹你还是好的。保不定哪天我们就会看到有姑娘拿着菜刀追杀你。"

尹家瀚大笑:"哈哈,西雅,你把本少爷看得太逊了吧。女人生气是很可怕,但是,对付她们本少爷还是有法子的,不至于混到那么悲惨的境地。"

凌西雅摇头,道:"前些天在家看了个节目,有段话怎么说来着,我想想……"

过了几秒,凌西雅说道:"想欺骗女人的男人,最后都被欺骗了;想驾驭男人的女人最后都改嫁了!这个世界没有傻子,只是你自己认为别人是傻子。真诚是把利剑,它可以斩获真正的爱情和友情。真诚有时会受到伤害,但这并不是真诚的错。情愿因真诚而被伤害,也不愿因伤害而不真诚。"

"尹家瀚,你这么七骗八瞒的,总有一天会栽在哪个姑娘手里。"

文夕赞同地点头:"不是没有厉害的角色,而是你还没遇到你命里的克星。"

尹家瀚对着正低头看手机的施南笙说道："施大公子，快救救我。都要被这群女人诅咒死了。"

施南笙抬头轻笑："她们说得不错。"

"喂，你帮女人啊？"

"不是。是我听到过类似的说法。"

施南笙想起裴衿衿第一次在西雅会所对一个失恋女孩说的话，半玩笑半当真地道，"有人说，要深信，总会有一个男人是为受某个女人的折磨而来到这世上的。"

凌西雅看着施南笙，裴衿衿的话，他竟记得？

尹家瀚夸张地打了个哆嗦："我不要，我美妙的生活才不要被女人折磨。所以，坚持独身主义，我要自由到老，到时让你们一个个都羡慕我。"

施南笙笑："有句话不说了吗。都说婚姻是爱情的坟墓，但入土为安总比暴尸荒野来得强。"

"哟哟哟。"

推门而入的司南听到施南笙的话，在门口惊讶起来。

"我是不是听到什么劲爆的新闻了。我们的施大公子决定让爱情进'坟墓'了？"

施南笙笑了笑，把手机里写好的短信发了出去。

"合适了，不排斥。"

文夕叫道："哇，什么叫合适了就不排斥啊？"

尹家瀚解释道："笨。意思就是，遇到合适的姑娘，他不排除第一个结婚。"

白丽问："和刚才那姑娘？"

房间里陷入沉默，大家的目光都落到施南笙身上，难道他真的打算娶那个女孩子？就算她看上去很舒服很漂亮，但大家的印象里，孙一萌似乎更适合他们这个圈子。何况，孙一萌还得到了施氏财团的董事福澜认同，有了施家夫人在能力上的认可，孙一萌进入施家就像成功了一半。这些日子以来，孙一萌还经常去施家拜访，明眼人都看得出，福澜对她挺满意，如果没有意外，她应该就是施南笙未来的妻子了。

端着茶杯的凌西雅手指轻抖，热茶险些洒了出来，好在很快稳住。细微的动作没有引起任何人的注意，慢慢地抬起手，细细地抿着茶，垂低的眼睑将她的眼神遮盖起来，唯有一丝薄薄的余光从她的眼角流了出来，落在左手边施南笙的脸上。

他，会怎么回答？

施南笙看着问话的白丽，眼底看不出他的情绪，反问她："她不好吗？"

白丽愣了下，看了看身边将目光都投到她身上的几个朋友，讪讪道："我没有和她接触过，不知道。"

施南笙笑了笑，手中的手机发出嗡鸣声，连忙低头翻看，不看还好，一看，他脸上的笑容就停僵了两秒，随后直接拨了电话出去。

"看不懂吗？"

裴衿衿在那端毫不犹豫地回答："嗯。"

"很难理解吗？"

"嗯。"

裴衿衿脑子里出现施南笙发给她的那条莫名其妙的短信：$X/[(-9+99/9)×13+1/2]=20$。什么意思？乱码？发错对象？他抽风好玩？

"你是怎么考上大学的？"施南笙问。

"我还能怎么考上的啊。"裴衿衿回得理直气壮，"当然是坐在考场里参加高考考上的啊。"

施南笙无语片刻，道："那你不知道解那个一元一次方程？"

"为什么要解？"

"你不解出答案，怎么知道我要对你说什么？"

这时，施南笙真觉得裴衿衿很傻，他就不该选择对她用这种传情的方式，以她的脑子和理解能力怎能体会他的用心呢？傻妞就是傻妞，她要聪明了，就对不起她的绰号了。

裴衿衿在路上漫无目的地走着，哪里有什么心情去解方程式，她现在就想着去哪儿。是到学校找潘良良她们，还是回沁春园？听到施南笙的话，很自然而然地就说。

"你直接对我讲不更方便？"

何必多此一举？

难道是为了显示他很聪明？

施南笙看了眼身边的朋友们，起身走到里间的休息室，压低声音对那端说道："你能不能有点在热恋中的女友情趣？"

裴衿衿哆嗦，还情趣？她现在只想吃东西，她都饿得前胸贴后背了，什么恋人情趣都没美食对她有吸引力。

"先不说了，我看到吃饭的地方了。挂了。"

"喂？喂……"

电话被切断，施南笙心底不爽快起来。她这是什么态度？他爱心满满向她诉说情话，她一点不领情就算了，居然还很嫌弃他打电话给她一样，别人想要接到他主动打过去的电话都难，她一点不懂珍惜。

等等！

她刚才说什么？

施南笙忆起裴衿衿挂断前说的话"我看到吃饭的地方了",她……

下一秒,施南笙转身走出房间。

"司南,车借我。"

司南边掏手机边说:"你干吗去啊?"

"有点事。"

"哎,我送你吧。"

施南笙笑:"没那么严重。"

尹家瀚随之站了起来:"哎,慢慢慢,我们来看你,你个病号跑了,我们留在这里干吗?打麻将啊。说,你去哪儿,我送你吧,正好我也要走了。"

凌西雅也站了起来:"既然看过南笙,我也走吧,大家一道。"

施南笙也不多说客套话:"谢谢你们来看我。"

司南将手搭在施南笙肩膀上,和他一起朝外面走,笑得暧昧。

在医院的外面,司南开车载着施南笙第一个出医院大门。

"去哪?"司南问。

"不知道。"

"不知道?"

施南笙想了想:"这附近有什么吃饭的地方?"

"西区比较多。"

"那去西区看看。"

司南看着他:"你饿了?"

"找人。"

司南出门时的暧昧笑容再度浮现在脸上:"我就知道你小子就在找她。直接电话问她在哪不就得了。"

"她不会说。"

"为什么?"

施南笙一副很了解裴衿衿的模样:"她从来不喜欢我管她的事。"

"那你还管?"

"她那么蠢。不管不行。"

"哈哈……"

司南直嗓大笑起来,要知道,施南笙身边的女孩,哪个不是精明聪明艳明啊,而他本人是出了名的怕麻烦,那些智商不达标的人从来不是他想接触的物种,没想到他却对一个不待见又笨的女孩如此上心了,有道是,一物降一物,果然没错,纵然他再厉害,也总有人能制得住他。

"别光顾笑，看看你那边的普通饭店。"

施南笙张望着另一边沿街吃饭的门店，希望能找到裴衿衿的身影，他同她通电话的时间在她走后不久，离医院不会很远，而且，电话里有车辆穿梭的声音，她肯定是走路，舍不得打车的姑娘选择的地方肯定不会是豪华大饭店，再加上她身上的现金他有数，十有八九能估摸出她会去什么地方吃饭。

在一个三岔路口，司南打转方向盘，车身刚拐正，突然踩住刹车，朝后侧一个KFC看去。

"哎，是那个女孩子吗？"

施南笙顺着司南的目光看去，可不就是他要找的裴衿衿。

*

裴衿衿手里提着KFC的全家桶，朝两边望了望，她得找一个公交车站，看看坐哪路公交车能去C大。

嘀，嘀嘀。

司南不停地按着喇叭，可前面走着的裴衿衿就是不回头。

"美女。"

"美女。"

"前面的大美女。"

司南降下车窗，对着裴衿衿开始人工呼唤。这次，连她前面的老奶奶都回头了，她还自顾自地提着"全家桶"朝前面的公交车站进军。

不得已，司南看着副驾驶位上眼睛盯着裴衿衿看的施南笙，问他。

"她叫裴什么来着？"

施南笙看着路边的裴衿衿，大声喊道："衿衿。"

"裴衿衿。"

这回，裴衿衿停步了，朝后看，一辆银色路虎神行者的驾驶座那探出一个脑袋，对着她友好地笑。下一秒，她见到了车内施南笙那张脸。

他怎么出来了。裴衿衿老大不愿意地走过去，施南笙对着她喊，"上车。"

"我要去学校。"

"上车。"施南笙又说了一次。

裴衿衿知道，这小子的少爷脾气又上来了，他就是受不得有人不按他的安排来行动，可她偏生就不喜欢和他的朋友们待在一起，当然，她也不喜欢和他单独生活在一块，总觉得不自在。

司南对着裴衿衿笑："姑娘，上车吧，你这东西，没营养，哥哥请你吃大餐，怎么样？"

看着态度十分友好的司南，裴衿衿也温柔地笑了起来："谢谢，这是打算送给舍友的。"

司南看了看不远处的公交车站："快下班了，公交车肯定挤，说不定到C大还得堵上一阵子，正好，我要去C大那边办点事，顺道载你过去。"

"太麻烦你了。"

"哈哈……"司南爽朗地大笑，"要是觉得过意不去，下次你请我顿饭。"

"好啊。"

裴衿衿走到路虎的后座，拉开车门，坐了进去。她哪里会不知道司南是给她和施南笙缓和气氛啊，看看，都是家境殷实的孩子，人家司南说出来的话多中听，一点没有少爷的架子，可施大少爷就不会温润地说话，什么都是说出来别人就得照做。

司南将车直接开到C大女生宿舍楼下，等她送吃的上楼时，按着施南笙的指挥，把车开到物理楼。

"谢了。"施南笙下车。

司南从窗口伸出头，叫住走了几步的施南笙："哎，南笙。"

"什么？"

"仔细看，还真的很漂亮。"

施南笙笑："废话！"他看中的，能差？！

"哈哈……走了。"

"不送。"

"有时间，一起喝一杯。"

施南笙笑："好。"

＊

施南笙到物理楼取了自己的车，将裴衿衿从宿舍里叫出来，逮着她回医院里陪他。

裴衿衿睡到床上后的第一个念头，这床哪里是病床啊，堪称四星级酒店里的高级大软床。只不过，如果大床不用跟人分享就更好了。

"公共场合，你爬上来不好吧。"裴衿衿看着准备上床的施南笙。

"我不介意给人看到。"

施南笙掀开被子就躺下了，那动作利索得裴衿衿都来不及说第二句话，躺好后，还一脸温柔地冲着她露出迷人的微笑。

"施南笙。"裴衿衿开始有掀被子的动作，"其实我是个良家少……啊。"准备逃离大床的某女在脚尖还没沾地前就给人拎回被子里，一只手臂圈在她的腰间，一只长腿压住她乱踢腾的双腿。

"施南笙！"

"嘘，别喊。"

"我就要喊，施南笙，施南笙。"

"媳妇儿，你这样喊，外面的人会以为你'急不可待'地需要我做什么的。"

"我急需你把你的爪子和蹄子拿开。"

施南笙无辜着："在家不也这样吗，怎么到这里反应这么激烈？"

"在家是在家，这里是医院，你注意点影响好不好。"

"媳妇儿，现在是你影响不好，不是我。"

"怎么一点不怕人看到啊。"裴衿衿白了施南笙一眼，"我记得刚认识你时，你不是这样的啊。"

施南笙笑："那时是怎样的？"

"规规矩矩，安安静静。"

施南笙叹息："好好一个纯情少男就这样被你带坏了。"

裴衿衿无语，成了她带坏他了？到底是谁带坏谁啊？而且，根本就是他本质恶劣，哪里需要人带啊。

"放开我。"

施南笙反而抱得更紧，气息呵在裴衿衿的耳朵边，痒痒的，酥酥的："媳妇儿，别动。"

"就动就动。"

"你再动，我就有反应了。"

施南笙没告诉裴衿衿，他已经有反应了，只不过怕说得太直白，吓到她，这姑娘有时候还是挺纯洁的，要不然，怎么会连初吻都被他收了呢，想到这个，他心里就乐得很，这妞儿，他得守好，要是被别的男人逮去了，说不定被卖了还帮人数钱呢。

裴衿衿僵住，不敢乱动，连呼吸都变得小心翼翼。

"施南笙，你个流氓。"

"抱自己媳妇儿还没反应就不是男人了。"

裴衿衿开始辩解："有些男人抱女人就没反应。"

"男人宁愿被骂流氓也不想出现你说的那种情况。"

两人说着说着话，裴衿衿就睡了过去，连施南笙什么时候起床的都不知道。

病房外。

福澜看着开门出来的施南笙,脸上略有些不高兴。

"南南,你怎么把门锁了?晚上医生查房怎么办?"

"我没什么事。"

福澜想进房间,被施南笙轻轻拉了下,"妈。"

"嗯?"

"不方便。"

福澜很快就反应过来:"有人?"

"嗯。"

福澜的脸色很平静,看不出她到底怎么想的,只是一双眼睛紧紧看着施南笙:"南南,一萌还没有下落。你怎么……"

"妈,以我们的能力,几个月都找不到她,你不觉得蹊跷吗?"

福澜微蹙眉:"什么意思?"

"或许,有人故意藏起来了。"

付西喆的眼睛微微亮了一下,看向福澜,这个可能他倒是也想过,总觉得可能性不大,是孙小姐自己不想被他们找到?还是有人强行藏匿了她?不管哪种,想着都有点说不通。如果她闹着玩,这么久,该现身了,何况玩失踪完全不符合孙经理严谨做事的风格习惯。如果是别人做的,那总得有动机,几个月来他们都没接到赎人的电话。若不是为了钱,为何挟持她?

福澜好一会儿没有讲话,轻轻呼出口气:"这事妈妈会再派人好好查查的。"

施南笙点头。在他看来,不管是一萌故意的,还是被绑架,没有消息未尝不是件好事。没消息传来,起码还能想到她活着,若是查出来的消息中有什么不好的,他倒宁愿不知道。

"好了,一萌的事情暂且说到这,说说你屋里的人吧。"

福澜她素来不对自己不了解的人下定论,裴衿衿这个人她完全不熟悉,但她很好奇自己儿子是怎么看待这个女孩的。

"我女朋友。"

福澜挑眉:"四个字?"

"她挺好的。"

"还有呢?"

"我很喜欢。"

"确定吗?"

施南笙笑:"现在很确定。"

福澜不以为然地笑了下,仿佛施南笙的回答在她看来就是几句完全不值得放在心上的母子对话,事实上,她也确实是这样认为的:"好了好了,南南,你还小,多恋爱几次也没什么,等将来结婚时,妈妈再帮你好好挑个最优秀的姑娘。"

在福澜看来,孙一萌离开已有几个月,和施南笙分开久了,年轻人嘛,还不懂得怎么维系感情,两人感觉淡了,自然就分手了,现在她孤单的儿子喜欢上清纯漂亮的小女孩也不足为奇,等新鲜劲一过,两人也就没什么后续了。

"妈。"施南笙认真地看着福澜,想告诉她,自己对裴衿衿是认真的,很认真的那种,是想把她娶进施家当媳妇儿的那种喜欢。

"嗯?"

这时,走开去接电话的付西喆走了回来,在福澜耳边轻声道:"夫人,老爷下飞机了。"

"嗯,知道了。"

福澜脸上笑开,"南南啊,妈妈先回去,你爸今晚回国了,他本想连夜来看你,我给他说了不用,明天再和他一起过来,你先休息。"

施南笙点头:"嗯。"

*

第二天。

因为在医院,施南笙不得不在医生来之前叫醒裴衿衿。

"衿衿,起床了。"

裴衿衿迷糊中将被子扯高,蒙住自己的头:"别吵,我再睡会。"

"公共场合,被人看见不好吧。"

施南笙拿昨晚裴衿衿对他说的话堵她,哪里知道,裴衿衿一句话让他没了下文:"看就看呗,当医生的几个没看过裸体。"何况,她还穿了衣服。

一大清早,身边睡了一个衣边卷到腰肢的女孩,又是自己的正牌女友,且又说了一句十分奔放的话,对于正处在血气方刚年龄段的施南笙来说,绝对是个不小的考验。

"喂,你干吗?"裴衿衿皱着眉头看着扯开被子压到她身上的施南笙,"你不起床吗?"

"等会起。"

话才说完,裴衿衿的脖子被人"偷袭"了,糯糯软软地被吮吸着,酥痒的感觉让她直缩脖子。

"喂,施南笙,等等。"

面对口中的"食物",执行力向来强大的施南笙自动忽略掉裴衿衿的声音,唇齿从她的脖颈一直游走到她的红唇上,堵住了她喋喋叨叨的抗议。

裴衿衿觉得自己的体温开始上升，所有的意识好像都被施南笙调集在脑袋里一样，感觉着从他舌尖传来的热情，几乎快让她不能思考了。

"停。"

裴衿衿别开头，伸手去抓施南笙游移在她衣下的手，可惜晚了一步，某人的手掌准确地握着她的胸，爱怜地揉着。此时，外间的门铃声大作。房间里暧昧的气氛一下被破坏，施南笙满脸的不悦。

"可能是医生。"裴衿衿说着话，双手拢好被施南笙咬开一颗纽扣的衣服，"你去开门，我穿衣服。"

施南笙大呼一口气，颇不情愿地放开裴衿衿，有句话怎么说来着，破坏别人的好事是要遭雷劈的，敲门的人今天应该被雷公劈个十次八次才解恨。

穿好衣服后的裴衿衿拍拍自己的脸蛋，刚才差点就让那小子"一失足成千古恨"了，太危险了太危险了，幸好有人来敲门，不然自己怎么被啃光的都不知道，以后绝不能和他同床共枕，这厮就是潜伏在身边的一只……狮子，算不准哪天他就会张开血盆大口对她狠狠咬下。

"衿衿。"

裴衿衿腹语，喊，喊，喊，喊什么喊，生怕别人不知道他里屋还藏了一个女人是吧？

"衿衿。"

裴衿衿黑着脸走到门口，看着沙发上准备接受医生检查的施南笙，没好气道："叫魂呐？"

"帮我去买早餐。"

医生笑着提醒道："医院等会儿就送您的早餐过来。"

"不用去外面买了。"裴衿衿乐得个轻松。

施南笙却坚持要裴衿衿去买："我想吃你买的，不要医院里的。"

医生这就没法了，医院不是饭店，没菜谱给他挑。

裴衿衿从施南笙手里接过他递来的钱包，还真当自己是个角儿了，刚才对她耍流氓的事情还没跟他算账，这会还指使她当跑腿小厮，一副少爷派头，真想把钱包丢他脸上。

不过，买完早餐走在回医院路上的裴衿衿倒是很庆幸自己没有把钱包扔给施南笙罢工不干。因为，她看到施家夫人从住院部的 VIP 楼前的一辆黑色汽车里下来，仪态万方，高贵优雅。

站在稍远处的裴衿衿想，这早餐，她是送上去，还是不送上去呢？很快，裴衿衿又见到一个男人从福澜坐的车里出来，看到他的脸，她几乎毫不犹豫地就知道，那人是施南笙的爸爸，两父子有不少的相似度。

裴衿衿总算知道为什么施南笙这么好看了，他老爸年轻时绝对一大美男啊，就现在这模样扔演艺圈，那绝对也是秒杀一片少女少妇和少奶的角色啊。看着施南笙的爸妈走进大楼，裴衿衿终于做了决定，找了一处医院给人休息用的椅子坐下，把准备拿上楼给某人的早餐吃了下去，完了抹干净嘴巴，这店做的早餐味道不错，就是离学校太远了，不能天天吃到。

*

在医院里又住了两个星期，施南笙出院了。

很快，日子临近期末，不止裴衿衿的复习任务越来越多，施南笙的事情也多了起来，连着三天，他都在办公室忙到深夜。因为抽不出时间来接她到他办公室，尤其担心她在房间里他无心工作，便让她下课后回510宿舍，待他忙完之后开车到她宿舍楼下接她回家。

周四。

潘良良边嗑着瓜子边看着坐在位子上翻书的裴衿衿，这小妞的侧脸，越来越好看，而且，皮肤似比之前更好了，也不知道用了什么护肤用品，白里透红，与众不同。

"裴女士。"

裴衿衿没抬头，应声："嗯？"

"你用的什么护肤品？"

"没注意。"

潘良良一惊，与听到裴衿衿的话而回头的苏紫对视了一眼，收到她的眼色，点点头，决定深入挖掘施公子和裴女士的生活信息。

"你用的，都是校草大人买的？"

"嗯。"

"和他一个牌子？"

"没注意。"

他买了什么放洗手间她就用什么，寄人篱下，哪里还能挑三拣四呢，再说，她相信他的品位，她挑的说不定还没他选的好用，有人愿意自动当男佣，她何乐而不为呢，落得个轻松。

"你们住一屋？"

"嗯。"

"同床共枕？"

裴衿衿想了想，贼诚实地答道："有时。"

要是天天和他睡一床，她真怕自己会练成"咆哮神功"。每当他们睡一床，夜深人静时，咸猪手就会对她上上下下地爬行。要不是这几天她的"大姨妈"拜访她，指不定要

被他欺负多少次。平时不觉得"大姨妈"好，这次着实感觉到了"姨妈"的好处，能让你逃避几天"纯情少男"的攻击，而且理由充分得男人没一丝反驳机会。

"有时?!"苏紫从椅子上倏地转身，看着裴衿衿，"'有时'是什么意思?"

"就是偶尔。"

"偶尔又是什么意思?"苏紫追问。

裴衿衿咬了下笔头，"就是……想睡一起就睡一起，不想时就分开呗。"

"哇!"

两瓣瓜子壳从潘良良的嘴巴里喷了出来，做了一个抛物线运动后落到地面，要是再用力点，说不定瓜子壳还能落到裴衿衿的身上。

"你真的和……施家大公子那个了?"

裴衿衿一脸鄙视地看着潘良良："潘良良同学，请你用词多加注意点，不要用让人瞬间产生无限遐想的词语，搞不好会误导人的。"

苏紫大叫，看着裴衿衿："你们做都做了，还不允许我们说啊。"

"我们什么都没做啊。"

苏紫完全不信，一张秀气的脸贴到裴衿衿脸前 0.999 公分处，看着她的眼睛，"裴女士，你当我们都是幼儿园的学生吗？孤男寡女，共处一室，同床共枕，数日啊数日，你现在说你和施公子什么都没有做，哄鬼啊？现在就连小学生都知道打啵啵，你别说你们是纯情少男少女啊。"

"他是不是纯情少男我不知道，反正我是纯情少女。"

"呸!"

杜雅丽转头看着被苏紫和潘良良"呸"得一愣的裴衿衿，乐呵呵地笑："我要是不'呸'显得我脱离组织，呸呸。"

潘良良义愤填膺地看着裴衿衿，开始数落她的罪行。

"裴女士，你也不照镜子自己看看，你是什么段数，我们校草大人又是什么段数，就你这样歪瓜裂枣的货，居然能被我们无限完美神一般存在的施南笙公子选中当女友，是多么幸运，多么让人羡慕嫉妒恨，多么让人想不出所以然，多么让人费解啊。这些，我们都忍了。你和他同居，用着他买的东西，和他共一张床，这些，我们也忍了。但你不该如此厚颜无耻地说自己是'纯情少女'吧，你要是纯情，我们都能当宅男女神了。"

裴衿衿嘴角抽搐了两下，不至于吧，不就自夸了一下，犯得着如此攻击她吗？好在她抗打击的能力够强，不然肯定被这群嘴巴没下限的女人批得爬不起来："我真的……"

"打住!"苏紫伸手堵住裴衿衿的嘴，开始新一轮的轰炸，"你看看你的头发，看看你的脸，看看你的胸，看看你的腰，再看看你的腿。看看，看看，从上到下，哪里能找出

'纯情少女'的痕迹？"

裴衿衿刚想说，姐哪里看不出是个纯情少女了？苏紫继续发功。

"我们不说你是'勾引白马王子的狐狸精'就不错了，还自封纯情少女。要说纯情啊……"苏大小姐的脸上开始出现幻想无限的花痴表情，说，"还是我们的南笙哥哥纯情，你看他的眼，他的鼻，他的嘴，他的笑，哇噻，他要不纯情，我的胸部就大两个罩杯。"

潘良良立即跟话："校草大人要不纯情，我就立即减掉20斤肥肉。"

裴衿衿怄了，这是什么说法，施南笙不纯情她们就个个得益？她们到底是觉得施南笙纯情还是不纯情啊？刚想对苏紫和潘良良说话，她顺着她们仰起的脖子看去，惊奇了。谁贴了一张施南笙的巨幅海报在天花板上？！

"谁贴的？"

潘良良拍拍自己的胸脯："姐。"

"哪里弄来的？"

苏紫笑得欢喜："从这张照片就看得出我们的裴女士没有经商和营销的头脑，这照片啊，多亏有姐这么聪明的军师在510室，否则哪里能为C大众女生谋得福利呢，哈哈，是吧，闪电娘娘。"

裴衿衿仰头看着"施南笙"，丫还别说，这照片上的他，笑得还真是很好看，温文尔雅，一张无瑕的脸上五官精致得超女孩子，真亏他父母给他的好基因啊。不过，C大众女生的福利是怎么回事？

"潘良良！"裴衿衿瞪着潘良良，"你做什么见不得人的事了？"

"我？"

潘良良嘟嘟嘴巴，"我没有啊，我就是偷偷拍了几张校草大人的照片而已。"

"在哪拍的？"

"那次去民族县城时。"

裴衿衿眯起眼睛，阴森森看着潘良良："你假公济私？"

"喊，哪算什么假公济私啊，明星出场还不随媒体大众拍啊，我就拍了几张而已。"

苏紫帮着潘良良："就是，有什么好小气的，不就几张照片吗，我提醒闪电拍好拿回来，然后做了一些后期处理，跟着拿去印刷，再在校网上大声吆喝一句'卖C大校草施南笙独家限量版海报'。"

苏紫和潘良良一想到当时的场面，激动了。

"裴女士，你是不知道当时火爆的订购场面啊，那帖子，不是一般的热啊，简直是相当的热，人山人海，都被版主加精置顶了。哈哈……闪电，告诉裴女士，我们那些海报一共赚了多少钱。"

潘良良比出四根手指头："这个数。"

"40？"裴衿衿猜。

"不对。"

苏紫翻白眼，"裴衿衿，你对我们校草的卖价也太没信心了吧。"

"400？"

潘良良又摇头。

裴衿衿想，该不会是……下一秒，对着潘良良摊开手，"分红！赶紧拿来！"

潘良良摇头："没有。"

"你们要不给我分红，我就告施南笙去，告你们一个侵犯他的肖像权，到时……"

苏紫双手叉腰看着裴衿衿："要不要这样小气啊，你家施南笙缺这点钱吗？"

"他不缺，我缺。"裴衿衿也学着苏紫的姿势，叉腰看着她，"今儿不分我三分之一的钱，我就告你们，哼哼，拿我家的纯情少男卖钱不给我分红，你们好意思吗？啊，好意思吗？"

"怎么就不好意思，还你家的纯情少男，呸。施公子是我们的大众情人，我们没讨伐你抢走他霸占他就不错了，居然还想从我们兜里抠钱出去，小气吧啦的。"苏紫大手一挥，"要钱没有，要'球'两颗。"

"我要你两球干吗，你有，我没有啊？"

"呐，是你自己不要的，不怪我。洗澡，睡觉。"

潘良良也扭着屁股坐到自己的书桌前："哎呀呀，今天还有十页书没看完，看书喽。"

"你们……"

裴衿衿的狠话还没有说出来，手机在桌上响得欢快，拿起手机一看，正是某个纯情少男。

"喂，纯情少男。"

施南笙在那边愣了半天没说话，随即低低的笑声从那边传出，看来他的媳妇儿在宿舍过得并不开心，莫非是怪他没有陪她？

"媳妇儿，怎么了，不高兴？"

"非常不高兴。"

"说，谁惹我们家傻妞了？"

"讨债没成功。"

施南笙直接笑出声："你还有外债借出去啊？"

"是吧，你看，你自己都问出这话了，难道你就没有反省下我过得多么清贫？"

"呵呵，行，相公知错了，今晚回去就让你变成小富婆。"

裴衿衿心情开始"小雨转多云"了："那，那那那，你说的，我记下了。"

"好。不过，跟你说一声，今晚我事还没忙完，你可能还需要等会，行么？"

"如果我有翅膀，我就说'不行'。"

听得出施南笙那边是真的挺忙，得到裴衿衿的肯定答案后，没说几句就挂了。

杜雅丽看着裴衿衿有些失落的样子，安慰她："当大人物的女朋友就是这样啦，很多时候没办法陪你的，你要无聊，就常回来和我们说说话吧。"

裴衿衿轻轻呼了口气，朝着杜雅丽笑了笑，很多事情，其实不是表面看上去的那么简单，有时候她会觉得这样下去不行，施南笙对她的感情，她感觉得到是真的，而她也看到了自己对他的感情，她是真不喜欢男人随便碰她，但他对她做的事情，她都承认了，扪心自问，她是真的喜欢他。本来以为自己不会对他动心的，可怎奈他真的很好，好得她找不到不动情的理由。只是，他们能长久吗？

想到未来，裴衿衿有些烦躁，收拾好书本，和潘良良杜雅丽道别。

"我走了。"

"纯情少男来接你了？"潘良良问。

"还没，我下去走走。"

走出宿舍的裴衿衿漫无目地在校园里逛着，树影斑驳的林间道上，三个身影忽然站住，其中一个看着裴衿衿的背影。

"那个，好像就是裴衿衿。"

"你确定？"

"是啊，飞飞你仔细看看，是不是裴衿衿？"

被叫做"飞飞"的何飞认真看了看，确定无疑："我肯定，就是她。"

"走。我们过去。"

三个女孩回到停在路边的车上，将车朝裴衿衿开过去。

临近期末考试，校园里闲晃的人并不多，便是有情侣经过也是抱着书本朝自习室或者图书馆走去，裴衿衿背着书包漫无目地走着，越走越觉得自己太可耻了，人家都在努力，她却在浪费时间，连最有资格不奋斗的施南笙都在埋头苦干，她凭什么这样虚度光阴呢，不该，不该呀。

走了一会，裴衿衿听到有汽车声从后面传来，脚步向路边靠过去，但她发现，不管她怎么避，汽车似乎离她越来越近。索性，她站住脚，转身看个究竟，后座车门便在她转身的一刻被人推开。

"你是裴衿衿？"何飞下车看着裴衿衿，做最后的确认。

"有事？"

丁玎从副驾驶位下车，与何飞一起形成夹着裴衿衿的站位，防止她逃跑，两人的姿势让裴衿衿很清晰地知道，她们不会让她轻易离开。

丁玎下巴朝打开的车门努了努："是你自己上车，还是我们请你上去？"

裴衿衿笑了笑，背着书包走到车边，坐了进去。

开车的彭云琪勾了勾嘴角，冷笑，倒还真识趣，等她们强行带入场面就不好看了。

将书包放到腿上，裴衿衿表情轻松地看了看三个女孩，没一个她认识，甚至她们的脸也从未出现在她的记忆过，她在 C 大交往的朋友不多，除了 510 宿舍，剩下的都是班上的同学，自认也没干什么得罪人的事。若让她们来势汹汹地抓她，事因怕就只牵扯了某个人了。

裴衿衿问："你们找我，谈事的时间会有多长？"

彭云琪又冷笑了下："这就看你有多配合我们了，你乖乖的，不过十几分钟或者几十分钟，若你不配合，花多少时间就不好说了。"

"好。"

应声后，裴衿衿拿出手机，身边的何飞立即紧张地想强夺过去，便喝道："想报警！"

"飞飞，抢了她的手机。"

裴衿衿握着手机飞快地躲过何飞的手："急什么！"

何飞刚想发作，裴衿衿说话了。

"你们既然来找我，早前就该了解我的时间了。我在宿舍等施南笙，看这个点儿，他也快忙完了。如果他到宿舍找不到我，他的电话，你们敢接替我接吗？再者，我们说好一起回家，到时我若在电话里对他呼救，你觉得，我被救的几率有多大？"裴衿衿扫视了一下三个女孩，"我自问与你们无冤无仇，你们找我有事，能解释清楚的，我解释，不能解释的，你们抓我再久都没用。我不过打个电话告诉施南笙，今天不用来宿舍找我，我先一步回家了。这样，你们不是可以更放心地问我事情？"

彭云琪说话："飞飞让她打。"

裴衿衿拨通了施南笙的电话。

"喂？"施南笙带着笑意的声音从那端传来。

"施南笙。"

"是不是等久了不耐烦了？"

裴衿衿笑着："不是。我是想告诉你，我先回去了。我拿了钥匙，不过，你最好也带钥匙回家，不然，我可不给你开门。"

"衿衿？"

施南笙有些弄不懂裴衿衿，她说话怎么怪怪的？

"好了，你先忙，我挂了。"

挂断电话后，裴衿衿连忙关机，在何飞的眼皮底下把手机塞到书包里。

看着被掐断的电话，施南笙愣了几秒，这傻妞，发脾气了？怪他忙太晚了？就算是这样，可她说什么傻话呢？什么带钥匙回家？沁春园的房子是指纹锁，根本不需要钥匙。而且，他和她身上从来都没有房子钥匙，她怎么可能住了这么久还犯这样的傻帽儿呢？而且，这个点，她到哪里坐车去郊外？真是爱闹脾气的小丫头。

施南笙把手机放到裤兜里，刚低头想忙事，又觉得哪里不对劲，掏出手机，拨裴衿衿的号。

"对不起，你拨打的用户已关机，请您稍后……"

回家？钥匙？关机？

反常的情况让施南笙瞬间开始警觉，边朝办公室外走边打电话。

*

彭云琪开着车从宿舍区出来，因为听到了裴衿衿打给施南笙的电话，心情放松的她选择了去她们的目的地更方便的C大东门。但是，她们的车开到校门前才发现，校门居然关上了，只开了一个供学生进出的小门。而且，居然有学校安保人员在查学生证。

丁玎咒道："什么意思。"

彭云琪倒车，准备走C大大门出去："制度年年有，今年特别多。"

"去年期末考试前有这个样吗？"何飞问。

"谁还记得啊。"

红色汽车朝另一道快速地驰去。

C大大校门。

彭云琪将车朝门口开去，发现和东门一样，校门关了，进出的车辆都要被安保人员查看。因为是近深夜宿舍门禁时间，来往的车辆和同学不多，并没有人觉得不便，都乖乖地配合着。

"搞什么东西啊，怎么连大门都要查。"丁玎发着牢骚，"现在怎么办？"

彭云琪轻踩油门，车子朝校门开了过去。

"琪琪，你……"

"慌什么。我们是正常回家，有什么好害怕的。刚在东门我就犯傻了，我们干吗自己吓自己，我们什么坏事也没干，查就查呗。"

何飞看着裴衿衿，担心道："可是我们……裴衿衿。"

"裴衿衿怎么了，我们请她喝喝茶，犯法了吗？"彭云琪从车内后视镜里看着脸色淡定的裴衿衿，"安保又不是查裴衿衿，你们都瞎担心什么，难道真应了那句话'做了亏心事，看到警察就当他们是冲着自己来的?'，都自然点，没什么大不了的。"

听了彭云琪的话，何飞和丁玎都放松下来，红色汽车慢慢减速。

恰好，一辆闪着警示灯的救护车从教学区那边开来。见状，C大大校门管理处的人立即将大门打开。

彭云琪内心一喜，真是天助我也。

红色汽车刹车上的脚移到油门上，缓缓踩了下去。

跟在救护车的后面，彭云琪的车渐渐提速。说时迟那时快，后座的裴衿衿趁着车速还没有完全被加起来，打开车门，从车上跳了下来，脚落地面时狠狠地崴了一下，滚到了地上。

"啊!"

校门口响起尖叫声。

"有人跳车了。"

"哇，快看，跳车。"

彭云琪飞快地踩下刹车，停车。

"衿衿!"

一辆白色路虎急停在校门口，伴随着车门重重关上的声音是一道焦急的惊呼，施南笙快步跑到滚在地面上好半晌没动弹的裴衿衿身边。

"衿衿!"

裴衿衿咬牙忍着疼，直到看清脸上方的人是施南笙，才痛苦地说话。

"脚，好痛!"

施南笙二话不说，抱起裴衿衿就朝路虎跑去。

"衿衿，别怕，我们马上去医院。"

站在红色汽车边的彭云琪和何飞、丁玎三人都没有像其他同学那样上去围观，愤愤地盯着施南笙抱着裴衿衿跑向路虎，心中愈发不满起来。

"施南笙怎么会突然出现?"

"真是可惜。"

彭云琪皱眉，"我们真是低估了裴衿衿的胆子，看着纤细娇弱，没想到居然敢跳车，还真是不怕死。"

何飞担心道："她会不会向施南笙说是我们挟持了她?"

"随便她说!"彭云琪瞪着开始开动的路虎，"我就不信施南笙还能把我们怎么样。"

"就是，不看僧面看佛面，他不可能一点不顾及我们与一萌的关系。"

高亮的路灯下，白色路虎停到彭云琪的红色汽车边，施南笙看了看车边的三个人，幸好他首先选择的就是大校门，否则怎么能刚好看到裴衿衿这个傻妞从她们的车上滚了出来。呵，胆子不小，明目张胆地绑架他的人。

施南笙什么话也没说，收回目光，踩下油门，朝医院疾驰而去。

何飞不由得担心起来，施南笙离开时的目光太瘆人了，好像她们三个做了什么不会被原谅的事情。

第六章
过往，花开花谢，情真情假

　　裴衿衿从手术室里被推了出来，右脚脚踝处缠着厚厚的绷带，两条手臂上也包着纱布，因为麻药的药效还没有过去，正安静地昏睡着。

　　施南笙从等候区的椅子上站起，三步两步走过去，看着裴衿衿，问医师："她情况怎么样？"

　　"手术很成功。"

　　裴衿衿跳车的一刹那，将踝关节扭成了重伤，近脚踝的胫骨也裂开了两公分，送到医院时，脚肿得不像样，拍片之后医师决定立即做手术。万幸的是，她跳下来在地上滚了几圈，只是擦破了手臂上的皮，没有伤筋动骨。

　　施南笙点点头，和护士一起把裴衿衿推进了VIP病房，陪在她的床边守着她。

　　看着床上裴衿衿紧闭双眸的样子，施南笙握着她的手，眉头紧紧锁着。若他对她的反常电话没反应过来，现在她会在哪儿？彭云琪那些人胆子也真是太大了点。

　　凌晨时分，裴衿衿的麻药过去，脚上的剧痛将她痛醒。

　　"痛。"

　　假寐的施南笙立即睁开眼睛，轻声唤着裴衿衿，"衿衿！"

　　"好痛。"

　　裴衿衿张开眼睛，想起床，被施南笙摁住了。

　　"别动。"

　　裴衿衿扭了几下身子，"好痛啊。"

　　"我知道。"施南笙不敢放开裴衿衿，怕她痛得乱动弹，"你先忍忍，一会儿就不痛了。"

　　"我脚是不是断了？"

施南笙老实地回答,"没有完全断裂。"

"施南笙,这句话不好笑。"

"你也知道不好笑啊。"施南笙瞪着裴衿衿,"汽车在开你也敢跳车,如果后面跟了别的汽车,你打算不要命了?"

裴衿衿瘪瘪嘴,如果那时她不跳车就肯定没机会逃脱了,不试一下她怎么知道逃不逃得出来,最近社会各行各业各类人压力大,心理变态的特别多。

"哎,问你,你怎么突然出现在校门那啊?"

突然?!

施南笙笑:"我去那里找你。"

"你怎么知道我在那?"

"四个校门都有人在查学生证,我选了最近的大校门碰运气。"

裴衿衿勾起嘴角:"你怎么知道我被抓了?"

施南笙挑眉,坐到椅子上,大手包裹着裴衿衿的一只小手:"你以为我的智商跟你一个档次?"

"喊。"裴衿衿不屑,"还不是因为我给了你暗示。"

"是是是。"施南笙第一次由衷地觉得他的傻妞聪明了一次,知道向他求救,而且打的还是没让那三个人发现的呼救电话。

"施南笙,现在什么时间了?"

施南笙看了下手表,"凌晨三点过五分。"

"你一直守着我?"

施南笙笑了笑,没有说什么。

如果说不感动,那真是自己都骗不了自己,裴衿衿看着施南笙精致得堪比女孩的脸,施家大少恐怕是人生第一次为病人守床吧,而且还是一个对他不怎么好的女朋友,细细想起来,她哪里有资格得到他这样用心的关心。

"施南笙。"

"嗯?"

"我好像有一点被你感动了。"

施南笙笑:"这不是男朋友的义务么。"

裴衿衿内心反驳,他住院她就没有陪他,他主动叫她她都没有来,而到了她住院,他则在旁边守着。想来,她这个女朋友对他是真的不够好。

"好了,别想多了,你睡会。要不要喝点水?"

"嗯。"

喝过水，裴衿衿安静地躺在床上，她想，等她好了，她要对施南笙好一点。

*

装潢豪华的施氏集团1号大厦。

第二十层。

一个圆形的巨大办公室落在整层的中心位置，周围都是用隔音玻璃间隔开的单间办公室，小间办公室和中心办公室之间是围绕大办公室一圈铺着厚厚灰色地毯的走道，行走在上面悄无声息。每块玻璃墙上都装着自动伸缩的落地窗帘，此时每间办公室的窗帘都拉合着，若是第一次到本层，断不会觉得有人在里面办公。

中心办公室里，正中放着一张特别订制的超大办公桌，房间两边是和玻璃弧度十分吻合的两排书柜，整整齐齐地摆满了书刊，办公椅背后的玻璃边摆放着两棵翠绿的盆景树。

此刻，黑色的大班椅上，正坐着一个随意翻阅手上资料的男子。这个人，不是施南笙还能是谁。

叩叩叩。

"进来。"

一个西装革履的男子将门推开，侧身让到一旁，做出"请进"的姿势。

彭云琪、何飞、丁玎先后从外面走了进来，见到施南笙坐在办公桌后面，愣了愣，交换了一下眼神，强自镇定下来。

"南少，人都来了。"

"嗯。"

施南笙淡淡地应了声，姿态懒洋洋地继续翻看手上的资料，仿佛不知道办公室里进了三个人，直到彭云琪终于受不住诡异的气氛首先开口打破安静。

"施大少爷，你什么意思？"

施南笙漫不经心地合上资料放到桌面，抬眼看着面前的三个女孩，轻开薄唇。

"为什么？"

彭云琪装傻："什么为什么？"

"彭云琪，有没有人告诉过你，我的时间很宝贵！"

彭云琪被施南笙冷冽的目光震了下，大小姐的傲气不由得缩了些，只不过，她到底也是个富家小姐出身，终难放下自己的架子，强着嘴上功夫和施南笙顶了起来。

"你的时间宝贵，我们的时间就不宝贵了？临近期末，我们三个还真没时间跑你这里来看你呢。"

施南笙交叠起腿，慵懒地靠到椅背上，看了彭云琪三人一会儿，突然伸手按下了桌上的内线电话。

"Leo，叫他们进来吧。"

"好的。"

就在三个女生不明所以的时候，施南笙办公室的门被推开，先前带她们进来的男子带了四个警察走了进来。

"南少。"

"嗯。"

施南笙站起身，走到桌前和四个警察一一握手，微笑着招呼，"不好意思，麻烦几位警官跑一趟。"

为四人之首的警察笑了下，公事公办的口气十足。

"不客气。是你报的警？"

"是。"

施南笙转身从桌上拿起一个文件袋，递给警官。

"这是C大昨晚发生的恶劣绑架事件的监控录像带，这是三名绑架者的具体资料和被绑架人的资料，目前伤者在医院治疗，若是需要取证和录口供，还得麻烦你们到医院去。"说着，施南笙看着彭云琪三人，"她们是昨晚三个实施绑架的人。"

彭云琪和丁玎、何飞怎么都没想到施南笙会报警将她们交到警察局，她们以为他找她们来是私了的，说几句对不起，向裴衿衿认个错是她们来前商量好的底线，她们并不觉得她们做错了什么。

警察们看了看彭云琪三人，为头的说话了："请你们三个跟我们去一趟警局。"

彭云琪激动地走到施南笙面前，质问他："施南笙，你怎么可以这样做？我们只是跟裴衿衿开一个玩笑，想请她去喝杯茶聊聊天，你犯得着说我们是绑架吗？我们还晓得什么可以做，什么不可以做。"

施南笙目光淡淡地看着彭云琪，昨晚她们三人强行带走裴衿衿就没想过他会较真？他不过是选择了公了的方式，何错之有？

"一萌失踪这么久，你花心思找了吗？她一不见，你就和不知从哪儿冒出来的裴衿衿在一起，你对得起一萌吗？"

"你怎么知道我没花力气找孙一萌？"施南笙表情平静地看着彭云琪，"我和谁恋爱，是你该管的事吗？你强行带走我的女朋友，难道我不该报警吗？"

何飞冲到施南笙面前，神情也有些激动："我们不过是想找她谈谈，并不想伤害她。"

"找她谈什么？"施南笙反问。她们和衿衿完全不认识，衿衿从未见过孙一萌，她们有什么好谈的？

丁玎也加入妥协的行列："施南笙，我们真没想对裴衿衿怎么样，如果你生气，我们

可以向她道歉，以后我们不会再找她的。"丁玎又补充道，"我们还可以承担她所有的医药费，保证让她用最好的药。"

施南笙将手滑进裤兜，她们还真是不了解他，在他的观念里，错就是错，对就是对，犯错受惩罚很正常，他处理事情只习惯选择明了的。

"衿衿不需要你们的道歉。我更不需要你们出那点药费。"说完，施南笙看着警官，声音平板无波，"警官，请。"

彭云琪三人看着施南笙一点情面都不讲，急了。

"施南笙，我们好歹是一萌的好姐妹，你这样对我们，就不怕她回来质问你吗？你怎么可以这样无情？"

施南笙转身，不再多言语。

他无情？他已经为没有保护好傻妞自责许久了。若在处理后续事情上还手软，他会觉得自己不配当她的男友。更何况，这些人伤害她伤害得莫名其妙，不好好去受受训，日后说不定还会惹出什么事，他可不想隔三差五地送那傻姑娘到医院去。

警察带着三个姑娘走后，施南笙拿起桌上的汽车钥匙刚转身，Leo在门口见他要走，笑着问："就走？"

"嗯。"

"还准备中午和你一起吃饭呢。"

"呵呵，改天。"

"嗯，拜。"

"拜。"

*

裴衿衿在医院住了一个星期。

施南笙除了正常的上课时间在学校，其余的时间几乎都在医院陪着裴衿衿。尤其晚上，裴衿衿常常因为翻身而弄疼受伤的腿，他不得不隔一段时间就小心翼翼帮她换个睡姿。一个星期的细心照顾下来，VIP楼的护士小姐们都嫉妒裴衿衿了，这小姑娘到底上辈子做了多少好事。

周五，傍晚。

裴衿衿坐在床上啃着施南笙削得越来越漂亮的苹果，看着他在一旁为她冲牛奶，说道："下周就是本学期最后一星期了，我想回去上课，不然，考试非得亮灯了。"

施南笙认真地看着杯中的水面上升，满了之后端着杯子走到裴衿衿的床边，放到床头柜上，坐到椅子上，看着她。

"就这样回去？"

"你看,我手上的伤结痂了,穿长袖根本看不出来。至于腿,是坐在教室上课,又不需要我站着或者跑动。没问题的。"

裴衿衿又道:"如果我在学校,你照顾我也方便很多。"不用像现在这样两头跑。

"真想回去?"

裴衿衿用力点点头。

叩叩叩。有人敲门。

施南笙起身去开门,很快,裴衿衿见到两个几天前来医院找她录口供的警察出现在门口,见到她,先问了问她伤势的恢复情况,然后开始说公事。

"裴小姐,上周四晚上,也就是今年六月十四号,在C大威胁你的三个人已全部承认了。这次我们来,是想问你,你是否打算对她们进行起诉?"警察看了看裴衿衿,又看了下旁边的施南笙,"那三名女孩子……认错态度很好,希望能和你们和解。不知道你们的意思是?"

裴衿衿看向施南笙,当警察找她录口供时她就很惊讶,想过他可能会去找那三名女生,但没想到他会报警,这个方式太官方,她着实有点被吓到了。

施南笙选择很明确:"我们不和解。"

他找不出和解的理由。

"施南笙,我其实没大事。"

知道裴衿衿偏向和解的一方,施南笙道:"伤成这样还不算大事?"

"但她们并没有真的带走我。"

"错。她们已经成功地绑架了你,只不过你发现自己没有反抗的能力而顺从了她们。如果不是你跳车,她们把你带到哪儿,你我都不知道。在校园里发生这样的事件,我认为很严重。"

发现施南笙心中的是非黑白爱恨很分明,裴衿衿不想争执,转头看向警察,问道:"绑架的话一般会怎么判?"

"绑架罪是指勒索财物或者其他目的,使用暴力、胁迫或者其他方法,绑架他人或者绑架他人作为人质的行为。刑法第239条:以勒索财物为目的绑架他人的,或者绑架他人作为人质的,处十年以上有期徒刑或者无期徒刑,并处罚金或者没收财产;致使被绑架人死亡或者杀害被绑架人的,处死刑,并处没收财产;情节较轻的,处五年以上十年以下有期徒刑,并处罚金。"

听着警察的专业解释,裴衿衿咋舌,不会吧,绑架罪判罚如此重?

"裴小姐,一般的绑架罪最少判三年,未遂比照既遂减轻或从轻。需要看具体的犯罪情节,是否团伙犯罪,是主犯还是从犯,有没有自首或坦白,是否初犯或累犯,犯罪动

机，犯罪手段，侵害后果，是否积极赔偿，被害人是否谅解，犯罪人的一贯表现，等等。不同的情况，有不同的结果。这一次裴小姐遭遇的是未遂，她们三人在案发后态度十分好，而且，犯罪情节比较轻，她们对你有误会，本心对你没有恶意，如果你愿意选择和解，她们会很感谢你的。"

裴衿衿想也没想，立即道："我愿意和解。"

"衿衿。"

施南笙对着警察道，"等等。"

裴衿衿知道施南笙要劝她，但是她确实非常地不想把事情继续折腾下去，抢话道："施南笙，我不想起诉她们。"

"但是衿衿，你知道吗？从现行的司法实践来看，对绑架罪的犯罪构成特征、情形的认定和量刑尺度的把握上存在着较大分歧或困惑，一是非典型绑架罪与典型绑架罪之间法律的界定，二是量刑困惑。由于对绑架罪的立法本意涵盖的内容在执行理解上有较大偏差，往往导致两个极端，要么在十年以上量刑，要么就按免予刑罚处罚处理，中间未设过渡刑。如果你选择和解，彭云琪她们什么惩罚都不用，很快就能放出来。"

"事情到今天，她们肯定知错了，我们不需要再起诉的。"

"这不是她们知不知错的问题，而是她们最开始考虑事情的出发点很恶劣，就该让她们好好尝尝自己做的事的后果。"施南笙看着警察，"我们不会选择和解。起诉。"

"施南笙。"

裴衿衿伸手去拉施南笙，眼中有着请求的意味，"不要起诉。"

"她们情节不严重，便是判刑，也不过几月，你不必为她们担心，成年人了，自己做了什么，就该自己负责。"

见施南笙态度很坚决，裴衿衿实在是不知道自己该说什么了，他的固执她早就见识过了，只要是他认定的事情，百分百没有回旋的余地。但，此事非同寻常，她不能由他来决定。

"南笙。"

第一次，裴衿衿没有连名带姓地喊施南笙，目光温和地看着他，甚至带着一丝乞求。

"我真不想起诉她们。我不是圣母，被人伤害了，肯定想过为自己讨回公道，但这次我不想用这么无情的方式来处理事情。南笙，我也会犯错。如果有一天，你发现我犯的错误比她们要大很多，你也会用这样的方式惩罚我吗？"

施南笙看着裴衿衿，一向处理事情不含糊的脑子开始重新转动。

"说什么傻话呢，你傻兮兮的，犯错还少啊。"

"南笙，我没有开玩笑，我很认真地问你，如果我犯大错误，你会原谅我吗？"

施南笙笑:"等你犯错了再说。"

"这次听我的吧。"

施南笙轻叹:"你让我想想。"

警察见一时得不到施南笙的回复,便没过久地打扰,让他考虑好之后给他们打电话便离开了。当晚,裴衿衿特别的乖顺,几乎施南笙说什么就是什么,让他忍不住想笑。

"你不就是想我不起诉她们吗,不用这么委屈自己。"

裴衿衿摇头:"我不委屈。我就当是为自己将来积点德。"

"怎么,你将来要犯什么大错?"

"那不好说,人一辈子这么长,万一哪天我就……"

施南笙笑着坐到床边,将裴衿衿抱到胸口,准备陪她看会儿电视,心情颇好地与她说话。

"说说,你这辈子能犯什么大错呢?"

"很大很大的。"

"大到什么程度?"

裴衿衿想了想,"很大。"

"呵呵,你这 –2 的脑袋还能犯什么大错啊,不要胡思乱想了。"

"如果我真的犯,你会怎么样?"

"呵呵,把你抓起来,打一顿,怎么样?"

裴衿衿认真地问:"然后呢?"

"然后?"

施南笙根本就不觉得裴衿衿能犯什么大错,她蠢她笨她迷糊,她的生活他会安排好,哪里还会让她出现什么意外情况呢?这种完全是假设的事情讨论起来完全没有意义,他也不热衷做这样的猜想,任何事情,出现了,他只想解决的办法,不可能发生的事情不需要庸人自扰。

"没有然后了。"施南笙抱紧裴衿衿,"你安心养腿,别乱想,明天我送你去上课。"

"那你答应不起诉她们了?"

"就听你的,当为你积德吧。"

裴衿衿笑了。

老天爷,她积了德,是不是,将来就不要惩罚她很重?她还想说,她喜欢施南笙,很真心地喜欢他了,想和他一直在一起,想待在他温暖的怀抱中,很久很久。

*

期末的最后一个星期,裴衿衿再度在校园里出名,毫无疑问地被大众评选为 C 大年

度十大新闻人物之一，从她如来自火星般的莫名其妙出现，到她人神共愤的成功俘获万千少女的绝对情人施南笙，再到她像超级女蜘蛛侠一般的惊吓大跳车，最后以她被施家大公子像男佣一般细心照顾一周结尾，她成了当年上学期的一个"神话"。

但是后来，让众人更觉得不可思议的是，这个"神话"般的姑娘居然拿下了学期专业成绩第一名，让同届蝉联三学期第一的著名心理学才子郎平涵在众人不可思议的目光中让位。

暑期开始前的在校最后一天，C 大所有考试全部结束，510 宿舍的四个姑娘们聚在一起吃期末饭，各人都允许带家属。

裴衿衿问施南笙要一起吗，他回答得特别爽快，还无比高兴地问她，算不算是女婿见娘家人啊？

苏紫带了与她同届的男朋友，计算机系的帅哥董天。

杜雅丽则是比她大一届的化学系男友，田云哲。

潘良良看着三个有家属的舍友，哀怨的眼神个个刺一下，最后落到脸上满是幸福笑容的裴衿衿身上，好讨厌的妹子，怎么她来学校的时间最短搞定的男朋友却是学校里最难攻下的"珠穆朗玛峰"，真的好讨厌。

苏紫笑："闪电，从裴女士的身上我们可以看到一个真理。"

"什么？"

"谈恋爱这回事吧，它和两人认识的时间长短真没有什么关系，只和彼此对不对眼有关。"

裴衿衿皱眉，她开始和施南笙完全对不上眼好吧，是他的一厢情愿打动了她，爱情这门功课，她修的学分肯定不够及格，但施南笙倒可以算是个优秀的学生了，哎，大约这就是他常说的"天才"和"智商在 –2 到 2 之间的人"的差别吧。

"哎，裴女士，你暑假怎么打算的？"苏紫看着对面的裴衿衿，"瘸着一只腿，估计你这次的暑假计划泡汤了。"

裴衿衿懊恼地想，还什么暑假计划啊。常言道，伤筋动骨一百天，虽不是说任何人伤了手脚都要三个月才能好，但她起码是往后的一个月没什么外出的可能了，能在下学期开学时自由行走就很不错了。

"哎，衿衿。"杜雅丽看着裴衿衿，"你为什么要跳车呢？"

"是啊是啊，从坛子里拍的那些照片看，那车被人八卦出来，说是经管系研一学生彭云琪的车。"

苏紫也看着裴衿衿，不能怪她们好奇，彭云琪和孙一萌都是经管研一的学生，论坛里说当时车内还有丁玎和何飞，那仨可都是孙一萌的姐妹，她从彭云琪的车上滚出来，八成就和施南笙孙一萌扯不开关系了。全校的人都在猜，是孙一萌气不过男朋友被抢找人准备教训她，要不然就是彭云琪仨姐妹看不过去替孙一萌教训裴衿衿，只不过实在是太凑巧了，她跳车的一瞬间施南笙宛如天神一般乍现，来了一场让人惊讶又惊喜的英雄救美话题，满足了各种八卦人员的眼球。

裴衿衿笑："我不认识她们。"

"然后呢？"苏紫问。

"然后就不和她们一起去喝茶了。"

"然后呢？"潘良良问。

"然后就跳车了。"

杜雅丽跟了一句："然后呢？"

"然后就摔断了腿。"

她这解释和说辞连官方水准都谈不上，谁信谁傻。只不过，话又说回来，当着施南笙的面确实她也不好说，有什么牢骚和委屈怎么可能当着这么多人的面损她的校草男人的面子呢。但，她们号称娘家宿舍的姐妹也不能由着施南笙这样欺负她，娘家人的架子怎么也得端出来。

"校草施。"苏紫看着一脸温和的施南笙，"按说呢，你这样玉树临风风流倜傥温文尔雅教养出众的美男子是不需要我们这种女屌丝叮咛什么的，但是，我们身为二货裴衿衿的娘家代表，若不说两句话呢，又显得我们不爱她。"

潘良良补充："虽然我们真的不爱她，但我们必须装出我们是爱她的。"

苏紫继续，"你是咱们学校的风云人物，我们家的裴衿衿就一小P民，若不是傍了你这个大款，她也不至于如此拉风地过完本学期。"

裴衿衿内伤了，这是贬她呢？还是贬她呢？还是贬她呢？

"你的英明神武让裴衿衿同学也发光发亮，这一点，我们是认可且满意的。不过，请你好好地保护她，这货比较蠢，比较呆，脑子比较不好使，动作比较不利索，思维比较怪异。但，这些缺点完全不影响她是一个货真价实的女人，而且是个非常好拐的女人。"

裴衿衿终于扛不住了。

那些鄙视挤对她智商的用词她忍了，可什么叫"是个非常好拐的女人"，她哪里显出她很容易被人骗？她虽然和施南笙是亲热的程度有些大跃进，但完全没有突破最后那个防线好吧，她们如此形容她，难道就不怕身边这个狡猾又固执又自大的男人将她吃干抹净吗？

裴衿衿抗议："有你这么当娘家人的吗？换代表。"

苏紫看看潘良良，你来。

"咳咳。"潘良良轻咳几声，接了苏紫的话，"好吧，下面的我来说。校草大人，我们对你也没什么大的要求，首先就是让我们裴女士不要左腿再受伤了。"

裴衿衿瞪眼睛："喂！"

"然后呢，时不时送她到我们面前让我们打击打击，免得她自信心爆棚，嚣张肆意，脱离组织。"

"潘闪电！"

"然后呢，也是最重要的，不要嫌弃她的智商，不要嫌弃她没二两肉，早点百年好合普天同庆欢欢喜喜过大年。好了，说完了。"

裴衿衿已经无力说话了，交友不慎啊，遇人不淑啊。但，最让她后悔的是，她身边的男人说了一句比娘家人更可耻的话。

施南笙伸手揽过裴衿衿的肩膀，笑道："大家的教诲我一定谨记，纠正一条，她虽然瘦但很有料的。"

裴衿衿暴走了，她要分手，分手，绝对要分手啊！

＊

自从期末那顿"暂别饭"上施南笙说了"别看她很瘦但很有料"的话后，裴衿衿连着一个星期没有接510宿舍仨姑娘们的电话，如此隐含让人产生无限遐想的话语，让她怎能不害羞呢？虽然用潘良良的话说，裴衿衿的害羞就是人体某个位置放出的"有味气息"，看不见摸不着，等于没有。但，她总得装模作样表现下她是真女人的娇羞特点，免得某人日后更加肆无忌惮地口无遮拦乱说，她的形象啊，恐怕就会被毁得一塌糊涂，即便形象那玩意不能吃不能玩，但人生在世，有总比没有好。

屋外的阳光灿烂无比，房间里凉爽得让人叹息，裴衿衿躺在沙发里专心致志地看着小说，受伤的右腿平放在靠枕上，一旁茶几上的手机唱得欢畅。

施南笙从书房里走出来，见到客厅里的画面，忽然觉得日子真是宁静得美好，修长的腿迈过去，低头看着裴衿衿。

因为专注在故事里，裴衿衿没有注意到施南笙走过来，直到感觉眼前突然出现一个身影，吓了一跳。

施南笙绕过沙发，坐到裴衿衿头部的一边，低头看着她，伸手捋着她长长顺顺的发丝，声音温和无比："明天我得出门。"

"嗯。"

施南笙蹙眉："一个星期。"

这下，裴衿衿愣了愣，放下手中的书，从沙发里坐起来，看着施南笙，他要出门一个星期？这么久。

"衿衿，往后的一个星期，你去西雅家住好不好？"

裴衿衿不说话。

施南笙坐到裴衿衿旁边，将她轻轻抱进胸口，"我出差了，你脚不方便，一个人在家，让我怎么放心呢？"

"我可以照顾好自己的。"

"去西雅那吧。西雅那吃住我都给你安排好，而且，她那是我不少朋友聚会常去的地方，有他们在，你有个什么需要也有人能照顾你。"

裴衿衿小小地皱了下眉头，她能说她并不想去吗？

"南笙，我不想去。"

"为什么？"

"在家，我自在些。"

施南笙也知道要把裴衿衿放到陌生的地方不太好，她在 Y 市就和他熟悉，所有的日子里几乎都是他陪着她，不说她的性格多么怪异，但若是放到和西雅他们一起，还是有些太过安静和特殊。

想了想，施南笙只得说第二套方案。

"那我请人来照顾你。"

"谁？"

"你想要我认识的朋友，还是从家政公司请的陌生人？"

裴衿衿咬咬下唇："从正规的家政公司请的正规员工。"

"好。"

既然她不想去西雅家，那就只能这样了，他可不想让她一周都闷闷不乐。

"你去哪儿去一周？"

"英国。"

裴衿衿想起了："那个什么谁。世、世……"

"瑾琰？"

"嗯，就是他。是他那吗？"

"他是在英国，但我不是去找他，等忙完事情如果有时间就过去看看他，如果行程紧的话，我忙完就直接回国。"

裴衿衿微微一笑："嗯。你去吧。"

看着裴衿衿缠着纱布的腿，施南笙觉得可惜，大好的暑假，本计划带她到处旅游，如今却只能作罢了。若她健康，这次去英国倒可以带她，现在却是不得不分开七天。以前也出差过，但都没有这次的不舍感觉，第一次有强烈喜欢待在家的感觉。

第二天。

裴衿衿拄着拐杖站在客厅的落地窗前,看着身着白色衬衫的施南笙走到汽车边,回头向她看,微笑,然后拉开车门上车,白色的路虎渐渐开出她的视线。

南笙,出差一周不可怕,也不长,只要知道你肯定会回来,笑意盈盈地出现在我面前,不管七天里多孤单,我都会在这里等你。

只要你来,我就等。

可,南笙,我最害怕的,如果有一天,我愿意等,但你永远都不会再来。忘记了我,忘记了我们经历的时光,忘记了你心中一直傻乎乎的我。

南笙,我突然很惧怕和你的每一次分别,哪怕时间很短。

*

施南笙走后的第二天晚上,裴衿衿看着刚刚和他通完国际长途的手机,坐在沙发里,好一会儿都没有动作。

为什么偏偏是他呢,南笙他真的很好啊。

其实,裴衿衿知道,这个世界上,很多事情是没有解释和答案的,不是任何一个"为什么"都能得到很好的回答。如果不是施南笙,她也许就不会在朝夕相处中爱上他;如果不是她裴衿衿,也许施南笙救了人之后就会撒手不管;如果他不是那么好,她不会被他感动;如果她不是那么傻得可爱,他可能也不会花心思疼爱她;没有为什么偏偏是他,也没有为什么偏偏是她,是他们就是他们了。

"哎……"

裴衿衿轻轻叹了口气,该来的总也躲不过,希望他们的感情能经受住未来不知何时到来的冲击吧。

拄着拐杖,裴衿衿走进她原来睡的一楼卧室,从床头柜里拿出一张新买的电话卡,一个很不起眼的号码,也没有用身份证注册,将手机里的电话卡换掉,用新号拨了一个藏在她心底很久的号码。

很快,那端接起了电话。

"喂?"

一个男人的声音,冷冷的,似乎透着一股小心翼翼的猜忌和不耐。

"是我。"

听到裴衿衿声音的一刹那,男人似乎怔住了,有几秒的停顿,确定给自己电话的人是谁后,那端的气势和脾气瞬间上升。

"你终于和我联系了。我告诉你,裴……"

听到男人不悦的声音,裴衿衿完全没心思和他继续交谈下去,打断他的话,说道:

"暂时不想和你们联系,也不想和你们说什么,就这样,挂了。"

说完,不等那边的男人再说什么,裴衿衿摁掉电话,关机,将施南笙给她的电话卡装上,开机。

"呼。"裴衿衿长长地吐了口气,伸展双臂闭目倒在床上,全身好像都无力一样,明明就是一个没有说什么话的电话,但她却感觉到前所未有的累。

她,到底该怎么办呢?

　　*

施南笙离开沁春园的第八天。

裴衿衿看着手机上的日历,扬起嘴角,今天是他回国的日子。

受伤一个月有余的裴衿衿将右脚轻轻放到地上,没有用拐杖地站了起来。右脚踩地时,疼!但还不至于到让人承受不了,而且,似乎瘸着走动也没感觉有大问题。踮着脚尖走到衣柜面前,选了一件草绿色的连衣裙穿上,看着镜子里的自己,笑了。

"因为我要回来而笑吗?"门口,一个熟悉的男声响起,带着笑意,温柔有加的感觉。

裴衿衿惊喜回头。

"南笙!"

忘记自己脚伤的裴衿衿迈步准备跑过去,刚跨出第一步就疼得朝地上跌去,"啊。"

施南笙惊恐地一个箭步冲了过来,抱住裴衿衿摔在地毯上的身子:"怎么样?"

将地上的人抱到床上,施南笙本来恨不得训裴衿衿,开口却只剩下关心,"是不是很痛,我们去医院。"

"不用不用。"

裴衿衿拉住施南笙准备抱起她的手,看着他,"没有那么严重,其实好了不少了。对了,你怎么就回来了,不是说今天下午的飞机吗?我还以为要明天才能看到你。"

"不那么说,就看不到睡美人起床换衣的风景了。"

裴衿衿笑得羞涩,翘起嘴角,得意道:"想给人惊喜可以直说的。我又不会笑话你。"

她刚说完,红唇被人吻住。

辗转缠绵,久久不分。

肺里空气仿佛都要被抽空的时候,裴衿衿感觉到施南笙慢慢放开她,拥着她的手臂却没有离开。

"衿衿,我很想你。"

裴衿衿心尖一颤,望着施南笙的鬈瞳变得更加水光闪闪,以前看电视里男主角对女主角说这句话,总觉得太矫情,今天听来,才知,只有真心相爱的人才能知道这话所包含的分量和情深吧。

"南笙，我也一样。"

很想你！

*

装潢豪华的施氏集团1号大厦，施南笙办公室。

刚在会议室和高层们开完年终总结会议的施南笙推开办公室的门，见到一个人背对着门站着，嘴角扬起一个微笑。

"妈。"

福澜闻声转身，看着施南笙走进来："开完了？"

"嗯。妈，你怎么过来了？"

"哟，听你这口气，像是很不希望妈妈过来看你一样。"福澜浅浅笑着，"怎么，中午有约了？"

施南笙将文件放到桌上，轻轻一笑："没有。我高兴还来不及，哪里会不高兴啊，我只是怕为了我耽误了你宝贵的时间。"

"对妈来说，最宝贵的时间就是和你在一起。"

"呵呵。"

施南笙笑着伸手抱住福澜，"谢谢妈的关心。"

"出差这段时间看把你瘦的，英国的东西吃不惯吧。今天回家，妈让王嫂做了很多你爱吃的菜，咱们母子好好吃一顿饭。"

"爸呢？"

"前天和朋友出国了，说是参加什么他们高尔夫俱乐部的年度活动，一群上了年纪的人到处飞来飞去，乐得很，整天都见不到人。"说起施晋恒，福澜眼底有着浓浓的关心和开心。

"呵呵。妈，你可要小心了，说不定，老爸在外面被众多女人追捧噢。"

福澜伸手拍打了一下施南笙，嗔他。

"欠揍的小子。有这么说你老爸的吗？他要真不顾及我和他多年的夫妻感情啊，他就出轨试试。"说着，福澜甚觉得自己委屈了，"这么多年，他到处玩，也不想想，是谁给他管着施氏这一大摊子的事情，别家太太天天休闲美容，你妈我天天处理着杂七杂八的集团事务，一天褶子都不知长几条，要给我知道他在外面对不起我，看我怎么收拾他。"

施南笙笑得欢喜，近些年，老妈确实帮老爸处理了不少的事情，不过，他家的那个傻姑娘对经济管理可是一点兴趣都没有，现在不得不让他想到以后，恐怕他真要分出很大一部分心力来处理施氏的事情了。

"南南。"

"嗯?"

"时间差不多了,回家吧。"

施南笙看了下时间:"妈,今天中午可能不能回去了。"

"怎么?不是说没有约么?"

"刚散会后几个高管还有些小问题需要找我讨论一下,打算一起吃个饭。"

福澜想了下:"这样,我和你们一起,你们先谈,完了,咱们母子再说。"

施南笙点头,看来妈这次不单单是来看他,更重要的是有什么话想对他说吧,中午若不随了她,说不定晚上就得被叫回家里,到时他就一天都没办法和傻妞一起吃饭了。

席间。

因为有福澜在,饭桌上几个高管都不敢说太多废话,这么多年历练下来,她身上有种自然的威仪,仿佛是古代的太后娘娘,只要往那儿一坐,自然就让人产生一种不敢造次的拘束感。

福澜听着高管们和施南笙一本正经地交谈,微微蹙了下眉,这些问题应该不需要他们来问南南的意见吧,如果这么小的问题都需要他操心,将来施氏岂不是要累死人?

相比之下施南笙则十分具有耐心地听着每一个高管提出来的问题与建议。最后有一个问题着实一下拿不定主意,他需要好好想想才能做出决断。

"妈,你觉得呢?"

福澜微笑:"这是你该考虑的问题,不是妈的问题。"

施南笙明白地点点头,从放权的管理方式上说,他是很欣赏母亲的管理方式,她很懂什么时候要握权,什么时候放权让大家去做,哪怕存在失败可能,她也愿意让更多的年轻人去锻炼。在她的心里,施氏只有培养出更多的精英才能走得更远,集团不能单单靠施家人,从没有哪家大企业靠几个人就发展长远的。

饭后,高管们回公司上班。

福澜叫住施南笙。

"楼下有个不错的茶楼,陪妈妈下去坐坐。"

"好。"

茶室里,环境清静,古琴弹奏的乐曲悠扬动听,身处其中的人,不自觉就放松了精神。看着入眼的青翠绿色,施南笙微微勾起嘴角,这里不错,有时间倒可以带傻妞过来坐坐,她有时候安静得让他心醉,这里她肯定会喜欢的。

福澜坐下后,要了一杯大红袍,看着施南笙,见他没异议,便做主给他也来了一杯。

看着杯中的茶水,施南笙想起,另一个人也很喜欢大红袍,世瑾琰的军官爸爸,每次去世家大宅,如果刚好他爸爸在家,如果他刚好在喝茶,不用想,肯定是大红袍,他对大红袍似乎有种超出对茶叶喜好的偏执，有一次，他看着世伯伯端着大红袍站在窗下看着院中发呆，那侧面给他很大的冲击，他虽不懂他在看院中的什么，却从他的眼底看到了一种倾世般的深情，好像院中有他最深爱的女子伫立在那，与他深情对望，互诉衷肠，寸寸不舍。

"南南。"

"妈，你说。"

福澜优雅地靠在沙发上，看着对面一表人才的儿子，他是她的骄傲，从出生到现在都是，她福澜这辈子最骄傲的事情，不是嫁给了施晋恒，也不是成为施氏财团的董事，而是生了施南笙这样一个优秀的儿子。她不能允许他的人生有一点偏差或者瑕疵，他就像她花费一生心血精心雕琢的珍品，绝对要完美无缺地成为独一无二的藏品。

"你知道，咱们家并不是一般的家庭，有些事情，还是需要注意影响的。"

施南笙挑挑眉梢，他好像没做什么有辱门风的事情吧？

"南南，你还小，有些事情，现在妈不插手，但不代表你可以一直随便下去。"福澜盯着施南笙，"你知道，妈并不想扮演坏人的角色。"

施南笙大约也猜到什么了，看着自己的母亲，没有说话。

"你是个聪明的孩子，相信能理解妈的意思。"

施南笙笑了下，问了福澜一个让她措手不及的问题。

他问："妈，爱是什么？"

福澜和施南笙之间的对话因为施南笙的问题忽然停顿，母子俩的目光在空中交汇，也许他是诚心在问"何为爱"这个问题，但在福澜看来，他像是打了她一个不轻不重的巴掌，用他的话敲打在她的心上，仿佛她一个近半百的人还不如他一个毛头小子懂什么是爱情。

"你是在告诉妈，你爱那个女孩吗？"

施南笙没有正面回答问题，看着福澜："妈，你觉得你和爸之间，有爱吗？"

"当然。"福澜很肯定地回答，"毋庸置疑。"

"为什么你会觉得你们是有爱的呢？"

"这么多年，相濡以沫，若不爱，怎么能和他一起相守？"

施南笙轻笑，是啊，她评判和老爸之间有没有爱，用的不是他有多少资产，不是他是谁的儿子，不是他是什么集团的老总，不是长相如何，单单就是两人能相扶相守多年，如果这样想，为什么他和衿衿就不能相爱？

"妈，不是对每一个人我都愿意相忘于江湖。"

他没有多少空闲时间去想他到底想要什么样的生活什么样的人陪伴在身边，因为需要他处理的事情太多了,很多事情他没有选项,只能用最好最简明的处理方式解决问题。就如同让孙一萌当他的女朋友,在他当时看来,她会帮他理出很多做天文观测的时间,事实也证明,她确实让他有不少的时间投入到他喜好的事情上。和她当情侣的那段日子,他感觉到很轻松,但是幸不幸福却是不知道的,好像就那样,平平淡淡的,没有激情,没有生气,没有挂念,没有努力想过他身上有什么身为男友要尽到的责任。

但,在裴衿衿的身上,不同。

有时候,看到她毫无顾忌地笑,他会想跟着她一起微笑,哪怕惹她发笑的事情在他看来很傻很无聊,但他就是愿意被她影响;有时候,看到她假装很快乐,他会心疼她,也许她以为他没有看出来,可事实是,他看她,看得那么认真,怎么可能不会发现,她最近的心情越来越沉,笑容也越来越不够肆意;有时候,看她任性,对他发小脾气,他也觉得很开心;有时候,想起最初时,他宣布她是他的女朋友,她的眼神明白地告诉他,她不喜欢他,也不想和他在一起,他就会突然不自信,会暗暗告诉自己,一定要对她好,让她真正地爱上自己;有时候,他也会拿不出勇气,不知道和她有没有未来,他深知自己生长在什么样的家庭,可是想到要和她分手,那种心脏的刺痛感就让他咬牙告诉自己一定要抓紧她;她是个智商不高的姑娘,她是个傻乎乎的姑娘,她会掉眼泪,她也会不顾及他的身份对他生气不满;有时候,她还会为他答应她一个小小的事兴奋得睡不着;一直以来,他都知道她不够好,没有专业的经管知识,没有雄厚的家庭背景,没有端庄贤惠的妻子特质,他承认她不完美,但是她很真!

裴衿衿,那个唯一能让他听见自己心跳声的女子,真实地让他感觉着生活里的美好,让他看到自己原来也可以有情绪和心情的变化。这一点,对他来说,弥足珍贵。因为,他不想做一个木头人。

福澜看着施南笙,这一秒,她觉得,他的儿子对那个女孩是动了真感情,虽然她不认为这点感情能帮助他们在一起一辈子,但他眼中流露出的坚定是有别于之前的孙一萌的。她不得不承认,孙一萌在爱情上,是真的输给了现在这个叫裴衿衿的女孩子。但,不管他如何喜欢,裴衿衿那个姑娘是不可能进入施家的。他最好还是不要做和她结婚的梦,因为那和白日梦没什么分别。

"南南,人一辈子,要经历的人和事很多,现在你还太年轻,说这些都为时尚早。"福澜尽量让自己的声音听上去温和且具有说服力,"以后,你还会遇到更多的女孩,你会发现,此刻的迷恋不过是一时,一段成功的婚姻,不全部都是男女之间的爱所能支撑的。"

施南笙承认,婚姻的成功,需要的因素太多,单靠爱情,完全不可能,爱情虚无缥缈,感觉说来就来说没就没,无从抓住。可,如果他和孙一萌在一起,他没有救裴衿衿,那么他可能就和孙一萌在一起了，到了一定的时候结婚、生子。也或者说，他没有经历孙一萌，只是遇到了裴衿衿，也可能他没有此时的认知与坚定，因为他不知道真假爱情的差别。让他庆幸的是，他经历了孙一萌又遇到了裴衿衿，她们让他看清自己，让他发现他的情绪不是一成不变的，他也可以像世瑾琰对 queen 那样，欢喜、激动，为之牵肠挂肚。文艺点儿说，爱情就是一杯无解药的毒酒，饮下了，除了毒发身亡，没有别的办法。

"妈，既然一切都还早，那不如，我们拭目以待，等到有结果的那一天再讨论，如何？"

福澜微笑："嗯。"

*

沁春园，裴衿衿站在窗前，看着外面斜了的夕阳。

他在外面忙一天了，难道晚上也不回来吃饭了吗？

当眼底出现白色路虎时，裴衿衿听见自己的笑声从心底传来，她的南笙，总算回来了。

施南笙开门进屋前，裴衿衿还想，自己怎么也得矜持下，可真见到他时，就含蓄不起来了，踮着脚朝他扑过去。

"慢点。"

施南笙张开双臂抱住裴衿衿，搂着她转了两圈，放下她，"傻妞，饿了吧。"

"嗯。就快成为第一个被男朋友饿晕的女友了。"

"呵呵。"

施南笙在她嘴上啄了一下，"走，吃饭去。"

常言道，小别胜新婚。但这句话用在施南笙和裴衿衿这次显然不适合。一个时差没倒回来，连着两天没合眼；一个脚上有伤，动作幅度都不能过大。于是，施南笙和裴衿衿两人的第一次小别后的首夜就以晚饭后，他早早上床休息，她在一旁静静看书，结束。

第二天。

裴衿衿看着施南笙，好半天都没有消化完他的话。

他说啥？他要去公司连着工作几天？大暑假的，他反倒比上学还忙了，这不科学啊！

施南笙一脸抱歉地看着裴衿衿："衿衿，事情出得有些突然，我必须处理。你和我一起去公司？"

"我去又不能干吗。"

施南笙笑："你的任务就是在办公室看着我。"

裴衿衿扑哧一笑："我是去当监工，还是当崇拜你的粉丝啊？"

"陪相公的媳妇儿。"

"呵呵……"裴衿衿问,"真的可以去?"

"当然。"

*

施氏集团1号大厦的施南笙办公室里,裴衿衿趴睡在沙发上,看着小说,慢慢地闭着眼睛睡了过去,连小说从她的手里滑落都没发觉。

施南笙忙一上午终于能进自己办公室休息,开门,即见到一个姿态不雅观的睡美人大喇喇地跷起一条腿躺在他的沙发里。

将门关上后,施南笙忍俊不禁地走近裴衿衿。刚到沙发边,梦中美人翻身。施南笙看着被他双手接住的裴衿衿,她可真敢翻啊,就这么翻过来,肯定掉地上,脚上的伤还没有好,滚到地上免不了会痛得她哇哇直叫。

"嗯。"裴衿衿舒服地叹一声。

施南笙将裴衿衿轻轻抱起,放到沙发中间。

"你回来了?"裴衿衿睡眼迷蒙看着上方的施南笙,她差点有种他们在家里的错觉。

施南笙微笑着问:"睡饱了?"

"没。"

"那要不要继续睡?"

裴衿衿禁不住笑了起来:"我怕你工作我睡觉会让你感觉心里不平衡。现代社会上很多心理变态的人都是因为感受到世态失衡严重而发狂的。"

边说着话,裴衿衿边撑着手臂从沙发上坐了起来,施南笙随手扶了她一把,见到她的裙子卷得太高,下意识地伸手想去帮她整理裙边。

结果,裴衿衿也不知道哪根神经搭错了,第一反应就是以为施南笙要对她做什么恼人的事,出手如闪电,小爪子一把抓住指尖碰到她大腿肌肤的施南笙的手,软软的声音中带着一丝惊慌。

"别。"

施南笙一时不解裴衿衿的大反应,就想帮她整理一下衣服,有必要这么强烈地反抗么?还是……慢慢的,看着裴衿衿的施南笙眼底出现了笑意,嘴角的弧度越来越大,坏心地故意也不收回手,任她那么抓着,似笑非笑地问:"你想到什么了?"

"我、我……"裴衿衿瞪着施南笙,"我什么都没有想。"

"是吗?"

问着话,施南笙的手索性直接抚摸到了裴衿衿的腿上,惹得她颤了下,眼底的笑意更深了。

裴衿衿低头,小声道:"这是你办公室。"

"那又怎样?"

生活空闲下来的八月,到中旬时,施南笙带着裴衿衿到医院做了一次全面的检查,确定她的脚伤确实恢复得很好,虽暂时不能完全像以前那样奔跑,但走起路来已经没有瘸拐的痕迹了,只要平平稳稳走着,已无大碍。

带着她从医院出来时,遇到了彭云琪和丁玎。

彭云琪看着施南笙牵着裴衿衿从前面走来,微微诧异了一下,脸色变得不甚好看。丁玎在一旁问她:"琪琪,要不要避开他们?"

"不用了。我们又没杀人放火偷他们东西。"

丁玎扶着彭云琪慢慢朝前走,四个人擦肩而过的时候,施南笙直视前方,仿佛没有看到彭云琪和丁玎,裴衿衿淡淡地和彭云琪有两秒的对视,面色平静。

"琪琪?"丁玎扶着突然站住脚步的彭云琪,疑惑地望着她,"怎么了?"

彭云琪回头看着已经走到医院大门外的施南笙和裴衿衿背影,虽然不想承认,但她也有些觉得,其实裴衿衿和施南笙走在一起很般配。虽然一萌是漂亮,但施南笙太过于精致了,不是一个仅仅长得漂亮的女人就能和他产生和谐的感觉,这个裴衿衿给人的感觉没有一萌强势,但整个人给人的感觉十分剔透,温和干净得像个天使的感觉,和施南笙走在一起,看着格外舒服。

"琪琪,你看什么呢?"

"看施南笙和裴衿衿。"

丁玎则不以为然道:"他们有什么好看的。难道他们害得我们还不惨吗?"

"丁玎,你说,他们到底能不能成功走到最后?"

"干吗,突然关心这个了。"

彭云琪笑,冷冷地,说道:"我不是关心他们,是想等着看他们的好戏。你想想,当初一萌是从多少女生中争得'施南笙女友'位置的,外貌家世能力学识性格,以施家那种名门大户对媳妇的挑剔程度,裴衿衿肯定难进那扇大门。"

"那又怎么样?"丁玎不懂。

"不怎样。就是想看看,到时施家长辈不同意施南笙娶裴衿衿,他要怎么办。现在他对她越好,将来被逼分开时,裴衿衿才会更加受不了。呵呵,棒打鸳鸯的事情,在豪门可是屡见不鲜的。这一对,肯定要遭到追打。我们就等着看看这个灰姑娘怎么从美梦中被叫醒吧。不是她的东西,给她,她也消受不起。"

丁玎也笑了:"如果真有那天,我一定要提着东西好好去慰问慰问我们的伤心小姑娘,让她看到,其实我是很同情她的。"

"呵呵,走吧。"

从医院出来，施南笙带着裴衿衿到之前和福澜谈话的茶楼，在那喝着下午茶，听着音乐翻着杂志，看着裴衿衿嘴角边淡淡的笑意，施南笙越发觉得自己对这姑娘的感情真是难回头了，当然也不打算回头，她给他的感觉着实是太舒服了，世上怎么就有种只是看着她就让人觉得无限安宁的姑娘呢，刚巧还被他捡到了。

因为茶楼也有供应午餐和晚餐，所以委实喜欢茶楼气氛的施南笙和裴衿衿便在茶楼里吃了晚饭，等到太阳落山后才从茶楼里出来。

"啊，总算没那么热了。"

裴衿衿皱下鼻头，白天真是太热了，还是这会走在外面舒服点。

"哎呀，你给我嘛，给我嘛，我要，我要。"

远处传来一个小女孩的声音，她正追逐着一个看上去和他年纪相仿的小男孩，小男孩手里正拿着一个毛绒小熊，在前边跑着时还回头看看小女孩。

"你追到我了，我就给你，不然就不给你。"

小女孩边跑边追："俞哥哥，小熊给我。"

小男孩跑到裴衿衿的身边时，绕着她一直躲着小女孩，见她抓不到自己，乐得直笑，"哈哈……你追不到。"

"啊。"小女孩叫了一声，差点摔倒，裴衿衿眼明手快地抓住小女孩，蹲下来微笑地看着她。

"来，姐姐看看，有没有伤到哪儿？"

小女孩摇头："谢谢姐姐。"

施南笙好玩似的凭借身高优势，轻巧地从小男孩身后偷到毛绒小熊，故作不满看着生气的小男孩，"哟，确实很可爱嘛。男子汉大丈夫，欺负女孩子可不对噢。"

"要你管！"小男孩语气不善看着施南笙，像看一个掠夺者。

"你欺负女孩子，我就要管。"

小男孩底气十足地说道："她是我的朋友，我们是在玩耍，我没有欺负她，我永远都不会欺负她，你少管闲事。"

裴衿衿见到，两个母亲模样的人提着包包朝这边走来，一边交谈一边时不时看着刚才的两个孩子，想来是关系很不错的两家人。

两人回家之后，晚上施南笙端着咖啡坐到正在沙发上看电视的裴衿衿身边。

"媳妇儿。"

裴衿衿双眼盯着电视屏幕："放！"

"八月快过半了，剩下的时间，爷带你出去旅游半月，如何？"

"准了！"

"有没有特别想去的地方？"

"特别能体现我在旅游的地方就行。"

施南笙打了个响指："OK！我去安排。"

"嗯。"

　　*

三天后。

施南笙在客厅等着从楼上下来的裴衿衿，他们得赶两小时的飞机。

"南笙，等我下，我喝杯茶。"

"你慢慢来，不用急。"刚说完，施南笙的手机振动了。掏出一看，是个陌生的号码。想了想，仍旧摁了接听键。

"施南笙吗？"

"是我。"

"你现在是和一个叫裴衿衿的生活在一起吧，不要惊讶我为什么知道，也不要管我是谁，你只要安静地听着。你想见孙一萌吗？想知道她这段时间遭遇了什么吗？不动声色带着裴衿衿到曙光大道十八号的中湖公园天鹅湖来。相信我，你不会后悔的，除非，你甘愿被一个女人一直耍着玩。"

捧着水杯喝完水的裴衿衿欢喜地走到施南笙面前："南笙，走吧。"

施南笙缓缓放下电话，看着面前干净无瑕的微笑脸庞，努力让自己笑了一个，"好。不过在去机场前，我先带你去个地方。"

"不怕赶不上飞机吗？"

"没事。"

白色路虎从沁春园开出，直奔曙光大道十八号的中湖公园。

第七章
现今，所有重逢，心皆安宁

坐在天迪大厦十八层的圆形办公室里，裴衿衿交握在办公桌上的手还在不停地发抖，她都不知道自己怎么从希金大厦一路回来的，当时站定的脚步重新迈开时，只有她自己听见了心底的颤抖和惊呼，没人知道那一段离开他视线的距离，她走得多么辛苦。

叩叩叩。叩叩叩。

办公室的门被敲响几次裴衿衿都没有听到，何文轻轻扭开门，从门边探出一个脑袋，看着桌后的裴衿衿，笑意满满地喊她。

"衿衿姐。衿衿姐。"

见裴衿衿微微低着头看着桌面，何文纳闷，"衿衿姐？"

心理咨询所的兼职助理，XS大学的在校大学生段誉蹭到何文身边，朝办公室里看："有什么新鲜看吗？"

"去去去，别捣乱。"

"我怎么捣乱了啊。"段誉辩解道，"何文，你就是对我有特别浓重的偏见，我一根正苗红的大好青年，在你眼底难道就不会关心下掌管我钱包胖瘦的美丽女BOSS？"

何文和段誉两人的对话将裴衿衿的思绪拉回现实，掀起眼睑，见到他俩的头出现在门口，问，"你们有事吗？"

"呃……没什么。"何文将门打开得更大些，"衿衿姐，要不要一起下楼吃饭？"

裴衿衿看了眼桌上的四脚复古铜制闹钟，十二点，确实该吃饭了。

一家沿街的小饭店里，坐满了附近写字楼里中午下班吃饭的白领，裴衿衿和何文、段誉运气不错，找到了一张靠窗的小桌，刚好三人位。各自点完餐后，段誉看着年纪不大的女服务员，笑着叮嘱。

"美女，快点上餐，要饿晕了。"

女服务轻轻一笑,"好。"

何文拿眼睛斜睨段誉:"要我说,你家'段王爷'真是会取名,给你取了个'段誉',走哪就撒哪,也不怕遇到自己失散多年的妹妹。"

"我撒什么了?"

"情呗,还有什么。连人家小服务员都不放过,看上去才十八九岁吧。"

段誉瘪嘴又皱眉:"衿衿姐,你给评评理,忒不讲道理了,我就说了句让她们快点就挤对我。行,你不要快,那我现在去和她们说,你的那份,随便磨叽。"

何文桌下的脚冷不防踹了过去,疼得段誉龇牙咧嘴的,到底谁发明的高跟鞋啊,如果是女人,那当时的出发点肯定是为当暗器用啊,如果是个男人,那他就是男人里的叛徒,他真该被女人的高跟鞋踹残。

当三人点的煲仔饭都上齐后,何文吃了几口,朝段誉使了几次眼色。

"干吗?你的不好吃吗?"

何文不由得翻白眼,看着裴衿衿,关心着她,"衿衿姐,你怎么不吃饭啊,身体不舒服吗?下午要不要我陪你去看看医生。"

裴衿衿笑着拿起饭勺拨了几下饭粒:"没事,吃吧,我可能上午有点累,现在没什么胃口。"

段誉看着裴衿衿碗里的饭菜,真是一点都没吃,笑着开她的玩笑。

"衿衿姐,其实你大可不必这么拼命工作,想想你那高富帅的男朋友,有他养你,你就是一分钱不赚,也可以过幸福美满到冒泡泡的日子。"

裴衿衿笑了下:"吃饭吧,哪里那么多的话。"

虽然叫别人吃饭,到最后结账的时候,裴衿衿依旧没吃几口,和何文段誉一起走出饭店,慢慢回工作室午休。

走着走着,何文感叹:"好想回到小时候啊,不用工作,没有现在的压力,没有各种烦恼,每天只需要读好书写好作业,然后按时睡觉起床。可惜,再也没机会了。"

段誉跟话:"我不想回到小时候,小时候被我妈打怕了,长大了,现在只盼着我在她身边,现在在家的日子比小时候幸福多了,打死我也不回到小时候。哎,衿衿姐,你想回到小时候吗?"

裴衿衿慢慢走着,看着前方的路,微微笑着。

小时候?小时候是个什么概念呢?

小时候,以为每一辆公交都能坐到家;小时候,以为外国就是一个国家;小时候,以为属相可以一年换一个;小时候,以为吞下泡泡糖会死掉;小时候,以为电影里的演员是真死了;小时候,把苹果核吃进肚子会担心头顶长出苹果树。

裴衿衿道："小时候，以为长大后就可以跟心爱的人在一起。长大后泪流满面，才知道现实并非如此。只是一段随口承诺的人生，怎么能当真呢。"

何文和段誉面面相觑，不明白为什么裴衿衿说这段话，但是看得出，她今天的心情真的不佳。

"衿衿姐，你好像没说你想不想回到小时候呢？"段誉实在太坚持了。

"想。"

回到小时候，那一段时光就有可能被改写，她会选择不与他相遇，然后，不会有今天默默地落荒而逃。

回到办公室的裴衿衿坐在椅子里，头仰靠在椅背上，想理清一些什么，却发现自己完全理不清，脑海里除了充斥着那个名字外，其他的一切都想不畅快，连五年后他的脸她都没有正眼看到，记忆里他的模样已经有些模糊了，时间让她忘记了他的样子，却怎么都没洗掉他当时给她的感觉。

"哎……"

裴衿衿长叹，双手叠着放在脑后，慢慢闭上眼睛。

*

希金大厦六层。

电梯门打开，施南笙迈步走入在门外两边早已迎候多时的人行夹道中，平静的容颜，紧抿的唇线，叫人看不出真实情绪的双眸。五年的商场历练，他已在与生俱来的尊贵和傲气中又增加了不怒而威的气质，优雅，好性格，却叫人有着十分清晰的感觉，他可近，但绝不可亲。

"施先生，这边请。"

一个打着领带的男子在施南笙侧前为他引路，脸上的笑容虽有些夸张，但也能看出一点他的诚意。

施南笙走进一扇打开门的会议室，里面五个等候的高官立即站起来，笑着伸出手与他打招呼。

"施先生，幸会幸会。"

施南笙伸出手一一握过，在引路男子的招待下坐到会议桌乙方的主位上，随行的 Leo 与几名施氏的工作人员分别落座，施氏斥巨资进入 C 市某非国有商行的谈判正式开始。

原本这个案件不需要施南笙亲自出面，不过是入股一个商行罢了，不是什么超复杂的案子。但是前不久这个非国有商行的执行董事被查，只因他非法放贷的金额高得吓人，业界一片哗然，随后该商行被查了一个彻彻底底，尤其，一堆烂债收不回来，面对这个大摊子，让国家来全部承担显然不可能，自救是他们必须想到的第一个方法。施氏便是在这次

事件中看到了别人没看到的机会，施氏财团董事会80%同意的高票数通过出资入主该商行的决议。至于让施南笙出面，则是利用了他近几年在商界赫起的名声，经过媒体一番报道，该商行的股价不怕不涨，有施氏财团加入，他们东山再起易如反掌。而对于施氏来说，在谈判中尽可能拿到更多的股份就成了赚钱多少的重要条件了。董事会相信，施南笙不会让他们失望。

谈判会议进行了四十分钟，双方没有找到能共同接受的平衡点，会议有点难以再继续下去的感觉，两边的人都紧咬住自己所谓的底线，不肯再让步。

施南笙将正视对面主位男子的目光收回，看了下自己的手表，比他想象的超出五分钟，呵呵，倒也算敢撑，不过，他可没时间陪他们在这干坐着。

余光见到施南笙的看表的动作，Leo马上用公式化的口气对着对面道："周董，既然我们双方一时难以达到一致的认识，不如暂时就这样吧。"

商行的人略略吃了一惊，一件涉及到巨资的谈判，他们以为不是四十分钟就能谈好的，莫非施氏财团诚意并不高？

"这个，好吧。"商行的周董笑着道，"我看时间差不多了，我做东，请施先生吃个便饭，尽尽地主之谊。"

施南笙微笑着站起来，伸出手："周董太客气了。改天吧，有机会一定。"

"怎么，施先生不愿意？"

"呵呵，哪里的话，实在是还有些事需要处理。能有时间，我请周董吃饭。"

施南笙从会议室出来，由原本的招待男子送向电梯。

Leo在心底默念，"一、二、三、四……五"还没有出来，他们身后果然传来了周董的声音。

"施先生请留步。"

施南笙嘴角微微勾起，他赢了！

双方人员在一起吃过饭到最后的合同签订完毕已是下午五点。周董还想请施南笙吃晚饭，被他婉言拒绝了。

从希金大厦出来，施南笙径直坐上等候在大门口的汽车，Leo提着公文包从另一边上车，坐在他的旁边，待汽车开离希金大厦后，终于笑出了声。

"哈哈，爽。"

来C市他就觉得施南笙想要的那个份额确实有点多，而且，董事会给他的期望点也没有那么高，他完全可以降一点点，没想到，他一身硬气，还真把他们拿下了。

"我说，你怎么就肯定周升平会接受你要的点？"

"我不知道。"

"那你还要那么高?"

施南笙目视着前方,声音清淡地说着:"有难的不是我。"

"就算周升平现在是要求人,但有钱的并不是只有我们施氏,你就不怕其他人看到这块蛋糕,到时'回头糕'不好吃啊。"

"呵呵,那你就该多谢今天的媒体朋友了。如果外面的人知道,它是个连施氏财团都不敢收拾的烂摊子,还有谁敢轻易吃这块可能里面已经烂透的蛋糕?"

Leo乐了:"所以你料定周升平不敢让你在没有达成协议前走出希金大厦吧。"

"人都不是傻子,少赚点比不赚等死要好得多。何况,有了施氏,他该知道商行会发展得比之前更好。"

做人,不该太贪。

说完,施南笙像是十分疲惫一般,将头靠到椅背上,闭上了眼睛。

天蓝色?!以前看她穿过吗?好像没有。她说,那是忧伤的颜色,她不想有那种情绪,而他也记住了。买什么东西给她他都尽量避免那种让人有淡淡忧伤的颜色。多久没见过她了……五年了吧。

黑色汽车在C市繁华的主干道上疾驰,霓虹灯张扬而绚烂,只看着那五彩斑斓的颜色耳边都仿佛能听到都市的喧哗,经济高速发展所带来的并不一定就是人们生活本质的真正提升,更多的时候,一方宁静和心的解脱,才是人最上乘的生活品质。只可惜,太多的公共建设都是先把一座山推平,然后建起一栋栋高楼,再在高楼之间寻得一巴掌大的地方栽上几棵树木,安上一个迷惑众人的名字,城市绿化,再给一个普通人根本无法去考证的数据,绿化面积高达多少多少。久而久之,人们才发现,原来他们曾看到的真正绿色,曾享受过的真实生活,曾聆听过的自己最幸福的声音,都已成了过去。一如此刻的施南笙。

五年了,他以为,他现在的生活就是他未来一辈子生活的开端,听不见自己的心声,每天按部就班,思索思索再思索,决策决策再决策。若不是今天见到她,他差点要忘记了,他也曾那么接近一个叫"爱情"的东西。虽然最后的真相是虚假,但,他永远都无法忘记她能让他听见心的声音。

黑色西裤里的手机突然发出振动,施南笙掏出来,本欲不接,想了想,点了接听键。

"喂。"

孙一萌的声音从那端传来,"南笙,忙完了吗?"

"嗯。"

"现在是赶往机场?"

施南笙沉默了一下,说道:"不是。"

孙一萌微微疑惑,"不是说忙完了吗?怎么,今天还不能回Y市?"

"嗯。还有点事。"

"什么事？"

施南笙没有说话。他的沉默让孙一萌略有些尴尬，两人之间安静了片刻后，孙一萌轻轻笑了笑。

"好了，不打扰你了，你先忙吧。"

"好。"

将手机放回自己的裤兜，一旁的 Leo 奇怪地看着施南笙，他们的行程安排现在就是去机场啊，怎么不去了？临时改了，他怎么不知道？

"南笙，我们现在去哪？"

施南笙抬手揉了揉自己的太阳穴，不掩自己疲倦地说了三个字："不知道。"

不知道他对孙一萌说还有事？

"我们今晚真不回 Y 市？"

"我不回。你可以。"

施南笙一时也想不明白为什么自己不愿意即刻就回 Y 市，他知道自己是因为上午突然见到了裴衿衿而有些思维跑位，但他并不认为同她一面之交就足以改变自己的行程，只是他真的无法深究自己为什么不想走，或许另一种解释就是，他真的累了，不想急着飞来飞去，想好好休息一晚吧。

Leo 做出一个惊恐的表情，说道："得，你要不扣我工钱，我今天也不回去吧。"

"随你。"

"我的施大少，你不回去，你觉得我敢不怕死地回 Y 市吗。啧啧啧，我可不想挑战孙大经理的伶牙俐齿。"

Leo 一想起孙一萌会抓着他盘问为什么独自回去的表情，浑身就不自觉地打个寒颤，他哪里能猜得到施大公子为什么突然不回去的原因啊，他是 Boss，爱干吗干吗，他是拿人钱财的小民，只管跟着头儿。

"哎，现在我们去哪？"

"酒店。"

Leo 对着司机说道："是施氏在这边的酒店。"

"不要。除了施氏的，哪家都可以。"

Leo 奇怪地看着施南笙，不是吧，大少爷，入住自己的酒店也算是帮他们提升业绩啊，他们又不会白住，干吗跑别家呢？难道是为了体验其他酒店哪里做得比较好？偷师？

司机开着车把施南笙和 Leo 送到了 C 市一家口碑不错的五星级酒店。

在自己房间放下东西后，洗了一把脸，Leo 摁响了隔壁施南笙房间门铃，走进去。

"要不要一起出去吃饭?"

"等会吧。先休息下。"

"今天有这么累吗?"

Leo 打量着施南笙，之前他可有过连着通宵干两天，第三天白天还能精神奕奕和美商劲谈三小时的记录啊，今天的工作量完全就在他平时的正常水平线上，可以说还偏轻松一些，他却频频显出很疲惫的样子。

"该不是昨晚孙大经理让你累得……嘿嘿，是不是啊?"

施南笙笑了下，在沙发里伸了个懒腰，没有回答 Leo 的话，如果昨晚知道今天会见到她那张脸，他会不会来 C 市?

Leo 走到窗户边，看着外面的街景，不经意看到了对面大厦上的字，笑出声。

"天迪大厦？呵呵，怎么取了这个名字。天地大厦或者天梯大厦不是更有气势吗？天迪？" Leo 撇下嘴，费解。

施南笙在沙发上看着窗边的 Leo："你以前来过 C 市吗?"

"出差时飞机经停过算不算?"

施南笙以迅雷不及掩耳之势抓起一个靠枕砸了过去，臭小子，耍他玩。

"哈哈……" Leo 接住枕头，夹在腋下，笑着掏出自己的手机，边说道，"是想找 C 市好吃好玩的地方是吧，放心，马上就'度娘'给你全方位的信息。等等啊。"

*

天迪大厦十八层。

裴衿衿站在落地窗前，看着对面的高楼大厦，夕阳的光线从高楼之间斜射着，退去白天的炎热，看着有种格外舒服的感觉。

桌上的手机恰时唱出音乐。

"喂。"

余天阙带着笑意的声音从那边传进裴衿衿的耳朵："亲爱的，下班了吗?"

"嗯。你呢?"

"正在接你的路上，很快就到。"

"嗯，那我现在下楼。"

裴衿衿简单收拾了一下提包，走到办公室门口，朝房内环视了一圈，关门上锁，下班。

在天迪大厦的门口等了三四分钟光景，一辆黑色的别克君威缓缓开过来，停在裴衿衿的面前，等她上车后，再慢慢开离。

"天阙，你这样天天过来接我，会不会不方便?"

她在东，他在西，从他的公司过来，要穿过半个 C 市，现在国内哪个城市在下班高峰期不堵车啊，有些堵得人都没脾气了，六点下班，能磨蹭到九点才到家。

余天阙看着前方的路面，轻轻一笑："怎么会，接你下班是我这个男朋友分内事吧。今晚想吃什么？"

忽然之间，裴衿衿转头看开车的余天阙，他这句话，曾有个人也如此类似地向她说过，他觉得照顾她保护她是他身为男友该做的事情，霸道不讲理自以为是唯他独尊，他身上有她难以接受的缺点，但他也有让她更迷恋和喜欢的优点，她曾很用心很真诚地付出自己的真心，哪怕她一开始接近他的目的不那么光彩，可她已经在后期尽力了。只是，她不想进入他生活时，有人将她朝他的身边逼，当她真心实意想留在他怀中时，他又将她朝外面推。幸福的表面下，是那么艰难的前行，所以她和他才到不了终点吧。

"看什么？"余天阙侧脸看着裴衿衿，"我说错什么了吗？"

"没有。"

裴衿衿摇摇头，收回目光，"只是突然想起……"

"什么？"

"岳飞的《满江红》。"

怒发冲冠，凭阑处、潇潇雨歇。抬望眼，仰天长啸，壮怀激烈。三十功名尘与土，八千里路云和月。莫等闲、白了少年头，空悲切。

靖康耻，犹未雪；臣子恨，何时灭？驾长车、踏破贺兰山缺。壮志饥餐胡虏肉，笑谈渴饮匈奴血。待从头、收拾旧山河，朝天阙。

裴衿衿笑着问，"你爸爸是不是很喜欢岳飞？"

"呵呵。"余天阙笑得爽朗，"还真被你说中了，他就是因为极喜欢岳飞的《满江红》才给我取名'天阙'，听我妈说，当初为了我的名字，他们还争执了很久呢。"

"为什么？"

"我妈想给我取名叫'明明''安安''轩轩'这样的叠名，我爸一股脑儿就想我叫'天阙'。"

裴衿衿笑出声来："听完你妈的名字，我觉得，你还是叫天阙比较好。"

"哈哈，我也这样觉得。幸好当年我爸胜利了。"

等红灯的时候，余天阙提议，"今天吃西餐？"

"去风味小吃街那转转怎么样？"

裴衿衿询问着余天阙，中午她没吃什么，这会还真有些饿了，西餐她是真心不喜欢，但正儿八经地吃一顿大中餐，她恐怕还没那胃口，吃些开胃的小食该是不错的选择，只是可能会委屈了他这个都市高级白领。

"不过，估计你不喜欢。"

余天阙笑笑，"没事。虽然没去过，但听说过，偶尔换换口味应该也很不错。"

对余天阙，裴衿衿是有些歉意的。一年前，她去 H 城参加业界的一个活动，很偶然和陪朋友参加那个活动的余天阙认识。回 C 市后，她没有多想。在农历七夕那天，意外接到他的电话，他竟来了 C 市，目的就是为她送一束玫瑰花和一盒巧克力。在机场看到他表情时，她就知道他为什么来了。从同行那问到她的电话不难，难得的是他居然有心飞过来做这样一件由一家 C 市花店就能完成的小事。之后，他隔城追她半年，她一直没有点头答应。在今年二月十四号情人节时，他告诉她，他决定来 C 市工作。以为不过是他逗她开心的一句笑话，却不想，他用实际行动证明了他的决心，从 H 城工作多年的公司离职，到了举目无亲的 C 市。让裴衿衿稍稍安心的是，余天阙并不是一般的白领，几乎可以说是个金领，再入职工作并不是件困难的事情，而且比他在 H 城发展似乎更好，这让她多少不那么内疚。不然，她总觉得是自己害了余天阙。

同城的余天阙追裴衿衿更加勤快了，终于在愚人节这天，裴衿衿笑着对他说，"你这么好，我请你当我男朋友吧。"

余天阙一愣，笑着，没有点头，他怕裴衿衿在愚弄她，不过却在第二天跑到她面前问她，"你这么好，我请你当我的女朋友，可以吗？"

裴衿衿笑得梨涡展现，爽快地点头。

她还记得，见她接受他，余天阙乐得好几分钟站在原地傻笑，然后突然将她抱起转了好几个圈儿，把她放下时，见她踉跄，急忙拉住她，连连道歉，那开心的模样真的很能感染她，让她也跟着开心起来。原来，这人因为她愿意和他在一起而如此高兴，她想，在他的爱情里，她一定也可以真的欢喜起来。

*

天迪大厦对面的五星级酒店套房。

Leo 一脸惊喜表情地边用手机搜 C 市的好吃好玩地方，一边朝沙发上的施南笙走过去，挨着他坐下，欢喜不已地说道："那，施老板，你可别说我这次出差偷懒啊。找到很多好吃好玩的，晚上我们就去——Happy 下，看看是不是真像这上面说的好吃好玩。"

施南笙不为所动，声音懒洋洋的："这些宣传广告你也信？"

"这不是打算去吃吗，吃吃不就知道了。走吧？"

"再等会吧，你饿吗？"

Leo 继续翻着手机："饿倒不饿，就是怕一晚的时间不够用。"

施南笙笑，本来一晚上时间就不够，他还真当自己是来旅游的啊。

"你选几个特别有标志性的代表地，等会咱们过去。"

"好。"

施南笙抬手扯开自己的领带，松垮垮地挂在脖子上，慵懒的感觉顿生，一派落拓不羁。闭目仰靠在沙发上，放空着自己的大脑。

只是一个背影，真的是她吗？他到底在等什么？又或许，那不过只是一个和她有几分相似的女人，并非就是她。若真的是她又能怎样，难道找到她？似乎没有必要和意义了吧。但，明明知道时间过去了五年，为什么他还是做了一件让自己都匪夷所思的事情呢。在 C 市停留一晚又能怎样呢，和她在同一个城市又如何呢，当年她做的事情不容狡辩，若不是有那些对她的真情实感，孙一萌要报警的打算又怎会被他压下。她居然让他打破了行事的方式，也算她是真有些本事了。想来，是当初的自己太傻太笨，感情直白的大傻蛋一个，居然还口口声声叫她傻妞，估计每次她都在心底笑话他才是那个被蒙在鼓里的傻子吧。

Leo 翻着手机搜出的 C 市吃玩攻略，突然感觉到一丝诡异，转头看着身边的施南笙，莫名其妙地改签回 Y 市的机票，然后又问他奇怪的问题，有问题。

"南少，你是不是有什么心事？" Leo 猜测，"还是关于女人的？"

要知道，哪个男人会没事去恨什么男人，以施南笙的能力，恨一个男人就直接将其毁灭到渣渣都不剩，多解气。只有这女人啊，带出的问题就会没完没了，打不得骂不得，烦人得很。

"你被人骗过吗？"施南笙睁开眼睛，看着 Leo。

"呵呵，这世道，谁没撒过谎啊，谁又会没被人骗过几回呢，没骗人和被骗经历的都不是人了。"

Leo 仰到沙发上靠着，两条腿没有像施南笙那样交叠起来，大刺刺放成一个大八字，沉沉叹了口气，"我觉得我每天都在骗人。只是，有些事有些人，能骗。有些人，不能骗，一次都不能欺骗。不过这世上不是还有种谎言叫'善意的谎言'吗，有时候那些谎话能让世界看上去美好，人啊，不得不说，身不由己啊。"

是了，身不由己，好一个"身，不由己"，她当年是这样吗？像他今天这样，难以理解自己的行为吗？

"哎，南少，你有恨的人？"

施南笙想了想，恨吗？好像谈不上，时间过去这么久，他早就不是当年感情单纯心思直白的男孩了，恨她太需要花心思了，他实在没那功夫，那些她刚离开的颓废时光现在回想起来，让他无比厌倦。真难相信，他施南笙竟也做过那般幼稚的事情。

"你觉得我有那份闲心吗？"

Leo 想想，也是，每天都忙得像陀螺的施南笙怎么可能去恨一个女人，那不科学。

"你定好地方没?"施南笙问。

"还没有,我再看看啊,马上就好。"

Leo 在反复的对比和琢磨下,决定了今晚带着自己的 Boss 这样吃。

"南少,我们这样行不行,先去景阳轩吃这个 C 市地方特色菜,然后转到风味小吃一条街,最后再去这家酒吧,咱们去见识见识下。说不定,还能有艳遇噢。"想到一个人,Leo 连忙道,"当然,艳遇只有我,没有 Boss 你。就算真的有你,那我也肯定什么都看不到,我是间歇性选择失明。"

施南笙哑然失笑,孙一萌在他的心里是有多凶残,能让他时时刻刻记得帮她"看着他"。

*

小吃街的人实在太多,余天阙听裴衿衿的,将车停在了街外某个商超停车场,两人下车不紧不慢走过去。178cm 的他牵着 166cm 的她,两人的步伐配合得不错,五官端正笑容阳光的男人呵护着容颜干净嘴角挂着梨涡浅笑的女友,让人看上去,很舒服。

"衿衿,你有特别想吃的什么吗?"

"没。边走边看吧。发现好吃的,我请你。"

余天阙笑眯眯的,他好像还没有被女人请客的习惯。

也许是气氛使然,也或者裴衿衿是真的太饿了,在小吃街,她原本以为自己只会小吃几家,没想到,竟恨不得家家都进去尝一点,出这家时明明告诫自己不能再吃了,结果闻到新的香味时,她的味蕾就被刺激得不行,整个人大开吃戒,看得一旁陪着她的余天阙总算见识了什么是"吃货"。她真的,好能吃。

裴衿衿看着在旁边时不时露出惊讶表情的余天阙,乐了,"哎,吓到你了吗?"

"哈哈,没有没有,你可以继续。不过……"余天阙担心地看着裴衿衿,"吃这么多,晚上肠胃不会不舒服吗?"

"应该不会吧。"

午饭没吃的人伤不起啊。

*

施南笙和 Leo 从景阳轩吃完饭出来后,天色已经暗了,早早就开启的路灯和各处 LED 广告灯将城市衬得花花绿绿,若单看城市的夜景,仿佛不觉得他们是出差到了外地,各个城市除了特色建筑外,夜间街景实在都相差无几。

"南少,走走走,去小吃街看看。"

"难怪你刚才没吃饱,留着肚子去那边的吧。"

Leo 大笑,"揭穿人家不厚道吧。"

施南笙其实不怎么爱吃地方特色的小吃，哪个城市哪个国家的都不爱，也不是他想特立独行，更不是他觉得自己高人一等必须与普通人区分什么的，他的喜好挺简单，不挑食，但也不会十分钟爱什么口味，只要吃到肚子里的东西是干净的，卖相不太糟糕，就行。小吃在他看来是零食，而他，是个不爱吃零食的人，非常不爱。

不过，看到 Leo 兴趣那么浓厚，而且他刚才又没有吃饱，施南笙与他一起上了的士，朝小吃街赶去。

在小吃街的邻街路口，的士师傅把车慢慢停了下来，转头对着他们，歉意非常，"不好意思，能不能就在这里下车啊，小吃街里面的人太多了，的士进去出不来，我们实在是不想开进去啊。你们下车，从这个路口，过向左走的人行道，直走五十米就是小吃街的入口了。"

Leo 将头探出车窗："五十米你都不开进去？"

"不是不能，是里面实在人太多，你们要是不信，进去看看，在里面是看不到一辆车的，不管是的士还是私家车，都不会傻乎乎开进去。真的，先生，我不骗你们。"

Leo 还要说什么，施南笙拉了他一下，打开车门："好了，Leo，下车。"

付完钱，Leo 下车，走到施南笙的旁边。

"南少，你也太好说话了，能开进去干吗不让他开进去，又不是不给他钱，他好不好出又不关我们什么事。"

施南笙笑："我不是好心对他，而是好心对你。"

"对我？"

"让你好好消化掉刚才吃的，留着大肚子去小吃街里面装东西。"

听完施南笙的话，Leo 才知道自己被他耍了，用手开玩笑地指着他，"啧，你嫉妒我身材比你好就直说嘛。"

施南笙笑了："是啊，放着我自己标准的男模身材不要，嫉妒你豆芽菜的身材。"

"哇！"Leo 装模作样地尖叫，然后开始做娇羞状，"你好讨厌哇。"

进了小吃街的 Leo 就像是被人饿了十天半个月，哪样东西都想吃，一见队伍就去排，也不管前面在卖什么东西。跟在他旁边的施南笙不由得想起当年装衿衿给他说的一个笑话。她说，中国人就是爱凑热闹，有一天，一公司门口排了一条长长的队伍，也不知道是干吗，排后面的探头探脑地朝前看，第一个人忽然回头，吓一跳。哇，原来接老婆下班也得排队啊。

施南笙碰了下 Leo 的胳膊，"喂，你知道前面卖什么吗？"

"不知道。"

"那你排队？"

"小吃街除了卖吃的，还能卖别的什么吗？"

施南笙无语了："你别想当然啊，去前面看看。"

Leo走到最前面，看了下，笑嘻嘻地看着施南笙："我就说是卖吃的吧，特色香辣小米粉，我要吃我爱吃我想吃。"

施南笙离开队伍："你吃，我不用。"

"要不我帮你买一份吧，都来了，不吃多可惜啊。"

施南笙摇头。

最后，轮到Leo的时候，他还是坚持给施南笙买了一份，送到在一旁等候的他的面前，"BOSS，请你。"

"我不要。"

"试试吧，不好吃就扔了，反正不贵。"

施南笙接过小碗，眉头皱起，要怎么告诉他，他着实是不爱吃这些东西，比让他喝白水还感觉艰难。只不过，盛情难却，看着Leo吃得欢喜，施南笙挑了一两根放到嘴里，之后就一直拿在手里陪着身边的吃货开始逛了。

*

小吃街的生意还真是名不虚传的火爆，裴衿衿和余天阙晃了近两个小时才把街道的一边走完，站在路的尽头，余天阙看着吃得满面红光的裴衿衿，温柔地问她。

"还要吃吗？另外一边还要逛吗？"

裴衿衿看着攒动的人头，不逛吧，又馋那些还没吃到的小吃；逛吧，自己这肚子可真要受到考验了。好纠结啊，怎么办呢？

"让我想想，让我好好想想。"

过了一会儿，裴衿衿道："我决定……"

余天阙一直带着笑意望着裴衿衿，她纠结的模样还蛮可爱的，很像那种面对鱼与熊掌两者都想兼得的表情，生动得很。

"收工。"裴衿衿看着余天阙，"我刚才见你没怎么吃，你没吃饱吧，要不我陪你去其他的地方吃点你爱吃的。"

余天阙笑，"谢谢亲爱的。"

"嘿嘿，不用不用，走吧。"

拎着包，裴衿衿一手拉起余天阙，朝他停车的商超走去。

熙熙攘攘的人流中，一手端着小份香辣米粉的男子低头看着手中的小吃，微微蹙眉，真想找个地方把这东西放下，拿在手里都感觉自己幼稚得像个孩子。小吃街的另一边，一个脸上带着梨涡浅笑的女子拉着身边男朋友的手，欢快地朝前走着，轻快的脚步昭示着她此刻不错的心情。

施南笙和裴衿衿，一左一右，一人一个方向，就这么擦肩而过，越行越远，直至融进人群里，寻不到身影。

*

C市。

余天阙的助理向会议室里的众人浅浅鞠了个躬："我的解说完毕，谢谢。"

看着屏幕上的大楼建成画面，投资方的人满意地点点头，为首的章田宇看着自己对面的余天阙，笑着道："余大设计师出手果然就是不凡，很好。"

余天阙谦虚地笑笑："哪里，章总你太过奖了。"

刚才还气氛凝重的会议室里笑声渐渐多了起来，双方人员就合作问题再谈了几个比较突出的问题后，又稍稍寒暄了一会，很快就到了下班时间。

见余天阙看了眼手表，章田宇笑道："看来我们的余大设计师今晚有约啊。"

"哈哈……"

会议室里笑成一片。

"是女朋友吧？"投资方的一个女孩子笑眯眯看着余天阙。

余天阙笑得含蓄，但没避讳，点点头："是。"

"你看看，这么老实就承认了。小文啊，你没机会了。"

文夕瞪了一眼身边的章田宇："章总你怎么拿我开涮啊。"

"哈哈……"

余天阙和投资方的会议开得很顺利，完会之后公关部的负责人开始"发功"，他则回到了自己的办公室，收拾了一下办公桌，看看时间，刚过下班的点，还来得及，便提着自己的公文包下楼了。到公司大门口的时候，余天阙愣了下，以为自己眼花了。

衿衿？她怎么在这？

"天阙。"

听到裴衿衿的声音余天阙才明白，他没有认错人，小跑几步过去。

"衿衿，你怎么来这了？我正打算过去接你下班呢。"

裴衿衿耸了下肩膀："今天工作室预约的客人不多，我很早就忙完了。今天，换我来接你下班。"

"呵呵。"

看得出，余天阙对于突然来公司等他下班的裴衿衿这份惊喜很开心。

"走吧，去吃饭。"

"好。"

余天阙身后不远处的电梯门打开,一群人走了出来,章田宇第一眼见到牵着裴衿衿准备去取车下班的余天阙。

"哎,那不是余设计师吗?"

他这么一说,众人的目光都看了过去,有人开始笑,说:"那个女孩就是余设计师的女朋友吧?""很漂亮哇。"

文夕的视线也落到了裴衿衿的脸上,乍一看只觉得很惊艳,第二眼竟是觉得有些似曾相识,只不过余天阙牵着女孩儿离开,她也没时间细想,跟着大家一起走出了大厦。在 C 市待了一晚之后,文夕与同事一起飞回了 Y 市,见到余天阙女朋友的事便被她抛诸脑后,再没想起。

*

Y 市,施氏集团 1 号大厦,十八层的小会议室里正在开一个小型的高层研讨会。

"……所以这个案子我们需要在下周五之前拿出一个定案,而且这个方案必须比 ASS 做得更好更能打动人,否则美方那边说不定就会和他们签约,终止掉和我们五年来的合作。跑了这条大鱼,我们年终总业绩额势必也会受到影响,希望大家明白这个执行方案的重要性。"

孙一萌说完,看着主位上的施南笙,询问他的意思:"南笙,你还有什么要说的吗?"

施南笙靠在椅子上,看着桌面上不知哪个点,神情极为平静。

"南笙。"孙一萌又喊了一声。

施南笙还是没有回神。

"南笙?"

孙一萌忍不住伸手轻轻拉了一下走神的施南笙。

"呃?"

"我说完了,你还要补充什么吗?"

施南笙看了看会议桌两边的高管,说道:"我没要说的,大家就按孙经理说的做吧。"

随后,孙一萌又说了几点要特别注意的地方,会议结束,各个高管回到自己的办公室开始忙碌。

"南笙。"

回自己办公室的施南笙被身后追来的孙一萌叫住。

"什么事?"

施南笙的表情和口气都极为公式化,若不是公司的人早知他和孙一萌是一对儿,从他们的工作交流中绝对看不出他们是情侣,而且已经五年多了。

孙一萌朝前后看了看,走在施南笙身边,小声道:"你是不是有什么心事啊?"

"没。"

"但是你……"

施南笙侧脸看着孙一萌，"KAK 的案子不是下周五就要定案吗，赶紧去忙吧，时间并不充裕。"

看得出施南笙并不想在工作时间谈这个，孙一萌点点头："好。那我回办公室了，你别太累。"

"嗯。"

看着施南笙走远的背影，孙一萌隐约觉得一丝不同寻常，从 C 市出差回来后，五天了，她几乎每天都能看到他走神的样子，他回施氏工作五年了，还是第一次出现这种情况，以前不管多累他都精神奕奕地参加会议，绝不会在高层会议上思想开小差。他这几天，实在是太奇怪了。

踩着十公分的高跟鞋，孙一萌转身走向一扇紧闭的办公室门前，涂着红色指甲油的手轻轻叩响实木门。

"请进。"

见孙一萌进来，Leo 愣了一秒，很快展现他自认为非常迷人非常公式化的笑容。

"孙大经理，什么风把你吹到我这里来了。"

"说吧，你们在 C 市发生了什么事？"

Leo 好一会儿没有反应过来，表情无辜地看着孙一萌：什么'在 C 市发生了什么事'？

孙一萌走到 Leo 的办公桌前，表情十分严肃地看着他："颜敏！你别给我作出这副无辜的表情，快说，你和南笙去 C 市出差，发生了什么事，实话实说，不得有半句虚言。要是你敢撒谎，我保证，你会死得很惨。"

说着，孙一萌还做出握拳的动作。

Leo，中文名颜敏。但是他真心不喜欢别人喊他中文名，那名字实在是太女性化了，读小学还好，读初中时就开始有人笑话他的名字是女孩子名字，弄得他多次找父母抗议，他要改名改名改名，但颜爸爸实在是太满意自己为儿子取的名字，怎么都不答应，还发出警告，他要敢长大后私自改名就别认颜家这个祖宗。于是，势单力薄的颜敏同学就这样妥协了，改名起义被镇压。到了高中，流行英文名，他给自己取了一个非常男性化的英文名，Leo。从此每每介绍自己时，他都是英文名打头阵，小小洋气了一把。

见 Leo 还是云里雾里的状态，孙一萌低喝，"说！"

"说什么啊？"

"你还嘴硬?!"

Leo 做出讨饶的手势："别别别，孙大经理，你别火。我和南少在 C 市真的是什么也没发生啊。"

"你好好想想。"

"是真的什么都没干,我保证绝对没有发生什么不该发生的事,我没有做对不起我老婆的事情,南少也没有对不起你的事情,我们俩是清白的。"

孙一萌见自己这样逼迫都不能问出点什么,开始相信他们在 C 市时真的没有发生什么。

"真的?"

"绝对是真的。"

"那为什么南笙当晚没有飞回 Y 市?"

Leo 皱眉,仔细想了想:"大概是南少很累吧。那天我们和对方几乎谈到晚饭时间,完了之后就吃饭,在小吃街逛了逛,最后我要去酒吧转转南少都没答应,两人直接回了酒店,睡了一晚,第二天就回来了。"

"没漏掉什么?"

"我的孙大经理啊,我就是骗我老婆也不敢骗你啊。"

孙一萌扑哧一笑,强势的姿态这才有些缓和:"小心你老婆听到了罚你跪电视遥控器。"

Leo 内心嘀咕,我老婆哪里像你这样彪悍啊,人家很温柔的,很体贴的,很柔情的。

"行了,没事了,我走了,你忙吧。"

"恭送孙大经理。"

"耍贫嘴。"

孙一萌出去后,Leo 长舒一口气,幸好那天真没去酒吧,要不然,孙一萌还不把自己掐死,说他带坏 BOSS 大人。不过,她盯人是不是也盯得太紧了,这么不给自由空间,施南笙能受得了吗?换做他,早就疯狂了。

想了想,Leo 拿起办公桌上的内线电话,拨通了施南笙办公室的。

"喂。"

"大 BOSS,你在忙吗?"

听到 Leo 的声音,施南笙表情平板地问,"讲。"

"现在方便说话吗?"

"说。"

"你确定我可以随便说吗?"

施南笙停下敲击键盘的手:"颜敏!"

"好好好,我说我说。刚才孙大经理来我的办公室讯问了。针对五天前我们去 C 市出

差，她'森森'的觉得你可能做了什么对不起她的事情。不过大 BOSS 你放心，我什么都没有说，誓死保卫你的清白和名声。"

施南笙蹙眉，展开："1. 你能不能不用那些网络错别字，很幼稚；2. 我本来就是清白的，我们什么都没有做，不需要你保护我；3. 你不要动不动就誓死保卫我，我不想怀疑你的性取向问题，因为我很正常。4. 上班时间，没什么重要的公事不要随便打我电话，以后再犯，打一次扣一千块奖金。"

Leo 瞬间像被霜打的茄子："知，道，了。"

放下电话后，施南笙轻轻笑了下，训归训，但有时候觉得颜敏那小子还蛮好玩的，二十七的人了，每天都保持着乐观嘻哈的状态，不像他，越来越老气横秋了。

思绪被 Leo 的电话打断后，施南笙索性起身，泡了杯咖啡，端着香气四溢的咖啡站在房中，看着那一排放满书的书柜。

她以前在这里翻阅过这些书，够不到时，会一点不客气地嚷嚷要他过来帮她。

*

西雅会所。

彭云琪交叠着腿坐在靠窗的一张桌子前，悠闲地喝着咖啡，对面何飞带着她的一岁女儿，丁玎正在拿着一个小玩具逗小孩儿，场面看上去温馨快乐得很。

何飞一只手扶着站在她腿上的女儿湾湾，看着彭云琪："哎，你确定一萌会来吗？"

"嗯，她说了下班就过来的。"彭云琪看了下手机，"应该快到了吧。"

丁玎拉着湾湾的小手对着她做鬼脸，开心得很，边说道："上个星期不是听一萌说有什么非常重要的案子要处理吗，会不会是忙得忘记了啊？"

何飞皱眉，"不至于吧。"

"什么不至于。你当一萌和你一样是个家庭主妇吗，人家可是施氏集团的经理，到处飞，天天忙。"说着，丁玎朝彭云琪和何飞看了眼，"哎，你们说，她和施南笙什么时候结婚啊？都恋爱五年了吧。"

彭云琪放下咖啡杯，"不止了。"

何飞也道："是不止。从那个女人突然离开算起五年了，那女的没出现前施南笙就和一萌恋爱了半年。该结了。"

丁玎问："那女的怎么就突然不见了。而且，恰好是在一萌回来之后，总觉得有鬼，但是就没人能从施南笙嘴里问出点什么，连一萌都不行。"

"好了好了，别说了。"

彭云琪的目光见到从门口走进来的女子，一身精致讲究的白色套装，利落的短发，气质出众，正朝厅内张望。

"一萌，这。"

孙一萌踩着高跟鞋走过来，坐到彭云琪的身边，向三个朋友打完招呼，冲着湾湾笑："湾湾，来，看看这是什么。"摇动着手里的一个小公仔，孙一萌将手越过桌面伸到湾湾的面前，逗了她几下后，把小公仔放到她的小手中，"好了，给你玩。"

何飞看着孙一萌，笑她："一萌，看你挺喜欢小孩子的，赶紧和施南笙一起生一个吧。"

"就是，你们都谈了五年了，该结婚了。"

"施南笙都二十八了吧？"

听到自己的姐妹们提起施南笙，孙一萌脸上原本带着的笑意慢慢淡去，轻轻叹了一口气："结婚？我看，今年都没戏。太忙了，完全没有时间去考虑这方面的问题。而且……"

她真的不觉得自己和施南笙是在恋爱。五年前，她没有被绑架之前，还能感觉到他最起码的关心。可当她被放出来后，她在他的身上完全找不到男朋友的感觉，这五年，两人虽然在外人眼中是恋人，但却没有做什么恋人之间该做的事情，充斥在他们生活里的，是日复一日的工作。两个人忙得几乎没有什么感情交流的时间，有时候想想，她向他汇报工作情况比和他说情话都不知道要多出多少倍，就算她很想结婚，只怕他却没那份心思。

"而且什么？"彭云琪问。

孙一萌笑笑："没什么。你们都点过吃的了吗？"

"还没呢，等你。"

"那好，点吧。今晚还得加班呢。"

点完东西，一桌人吃饭时，彭云琪见孙一萌胃口似乎不太好，没怎么吃饭，关心着她。

"怎么了，不想吃啊？"

何飞在喂着湾湾吃饭，看了一眼孙一萌，把湾湾嘴角的饭粒用指尖挑掉，没有抬头说道："一萌，你太累了，让施南笙不要安排那么多的工作给你吧。怎么说也是未来施家的儿媳妇儿，少工作一些难道还会把施家吃垮不成。"

孙一萌随便夹起一点菜叶送进口中，她哪里是因为太累才没胃口啊，工作方面她早就习惯了，只是十天来施南笙的不对劲让她感觉有些不安，总觉得有什么东西在他们之间悄悄发生，而她却一点都不知道是什么原因造成的，但她很清晰地感觉到那不是好的变化。

"哎，你们说，一个人，时不时走神，是为什么？"孙一萌看着自己的好姐妹，准备虚心请教。

彭云琪仨人相互看看，不明所以。

"飞飞，你老公有没有坐在那发呆的情况？你叫他也不应你。"

何飞想了想："没注意过，我每次叫他都很大声，他就是走神都能听到。"

准备结婚的丁玎看着孙一萌，说道："这情况肯定有啊。我家彭浩就有过。我喊他几次都没听到，气人得很。"

孙一萌的目光落到丁玎脸上："他是在什么情况下走神的？为什么走神？在想什么？"

"这……"丁玎想了想，"人放空自己脑子的时候就会走神啊，有时候想事情想不通了，也会岔开思维吧，又不是什么稀罕的事。"

彭云琪看着孙一萌："怎么，施南笙最近和你在一起的时候老走神吗？"

"也不是和我在一起时走神，有时候开会他也不在状态。"

丁玎和何飞对视了一眼，猜测道："八成是太累了吧。人很累的时候，也很容易发呆，像是一种自我放松的方式。"

孙一萌表情极为无奈："不知道。"

"如果是这样，你和他找个时间好好出去旅游一段时间，或者两人去看看电影什么的，放松放松，过段时间就没事了。"彭云琪看着孙一萌，"施南笙虽然很神，但他到底不是神，正常人有的状态他肯定也有，只是之前比较难看到，但人到了一定的时候，总有些失常的，别多想了。你和他都五年了，现在施家父母认定你是他们的准儿媳妇，别太担心。"

和自己的朋友们聊了会儿后，孙一萌心情没起初的那么压抑，觉得自己可能是真的多想了，五年都这样过来了，怎么这几天就胡思乱想了呢？

"哎，说好啊，我今儿可没时间陪你们再续场子，明天要定一个重要的案子，得回家赶工。"

彭云琪推了一把孙一萌："喊，没劲儿。"

何飞抱着湾湾也笑道："我也不能去，得带湾湾回去，今儿出来玩得够久了。"

"已婚妇女就是没劲。"

何飞笑："琪琪你就别说了，没多久之后，我们这里又要多一个已婚妇女。"

丁玎乐了。

"为了表示我的歉意。"孙一萌拿着包包站起来，"这顿，我买单。"

孙一萌结账后去洗手间，凌西雅刚好从楼上的休闲中心下来，见到她，笑了笑，点点头："过来吃饭？"

"嗯。"孙一萌回了一个淡淡的微笑。

两人分开后，凌西雅朝厅中看了一圈儿，见到孙一萌的三个朋友，隔空笑着点头问好，走到前台，和服务员说着什么。

孙一萌从洗手间出来之后，四人一起出了西雅休闲会所。

在电梯里，彭云琪问："我就不明白了，你明明知道那个凌西雅喜欢施南笙，怎么还每次都喜欢到她这里来吃饭，送钱给她赚？也不嫌看到她闹心啊。"

孙一萌轻笑，看着电梯金属门上映着的自己："我闹什么心，闹心的该是凌西雅吧。南笙的优秀有目共睹，不管什么时候都有很多女人喜欢他，凌西雅不过是其中一个。这么好的男人是我的男朋友，我干吗要闹心。再说呐，不就几顿饭钱吗，她能赚多少啊。我孙一萌虽不是富可敌国，这点消费还是不在话下。我就是喜欢到她这里吃饭，让她时不时就看看我这张脸。"

何飞和丁玎齐齐笑出声。

"一萌，你这正宫娘娘的架子要不要摆得这么狠啊。"

"呵呵，不知道了吧，这就叫低调的炫耀。我们隔段时间就来，南笙却不出现，让她惦记。"

彭云琪乐了，这女人，真有她的。

"哎，要我看，你下次把施南笙一起拉来吃饭不就得了，在她面前秀恩爱不是更好。"

孙一萌笑而不答。

*

文夕走进西餐厅，见凌西雅在，笑着从她后面吓了她一下："嘿。"

凌西雅回头，笑道："死鬼，又吓唬我。"

"哈哈……吃饭了吗？"

"刚吃过。"凌西雅看着文夕，"你别说你还没吃饭啊。"

"我还真没吃。"

凌西雅挑眉，不信的口气说着："你那二十四孝男友今天没有送饭给你？"

"他出差去了，怎么送啊，等他送来，我都要饿成木乃伊了。"

"呵呵，行，姐姐今天请你吃饭。"

文夕拉着朝座位上走的凌西雅，脸上不再带着笑意，"刚孙一萌是不是和她那群姐妹来这吃饭了？"

"是啊，你怎么知道的？"

"刚在楼下停车场碰到了。我下车，她们的车刚好要开走。"

坐到位子上后，文夕表情颇为不满地牢骚着，"姐们愣就是搞不懂了，她们聚会怎么老爱往你这串，按说咱们几个和她们的交情实在谈不上什么，偏生她们还不识趣一般地老到这来。要不是看她和施南笙有那么一丝半缕的关系，见她我就想叫她换地儿。Y市好的西餐厅多了去了，别老搁这碍眼，看着她们几个就没什么好心情。"

凌西雅轻笑，比五年前更加显得成熟和稳重了。

"你气什么啊，我都没气。"

"我是替你气。"

"呵呵，她们来有什么不好啊，帮我拉营业额，让我赚钱，多来几次更好。"

文夕翻白眼儿了："滚你，你稀罕赚她那几个子？"

"不说她们这个圈子个个都像施南笙家那么有钱有势，但谁家也绝对不缺钱儿，而且，随便哪家提溜个长辈出来都是'角儿'，那四个妞子家不就是经商么，谁家老子还不得看'官儿'的脸色吃饭。虽说她们圈子里不兴比老辈儿的大小，但那是'家产'，是她们在外面混的后盾，提不提是回事，但有些人就该懂自己的分量，别大伙给她几分好脸色就当自己可以在她们面前跩了。"

"不是稀不稀罕的问题，来者是客，人家来了，难道赶她们出去啊。"凌西雅浅笑，"而且，你不让她来显摆显摆，她到哪里去张扬自己的男朋友叫'施南笙'呢。"

"真想送她一字。"

凌西雅笑出声，"别别别，我这还有人吃饭呢，你含蓄点。"

点的西餐还没有上来，文夕心里不痛快，继续数落着孙一萌几人，说着说着，就连带施南笙也一起鄙视进去了。

"不是我说，真想劝施南笙和孙一萌分手。这世上有句话怎么说来着，叫……叫宁拆十座庙不散一桩婚，可我实在是不喜欢孙一萌，漂亮气质聪明，她都不缺，可给人感觉就是不得劲，和她吃过几次饭吧，她也不抠，也没什么大毛病。但是，我真就看不惯她那种把施南笙当成她私有物品的模样，整得全天下人都在觊觎她男人一样，好吧，就算大家都喜欢施南笙，你管得了吗，人家爱喜欢谁关她什么事呢？最受不了的就是，明明想显摆施南笙是她男人，还非得装出一副低调的模样，怕人不知道，又想大家知道。她肯定自己没见过自己那表情和眼神，看着就不爽。"

"哎，我可跟你说，下次和施南笙聚会，我们都给他说说，要不就不要带孙一萌来，要带了她，我不参加。"文夕做了一个掐死人的动作，"我怕自己哪次忍不住去掐死孙一萌，然后把她扔出去。"

"哈哈……"凌西雅笑得前仰后合，"你下次记得说，我看你敢说。"

"逼急了有什么不敢的。"

一时嘴快，文夕来了一句，"他们都恋爱这么久了也没传出什么时候结婚的消息，没准施南笙就没打算娶她呢。我算算他们恋爱多久了？"

"五年。"

凌西雅想也没想就说了出来，仿佛这个时间是她在计算。

文夕看着凌西雅,有一会儿没说话,见凌西雅脸上的笑容没有了,说道:"五年就五年吧,那他们就是从……"

突然,文夕想到一个人。

"哎,你还记不记得施南笙之前有交了一个女朋友,叫什么来着?"

"裴袡袡。"

"对对对,就是她,裴袡袡。"文夕喝了一口水,说道,"那女的我感觉还不错,起码比孙一萌好,虽然也不怎么搭咱们几个的调子,但绝对不会让姐有想掐死她的冲动,不知道那女的为什么……"

忽然一下,文夕脸上的表情僵住了。

"等等!等等等等!"

凌西雅不解地看着文夕:"什么等等?"

文夕惊恐地看着凌西雅:"哎,你还记不记得裴袡袡的模样?当初她突然就消失了,而且,她不在的那段时间,开始时,施南笙的状态是不是很低迷?"

"怎么了?"

"我好像见到裴袡袡了!"

"好像?!"

"上周我去C市出差,和我们老总一起开完会离开那家公司,在大厅的时候见到和我们合作的大设计师的女朋友。"

文夕越想越觉得可疑,"很像裴袡袡!"

"像的人挺多的。"

"不是,她们真的很像,可惜当时余天阙带着她走了,没看清,难怪当时我觉得似曾相识。"

凌西雅笑着将碟子推到文夕面前:"你赶紧吃饭吧。"

第八章
现今，爱情不再，原地等你

C 市，赤阳烤着地面，夏日的气温越升越高。

裴衿衿陪着裴妈妈袁莉在厨房里择菜，客厅里看着电视的裴爸爸裴四海扯着嗓子大声喊裴衿衿："小妞，你手机在撕心裂肺地叫，快出来接电话。"

袁莉扑哧一笑："这老头子，居然还用起了成语。"看了下裴衿衿手里的小白菜，赶着她，"去去去，接电话去，没听你爸在'撕心裂肺'地喊你吗。"

"小妞，你手机在……"

裴衿衿放下手里的青菜，边洗手边应声："大师，我听到了，就来。"

等到裴衿衿走进自己的卧室拿起电话时，音乐恰好唱完，看着来不及接起的电话，她想着要不要回一个过去，不过……星期六何文找她应该不会是什么重要的事情，八成是叫她出去逛街吧。算了，不回了。这么一想，裴衿衿将手机放回到书桌上，才转身走了一步，手机又响了。

"喂。"

何文清脆的声音从电话那端传来："衿衿姐，有个事情找你。"

"嗯，你说。"

"W 城有个关爱心理有缺陷的小朋友的活动，举办方向很多心理咨询工作室发出了邀请，我们要参加吗？"

裴衿衿稍稍想了下，说道："今天接到的邀请？"

"嗯。如果我们能给出确定参加的答复，他们好为我们订机票。"何文笑着道，"提前一段时间订票总是能省不少钱的嘛，临时买票打折很少的。"

见裴衿衿没说话，何文问，"我们去吗？"

"具体是在哪天？"

"下周六。"

裴衿衿想了想,"好吧,参加。"

"衿衿姐,有一点我要说明啊,是公益活动,除了路费和餐费不用我们自己掏腰包以外,没有额外收入哦。"

"呵呵,我知道。"

何文笑着:"那我给那边一个确信。"

"嗯。没别的事了吧?"

"没了。不好意思啊,打扰你小两口过周末了。"

裴衿衿笑了:"周末好好过。"

*

Y市,周六晚上。西雅会所。

因为KAK的案子顺利拿下,身为主要负责人的孙一萌决定请大家一起吃饭庆祝一下,周五太晚下班的他们将安排定在了周六晚上的西雅会所。

饭后,大家问去哪儿续场子,孙一萌看着包厢里酒足饭饱的大家,笑道:"还换什么地儿啊,就这吧,这楼上就有唱K的地方,省得麻烦,怎么样?"

买单的人说话了,大家又怎么好意思再挑地儿,何况西雅的档次不低,能在这里也很不错。于是,一群人笑着陆陆续续地从位子上站了起来,准备换地方。

施南笙和一群人乘电梯上楼时,意外地遇到和几个朋友们一起来西雅的世瑾琰,见到凌西雅站在世瑾琰的身边,孙一萌微微一笑,向凌西雅打招呼:"到底是世家大少,面子就是大,连我们的凌大老板都亲自作陪了。"

凌西雅浅笑:"哪里啊,下次你们过来前先给我打电话,我一定站到门口迎接你们。"

孙一萌笑着看向身边的施南笙:"南笙,这样看来,我们得多来几次西雅了,不然都不够朋友了。"

施南笙看了眼凌西雅,笑着轻轻点了个头,算是招呼,随后目光和世瑾琰对上,两个男人同时笑了下,让身边的女性同胞们好好地饱了一回眼福。

开K歌包厢时,凌西雅大方地请了所有人都到西雅最大的房间,而且,晚上的花费都算她的。因为知道施南笙和世瑾琰的关系非同寻常,即便两边开了不同的房间,他们最后也肯定会坐到一块儿聊天,倒不如顺了凌西雅的意,虽然不知道她为什么这么做,也许是想在朋友们面前当好人,又或者是想多看看谁,这些都随便她吧,反正不是她的终归也不会属于她,做得再潇洒也没用。

因为都是年轻人,和世瑾琰一起来的几个人虽然开始和施氏公司的员工有些生疏,但几首歌下来,气氛渐渐活络了。众人抢麦、行酒令时,施南笙和世瑾琰凑到了一角坐着,

两人有一搭没一搭地闲聊。

"昨天电话里你说下周末去 W 城?"世瑾琰问。

"嗯。"

世瑾琰完全不信地看着施南笙:"你没事跑那去干吗?"

"想去。"

世瑾琰倾身拿起酒杯,晃着杯中的红酒:"跟小爷还不老实。"

施南笙笑了下:"不就想帮帮你吗。"看到世瑾琰紧张的样子,笑道,"那,要不那天我不去了?"

凌西雅正好走到世瑾琰的身边,坐下,看着他俩,问:"哪天,去哪?"

世瑾琰抿了一口红酒:"W 城。"

凌西雅愣了下,看着世瑾琰,又看看施南笙:"W 城?什么时候?你们俩都去?"

"他。"施南笙难得有些想说话的心情,"下周五去 W 城办事,顺道去部队看慈慈,然后纠结要不要和 queen 一起吃饭。"

世瑾琰又喝了一口酒,食指点着施南笙,对凌西雅"诉苦"道:"他好心?西雅你信吗?这人能好心帮我?"

施南笙无奈地摇头:"你说我要不是为了帮你干吗去 W 城,我又不用出差,又没妹妹要看,我电话约一下 queen,那天你的心上人肯定不会应别人的约,时间在我的手里,不就等于在你的手里吗。"

凌西雅乐了,拍着世瑾琰的肩膀,点头:"嗯,这么一看,世大少,我们的施公子好像是真的在帮你。"

世瑾琰仔细琢磨了一下,他当然不会笨到领会不到施南笙这层意思啊,关键是,那天这人得一天出现在他和宠儿面前,忒烦人了些,这么大一灯泡,他上哪儿找时间和宠儿说悄悄话啊。

凌西雅笑得前仰后合,"世大少,我算是看出了,你是觉得我们的施公子到时是千瓦大灯是吧。"

"岂止千瓦。"

"这还不好解决啊。"凌西雅开始出主意,"找点事儿给施公子打发时间不就行了吗。"

世瑾琰和凌西雅的目光同时转向一边的施南笙,两人笑得特贼,世瑾琰拍了一下凌西雅:"西雅,不错。"

孙一萌唱完歌,将麦递给别人,步态翩翩走了过来,坐到施南笙的身边,见他们笑得欢喜,好奇问道。

"说什么呢,这么开心?"

凌西雅笑:"帮我们施公子找度过下周末美好时光的乐子。"

世瑾琰本就不错的心情越发好了:"西雅,赶紧帮我想想,有什么好活动,扔施美人过去。"

"南笙,你下周末想干吗?"孙一萌期待地看着施南笙,"下周估计我也有时间,咱们一起如何?"

"有了!"

听到孙一萌的话,世瑾琰突然就知道怎么避免千瓦大灯的光芒了,看着施南笙和孙一萌:"下周,你们俩一起去W城,到时是陪我和宠儿还是自由活动就随便你们了。"

有孙一萌在场,就算施美人在他和宠儿面前也没事,人情侣一对儿,他看着就不碍眼了。

孙一萌惊讶地看着施南笙:"下周末你去W城?出差吗?"

施南笙摇头。暗叹,真是交友不慎,世瑾琰真是……不让他有一个周末的清静时光。

凌西雅看着孙一萌,微微笑着:"下周六,刚好W城有个我赞助的活动,要不,到时南笙和一萌一起去参加吧。一个公益活动,很有意义的。"

原本不太想和凌西雅有太多交流的孙一萌听到可以和施南笙一起参加,而且还是一个体现自己人文关怀或者个人素质的公益活动,不由得兴趣大增。

"什么公益活动啊?"

"关爱有心理缺陷的小朋友。正好在W城,下周六。到时你们一起参加吧,怎么样?"

孙一萌看着施南笙:"南笙,我们参加吧。那些心理有缺陷的小朋友平时肯定很少人关心,我们去看看他们,我觉得这活动不错。"

施南笙蹙眉,心理缺陷?关于心理辅导的吗?也许他还真的可以去看看。

见施南笙没有明确说不去,孙一萌笑着对凌西雅道:"那就这么定了吧,下周六,我和南笙一起参加。"

"好啊,欢迎欢迎。"

一晚上,满场的人都很开心,似乎每个人心底的希望之花都在绽放的路上。暗喜,期待,开心,所有的细胞都在欢快地跳跃。

唯独,有一人,他面色平静,与往日无异,却只有他自己知道,他越发不想说话了。他想,或许这就是他的生活吧,他本就该生活在这样的氛围里。没有出口,没有希望,日复一日,年复一年。

孙一萌坐到施南笙的身边后,凌西雅和世瑾琰交谈的时间明显多于和施南笙的,不过,谁都看得出,凌西雅今晚心情该是很不错的,各种笑话层出不穷,逗得大家直乐,尤其施氏集团的工作人员,觉得西雅老板真的很好处,以后真该多捧捧她的场。

原本让施南笙期待看好戏的周末变得让他有些想打退堂鼓，如果孙一萌和凌西雅都去W城，他则更愿意待在Y市，哪儿也不去，安安静静在家睡两天大觉，不能说讨厌和她们两个人在一起，但他确实不怎么想和她们共处，感觉太闷。而且，当她们的热忱越高时，他的沉默会变得更深。他不知道为什么会出现这样的局面，但他真的不想和她们说很多话，或者准确地说，他不想和世瑾琰以外的人说很多话，包括他的父母，他也不怎么想交谈。

但另外的几个人却是极为期待周末时光。

世瑾琰每天数着日子在过，看到日历一天天临近他去W城的日子，心中的欢喜更多，表现在他的实际生活里就是，他工作的效率高得不得了，宏安总裁世子都夸了他两回，助理笑着打趣他，说世总经理这个星期打了鸡血，不，是打了凤凰血。

而凌西雅和孙一萌则各自工作时将心情表现在脸上，笑容比平时更多更灿烂，尤其孙一萌，心情好得让大家以为她就要结婚了。

＊

C市，天迪大厦裴衿衿办公室。

轻轻的敲门声后，从里面传出女人的声音。

"请进。"

余天阙扭开门，看着还在敲打着键盘的裴衿衿，微微一笑："是不是打扰到你工作了？"

"没关系。"

余天阙将门关上，看着裴衿衿的办公室，他来的次数不是很多，但每次来都有种奇怪的感觉，总觉得她的办公室太过简单了，白白的，空空的。

裴衿衿看了眼办公桌前的椅子，说了句："坐。我还要一会儿，你不介意等下吧。"

"呵呵，你忙，不用管我。"

余天阙坐在裴衿衿的前面，看着她打字，一声不吭，就么安静地看着她，像一个乖乖的小学生。不过，不得不说，他的配合让裴衿衿很满意，没有吵到她，让她二十分钟就弄完了事情，开始她预计半小时的。

敲完最后一个句号，裴衿衿扬起嘴角："搞定。"

关掉电脑，裴衿衿收拾好包包，看着已经从椅子上站起来的余天阙，歉意地笑笑，"天阙，不好意思，让你等这么久。周末要去W城，有些东西必须赶出来。"

"没关系的，等的时间不长。而且，看你加班也是一种享受，秀色可餐。"

裴衿衿莞尔："你的嘴巴可是越来越甜了啊。"

余天阙陪着裴衿衿走出办公室，一起搭电梯下楼时，看着她："周末两天都在W城吗？"

"不是。周五下午过去，周六晚上就飞回来了。"

余天阙笑了："周六晚上我去机场接你。"

裴衿衿皱了下眉头："还是不要了。我看了举办方订的机票，很晚。"

"接女朋友再晚都不怕。"

裴衿衿梨涡盈盈，看得一旁的余天阙都有些移不开眼睛了。

"衿衿，告诉你一件事。"

"什么？"

"你上次去我公司楼下接我，我好几个下班的同事看到了，你猜他们对我说了什么？"

余天阙的表情看上去得意非常，"他们说，你好漂亮，说我从哪儿骗来的良家美女。你说，我运气怎么就那么好，陪朋友去参加活动，居然就能遇到你，而且还能得偿所愿。"

"呵呵……"裴衿衿挽起余天阙的手走出电梯，"因为，越努力，越幸运。"

他用他的努力，让她想赐予他们一次勇敢尝试的运气，而且希望是一次好运。

送裴衿衿回家到楼下，余天阙下车，看着她家那扇窗户，眼中有着期待，话语里却是明明白白地向她"发难"：

"哎，不知道，什么时候才能牵着你的手一起上楼去向叔叔阿姨问声好，每次这样离开，都觉得自己好不礼貌啊。"

裴衿衿笑得轻轻仰合："等你表现再好一点，就带你见我爸妈，这总行了吧。"

"哈哈，看来我的考核期还没过啊。"

裴衿衿也跟着笑了起来："回去开车注意安全，慢点儿开。"

"嗯，知道的，你赶紧上去，阿姨估计在家等你吃饭。"

"拜。"

余天阙的车开走后，裴衿衿转身上楼，刚到家就闻到厨房里飘出的香味，不由得觉得自己真的很幸福，生活平静，父母健在，一心一意爱她的男朋友，让她生活得很充实的工作，有这些，她觉得挺好了，而有些不属于她的东西，还是不要多想了，想多了，徒增烦恼。

裴四海从厨房里端出第一份菜碟子，看着站在客厅里的裴衿衿："发什么愣啊，赶紧洗手，吃饭。"

"遵命，大师。"

在餐桌上，裴衿衿内心无限感慨东西好吃，又添了一碗饭。

袁莉看着裴衿衿，慢慢送了一口菜到嘴巴里，嚼着，一副欲言又止的表情，看得旁边

的裴四海都察觉有些不对劲了，忍不住出声问道。

"你一顿饭老盯着小妞看什么呢，赶紧吃饭吧。"

裴衿衿抬头，表情平静，看着自己的老妈："妈，你想问什么就直接问吧，我看你憋得很辛苦，是不是七大姑八大姨的哪个家里又出现什么八卦事件需要我分析各方人物的心理动机啊？"

袁莉摇头："不是。"

"那你想问什么？"

得到女儿的许可，袁莉开始发问，而且问得果然很直接。

"今天送你回来的男的，是你男朋友吧？多大年纪？你们处多久了？干什么工作的？家里父母做什么的？他家几兄弟啊？"

裴四海看着自己的老婆，又惊讶地看着裴衿衿，他家小妞恋爱了？

裴衿衿皱眉："你哪里……"

她的问题还没有问完，裴妈妈就直接堵住了她想狡辩的嘴："你别否认什么，我刚在窗户边都看到了。他对你笑，你对他笑，两人说话一看就是情侣关系。"

裴四海好笑地看着袁莉："年轻人在一起说说笑笑就是情侣哪？"什么逻辑。

"你别打岔，他们两个我一看就不是普通朋友关系，别想逃过我这双法眼。"袁莉看着低头吃饭的裴衿衿，"闺女，你赶紧回答妈的问题。"

见袁莉坚持，裴四海探究地看着裴衿衿，难道真的是她男朋友？

袁莉以为自己的女儿不好意思在他们面前承认，开导她道："闺女啊，你都二十五了，恋爱不是什么见不得人的事情，而且是件好事，没什么不能对爸妈说的。再说了，爸妈这辈子吃的盐比你现在吃的饭都多，我们帮你参考参考，免得你遇人不淑。"

裴四海问："你看那男孩子不像好人？"

"看上去倒是一表人才的。"

"然后呢？"

"不像坏人。"

"啥车？"

"我想想，好像是……别克吧。"

裴四海看着女儿："像是好人。"

裴衿衿内伤了，为什么开"别克"就是好人，那开什么车就不是好人啊，他们分辨人的好坏怎么感觉让她这么无语呢？现在很多坏人都是文质彬彬一表人才的。当然，余天阙确实不是坏人。但她的一对奇葩父母还是让她感觉很……幼稚如孩童。

"我吃饱了。"裴衿衿说完，拿起空饭碗走进厨房。

"哎哎哎,你还没说那男的是不是你男朋友呢?"裴妈妈在餐桌上叫着自己的女儿,"不说今晚不许睡觉。"

看着裴衿衿二十五岁还没有带过一次男孩回家,袁莉内心早就急了,只是每次都不知道怎么提出来才不会让她反感,她看到很多年轻人对父母催找对象很不喜欢,她不想加入"被讨厌"大军,今天被她抓到现场,自然是非常关心,如果真是她的男朋友,倒可以催她带回家给她审审了。

裴衿衿端着一杯茶走进客厅,经过餐厅时,说了一个字。

"是。"

*

在去机场的路上,接到裴妈妈的电话,裴衿衿不无庆幸自己今天要飞W城,自从昨晚晚餐她承认余天阙是自己的男朋友后,晚上老妈几乎将她烦得要去住酒店了,仔仔细细问着她关于余天阙的一切,连他几点上班几点下班都问了,让她真吃不消。

"妈,我今天真的不回家,我现在在去机场的车上,去W城。"

裴衿衿的妈妈不信裴衿衿真的这么巧出差,她昨天发现余天阙,让她今天带他回家吃晚饭,她则刚好今天要去W城,这不是太巧了吗?不信,果断地不信。

"……妈,我真的没有撒谎,我真是在机场高速上,你怎么就是不信呢?"

袁莉在那端大吼:"哪里有这么巧的事情,你爸都不信。"

"那等几个小时,我用W城酒店的电话给你们打电话,你们看城市区号就知道我有没有撒谎了,行吗?"

电话那端安静了片刻,传来裴妈妈的声音:"那好,等你电话。"

见裴衿衿收起手机,裴衿衿身边的何文笑了。

"衿衿姐,伯母怎么就不信你出差这事啊?"

裴衿衿无奈地摇头,昨晚他们的发现实在是太凑巧了,要搁她是父母,估计也会怀疑。不过,事实如此,她说起话来,底气可是很足的,不怕查核。

*

W城,阳光明媚。

下飞机后,施南笙步态优雅地走着,远远就看到接机大厅里的一个身着白色套裙的绝色女子,因为她实在太出众了,惹得旁边的人频频对她侧目。不过,她该是看惯了这样的场面,表情淡定,气场强大。

孙一萌和凌西雅在Y市绝对是可以被人称得上是大美女的角色,但当她们见到伍罂的时候,一下子就感觉自己像"柴火妞",那份在Y市圈子里混的高人一等感觉瞬间就没了,不得不承认,queen真的有种让人不敢直视的感觉。有道是,只可远观而不可亵玩

也。但对 queen，应该改成"不可远观更不可亵玩"。

"queen。"施南笙微笑着走到伍罂面前。

伍罂嫣然一笑，一双迷人的丹凤眼顷刻让孙一萌心叹，她真的好美！

"南笙，欢迎。"

"谢谢。"

与孙一萌和凌西雅打完招呼后，伍罂笑着问施南笙："来 W 城度周末？"

"嗯。"

施南笙还没说其他的话，一个男声从不远处传来，定睛一看，不是急匆匆赶来的世瑾琰还能是谁。

世瑾琰因为周五在 W 城有公事要忙，周四晚上就飞抵 W 城，闻着 W 城的空气，整个人都感觉轻松起来，实在有些鄙视自己都二十八岁了，居然还会有像毛头小子一样的激动。不过，这些让人愉悦的感觉只能她带给他，和年纪不合又怎么样呢，他喜欢。

世瑾琰快步从出站大门走了过来，行走间看着伍罂，但等他走近时，眼睛却只敢看着施南笙，歉意地笑着："不好意思啊，路上有些堵车，来迟了。"

施南笙对这个损友还有些莫名的不满，并不想配合他演戏，疑惑道："我没让你来接我啊，有 queen 就好了。"

世瑾琰心中将施南笙骂了两句，这货，难道不知道他为什么要来吗？居然还拆穿他，欠揍。

"呵呵，好兄弟来 W 城，我怎么能不来接呢，你就不必和我客气什么了，是吧。"

施南笙继续不配合：" W 城又不是你的东家，要尽地主之谊也不是你，对吧，queen。"

世瑾琰心中那个恼啊，W 城不是我的地盘，但是是我未来老婆的娘家，我就算是这里的"地主"，难不成我让你一个人独占我未来老婆，这货今天怎么这么讨厌啊，烦人。

伍罂轻轻一笑，看着世瑾琰："瑾琰也在 W 城啊？"

见伍罂主动和自己招呼，世瑾琰这才敢和她对视，一对上她的眼睛，他的脸颊就悄然红了，连话都有些说不顺，只得顺着她的问题回答。

"嗯，我也在。"怕伍罂误会，世瑾琰解释，"但我不是来 W 城度周末的，我前天晚上就飞过来办事。"

"事办好了吗？"

世瑾琰点头："嗯。我的能力，宠儿你不用怀疑的。"

凌西雅扑哧一笑，看着世瑾琰，这小子在 queen 面前居然这么低调啊，要在 Y 市那些朋友面前，他这句自夸的话会是怎么讲？那得高调得把屋顶都抬起来才行。

伍甖轻笑："从你记不住对我的称呼，我对你的能力，深表怀疑。"

世瑾琰内心叫苦，他哪里是记不住啊，他是明明就不想用别的称呼。

忽略掉世瑾琰脸上淡淡的忧伤，伍甖道："好了，我们走吧。"

因为凌西雅是来参加活动的，出了机场之后，她便和大家分开。孙一萌的目的只是为了和施南笙在一起，见他没有要和凌西雅一道的意思，正中她的下怀，便挽着他的手和伍甖一道。世瑾琰的目的完全太明显了，就是为了和他心中的女神在一起度过幸福美好的一天，为了能和她多在一起，他打的到机场的，这样回市区就能和她同车了。

走到汽车边，位置分配实在太显而易见了。

施南笙和孙一萌在后排，但世瑾琰却没有走到副驾驶的位子上，而是跟着伍甖一起朝驾驶室一边走，轻声对她说道，"我来开车吧。"

伍甖看着世瑾琰："你没开车来？"

"嗯。"

伍甖笑了笑："我的车况你不熟悉，还是我自己来吧。"

"我技术还不赖，你要不要信一次？"

世瑾琰争取着自己的表现机会，我的女神啊，你能不能不要这样不给我发挥个人魅力的机会啊。

"呵呵……"伍甖笑着，坚持着自己的决定，拉开车门，自己坐了上去，"上车。"

不是她不信他，她相信世瑾琰的技术肯定不差，但她不想给他一丝一毫有可能接近她的希望，因为她实在是把他当弟弟，而且因为两家长辈的关系十分交好，她并不想伤害这个弟弟，若是换了其他男人，她早就"秒杀"了。可这个孩子似乎不知道，她的绝情，实际是对他的一种仁慈。

世瑾琰颓败地看着伍甖坐进车里的侧面，她真的美得让人心颤，但却也让他纠结得要捶胸了，为什么她总是要摆出一副姐姐的姿态，他从没将她当姐姐看，她为什么就不会被他打动呢？

施南笙从徐徐放下的车窗内向世瑾琰笑："还不上车，你打算走路？"

世瑾琰瞪了眼施南笙，出师不顺，哼，肯定是这小子刚才的不配合破坏了他今天的好运。

从机场进市区的路上，伍甖才知道，施南笙是真是来W城无聊的，他完全没有任何计划，余光扫了下副驾驶的世瑾琰，稍稍转念一想，她似乎明白了什么。

"世琰，你今天有安排吗？"伍甖问。

世瑾琰暗乐，难道是宠儿想邀他一同玩？连忙回答："没有。"

"我把车给你，你带南笙和他女朋友在W城转转。"

世瑾琰愣住了。

施南笙也不知道说什么来帮世瑾琰了，queen 的声音明明很轻，但就是让人无法反驳她的话。世琰啊，兄弟尽力了，queen 武力值太强大了。

就在伍鳘提议把车给世瑾琰，让他带着施南笙和孙一萌一起在 W 城转的时候，出现了一个对世瑾琰来说胜似"菩萨"的救星，让他万分庆幸自己当初提议让她一起来，那个人就是孙一萌。

孙一萌坐在汽车的后座，听到伍鳘的话，心念一动，如果世瑾琰开车带他们转，那施南笙肯定和他走得近，他和世瑾琰的话永远比她多，没了 queen 在这里，她就像是施南笙和世瑾琰之间的灯泡，若不是非常肯定他们不是 GAY，她真的想不到自己对施南笙的吸引力远不如世瑾琰。

"queen。"孙一萌看着开车的伍鳘，"我能不能有个不情之请啊。"

伍鳘笑了笑："你说。"

"这 W 城也不是世大少的地盘，你若是把车给了他，他也不知道带我们去哪儿玩。queen，如果今天你没事，可不可以请你带我们啊？"孙一萌笑得灿烂，"下次你到 Y 市，不管什么时候，只要你需要，我一定随叫随到。"

若是换成别人，孙一萌不敢说这样的话，但她太肯定伍鳘到 Y 市不会找她。

听到孙一萌的话，车中两个男人内心出现了两种截然不同的反应。

施南笙暗想，queen，不要答应她！

世瑾琰则欢喜了，GOOD！叫孙一萌来就是叫对了啊，看看这姑娘，就是会说话，怎么可以这么聪明呢，哈哈，真是比她男人施南笙好用多了，那货不配合他演戏就算了，居然还拆他的台，看看他女人，多会为他着想啊。我的宠儿，赶紧答应她！

孙一萌期待地看着伍鳘，"queen，可以吗？"

伍鳘微微一笑："好。"

得到伍鳘的肯定答案，世瑾琰在副驾驶位上激动得忍不住握拳："YES！"

伍鳘看了眼世瑾琰，这么高兴？

施南笙瞟了眼世瑾琰，漫不经心地说道："幼稚。是不是啊，queen？"

伍鳘但笑不语。

可施南笙的话却让世瑾琰紧张又恼火，宠儿本来就觉得他是弟弟对他不来电了，这家伙还说他"幼稚"，真是雪上加霜，想让他这辈子都打光棍吗？

"呵呵，南笙，我反而觉得世琰蛮真性情的。"孙一萌笑着看向世瑾琰，"高兴就表现出来，不用人瞎猜。"

世瑾琰这下来了气势，顺着孙一萌的话就道："就是就是，还是一萌聪明。比起施美人你那种千年冰湖脸,无波无痕的,我这样的人不知好多少,没什么花花肠子,不像你,绷着一张脸,什么都要身边的人猜。一萌,和施美人在一起是不是非常的累啊,他这人啊,不好相处。"

即便世瑾琰说中了,但孙一萌却很聪明地不在外人面前损他施南笙的面子,温柔地笑着。

"瑾琰,我家南笙脾气很好,和他在一起怎么可能累呢,他只是对你不客气,对我可是很好的。"

世瑾琰摇头,真是……帮亲不帮理的女人啊,也罢,他总不能要求人家和他一起"对内"吧,毕竟人是一对儿。

因为答应了孙一萌的要求,原本伍曌准备回公司加班的打算不得不取消,脑子里过了一遍 W 城好吃好玩的地儿,开始尽地主之谊。

*

W 城,心理疾病康复中心。

裴衿衿和何文早上九点被举办方从安排的酒店接到这里,到了之后她们发现,果然有不少的同行都过来了,还有一名心理咨询师是专门研究儿童心理缺陷的,让裴衿衿的兴趣陡然增加了不少。

何文小声对着裴衿衿道:"没帅哥。"

"你昭然若揭的目的放心里就好了,不用说出来。"裴衿衿贴近何文,"长得好看的男人多半不靠谱,选男人不能光看外表。台湾某著名女主持人就曾说过:挑男人没别的,就是要疼你,任他再有钱、再有才华、再帅、口才再好、智慧再高、能力再强、孝顺感动天、大爱助众生,不疼你,一点屁用都没有!"

"衿衿姐,不是谁都有你那样的好命。"何文看着裴衿衿,"哎,你家余天阙有没有什么弟弟的?"

裴衿衿眉毛挑起,"好像……没有。"

两人交谈的时候,一个穿着工作服的年轻女孩子走到裴衿衿和何文面前,微笑着,"你们好,请问是 Y 市来的裴小姐和何小姐吗?"

裴衿衿礼貌地笑着点头:"是我们,你好。"

"呵呵,不好意思,一下赶来的咨询师有点多,怠慢两位了,请跟我来。"

在一个会议室里,待到所有参加活动的心理咨询师都到了之后,康复中心的主任站在台上致欢迎词,无非是一些官方用词,大家的兴致都不怎么高,面上保持着会议时尊重发言者的礼貌,裴衿衿的脸上更是平静。

何文掏出手机看时间,小声嘀咕:"都十点半了,怎么还没有说完,真是啰嗦。"

裴衿衿笑，"某国开会特色。"

"这么磨叽下去，指不定正式的活动要到午饭后了。"

裴衿衿笑容更大了："一不小心就让你说中了一个事实。"

何文惊讶地看着裴衿衿，"不会吧?!"

"拭目以待。"

果然……

最后的结果，裴衿衿赢了。

一群人从会议室出来被工作人员引领着去康复中心的食堂吃饭，何文感叹终于过完了上午无聊的时光，但裴衿衿却不再是上午那种心情了。上午的欢迎会之所以到现在才结束，是因为在康复中心主任说完之后，他请了两家赞助商的负责人上台说话，而有一个赞助商是她认识的人。

Y市西雅休闲会所的女老板，凌西雅！

"裴衿衿！"

一个女声从裴衿衿的身后传了过来，她装做没有听见，但身边的何文不知道裴衿衿五年前的故事，看着裴衿衿，又朝后看了下，用手轻轻拉了她一下。

"衿衿姐，好像有人叫你。"

"嗯？"

"裴衿衿！"

何文看着一袭黑色修身套裙的女子朝她们走来，拉住裴衿衿："衿衿姐，真是叫你。"

到了这份上，裴衿衿没法再装了，转头看着一步步走近的凌西雅，挑眉："你叫我？"

凌西雅微笑："你真是裴衿衿？呵呵，我还以为我认错了人，没想到真是你。"

裴衿衿浅浅莞尔："世上同名同姓的也不少。也许你认错了人。"

凌西雅笑出声："名字可能容易出现一样的，但不会有人和你一样有一对让人印象深刻的梨涡。怎么，不想认我？"

何文看着裴衿衿，难道她认识这个女人？

听到凌西雅这么问，裴衿衿索性顺水继续装懵。

"不好意思，我真的一时……想不起，我们在哪儿见过吗？"

"呵呵，看来还真是贵人多忘事。"凌西雅直视着裴衿衿的眼睛，"我是凌西雅。五年前，Y市，西雅会所，记起了吗？"

裴衿衿凝眉，哎，装不过去了，认吧。

"你好，好久不见。"

看着裴衿衿伸出的纤纤玉手，凌西雅也微笑地伸出自己的手握住："是啊，很久不见你了,越发漂亮了。"

"老姑娘一个了。"

"哈哈,哪里老,和我比起来,你都不知道有多年轻呢。没想到在这里会碰到你,走,我请你吃饭。"

裴衿衿笑着婉拒:"今天就算了吧,下午还有活动,我和同事在这的食堂吃就好了。"

凌西雅这才把目光转到何文身上,和她打招呼。

"你好,我叫凌西雅,很高兴见到你。"

何文也笑着回了凌西雅:"你好。"

"既然这样,那我和你们一起到食堂吃吧。"

裴衿衿没法说什么,人食堂又不是她家的厨房,怎好拒绝同行,只得面带笑意地和凌西雅一起朝康复中心的食堂走,左眼跳灾右眼跳财,早上起来她左眼一直跳,难道是预示今天要遇到凌西雅?

*

W城最大的生态度假村。

清凉的风吹过来,让人感觉无比舒服,孙一萌坐在椅子上,看着施南笙和世瑾琰手里端着饮料朝她们这边走来,不无羡慕地转头去看一旁戴着太阳镜在躺椅上闭目养神的伍罂。

世瑾琰对 queen 的心思,在 Y 市他们那个圈子里早就不是什么秘密了,他一个绝对的高富帅能如此痴情地迷恋她多年,谁都感觉得到那是真情,可为什么就是感动不了她呢?世瑾琰无论从哪个方面看都不比施南笙差,或者说在军界方面,世家绝对比施家要厉害很多,这样一个天之宠子,她居然一点没放在眼里。她想,如果施南笙眼中的感情有世瑾琰对伍罂表现出来的一半,她都要比现在幸福百倍。

"queen。"孙一萌轻声喊着伍罂。

伍罂微微动了一下头:"嗯?"

"你为什……"孙一萌的话还没有问出来,走近的世瑾琰就出声打断了她的话。

"宠儿,给。"

伍罂从椅子上直起身,伸手接过世瑾琰递到面前的果汁,微微一笑:"谢谢。"

施南笙也在孙一萌的面前放下一杯饮料,扯开一把桌边的椅子,落座,看着屋檐下的绿树,心底轻轻感叹,时间过得可真慢啊。

世瑾琰寻着话题和伍罂聊天,施南笙呆呆望着屋外,孙一萌拿着饮料浅酌慢饮,看上去,四人还真是过得十分休闲。安宁的气氛,被孙一萌包包里的手机铃声突然打破。

看了一眼来电显示,孙一萌本欲不接,想了想,笑了下,又接了起来。

"喂。西雅。"孙一萌看了一眼施南笙,"这个啊,我们现在还不知道呢,目前在度假村,什么时候去市区还没定。"

施南笙纹丝未动地坐着,仿佛没有听到孙一萌的话。

"西雅啊,真的很抱歉,本来说好参加的,可是……你也知道,南笙平时工作特别忙,难得这个周末有时间出来散散心,真的很不好意思,如果我们回去时间上能配合的话,我打电话给你。"

"哎,好,好,拜拜。"

伍曌看着孙一萌,问:"你们有活动?"

"也不是什么大事,一个公益活动,可去可不去的。"

施南笙端起桌上的水杯,喝了一口,眼波平平,又安静地坐了一会儿,忽然起身,在孙一萌探究的眼神中朝洗手间方向走去。

*

康复中心的活动进行得很顺利,在为心理有残疾的儿童检查、分析和对症下策过后,心理师们聚集在一起,说着自己今日发现的病情。慢慢地,大家又聊起了自己工作多年来遇到的各种奇怪特例,气氛十分融洽。听着同行的精妙分析和话语,裴衿衿觉得这次真是来对了,让她又学到不少。

中心主任走到大家的面前,脸上挂笑:"今天真是辛苦各位心理师了,时间也差不多了,举办方为大家准备了一场丰盛的晚餐,请大家一起过去吧,保证比今天中午的伙食要好很多。"

人群里发出一阵笑声,裴衿衿和何文也随着大家一起朝康复中心外面走。

"衿衿。"

凌西雅叫住裴衿衿,追上她,刚准备开口说话,手机响了,见到显示的人名,连忙对着裴衿衿说道:"不好意思,我先接个电话。"

拿着手机,凌西雅走到一旁才接通。

"喂,南笙?"

施南笙的声音从那端传来:"你具体位置在哪?"

凌西雅惊了一下,有些不敢相信地问道:"你要来?"

"结束了吗?"

"没,没有没有没有,你来正好。我们在……"凌西雅欢喜地报出自己的具体位置,脸上喜色难抑,"你要是找不到,打我电话。"

"等会见。"

"好。待会见。"

挂完电话，凌西雅转身，见裴衿衿还在原地等她，笑着走近："走吧，吃晚饭去，忙了一天，好饿。"

裴衿衿轻轻笑了笑，若不是今天亲眼所见，她倒是很难相信凌西雅也会赞助这样的公益活动，不是觉得她没爱心，而是大老远从 Y 市到 W 城，她还真有心，而且一整天都在康复中心帮忙，挺难得的。

凌西雅将晚饭订在了 W 城名气不小的一家四星饭店，施南笙打车过来，很方便就找到了。

饭店门口，施南笙拨通了凌西雅的手机。

"喂，西雅。"

席上菜肴刚上桌不久，凌西雅手中的电话响起，低头一看，眼中微微闪了一下光芒，拿起电话就朝包厢外面走。

"南笙，你到了？"

"嗯。"

"我下楼接你。"

*

W 城度假村。

施南笙去洗手间半小时后还没有回来，孙一萌不免有些奇怪，走到洗手间外面，又不能进去，想了想，掏出手机拨打他的号码，一连呼了两次都没人接。

握着手机，孙一萌纳闷嘀咕："干吗去了？"

回到桌边，见世瑾琰和伍曌在交谈，孙一萌心情悻悻地坐下。

"怎么了？"伍曌看着孙一萌，瞧得出她心情没之前好了。

"南笙不见了。"

世瑾琰笑了笑："肯定到度假村其他地方去转转了，你们天天上班下班的见面，应该给他一点自由活动的空间，不然男人会感觉太受束缚。"

伍曌浅笑："想不到恋爱这么多年你们的感情还这么好。"

孙一萌知道伍曌是觉得她和施南笙之间太黏了，但他们只看到表象，觉得他们上班在一个公司，抬头不见低头见，而且恋爱又好几年。只是没有人知道她和施南笙之间到底是一种什么状况，她看他，像女朋友看男朋友，可他看她，感觉更像一个普通朋友，她感觉不到他眼中的爱恋温度。虽然从认识他就知道他的习惯，可她毕竟是个女孩子，对爱情有幻想是肯定的，这么多年，她尽力做好一个女友，可他反而越来越疏离。那种无力感，让她觉得累，可又放不开他，她甚至会在午夜梦回的时候恨自己，为什么就是这样执迷着他。也许真是那句话，选择一个自己爱的人比和一个爱自己的人在一起，要痛苦艰辛太多

太多。

　　*

在酒店门口见到施南笙的一瞬间，凌西雅脸上的笑意格外灿烂，走近他："南笙。"

施南笙笑着点了下头："不好意思这个点过来麻烦你。"

"没事没事。"凌西雅朝左右看了看，"一萌没来？"

"没。"

听到孙一萌没到，凌西雅诧异了一下，边笑着领施南笙朝包厢走边道："没事，你能来我就很高兴了，相信大家看到你，一定也非常开心。"

施南笙表情淡淡地走上楼梯。

"西雅，我不会哄孩子。"

凌西雅微微一愣，看着施南笙，明白了，他一定是以为晚上的活动还有那些心理有缺陷的小朋友。

"南笙，只是心理医师们一起吃个饭，小朋友们不在。"

施南笙停住脚步，看着凌西雅："吃饭？"

如果只是过来和一群陌生人吃饭，他需要吗？

见到施南笙的表情，凌西雅才明白过来，他赶来的目的是为了那些孩子，可……

"西雅，饭局我就不去了，麻烦你跑一趟了。"

说着，施南笙准备下楼离开，他真是没事乱折腾，从一个地儿跑到另一个地，结果什么性质都没有改变，还是一些不想应付的人和事。

"哎，等等。"

凌西雅焦急中拉住施南笙的手臂，脱口而出道："里面有一个人，你应该认识。"

施南笙看着凌西雅，他认识的人不在少数，难道遇到熟人就要去打招呼吗？他实在没那份心情。

这时，走廊中间的一间包厢门忽然被人从里面打开，接听着手机的裴衿衿从里面走了出来："……我现在在山水酒店吃饭……不好意思，这个可能有点难度，因为我晚上十一点回 C 市的飞机……呃，这个嘛……"

裴衿衿为难地站在走廊窗户边，没有见到在不远处的楼梯口一男一女正看着她，尤其身姿颀长帅气的男子，眼中惊色难抑。

她……怎么会在这儿？

凌西雅将视线从裴衿衿的身上收回来，看着施南笙："你还记得她吗？"

完全就是一句废话，当凌西雅问出来的时候，她能从施南笙的眼睛里看到昭然若揭的答案，他太记得了！

"南笙，要……"凌西雅的话没说完，一个康复中心的女孩忽然从楼下走了上来，看到她，欢喜道："凌小姐，总算找到你了。"

"有什么事吗？"

"主任和酒店的经理在沟通上出了点问题，经理说已经和你谈好了，你方便现在去看一下吗？"

凌西雅看了下施南笙："南笙，我……"

施南笙点头："你去忙吧。我自己看着办。"

"那好。"

凌西雅随女孩走了之后，施南笙站在原地，看着裴衿衿继续讲着电话，原本想离开的脚步竟是再也迈不动了，就那么静静地看着她。

"……这样也好，您到了之后就给我电话吧，我下楼去找你。"裴衿衿说着电话，"嗯，嗯嗯，那就这样，待会见。"

转身准备回包厢吃饭时，裴衿衿的目光不经意地扫到了一个身影，抬腿走了两步，忽然就停下了，心脏"咚"的重重跳了一下，却是迟迟都不敢转头去看。

见裴衿衿站住，施南笙修长的腿，慢慢抬起，一步步地朝她走去。

一种无法言说的压迫感慢慢逼近裴衿衿，让她越发有想逃避的感觉，终于，在施南笙离她仅有几步的时候做出了反应。

"怕我吗？"

听到几步外的声音，裴衿衿迈步的动作停下来，慢慢地转身，看着走到她跟前的施南笙。

她多想装成不认识这个人啊，只是，她可以对这个世界上任何一个人装出不认识的表情，唯独在这个人的面前装不了，她的心，装不了。

施南笙目光凝在裴衿衿的眼中，这双眼睛，竟是一如当年那么干净，真让他感觉不可思议。

裴衿衿努力平复自己的心绪，扬起浅浅的微笑："好久不见，施先生。"

施南笙没有回话，只是静静看着裴衿衿，他们确实好久不见了！

也不是没有被人打量过，但裴衿衿觉得此刻被施南笙盯着，格外的不舒服，便找话打算结束两人的意外碰面。

"不好意思，有朋友在里面一起聚餐，我先进去了。"

"何必躲我？"

裴衿衿回正身子，稍微仰着脸，轻轻一笑："施先生真会说笑话，我怎么会躲你呢。"

施南笙眼睛深邃无底，锁着裴衿衿的眼眸："你现在是心理医师了吧。有没有说谎，

你的心知道。"

坚决不让他戳穿自己早就坚固无比的心防，裴衿衿礼貌地笑了笑："失陪了。"

开门进包厢的时候，裴衿衿感觉自己的手在发抖，门开了之后快速走进去，却看见大家的目光都投在了她的身后，不解地回头一看，施南笙竟跟着她打算进房。

"施先生，这里是参加心理康复中心公益活动的心理师聚餐，你进来似乎有些……不妥。"

施南笙微微勾起嘴角："我今天白天有事耽搁了，本来也是要参加这个活动的。"

呃？

施南笙从裴衿衿的身边擦过，看着桌边上的众人，谦虚而诚恳地向大家说道："你们好，我是施南笙，今天白天的活动很抱歉有事耽误了，没能及时到场，大家不嫌弃我晚上蹭饭吧。"

吃饭的心理咨询师中女性居多，来了这么一个极品大帅哥，大家求之不得，怎么可能会嫌他，房间里立即响起了"欢迎"的声音。

"谢谢。关爱小朋友是我们都应该做的，如有机会，将来我在 Y 市请大家参加活动，还望大家到时给施某一个薄面。"

帅哥发出邀请，大家自然不拒绝，不少的心理医师就开始热络地招呼施南笙入座了。

何文看着还在门边发愣的裴衿衿，小声地叫她："衿衿姐，衿衿姐。"

服务员给施南笙添椅子，他顺手接了过来，竟是放到了桌边两张空椅的中间，一张是裴衿衿的，一张是凌西雅的，他往中间一坐，裴衿衿就愣神了。

不会这么坑爹吧，她选哪张坐下都得挨着他啊。

"衿衿姐。"

裴衿衿看了眼喊她的何文，关上门，慢悠悠地走了过去，她想，这顿饭……怎么才能吃完呢？

施南笙入座后，房间里涌动的气氛起了微妙的变化，不少未婚的心理女医师都有意无意打量着他，连本来说心理案例的话题都悄然转到了施南笙的身上。例如，他来 W 城做什么？喜欢吃什么菜？忙碌之后会用什么方式放松自己？等等等等。当然，在座的大家都心照不宣，她们的核心问题只有两个。施南笙有没有女朋友？他喜欢什么样的女孩子？

餐桌上关注的焦点基本集中到了施南笙的身上，他旁边的裴衿衿却变得异常安静，完全不参与八卦帅哥的阵营，一个人十分努力地吃着东西。

何文看着低头卖力吃饭的裴衿衿，小声问她："衿衿姐，你很饿？"

"嗯。"

忙了一天，她能不饿吗？尤其是当她身边出现这样一个男人的时候，除了吃，她找不到其他的事情可做了。

让众人诧异的是,施南笙竟夹了一块肉放到裴衿衿的碗中,带着浅浅笑意看着她。

"饿就多吃一点。"

裴衿衿愣了,不用看也知道桌上的人肯定都在看着她,努力镇定住心神,微微一笑,脸虽对着施南笙,但目光的焦点却是落在了他的鼻尖,没看他的眼睛,道:"谢谢施先生,你真是太客气了。"

"裴小姐礼尚往来不就可以了。"

啥?

还礼尚往来?

裴衿衿暗恼,难道还想要她给他夹菜什么的?

"呵呵,施先生如果吃不到那边的菜,我想对面的美女们肯定非常愿意帮忙,是吧?"裴衿衿将目光扫到桌子对面,"姑娘们,施先生这么明显的暗示你们都没听懂啊,赶紧的。"

话从裴衿衿的口里出来,不熟悉施南笙性格的众人哪里还有什么心思去分析是不是真的,抓住机会开始献殷勤,没一会儿,施南笙的饭碗里就堆满了东西。

听着旁边施南笙礼貌地应付热情的同行们,裴衿衿觉得口里的东西突然有味儿了,嗯,好吃。

何文倾身贴到裴衿衿的耳边,刚想问她什么,裴衿衿手机响了。

放下筷子,裴衿衿都没看是谁打来的电话,边起身边掏出手机朝门外走。

"喂。是我……哎,好,我马上就下去。"

在山水酒店的门口,裴衿衿见到了开车来的彤彤妈妈,待她停好车后,走了过去。

"裴医师,不好意思,打扰你吃饭了。"

彤彤妈妈下车后便致歉,从车里拿出一个透明的文件袋,里面装了不少的资料,递给裴衿衿。

"这些都是我之前带着彤彤到各家医院看病的诊断资料复印件,白天在康复中心人太多,有些话我实在不好说出口,这些资料会让你明白我有多么担心我家彤彤,我真的希望你能治好她,不管花多少钱,只要你能让彤彤变成一个正常的小孩,我都愿意给。"

裴衿衿接过文件袋,温和着声音宽慰她:"彤彤妈妈,我回去一定仔细看这些资料,会尽力帮彤彤的。"

"谢谢你。"彤彤妈妈皱着眉头道,"我现在真是求医无门了,请你一定帮帮我。"

裴衿衿不敢给出肯定的答案,保守着回答:"我能理解你的心情,我会尽力的。"

站在汽车边,彤彤妈妈向裴衿衿诉了一番苦,忽然就想起她还在吃饭,立即对着她抱

歉地笑道:"哎呀,你看看我,一说起彤彤就没完没了的,差点忘记了裴医师你还在吃饭,你赶紧回去吧,离席太久大家都会怪我了。"

"呵呵,没关系的。"

裴衿衿哪里会告诉彤彤妈妈,她的电话和到来简直就是她的救星啊,她都恨不得她一直不要回去,直到散席,然后她就可以和何文一起回酒店,收拾东西,飞回Y市。

"好了,裴医师,我走了,你赶紧回去吧。"

"好。"裴衿衿微笑,"你开车注意安全。"

彤彤妈妈将车慢慢开走,冲着她摆手:"裴医师,再见。"

"再见。"

看着车尾渐渐远去,裴衿衿拿着文件袋在原地站了一会儿,可怜天下父母心。

转身之后,裴衿衿见到山水酒店的门口站着一个人,正微笑地看着她,见她没有动,那人朝她走近,脸上带着灿烂的笑容。

"是白天的那个家长?"凌西雅看着裴衿衿,"看来她很信任你。"

裴衿衿神情平静地看着凌西雅:"谈不上什么信任,每一个为子女操心的父母都会努力抓住一丝治好自己孩子的希望,哪怕希望很小。"

"呵呵,那也一定是因为你白天让她看到了希望。"

裴衿衿微微沉了一口气在心中,望着凌西雅:"是啊,彤彤妈妈在我的身上寄托了治好彤彤的希望,但我不明白,你把我引到W城,然后让我遇到施南笙,又能从我的身上得到什么。"

凌西雅怔了下,笑出声:"呵呵,你说什么呢,我怎么一点都听不懂你的话。"

"是吗?"

裴衿衿挑高声音,看着凌西雅,目光正正地看着她。五年,不算长也不算短,但这些时间可以历练一个人。五年前如果凌西雅在她面前装傻否认,她也许会被她蒙骗过去,但现在不可能。起码,这件事情上,从施南笙进入包厢后她就肯定,一定是这个凌老板所为了。

"既然你不想承认那就算了。"

梨涡浅现,裴衿衿拿着东西擦过凌西雅的身边,朝酒店里面走去,身后,传来一道声音。

凌西雅问:"你怎么发现的?"

裴衿衿站住脚步,"今天参加活动的心理医师中,除了我和何文,其他的都是W城的。我有自知之明,以我在业界里的名声,还到不了受跨省邀请的级别。能参加这个活动,从收获上说,我很谢谢你。但,从个人感情上,我接受不了。"

"仅凭这一点?"

"当然不是。"

裴衿衿继续道:"活动的赞助商为何偏偏是你?也许你可以说,你爱好公益,我也没证据说明你没有爱心。但我白天听康复中心的主任和别人聊天时提起过。是你主动找到他,说希望举办一个活动,且包了90%的费用。"

"凌老板。"裴衿衿转身看着凌西雅,"Y市肯定也有需要帮助的心理儿童,为何你独独跑到W城?据我所知,西雅休闲会所并不是一家连锁店。你舍近求远,不过是为了避嫌吧,也为了打消我心中的顾虑吧。因为你知道,如果活动地在Y市,我肯定不会接受。"

凌西雅笑了笑:"就算你说的这些都对,也说明不了什么问题。你应该知道,南笙并不是我能请动的人,他来不来这里,我操控不了。"

"你确实控制不了施南笙的行程,但你能拐弯把我弄来,就不能迂回地把他引到这儿吗?"裴衿衿笑得温和,"我以为,这点儿心计若你都没有,恐怕西雅会所早就经营不下去了。"

凌西雅笑得身体轻晃:"我把你邀请来,又把施南笙吸引到W城,对我有什么好处吗?裴衿衿,是不是心理医师都像你这样,喜欢胡思乱想猜测别人的心思啊。"

"我不喜欢猜心。有没有好处也不知道。但我肯定的是,今天的一切,是你早就安排的,不是一场巧合。"

"我为什么要让你和施南笙相遇呢?"凌西雅摊手,"对我一点用处都没有。"

裴衿衿笑了下:"背后的目的是什么,大约只有凌老板自己知道了。"

"哈哈……"凌西雅笑得花枝乱颤,"好了好了,随便你怎么想吧,你觉得是我安排的就是我安排的,你觉得我有目的就有目的,我离开太久了,先上去了。"

说完,凌西雅走过裴衿衿的身边,伸手拍拍她的肩膀,步态轻盈走进酒店。

裴衿衿暗思,凌西雅这么做到底为的是什么呢?

凌西雅走后不久,裴衿衿也准备回包厢,刚转过身,一个挺拔的身影突然出现在她的眼底,吓了她一跳,看着静立的施南笙,他什么时候到她身后的?

没有说什么,裴衿衿看了眼施南笙,打算绕过他上楼,不想她刚有动作,施南笙就出声了。

"多年不见,不想说点什么吗?"

裴衿衿停住,却是依旧不看施南笙:"我想,我们之间没什么共同的话题。"

"话题要靠自己找。"

"我太懒,不想找。"

施南笙微微侧目，看着裴衿衿："我想。"

裴衿衿微微笑了下："实在很抱歉，施先生，我并没有心情等你找话题来聊天。"

见裴衿衿再度欲走，施南笙音量略微大了些，问道："对于当年的事情，你一点不想解释什么吗？"

五年前，他带她去曙光大道十八号的中湖公园，有此举动并不是他真的信电话里那个男人的话，而是他怕她在外面惹了什么他不知道的麻烦，想一查究竟，帮她解决。路上他不止一次地告诉自己，那个男人嘴里出来的东西肯定不是真的，他有眼睛，能看到他身边的傻妞到底是什么样的人，她的傻，她的纯，她给他的感觉，这些他都只信自己。如果一个陌生人打一个莫名其妙的电话就能改变他对一个人的看法，他就不是施南笙了。

但他没有想到！

当他带着裴衿衿到公园的时候，她奇怪地看着他，问他为什么在上飞机前带她来这里。他没说太多，只让她跟着自己。看着她欢欢喜喜地在他身边，他越发觉得自己要保护好她了。

可是，让他起疑的一幕出现了。

当他走到天鹅湖边时，看到一张长凳上坐着两个男人，正直直地看着他，男人的面前放着一个大大的箱子，那个箱子莫名的就让他想起当初在路边让他捡到裴衿衿的箱子，很直觉的反应，不知道为什么，他觉得箱子里大有问题。而让他感觉很不对劲的是，他身边的裴衿衿慢慢站住了脚步，看着他，神情越来越紧张。

她问："我们为什么来这里？"

他说："见人。"

她紧张地拉住他的手，央求他，我们要见什么人，我不想见，我突然感觉很不舒服，我们回家好不好，南笙，好不好，我们回去吧。

他从没有见过她在他面前那种慌乱惶恐的表情，那一刻他的心真是生气了，有些事情看来是他估计错误了，这个外表清纯似天使的女子果然有问题，而他却还傻子一般地维护着她，一心一意想对她好。

"当年的事情？"裴衿衿微微扬高了一些声调，似是想了想，轻轻笑了，"呵……当年的事情过去这么久，解不解释都没什么意义。"

"如果我想知道呢？"

施南笙看着一脸风轻云淡的裴衿衿，心底竟隐隐有些气愤，对于五年前的事情，她怎能如此淡漠无痕。

"我没什么好解释的。"

说完，裴衿衿想走，施南笙一把抓住她的手腕，越攥越紧："裴衿衿，你知不知道被欺骗的感觉是什么！"

忽然一下，裴衿衿像是听到了一个好笑的笑话，扑哧笑出来，笑过之后，她的眼眶里竟亮亮的，转头看着质问她的施南笙，一字一字道："施南笙，被欺骗的感觉是什么，我没法回答你。但是，如果你问我，被放弃的感觉是什么，我可以——清、清、楚、楚地告诉你！你，要听吗！"

当年她见到椅子上的两个人就慌了，知道她的谎言要被戳穿了，她见到他处理彭云琪的事件，知道自己可能再没法和他在一起了。但她真的很想好好向他解释一番，希望他能谅解她，也许不能再相爱，但起码不要把她当成一个坏人。可是，他是如何做的？

她不想走近椅子上的两个男人，他用手紧紧抓着她，将她拖到了那两人面前，然后看着他们抓住自己也不说什么，只按一人的示意走到箱子边，打开箱子，看到里面昏迷的女子。

她很清楚地记得，抓着她的罗天涵问他，这两个女人，你今天只能带走一个，你看着办吧，是要你的女朋友，还是这个一直都潜伏在你身边打算偷你东西的女人？

她当时不敢看他的眼睛，也不敢为自己求饶，她更不敢奢望他会选择自己，她只想听到他说一句"我两个都要"，哪怕只是一句哄她的话也行，可是他没有，他毫不犹豫地将孙一萌从箱子里抱出来，任罗天涵和张裕将自己带走。她永远忘不了她被架着离开时看到的他的表情，是愤怒，是鄙视，是讨厌，是放弃，是憎恨。她想，哪怕他放下孙一萌做出一步追她的动作，她都会反抗到底，争取自由，向他解释清楚。可是他没有，可惜他没有。

既然他当时不需要她的解释，五年后，她又何必再多此一举向他解释。有些心情，过去了就是过去了。是，当初是她有错在先，但他们在一起那么久，感情那么好，看着她被带走，他为何一丝担心和紧张都没有，哪怕只是一个动作也好啊。她要得那么少，他却没有给。

五年了。

她自责过，痛苦过，内疚过，现在她放下了，不想纠结了，不想为难自己了，想放自己的心一条生路，想和爱她的人平平淡淡过一辈子。人生这么短，哪里有足够的时间给她伤春悲秋呢。

看着裴衿衿泛光的眼睛，施南笙忽然说不出话来。

被放弃的感觉……是什么？

酒店的霓虹灯映照下，施南笙和裴衿衿对视了许久，那些时间里，他们从彼此的眼中看到了过往，也看到了对对方的伤害，但时间是那么无情，成熟了他，也成熟了她，各自有着自己的生活，那些陈年往事，拎出来，只会让两人都不开心。她的生活宁静，他的生

活平静，过多的纠葛只会让彼此的生活出现变故。而她，害怕变故。

"施南笙，当年的事情，是我的错。再遇，我们一笑泯恩仇吧。"

裴衿衿使劲扭手，从施南笙的手中挣脱出来，不再回头地走进酒店大门。

施南笙在原地站了一会儿，抬首看看天空，长叹。

"唉……"

叹声后，施南笙转身，却是看到了赫然出现的孙一萌，她笔直地站在他身后几步外，脸上有着疑问、惊讶，眼底有着极力忍住的怒火。

施南笙问，"你怎么来了？"

"这句话，不该我问你吗？"孙一萌提着包走到施南笙的面前，"在度假村去洗手间后，你怎么就不见了呢？"

如果不是凌西雅打电话给她，问她为什么没来参加活动，她还不知道他从度假村一个人偷偷跑到这里来了。当然，也看不到这一场好戏了。

孙一萌看着施南笙，五年前她回到他的身边，不是没有听到彭云琪在她耳边说过什么，她不是不知道有一个叫"裴衿衿"的女孩出现在他的身边过，只是她回来后她就消失了，她追问了他几次，他都不高兴，她也就没继续问了，但她的闺蜜们把她们知道的他和裴衿衿在一起发生的所有事情都对她说了。听故事时的滋味，真的不好受，他对裴衿衿的行为完全是她所没有享受过的女友待遇，以前只以为他对任何女人不会做，却不想他也可以，但幸运儿不是她。

"她就是裴衿衿，对吗？"孙一萌问。

"嗯。"

"五年前的那个。"

"嗯。"

孙一萌微笑："我想去认识她。"

施南笙不置可否，她要认识谁，若真想，办法有的是，只不过裴衿衿肯定不想认识她。

看着施南笙和孙一萌一起走过大堂朝楼上走去，凌西雅从一楼的绿景植物后面走了出来，脸上带着灿烂非常的笑容，嘴角高高扬起，昭示着她现在的好心情。呵呵，一场大好戏，恐怕现在才开始。注定她得不到的东西，别人未必就能得到，就算最后得到了，经历的事情恐怕也足够精彩了。两个姑娘们，祝你们好运！

*

裴衿衿回到包厢里，有些人已经吃好了，坐在桌边和人聊着天。何文因为等裴衿衿，吃得慢，见她回来，笑得暧昧。

"哎，衿衿姐，出去这么久，肯定不止接一个电话吧。"

裴衿衿看了下何文，笑笑，莫非她看出了什么？

何文又道："是不是我们的余大帅哥打来了爱的电话啊。"

"呵……"裴衿衿浅浅地笑了下，原来这丫头什么都没看出来，也好，免得惹出一些烦心的无聊八卦。只是，被施南笙和凌西雅这么一闹，半点食欲也没有了，倒不如早点儿回酒店收拾东西去机场。

"文啊，你吃饱了吗？"

何文看着裴衿衿："嗯，差不多了。你没正经吃什么，赶紧吃些吧。"

裴衿衿扫了眼房间里的人，他们都是W城本地的，与她也素无交情。如此，她倒也可走得随意。心中到底是有些郁闷和情绪的，裴衿衿拉了拉何文，站起来："你要真吃好了，就跟我出来吧。"

何文跟着裴衿衿走出房间，好奇地问道："去哪？"

"回酒店。"

"就这么走？"

"你还有事？"

何文想想，摇头，"可不用和大家打声招呼吗？会不会太……"

裴衿衿也知一声不响地走有些失礼，可凌西雅故意安排这个活动引她来，若不早些离开，只怕她和施南笙还会找她磨叽一些事情，他们那个圈子从五年前起就不再适合她，现在也依旧和她对不上什么盘，对自己玩心计的人，她实在也不想再多生什么事端了，觉得她不礼貌便不礼貌吧，尊重是相互的，她没心情用对友好人士的态度和心术不明的人相处。

"没事，走吧。"

下楼时，裴衿衿多了个心眼，选择了另一个楼梯，和何文一起下楼，打的回了酒店，收拾好东西之后便直奔机场。

*

施南笙和孙一萌走进包厢，大家都愣了两秒，大美男出去一会儿怎么就带了个美女回来？难道是特地下去接她上来的？

环视了一下房间，发现裴衿衿不在时，施南笙微微蹙了下眉，走到自己的椅子边坐了下来，接着便有人开始问他。

"施先生，这位是？"

孙一萌大方地笑着："你们好，我是南笙的女朋友，孙一萌。"

女朋友啊。

众人听到孙一萌的话,表情和心里有着深浅不一的失望,大美男名草有主了,真是可惜。不由得仔细打量孙一萌一番,看她干练的模样和出众的气质,确实和施南笙也算是相配。

有了孙一萌的到来,桌上再没起初的热闹,大家似乎一下子和施南笙没什么话题可聊了,而且本来大家的晚餐都吃得差不多了,打算各回各家各找各妈。过了一会儿,凌西雅从外面走了进来。

"凌老板,这顿饭可是你买单,就没见你吃上两口。"有心理医师打趣凌西雅。

凌西雅笑着道:"哎哟,你可别说,事儿多得忙不过来,现在肚子还真的有些饿呢,大家都吃好了吗?"

"我们都吃好了,但这些东西估计……"

"哈哈,没事没事,我待会再去外面找点吃的,只要大家吃得开心,我就开心了。"

凌西雅忽然见到施南笙身边的女人:"哟,一萌来了?!"

孙一萌微笑:"是啊,白天有事耽搁了,晚上能赶过来就尽量过来了,不过,似乎太晚了。"

"哪里啊,只要你有这份心,这次没参加,下次还可以嘛。"凌西雅一只手轻轻搭到孙一萌的肩膀上,"哎,你也没吃饭吧,咱们一起去吃点东西如何?"

"好啊。"

一群人在包厢里聊了会儿后,就散场了。

孙一萌走在凌西雅的身边,轻声地问她:"那个裴衿衿怎么不在?"

凌西雅也有些纳闷,摇头:"我也不知道,进来没见到她,也许她和她的助理忙什么去了吧。"

孙一萌暗思着,裴衿衿应该不知道她来了,不可能是为了躲避她而离开了吧?何况,她若真是动了要见她的心思,就算她离开,又能躲得了多久呢?她始终是可以找到她的。

"南笙,一起再吃点吗?"凌西雅看着一言不发的施南笙。

"不用了。"

走出山水酒店还没见到裴衿衿,施南笙当时就想到了,若没意外,他在 W 城应该是见不到她了,看得出,她着实是不想和他打交道,可他为什么有种想再见到她的冲动呢?

*

C 市。

余天阙送裴衿衿到家门口,依依不舍地看着她。

"衿衿,明天周六,你有安排吗?"

裴衿衿温和地笑着:"没。"

"我可不可以约你一天的时间?"

"呵呵……"裴衿衿笑着,"我考虑一下,晚上睡前给你电话。"

"好。"

第二天。

裴衿衿十点钟收拾好自己,拎起自己的包包准备出门。

裴妈妈笑眯眯地叫住裴衿衿:"哎哎哎,等我下,我下楼买点东西,和你一起。"

看到楼下余天阙时,裴衿衿才明白为什么老妈要和她一起下来,肯定是从阳台上看到了他来,故意找借口来认识他。

"衿衿。"余天阙笑着迎上裴衿衿。

"通话时你不说还在路上吗?"

余天阙笑:"进你们小区的路上不也是路上嘛。"

裴妈妈袁莉在一旁呵呵直笑:"是啊是啊。"

"这位一定是衿衿的妈妈吧?"余天阙朝袁莉礼貌地点头,"阿姨您好,我叫余天阙,是衿衿的……朋友。"

袁莉看着余天阙笑得欢喜:"知道,我听衿衿提过你,你是她的男朋友。"

裴衿衿脸唰的一下僵了,她什么时候在老妈面前提过余天阙?明明是她和老爸一直问他的情况好吧。不过,让老妈和天阙认识也好,省得她天天在她面前叫着带他回家,最近她耳朵都要起茧子了。

听到裴妈妈肯定自己的男朋友身份,余天阙笑得更灿烂了,连看了裴衿衿好几眼,小伙子乐得脸上都要开花了。

"你和衿衿是打算一起出去玩儿吧。"袁莉看看自己的女儿,"晚餐到家里来吃,阿姨给你们做好吃的。"

余天阙笑着应下:"谢谢阿姨。"

"客气什么啊,将来都是一家人。"

裴衿衿催促着:"妈,你不是要去买东西吗,怎么还不去。"

"呵呵,知道了知道了,我这就走,你们玩得开心点。"

余天阙连忙道:"阿姨要去哪儿买什么,我载您过去吧。"

"不用不用,就前边的小超市里买点东西,走过去方便得很。"

裴衿衿看着自己的老妈无奈地摇头。

第九章
现今，爱且深爱，放且全放

余天阙带着裴衿衿在公园里散着步，为工作一个星期的身体做着放松，到十一点的时候，他问她："中午有没有特别想吃的东西？"

拎着包包随意闲走的裴衿衿摇头，没有特别想吃的，也没有特别不想吃的，这样闲适平静的生活让她心灵感觉无比宁静，很舒服。不过，她和余天阙两人之间的轻快被一个突然而来的电话打断了。

裴衿衿看着手机上陌生的号码，接通，"喂，你好。"

电话那端传来一个吐字清晰的女声，"请问是裴衿衿小姐吗？"

"我是裴衿衿。"

"裴衿衿小姐，请问现在能见你吗？"

裴衿衿问，"你是哪位？"她记得，这个周末并没有预约客人。

"你见到我时就知道了。"那端的女子隐隐透着一股强势和不容被拒绝的姿态，"当然，你也可以选择不见我。只是，我好心劝裴小姐，见比不见好。毕竟我既然找你了，就肯定是打了要见你的主意，如果你不见我，说不定我会做出点什么给裴小姐添麻烦的事。"

裴衿衿平静地听着电话，来者不善善者不来，果真是有道理："你现在在哪儿？"

"C市中心大道的上岛咖啡。"

"好，我过去找你。"

女子在那端轻轻一笑："我等你。"

余天阙看着收起手机的裴衿衿："有事？"

"天阙，抱歉，临时有点事儿，可能我……"

余天阙笑着牵过裴衿衿的手，带着她朝公园外走："没关系，你有事就先忙，等你忙完了我们再约。"

裴衿衿笑笑，天阙能自动以为是患者找她倒也不坏，免得她还要想借口："好。"

余天阙问裴衿衿："今天晚上阿姨叫我去你家吃饭，我去吗？"

裴衿衿反问余天阙："你想去吗？"

"想是很想，就是怕……你不想我去。"

裴衿衿莞尔，这小子就是想得到她亲口邀请，他想要啊，她偏不说。反正，他心里想去见她爸妈的愿望比她强烈，憋着他。

"哎，你怎么不表态？"余天阙看着裴衿衿。

"我表什么态？"

"想不想我去呀？"

"是我妈请你去，不关我的事。"

余天阙无语三秒钟："可是我娶回家的不是你妈啊。"

"天阙，你为什么想去我家？"裴衿衿好奇，"我家很平常，见长辈不是件令年轻恋人普遍头疼害怕的事情吗？为什么你这么积极？"

"真想知道？"

裴衿衿点头，废话。

余天阙握紧裴衿衿的手，"你这么好，我想早点见你爸妈，然后娶你过门，这样才能放心。否则，总担心有人把你抢走。"

被人夸总是一件让人身心愉悦的事情，尤其还是一个自己在乎的人，裴衿衿听得脸上红霞轻飞，不由得贴近余天阙一些，时间越久，她越觉得在他身边有很心安很踏实很自在的感觉。

"天阙，要不我陪你吃完饭再过去吧？"

余天阙牵着裴衿衿走到汽车边，为她拉开车门，体贴万分地道："没关系，我送你过去，你忙事情。你都说了过去，让别人久等不好，晚上我们再一起吃饭。"

去上岛咖啡的路上，裴衿衿好几次去看余天阙，和他在一起虽然没有那种轰轰烈烈心潮澎湃的感觉，但却有着宁静的安全感。她想，所有的爱情到最后都会归于平淡，不管起初爱得多么刻骨铭心荡气回肠，到最后都是柴米油盐酱醋茶的现实生活，太过热烈的爱情，往往还没有那种平静的爱情经得起考验，燃得烈，烧得旺，最后冷却得也就越快越明显，大约现代女子很多都迷恋爱情最初的模样，忘记了爱情是有时间期限的，所谓白头到老的爱情只不过是因为在爱情消散前两人把它变成了亲情，而且懒得再花时间精力去从零开始经营一段爱情，于是就有了一不小心和身边的人执子之手相偕到老的终生爱情神话。

"天阙。"

"嗯?"

"晚上到我家吃饭吧。"

余天阙转头看着裴衿衿,突然笑了:"好啊。"

送裴衿衿到了上岛咖啡,余天阙看着她进去后欢喜地回到车里,满脸笑意,琢磨着下午可以好好采购第一次去未来丈母娘家该送的东西。

裴衿衿走到咖啡厅的门口,拨通先前呼她的号码,很快电话通了。

"我到了,你具体位置在哪?"

女子道:"三楼,最里面的临窗一桌。"

"好。"

裴衿衿上了三楼,径直朝里走,见到角落里有一个穿着白色套装的女子,短发,冷冷清清的表情看着她,不用细想,应该就是她找她了。

孙一萌看着裴衿衿朝自己走过来,在她对面坐下,认真地将她打量片刻。

"你都不问就知道是我找你?"

裴衿衿微微一笑,"这里就你一个人一桌,别的都是一男一女,再者,我进来你就看着我,如果这点判断都没有,我怎么当心理医师。"

"呵呵……"孙一萌笑,"你知道我是谁?"

"正在等小姐你做自我介绍。"

孙一萌笑了笑,不恼却也算不得多友善:"孙一萌。"

"不认识。"

"你当然不认识我。你认识我的男友。"

裴衿衿面色平静:"我认识的男性不少,你男友是哪位?"

"施南笙。"

听到"施南笙"三个字,裴衿衿的表情依旧没有什么变化,目光定定地看着孙一萌,大方道:"嗯,施南笙我认识,不过不明白孙小姐为什么来 C 市找我。"

"上周末你去了 W 城,见到了他,是不是?"

"孙小姐应该说得更恰当点,我和他是偶遇。"

孙一萌点头:"我找人查过,确实是偶遇,怪不得你。不过,我不是为了上周的事情来找你的。"

"孙小姐不妨有话直说。"裴衿衿道,"有什么我能帮的,一定帮你。"

"你倒也爽快。好,那我直说。"孙一萌将身子稍稍倾前一些,盯着裴衿衿的眼睛,"五年前,我被人绑架离开了南笙,那段时间是你和他在一起,而且你们恋爱了,对吗?"

"过去的事情孙小姐想追究?"

"想。"孙一萌直言不讳，"从我回到南笙身边后就没有一天不想追究，可是他不许，甚至我在他面前提起你的事情他就沉下脸。五年了，我隐忍了五年。原本以为你不会再出现，没想到又让他见到你。比起当年，现在的我更不能在他面前提你的名字，裴小姐，你可知这种感觉真的非常不舒服。"

裴衿衿摇头："我不知道你怎么和施南笙相处的，但我和我男朋友不是你们这样相处的。"

"你有男友了?"

"是。而且，过不久我们可能就要结婚了。"

孙一萌诧异地看着裴衿衿，她要结婚了？那……施南笙和她岂不是没什么希望了？

"呵呵，孙小姐何必这么惊讶，我都二十五岁了，交友结婚生子是很正常的事情啊。"裴衿衿微笑地看着孙一萌，"你来找我，是想让我调节你和施南笙之间的交流问题吗?"

孙一萌忽然感觉有种一记重拳打在棉花上的感觉，她臆想着裴衿衿和施南笙的复合，人家却根本没把他们放在心上。尤其，听到她和她男朋友不久要结婚的事情，她觉得自己来找她显得多此一举，何况，她和施南笙之间的问题又怎会需要她来出面处理，那不是反映出她这个正牌女友的无能吗。

孙一萌轻轻一笑，聪明地将话题缓化："我这次来找你没别的意思，就是好奇为什么五年前你为什么突然离开了Y市。"

为了体现自己的真诚，孙一萌索性将话讲得更明白些，"我也不瞒你。五年前我遭遇了一些意外，离开了南笙一段时间，听我的朋友们说，那些日子里你和他在一起，而且是公开的男女朋友关系。如果你们相爱，为什么我一回来你就和他分开了呢？其实，我不介意和你公平竞争。"

裴衿衿看着孙一萌，并无尴尬或者被她问责的感觉，既然她摆出通情达理的姿势，她便也以礼待她。

"孙小姐，当年因为一些个人问题我不得不离开。"

"请问是什么个人问题?"

"呵。"裴衿衿笑，"事情都过去了，并不是什么好事，相信孙小姐也不会强迫我想起一些不开心的过往。"

孙一萌讪讪的："既然是你的伤心事，那就不提吧。"

见时间差不多了，裴衿衿提议："孙小姐应该还没有吃午饭吧，若不嫌弃，就在这点餐，我请客。"

"不用不用。"孙一萌看了下腕表，"你的好意我心领了，我还有点事情要处理，不能在这多留，若有机会，下次你去Y市，我做东。"

"呵呵。"裴衿衿淡淡地笑了。

在上岛咖啡的楼下，裴衿衿看着孙一萌坐车离开，脸上的笑容渐渐收起，轻轻叹了一口气。其实她真的不必特地跑 C 市来给她警告，五年前离开 Y 市她就没再做梦回到施南笙的生活里，一段用心的爱情被生生断掉是很伤心，但一个人一辈子想要幸福，并不单单是爱情就能够给予的。幸福，需要的因素太多了，而爱情，是其中最不保险的一项。它说来就来，说走就走，来时你挡不住，走时你也留不住。她和施南笙的爱情，早就死在了五年前。"起死回生"这个词在爱情里，并不是什么褒义词，死过一次的爱情，再生，未必还是最初的感觉。

*

在 W 城见过凌西雅那次后，有两次在西雅会所的朋友聚会，施南笙都缺席，世瑾琰缺席一次，两个男人让圈子里的人忍不住怀疑是不是有什么问题。更有人大胆分析，觉得孙一萌是施南笙对外的一个幌子，若是真的恋爱，怎么很少见他们共同出席活动。再说，两人年纪都不小了，恋爱多年，没理由不结婚啊，就算他们自己不急，两边的长辈也早该催了，可到今日都没传出他们什么时候结婚的消息。

世瑾琰的家中，两个帅气的男人并列坐在沙发上，看着电视，百无聊赖。

"哎，你说，我们这么浪费时间是为什么呀。"世瑾琰按着遥控器，选不定一个电视节目，觉得个个都无趣又白痴。

施南笙的眼睛看着变化的电视机屏幕，眨了两下，除了上班的时候他知道自己要忙什么，一到周末他就茫然，不知道自己要干吗，明明有不少人约他出去玩，但他就是提不起精神。

"下面一则新闻发生在 C 市，今天下午十六点四十分，C 市一座名为天迪大厦的高楼发生火灾，大火从十七楼烧……"

世瑾琰摁着遥控器的按键，将电视又换了台。

施南笙拍了下世瑾琰的手："换回去，电视调回去。"

"干吗？"

施南笙二话不说拿过遥控器调回刚才播放新闻的频道，眼睛盯着电视。

"……十八楼的一家心理咨询工作室有三名工作人员，因为火势太大，造成了其中一名女子的伤势十分严重……"

世瑾琰不耐烦地抢回遥控器："一则新闻而已，有什么好看的，而且还不是 Y 市本地的，人家烧在 C 市，那边'老爷'的事，你这么上心干吗。"

"心理咨询工作室"几个字飞舞在施南笙的脑海里，虽然不觉会有那么巧，但总有种怪怪的感觉，思虑了下，他站起身朝世瑾琰的书房走去。

"哎,你干吗去?"

"上网。"

世瑾琰鄙视:"无聊。"

沙发上无聊的男人拿着遥控器继续漫无目的地打发时间,可没过五分钟,书房里冲出一个身影。

世瑾琰看着急步朝门外走的施南笙,问:"去哪?"

"有点急事,我先走了。"

"嗯。"

　　*

C市,第三人民医院。

余天阙和裴衿衿的爸妈都在医院走廊里焦急地等着,袁莉眼睛都红肿了,靠在老公的肩膀上,痴痴地看着对面紧闭的房门。

一个多小时过去后,门终于打开,一个护士先走了出来。

余天阙快步走到护士面前:"护士小姐,请问我的女朋友情况怎么样?"

"别担心,她没生命危险,你现在可以进去看她了。"

"好的,谢谢。"

裴四海和袁莉从余天阙的身边先走进房中,见医生在裴衿衿的病床前向一个护士交代着什么。

"医生,请问我的女儿没什么大问题吧?"裴四海问。

医生和护士说完,看着裴四海:"你是她的父亲是吧?"

"哎,是,这是她妈妈。"

"哦,你们好。她的情况没有威胁到生命,你们不用太担心,都是些皮外烧伤,过会儿她就会醒过来的。"

袁莉看着额头和手臂等处都包着纱布的裴衿衿,眼睛瞬间又红了,颤抖着声音问,"医生,我女儿身上会不会留下疤痕?"

"这个……"医生轻轻笑了下,"一开始是肯定有痕迹的,但不必太过担心,有药物能祛疤。"

余天阙走到医生面前,声音沉稳地说道:"医生,不管用多少钱,请一定让我的女朋友接受最好的药物治疗。"

"治好患者是我们医生的职责,请你们放心。"

袁莉坐到裴衿衿的床边,忍不住牢骚着:"真是搞什么东西啊,好好的一座大厦,怎么就发生火灾了呢?而且,好巧不巧,偏偏就在十七楼起火。我苦命倒霉的闺女噢,给

伤成这样。"

裴四海轻轻碰了下袁莉："你怎么说话的，什么叫偏偏就在十七楼起火，在哪一层起火都不好。"

伤心着的袁莉哪里还听得老公的教导啊，气呼呼瞪着他。

"我不管，在十七楼起火就伤到了我们家衿衿。怎么，我的女儿伤成这样，你还不让我抱怨几句啊。"

"行行行，你抱怨你抱怨。你抱怨她就能完全好了吗？"裴四海心疼地看着裴衿衿，眉心皱得紧紧的，"也不知道小妞什么时候能醒，怎么就遇到这事儿了呢。"

余天阙什么话都没有说，站在床边轻轻握住裴衿衿的手，也许他无法体会裴家爸妈的心境，但他能深刻尝到作为一个男友对女友的心疼，看她这样躺着，他真恨不得自己是医生，给她最好最有效的治疗，让她马上就恢复健康，这个姑娘一定不知道他听到她出事的消息时是多么惊慌。

晚上八点时，裴衿衿终于醒了。

"衿衿。"

余天阙惊喜地看着裴衿衿，"衿衿。"

听到余天阙声音的袁莉立即从饮水机前转身看着病床上，见裴衿衿睁开眼睛，放下水杯，三步并作两步走到床边："衿衿。"

裴衿衿看着床边的两人，轻声呼唤："妈。天阙。"

"哎呀，闺女啊，你总算醒了。"

脑子基本恢复运转后，裴衿衿想到了自己遭遇了什么，微微偏头，看着余天阙："天阙，何文和段誉怎么样了？"

余天阙望着裴衿衿，似乎并不想告诉她，只是轻声说道："放心吧，他们现在也有人在照看，你好好休养就好。"

"他们伤势重吗？"

见裴衿衿坚持想知道，余天阙说了实话，"段誉的情况和你差不多，早一会醒了。但是何文她……情况比较严重，现在还在手术室里。"

裴衿衿惊到了，现在还在手术室？

"哎。"袁莉连忙摁住想起床的裴衿衿，"别动别动别动。"

"妈，我想出去看看。"

余天阙也扶住裴衿衿，稍加力道地将她按倒在床上，心疼她："衿衿，你才刚醒，哪儿都不要去，好好躺着。段誉那儿有护士在照料，何文还在手术室，你去了也没用，等她出来了，我一定第一时间带你去看她。"

"就是，天阙说得对。闺女啊，你现在听话躺着，别乱跑。"

裴衿衿醒了之后裴家父母的心总算放了下来，在房间里陪了一会儿之后余天阙就劝他们回去休息了，并保证一个人一定照顾好裴衿衿，那份用心的样子让裴家父母越发满意这个未来女婿。

见到送自己爸妈回到房间里的余天阙，裴衿衿忍不住笑了。

余天阙疑惑，关门，走到裴衿衿的床边，问她："笑什么？"

"想到一段话。"

"什么话？"

余天阙坐在裴衿衿的床边，将她包裹着纱布的"馒头手"握在掌心，怕弄疼她，不敢用力，就那么轻轻柔柔抚摸着，眼神温柔似水，仿佛想要把床上的女子融化。

裴衿衿说："书上说，一个女人一生最成功的事情之一，便是选了一个对的男人。炊烟起了，我在门口等你。夕阳下了，我在山边等你。叶子黄了，我在树下等你。月儿弯了，我在十五等你。细雨来了，我在伞下等你。流水冻了，我在河畔等你。生命累了，我在天堂等你。我们老了，我在来生等你。"说完，她看着余天阙的眼睛，"刚才看你进门，我突然就想，我或许真的做了一件最成功的事情。"

选了他。

"那书上有没有说，对的那个男人是不是就是女人心中最爱的那个男人呢？"

余天阙其实一直没有问裴衿衿，她到底有多爱他，这样的问题，多半都是女孩问男孩，可他从来没有听到她问他，一次都没有。他爱她，毋庸置疑。平时交往中他也能感觉到她对他的喜欢，但那种喜欢总感觉少了点什么，不温不火，有恋爱的感觉，却没有炽热的热恋感，他不知道问题出在哪儿。

裴衿衿看着余天阙，好一会儿没有说话，对的男人就是最爱的男人吗？这个等式不成立。有句话说得好，适合自己的，就是最好的。但最好的，往往不是最爱的。因为女人很多时候明明知道待在能让她欢笑的男人身边是最舒服的事情，可太多的女人却固执地选择和让她哭泣的男人在一起生活，并命名为"真爱"，却不知，太多的婚姻悲剧是因为女人选择了不适合自己的人。

"衿衿。"

余天阙握了握裴衿衿的手，看着她，"我是你对的选择，那么，再让我们一起努力，让我有幸成为你最爱的那一个，行吗？"

裴衿衿笑出两个梨涡："嗯。"

面对余天阙期待的眼神，裴衿衿觉得自己无法拒绝他，她其实也一度在努力爱他，她肯定自己喜欢天阙，但不知道为什么，总也到不了那种最刻骨的感觉。她想，长久下去，

她会贪恋上和他在一起时的轻松自在感,然后再也离不开他吧。

余天阙在医院陪着裴衿衿到了晚上十二点,见她睡着了,帮她掖好被角,轻手轻脚走出门,回了家。

凌晨两点的时候,裴衿衿被"三急"中的某一急给憋醒了,睁开眼睛,一片昏暗。幸好医院的窗帘不是隔光的,外面路灯的光透了进来,朦朦胧胧的,勉强能看清房间里的物件。

"哎哟。"

双手都被烧伤的裴衿衿呼痛一声,忍痛用手将自己撑着起床,双脚在地上摸索到鞋子,穿上,朝房间里的洗手间慢腾腾挪去。

门外,一个女护士的声音传了进来。

"就是这间。"

话音还没落,房门就被人推开,房间里的电灯被人摁亮。

裴衿衿被突然的亮光照得眯起眼睛。

护士看着站在房中的裴衿衿,头发乱糟糟的,身上到处是纱布,乍一看去,像个演喜剧的小丑,差一点就笑了出来。

"谢谢。"

一个男声对着护士道谢,然后一个颀长的身影大跨步走进房中,站到裴衿衿的面前,隐约能听见他的呼气声,胸膛起伏着,明显是奔跑过。

眼睛适应光线后,裴衿衿去看面前的人。

啊?!

施南笙?!

见到施南笙的俊脸,裴衿衿脑海里第一反应是,她在做梦。

护士见施南笙和裴衿衿对望,识趣地走出房间,关上门。

施南笙犹豫了几秒,抬起手,指尖要碰到裴衿衿额头上的纱布时停住,委实害怕不知轻重弄痛她,手指随着他的目光从她的头上一路滑到她的手臂处。

"我帮你转院。"

施南笙忽然的一句话让裴衿衿越发觉得自己是在梦中,这是什么情况?他来慰问她吗?可看望病人不是说什么"痛不痛?""怎么会发生这种事呢?""幸好只是受了点伤,人还活着"吗?或者再不济就说"我来看你了"。吧唧一句"我帮你转院",什么意思?

话一出口施南笙就觉得自己嘴笨,他其实不是想说这句,但不知怎么的,张口就出来了。他知道她肯定疼,也肯定她没生命危险,那目前对她最有用的就是如何让她恢复得又快又好,转到更好的医院不是最佳选择吗。

想着，施南笙便掏出裤兜里的手机。

裴衿衿急忙伸手拉住施南笙的手臂："等等。哎唷。疼。"

施南笙握着手机看着裴衿衿："这医院不行。"

"你怎么来的？"

"坐飞机。"

裴衿衿内心说了句废话，然后又骂自己，她没问清楚："我的意思是，你怎么来这了？"

"看你。"

嘿！还真是直接。

"你怎么知道我出事了？"

"看新闻。"

裴衿衿一愣，不是吧，她生平第一次上新闻竟是因为火灾，这也太不吉利了吧。

"施南笙，你告诉我，我是不是在做梦？"

裴衿衿觉得如果不是做梦真的解释不过去了，睡前看着余天阙坐在她的床边，半夜醒来上厕所就乍现施南笙的脸，如果不是她的心理承受能力比较好，肯定会吓出病啊。

施南笙盯着裴衿衿看了几秒，稍稍挑了挑眉："五年来，我在你梦里出现过几次？"

裴衿衿不知道是不是脑子真被烧坏了，她居然认认真真想了起来，到底他在她的梦里出现了多少次呢？五年前刚分开那段时间几乎是每天晚上都会梦到他，而且每次她都是哭着醒过来的，那感觉她怎么都忘不了。到了现在，她睡眠质量好得不得了，常常是一觉到天亮。

"说啊。"

"忘记了。好像有几次吧。不过，都没有这次的真实感。"

她抓着他的手腕能感觉到温度啊，在梦里怎么可能感觉到他的体温呢？

施南笙嘴角微微扯了下，似笑非笑："看来还没烧坏头。"

"哎呀。我先上厕所。"

裴衿衿放开施南笙，慌忙朝洗手间里走，她是起床"嘘嘘"的，这会和他说话忘记了这茬，憋死她了。

门里，裴衿衿舒服地上厕所；门外，施南笙拨出了电话。

上完厕所，裴衿衿站在洗手间里的镜子前，看着里面的自己，发了好一会的呆。

他怎么就突然来了？让她如此地措手不及。心中不能说一点不感激他来看她，但来了又能怎样呢？现在的她有爱她的男友，他也有深爱他的女友，先不说他们爱不爱身边的人，而别人却是付出百分百真心来对他们。他们之间，爱恨早就在五年里消磨了。她不确

定他现在的感情，是爱又或是恨，但她很清楚自己的心，不爱也不恨。爱恨都是需要人费太多心力的感情，她太懒了，不想花时间和精力在那两种伤心伤身的感情上，心痛的感觉，她不想再尝。

裴衿衿看着镜子里的人，叹气："唉……"

他的执行力她很清楚，这个世上，有多少人能在看到另一个人出事的消息后直奔到她身边呢？不管时间，不管路程，不管关系，只是去看她。如果说他恨她，她信；如果说他还有一些在乎她，她也信。

裴衿衿无奈再叹，人心，果然是一个极其复杂的东西。

打开洗手间的门，裴衿衿走出去，见施南笙站在房中，脚步稍做了停顿，与他的视线对上后慢慢走到床边，坐下。

"请坐。"

裴衿衿指下床边的椅子。

施南笙走了几步，站到裴衿衿的面前："等会来人，帮你转院。"

"啊？"

裴衿衿被吓得不轻，诧异地看着施南笙，不是吧，他是不是也太雷厉风行了点啊，她住在哪家医院是她的自由，况且她真心觉得这里不错，她又不是重症患者，没必要讲究那么多吧。最关键的，她不想和他牵扯在一起，不想欠他的人情。这个世界，欠什么都不能欠人人情，欠钱可以还钱，欠东西可以还东西，欠人性命可以还命，唯独不能欠人家人情，欠了之后对那人怎么都不能自在，来事了，打不得骂不得推不得拒不得，只能听之任之，人情债还起来能让人抓狂。

施南笙看了眼床边的椅子，犹豫了片刻，到底还是坐下了。

"你先躺着休息会，办妥之后我叫你。"

裴衿衿两只"馒头手"举到施南笙面前，拒绝他："别别别。"

施南笙看着跟前的两只手，脸色平静，那份淡定的功力比五年前深了不知多少，好像她的拒绝在他面前完全就不值得考虑。事实上，如今的他，一旦决定了什么，对任何人的拒绝和抗议都是直接忽视。

"施南笙，我谢谢你的好意，但是我不想转院。你能，尊重我吗？"

"你觉得这个医院能保证你身上不留伤疤吗？"

他深表怀疑！

裴衿衿看看自己身上的伤，这点她倒是没想过，不过，就算留了也不怕，时间长了，就淡了，不用太计较。

"没事没事，出院之后我买点去疤的涂涂就好了。"

施南笙问:"女孩子有了疤痕,不好。"

"呵呵。"裴衿衿笑,梨涡浅浅的,"你是想说,破相了,嫁不出去吧。"

施南笙继续面瘫式的没有表情,看着裴衿衿:"你知道就好。"

"嘿嘿……"裴衿衿乐了,想也没想就开口道:"不怕,我有男朋友了,他肯定不会嫌弃我。"

不知怎的,裴衿衿说完,房间里陡然就静得有些诡异,仿佛两人的呼吸都停下一般,施南笙的眼睛直定定看着她,好久都没有接她的话。

看着施南笙,裴衿衿也不知道要说什么了。她终于感觉到了,有些人一直没机会见面,等有机会了,却又迟疑了。有些事一直没机会做,等有机会了,却不想再做了。有些话埋藏在心中好久,没机遇说,等有时机说的时候,却说不出口了。五年前,她多希望他这样静静地坐在她面前,认真地听她解释。可惜,这一天,来得有些迟了。

"他哪的人?"

"H城。"

"异地恋?"

"不是。他现在在C市。"

"很爱你?"

"嗯。"

"你怎么知道?"

"平时生活里感觉得到。"

施南笙盯着裴衿衿的眼睛:"你爱他吗?"

裴衿衿点点头。

"为什么不回答我?"

"我点头了。"

"用声音回答我。"

裴衿衿真想吼,他这要命的大少爷派头怎么变得这么严重,当初就是不许别人逆着他的意思行事,现在都不许人用他不喜欢的方式回答问题了。

"是,我爱他。"

裴衿衿的话音还没有落下施南笙就给她下了判定:"你撒谎!"

"有必要吗?"

"爱是什么?"施南笙问。

裴衿衿看着施南笙,不想与他讨论这个问题,他既然认定她说谎,那不管她怎么说他都会找到理论来反驳她,与其到那时候她说不出话,不如选择什么都不说。

见裴衿衿不说话，施南笙愈发肯定她不爱余天阙，心中隐隐有些莫名的高兴，声音温和道："休息吧，应该还要一会儿转院的事情才能办好。"

"施南笙，我说了，我不转院。"

"费用我出。"

"不是钱的问题。"

"那是什么？"

裴衿衿坚持："不想就是不想，这是我的生活。"

"怕你男朋友误会？"

"不会，他很信任我。"

看着施南笙如今的模样，裴衿衿哪里敢告诉他，哪个男朋友见到他在自己女人身边不误会才怪，五年前他或许只是长得十分出众的美男，现如今却不单单是美男，甚至是非常迷人的型男，时间将他的气质雕琢得足可以倾倒众生，她如果不是有五年前的遭遇，乍然和他打交道，必然阵亡。

施南笙突然勾起嘴角，笑了下："这么自信？"

"爱情里，没有信任，如何相爱。"

"那就来考验一下你们的爱情好了。"

裴衿衿忽然就生气了，看着施南笙，口气严正，"施南笙，爱情是用来维系的，不是用来考验的。我和他，爱不爱，信不信任，都是我们的事情。你所有的好意，我都心领了。至于其他的，很抱歉。"

施南笙突然笑了："你在怕什么？"

此刻，裴衿衿真的感觉到施南笙变了，变得很成熟了，或者更加具体地说，他的眼睛变得很毒辣了，很多事情仅凭他的一双眼睛都能看出端倪，而他想不想说出来，全看他的心情。就像此时，他能看到她内心的恐惧。

裴衿衿怀疑是自己表现得太明显，以至于施南笙一下就抓到点什么，只不过，他就算说得再准确都没用，她的生活还是只能按她想的来。

"不管我怕什么，我都不想转院。"裴衿衿话锋忽地一转，"也许就如同你说的，我在害怕，怕我和天阙的爱情经受不住考验。可这又怎样呢，所有的爱情都经不起考验，并非只有我和他的。有部电影里不是说了吗，婚姻不管怎么选都是错的，长久的婚姻就是将错就错。我喜欢天阙，和他在一起很自在很舒服。或许在你看来，这家医院不够好，可你就没想过，对我来说，这里足够了，是不是留疤，也是我该考虑的问题。即便将来天阙因为我不好看了与我分手，那也是我的事情。而现在，我并不想接受你的好意。"

说着，裴衿衿提了一句："施南笙，你女友应该很爱你。你或许，该多为她考虑考虑。"

施南笙看着裴衿衿，皱了下眉头，她的话，让他忽然就自问起来，他为什么要来 C 市呢？在飞机上时，他根本就没有多想什么，只是担心她，生怕那个伤势严重的人是她，他没法挥掉内心深处的恐惧和不安。现在听她说了一番话，他真的不明白，为什么自己要赶来。他感觉得到，她是真的很不想见到他。

"裴衿衿，你是不是真的很讨厌见到我？"施南笙霍然一句直接的问话让裴衿衿愣住了。

她不想见到他，最根本原因并不是讨厌他，而是出于人的一种规避伤害本能。如果一个人曾深深地伤害过自己，再见他的时候，会不由自主想起曾经的过往。或许他已经改变，或许伤害不会再发生，又或者自己已经痊愈，但那份从心底发出的排斥还是会存在，只是浓淡的差别。偏巧，她对他的本能排斥比较重。

看着施南笙的眼睛，裴衿衿明明知道自己怎么回答能把他成功气走，但她却说不出那几个字，不管怎么说，他好心来看她，实在不想下口太绝情。

"施南笙，不能说我很讨厌见到你，但我确实觉得现在的我们，不适合再见面。"

两人见面，除了让彼此想起那些不开心的过去，没有任何作用。上一周，孙一萌来找她；这一周，他又跑来 C 市找她；他们在 Y 市好好恋爱结婚生子就可以了，以施氏财团的影响力，如果她想知道他的动向，不用去 Y 市，也不用找人打听，从网络上就能大概知道他的情况，可这五年，她从不去看看看到他情况的报道。不是不想，是不敢。有人失恋了会整日抱着与对方有关的一切看着念着想着等着，弄得自己的心千疮百孔，用眼泪提醒着自己心中放不下的爱情；但还有的人，失恋了，就会扔掉对方送的东西，隔断有对方出现的记忆，不去回忆不去期望，努力用坚强来督促自己开始新的人生旅程。

爱情，拿得起，放不下，是一种态度；拿得起，放得下，也是一种态度。

她曾经是拿不起放不下的人，而现在的她，想做一个拿得起也放得下的人。

"不适合见面……"

施南笙轻轻重复着裴衿衿的话，看着她，他何尝不知道他们不适合再见面。从最初在希金大厦见到她的背影，到在 W 城偶然见到她，每一次他都不能成功地将目光从她身上移开。尤其见到她之后，在工作时，他总会时不时走神，那种不在状态的感觉让他很恼火。他越努力想克制，心就越不受控制，越压抑，想起她的次数就越多。

"裴衿衿，给我治病吧。"

"呃？"

裴衿衿莫名其妙看着施南笙，好端端的，给他治什么病？

"自从重逢之后，我工作时老走神，你是心理医师，帮我治好这个病。"

"上班走神可不在我的治疗范围之内。"裴衿衿暗道,她要是能治这种毛病,第一个医治的就是她自己。

"别人走神你能不能治好我不知道,但我,倒只有你能试试。"

"为什么?"

"因为我走神时想的,是你!"

噢!裴衿衿内伤了,这男人要不要这么直接啊,这搁其他男女之间类似表白的话放到他们中听起来怎么这么瘆人啊,他想她又不是她能控制的。

施南笙似乎也想解脱,眼神很真诚地看着裴衿衿,说道:"我没有开玩笑,我们都认识到彼此不该见面,但我十分不喜欢走神的状态,你想办法让我不去想你。"

"想什么法子?"裴衿衿问。

"不知道。"施南笙理直气壮地看着裴衿衿,"你来想。"

被施南笙傲气的姿态气到,裴衿衿扔他一记白眼:"想不到。"爱想想去,反正是他想,关她毛钱事情。

"那等你想到了,我们再不见面吧。"

啥?!

裴衿衿挥舞着自己包着纱布的拳头,想打人,找不到对象,想尖叫,怕影响隔壁的病人,想暴走,发现自己腿脚不利索,想轰施南笙出去,又担心他连她带床一起转院,心中内伤级别直线上升。尼玛,他不能集中注意力工作这事怎么能赖到她的身上,赖就赖了吧,反正他就是个不怎么讲理的人,但怎么医治的重任也落到她的身上,关她什么事啊。

看着抓狂的裴衿衿,施南笙竟觉得心情有些不错,五年过去,她脱掉了当初的稚气,干净的感觉中带了一丝轻熟女的气质,越发好看了。

"怎么把头发剪了?"

看着裴衿衿乱糟糟的梨花头,施南笙伸手想去碰,手抬到一半,停住了,放了下来。

"当初的长发,很漂亮。"

裴衿衿没想到施南笙话题跳跃得这么厉害,她还在纠结不想见到他的问题,他却说到了她的头发,让她恼火不已。

"咱们先不说我的头发,施南笙,我不知道怎么帮你集中精神投入工作,我们见多少次我都想不到办法,真的很抱歉。"

"未必。"

听着施南笙淡然平板的声音,裴衿衿反应过来,看着他,问道:"这么说,你有办法了?"

"谈不上办法,可以试试。"

裴衿衿扭了扭身子，坐好，看着施南笙："你说。"

"让我常常看见你。"施南笙停了停，"直到我看你像看其他人一样。"

其他女人在他的眼中，掀不起一丝波澜，可看到她，尽管不想承认，但他自己内心却能感觉到不同寻常，想靠近她，又不想太近，矛盾得很。而见不到她时，似乎总有一种牵引力让他去追着她。这种奇异的感觉，他想，应该是五年没她的消息带来的效果，如果她在他的生活里出现频繁，或许就不会有种因想她而走神的情况发生了。习惯了，平常了，她也就不再是特殊的存在了。

裴衿衿惊呼："常常看见我？"

什么意思？

施南笙轻声反问："或者让你常常看见我？"

"有差别吗？"

裴衿衿无语地看着施南笙，谁看见谁不都一样，但她追求的目的是谁都不要见到谁，还常常见面，那她肯定要疯了。

"或许你还有更好的建议？"

施南笙把问题又扔回给了裴衿衿。

"喂！施南笙，你这是无理取闹好不好，难道我们常常见面你就能够上班专心吗？"裴衿衿内心嘀咕着，自己专业的职业素养不够，怪她有什么用？

听到裴衿衿指责自己无理取闹，施南笙反而更加镇定了，看着她，一点都不含糊地说道："你每天面对你的父母感觉到紧张吗？你同事和你一起工作，你会走神吗？你男朋友不在你的身边时，你上班会因为想他而发呆吗？"不等裴衿衿回答，施南笙接着说道："都不会是吧，因为你对他们太熟悉了。"

"你和你的父母同事在一起也不会瞎想。"

施南笙道："这不就对了吗。我们五年没见，突然重逢，自然有些想法。如果什么都了解了，还会去猜测彼此吗？"

"我没猜想你什么。"裴衿衿想也没想说道。

"是吗？"

施南笙丝毫不信裴衿衿的话，当初在希金大厦相遇，他不信她没有一点震惊，更不会信她日后没有因为想他而失神。尤其在 W 城的偶然遇见，若说她完全放开了，鬼都不会信，何况是他。倘若她真像自己说的那么淡漠，为何突然一声不响回了 C 市？小女人，撒谎都不打草稿，还当他像曾经那么好骗吗。

"只要不去想，什么事就都没有了。"裴衿衿开始给施南笙支招，"要不就是你工作太累，你需要出门好好旅游旅游，放松放松自己。"

"我以为，我的建议比你的更靠谱。"

"靠谱个……"最后那个字裴衿衿没有说出来，觉得不够文雅，但她真不想日后眼前老是飘忽着他的脸，帅是帅，但太闹心了，看着人容易胃疼肝疼肉疼。"施南笙，咱们理智地好好聊聊吧。你在Y市，我在C市，咱们井水不犯河水，生活本来都平平静静安安稳稳的，何苦折腾呢，你说是不是，常常见面，很不切实际，对吧。"

施南笙轻轻一笑："如何见面的问题，很好解决。"

听到施南笙的话，裴衿衿一下就紧张了，这人的能力她太了解了，绝不能被他抓到破绽。

为了堵住施南笙的口，裴衿衿先发制人，快速说道："施南笙我告诉你，你别打什么将我转院到Y市的主意啊，我不会去的。"

要是她被他弄到了Y市，那真是虎落平阳被犬欺啊，在他的地盘她就是条龙也会变成他掌心里的毛毛虫，施展不出半点能力，只能任他搓圆捏扁。

施南笙忽然就笑了下："不转你去Y市。"

瞬间，裴衿衿明白了。

"施南笙，这不太好吧。"

"你有更好的建议？"

裴衿衿很想说，你回你的Y市，上班就上班，别老想她就好了，就算真想着想着走神了，也别付诸行动地跑来C市，日子长了，自然就过去了。让她去Y市或者他留在这里，都不是明智之举。往温和点说，他和她不过是普通朋友，他来看望烧伤的她已经很够意思了，她感谢着，但仅此而已。往客观事实上说，他们是分了手的前度恋人，有句话怎么说的，情人分手之后，不可以做朋友，因为彼此伤害过，不可以做敌人，因为彼此深爱过，于是，两人成了最熟悉的陌生人。她和他，刚好就是这样的关系，陌生人。五年后，如果不是他主动招呼她，她绝对不会去打扰他的生活。

"没有。"像是负气一般，裴衿衿说完两个字，躺到床上，盖上被子，闭上眼睛，不与施南笙说话，也不再看他。时隔五年，她还是没有忘记，他决定的事情不容别人更改的习惯。

想着想着，裴衿衿觉得自己犯困了，张开眼睛偷偷看了下床边的施南笙，见他闭着眼睛，不由得认真地看了他一会儿，这小哥果真是极好看，难怪孙一萌那么在乎他。唉——困了，睡觉睡觉，再好看也不是她的东西。

裴衿衿闭上眼睛后，施南笙的双眼缓缓睁开，看着她睡觉的模样，表情淡淡的，却有种说不出的温柔感，无人发现，包括他自己。

*

第二天一大清早，裴衿衿的病房里就出现了惊吓她的一幕。

裴四海和袁莉提着保温杯站在房中，余天阙拎着早点看着房中不认识的陌生男人，施南笙手里拿着一份十分华丽的早餐神态自若。

裴衿衿睁开眼睛就看到"三国鼎立"的局面，一时不知道要说什么，傻乎乎地来了一句。

"你们，怎么都来了？"

房中拿着各种早饭的人听到裴衿衿的声音，同时反应过来，四个人都朝她的床边挤来。一时，施南笙撞到余天阙，余天阙撞到裴四海，裴四海撞到袁莉，大家相互看了看，下一秒，施南笙抢了先机，第一个走到裴衿衿身边，声音无限温柔地与她说话。

"饿不饿，吃早餐吧。"

裴四海和袁莉相互看了眼，哪里来的超级大帅哥，人帅就不说了，连声音都这么好听，关键是态度这么好地伺候着他家的小妞，真是奇了怪了。而且他对他家闺女说话的口气，两人好像还蛮熟呢。

余天阙感觉自己的位置被施南笙占了，现在连他的台词都被抢，再不出声，他这个正牌男友就真的太没存在感了。

"衿衿。"余天阙走到裴衿衿床的另一边，将早点放到桌子上，动手拆开一次性饭盒，"我买了你爱吃的小螺蛳粉，尝尝看。"

裴衿衿看着余天阙的动作，惊讶了一下："你到老刘家去买的？"

"嗯。"

老刘家的小螺蛳粉是裴衿衿很喜欢的一款早餐，而且离她的公司不远，上班途中买一份带到工作室，方便得很。只不过，余天阙的公司和住的地方都在城西，要买老刘家的早餐，和从他公司来城东接裴衿衿下班一样麻烦，没想到他如此有心。

"天阙，你不用这样的，太麻烦了。"

袁莉看着余天阙，说道："是啊，天阙，你以后别特地去给衿衿买那家的早餐，我和她爸爸从家里做了拿过来就好了，省得你跑一大圈弯路。"

余天阙笑笑，"阿姨，没关系的，只要衿衿喜欢吃就好。"

袁莉满意地看着余天阙，能把她闺女放到心坎里的女婿她就喜欢，她就怕衿衿将来嫁给一个让她受委屈的人。从目前的形势来看，她家闺女若嫁到余家，应该是不会受什么委屈。但是，若嫁给这个帅得一塌糊涂的男人呢？当母亲的袁莉看着施南笙就开始了胡思乱想。

闻到螺蛳粉的香气，裴衿衿咽了咽口水，香，真香。

施南笙目光从余天阙那边收回来，问裴衿衿："这个，你不喜欢吃？"

裴衿衿看着施南笙买的早餐，卖相华丽精致，一看就是出自大师级别，但他这个施家大少爷是不是把她当成和他同一级别的人了，她是普通的工薪阶层，比不得他的消费水准。

"没有吃过。"裴衿衿实话实说。

施南笙清淡着神情道："那正好，今天你尝尝，看喜不喜欢。"

"呃？"

"喜欢，明天我继续买；不喜欢的话，明天换。"施南笙说话的声音很轻，但那意思却明显地让人根本不用脑细胞就听得出味，他让她吃他买的早餐，而且是以后都这样。

裴衿衿微微皱了下眉头，轻声道："施南笙，你不用这样客气。"

"现在客气的人不是我。"

裴衿衿干笑了一下："我不想给你添麻烦。"

施南笙将早餐送到裴衿衿的面前，完全无视房间里的其他人，说："之前你给我添的麻烦还少吗。"

之前？！

裴四海和袁莉抓住施南笙话中的关键词，又对视了一眼，小妞认识这帅哥多久了？

当然，抓住施南笙话语重点的不止裴家父母，还有余天阙。他看着施南笙，从见到这个男人的第一眼起他就知道，此人非同寻常。他和衿衿在一起这么久，出现在她身边的男人屈指可数，除了工作时的段誉，其他和她亲近的男人就只有他了，若再数数，也就几个她同行里的男性朋友。像这种档次的男人，别说衿衿的身边难得一见，就是在他的圈子里，都是极难遇到，气质气场，无一不出众。

听到施南笙提及五年前，裴衿衿恨不得让他出去，她父母和男朋友在场，他怎么也不知道看情况说话，说话不经大脑的啊？

"衿衿。"

余天阙喊裴衿衿，示意她吃香喷喷的粉条。

这一秒，裴衿衿真觉得自己就不该醒来，早知道要面对这样的局面，她会选择睡觉，睡到早餐时间过去，这两人明显就是在较劲啊。她也不是不知道该选谁的早餐，天阙是她的男朋友，于情于理她都该保他的面子。可她了解施南笙，如果这次没有给他面子，以他施家公子的架子，之后肯定要几倍地讨回来，到时只会让她更为难。

"我还没洗漱。"

裴衿衿找到借口，从床上下来，顶着一头乱发钻进了洗手间。

袁莉用手捅了捅裴四海，用眼神示意了他几次。

"咳咳咳……"裴四海咳了几声，看着施南笙，问道，"小伙子，你是……？"

施南笙放下手里的东西，姿态优雅地走到裴四海面前，微笑，轻轻点了个头："叔叔阿姨好，我是施南笙，衿衿的……朋友。"

"噢，你好。"裴四海笑着点头。

袁莉看着施南笙，笑道："你说你叫什么？施什么？"

"施南笙。"

袁莉点头，"哦。哎，你之前就和我们衿衿认识？"

"嗯。快六年了。"

"可怎么一次都没见你到我们家来玩啊？"

袁莉暗想，如果真是有心追我家闺女，六年啊，她怎么可能没有发觉出一点蛛丝马迹，他这么帅气，她不可能见到而不记得的。

"我住在……"

施南笙的"Y市"两个字还没说出来，就听到裴四海突然叫了一声，惊恐地看着他。

"啊！"

袁莉被吓得不轻，呲着裴四海："魔障了啊你。"

裴四海望着施南笙，声音都有些哆嗦："施、施……施南笙，施氏财团最年轻的董事。"

施南笙表情淡定地说："是我。"

得到施南笙的肯定答案，裴四海看着他好一会儿没有反应过来，最初他还以为是同名同姓的人，没……没想到就是他本人，这、这怎么可能啊？施氏财团的少董事怎么可能和他家的小妞认识呢？

袁莉拉了下裴四海的手，低声问："什么施氏财团？"

裴四海细声给袁莉提示："施晋恒和福澜。"

啊！

袁莉的眼睛和嘴巴都张成了"O"字，年轻的施南笙她不知道，但施晋恒和福澜的名字倒是听得不少，尤其最近几年"福澜"这个名字时不时出现在新闻里，想不知道她是谁都难，有名的女强人。

"请问施晋恒和福澜是你的……"袁莉看着施南笙。

"正是家父家母。"

"轰"的一下，裴四海和袁莉内心都炸开了一个雷，眼前的小伙子……神一般人物的儿子啊。

房间里气氛变得诡异起来，四个人都安静下来，不知道要说什么了。尤其对于裴家父母，和他们完全不是一个世界的人忽然出现，感觉很不真实，他家的小妞他们了解，不可

能认识这么高端的大人物啊，是不是什么地方弄错了啊？

施南笙稍微转身看着余天阙，点了个头："你好。"

余天阙也大方地回施南笙一个微笑："你好。"

*

洗手间里的裴衿衿洗漱完了之后，躲着一直不敢出门，望着镜子，挠头抓腮，像只猴子。怎么办，怎么办，怎么办？她不想出去啊。三方人员怎么就会这么巧凑到一起过来啊，爸妈还好说，天阙和施南笙怎么处理呢？要不……

叩叩叩，袁莉在外面敲门："衿衿啊，好了没？"

"嗯。"

裴衿衿老大不愿意地走出洗手间，不等大家开口，傻乎乎地笑了，"也不知道是不是在康复，我发现我好饿，来来来，有什么吃的都拿过来，我要都吃光光。"

看着裴衿衿食欲大好的样子，裴家父母自然是欢喜万分，将保温杯放到施南笙和余天阙买的早餐一起，裴妈妈还体贴地为她拧开杯盖，心情十分好。

"多吃点好，吃进去了身体才有东西吸收，营养吸收得多，身体好得就快。"

裴衿衿看着面前三份早餐，小声嘀咕："一顿早饭能有什么营养。"不把她撑到就很不错了，她简直就是拿生命在吃早餐。

一边的施南笙听到裴衿衿的话，说道："中午有营养餐送来。"

裴衿衿惊讶地看着施南笙，他不会是想从此之后包了她的一日三餐吧？想也没想就说道："你还不回Y市上班？"

"周末。"

裴衿衿发誓，她刚才真的从施南笙的眼底看到一丝叫"得意"的光芒。尼玛，天迪大厦的火灾烧得也太让人胃疼了，居然在周五，那不是两天都要看到施南笙这个人，她还要当两天的"夹心饼干"啊。

事实上，裴衿衿聪明地料到了她以后日子的开头，却没想到过程竟是那么闹心。

因为确实很喜欢老刘家的小螺蛳粉，裴衿衿首先吃了余天阙买来的早餐，没想到就是这一个小小的顺序就拉开了两个男人一天的暗争。

见裴衿衿喜欢自己买的东西，余天阙不露声色地暗喜，忙前忙后照顾着裴衿衿，殷勤备至，惹得裴衿衿禁不住打趣他。

"帅哥，看不出啊，你还有当男佣的潜质。"

余天阙笑得灿烂："那是，你也不看看你男朋友我是何许人，世上有我做不好的事情吗。"

要说从事建筑设计的余天阙本身不是个高调的人，行事为人都算是很成熟稳重，尤其很少在裴衿衿的面前自夸什么，却不想，今天因为买了一份早餐让他说了不合他风格的话，边吃边听他说话的裴衿衿抬起头，奇怪地看着他。

"怎么，用这样眼神看着我？"余天阙笑得自信，"难道不是？"

"是，是是是。"裴衿衿像小鸡啄米似的点头，常言道，吃人嘴软拿人手软，她吃着他买的东西，哪里有说他不好的可能，这点做人的基本道理她还是很懂的。

见裴衿衿只顾着吃余天阙买的东西，施南笙冷不丁地问了句："这东西有营养？"

在一旁和袁莉说完话的裴四海听到施南笙的话，看了眼裴衿衿面前的一次性饭盒，没有细查房间里暗涌的他说了一句大实话。

他说："左右不过一个快餐，能有什么营养。"本身一句不含任何个人感情的话，但在此时此地，却怎么听怎么感觉别扭。

裴衿衿看着自己的老爸，有气也发不得，大师的性格她了解，大大咧咧，根本体会不到现在她的难处；余天阙看了眼裴四海，未来的岳父大人说话，再不中听他也得忍着。相比较裴衿衿和余天阙的尴尬，施南笙倒是欢喜了，有着极好教养的他却是一点都不露声色，四两拨千斤将话题一转。

"衿衿现在是康复阶段，营养摄取很重要，以后的饮食我来负责。"

房间里同时响起三句一模一样的话。

"凭什么？"

"凭什么？"

"凭什么？"

裴衿衿，余天阙和袁莉异口同声，都看着一脸自若神情的施南笙。

施南笙嘴角勾了勾，看着裴衿衿："因为我有国内最权威的营养师为你调配最有利于你恢复健康的条件。"

裴衿衿翻白眼："施先生的好意我心领了，小女子命贱身微，太好的照顾反而消受不起，不必劳烦了。"

"叔叔阿姨。"施南笙将目光转到裴四海和袁莉身上，"你们希望衿衿早点好起来吗？"

"当然，当然。"

袁莉笑眯眯地道："这不是肯定的吗。"

"不过我发现，衿衿似乎并不想早点出院。"

裴衿衿怄火："谁说的。"

"真想早点出院，为什么不配合我的安排。"

"你是我什么人，我为什么要遵照你的安排。"

裴衿衿觉得自己再不与施南笙呛声就真显得她怕他似的，事实上她只是不想在父母面

前把局面弄得不和谐，他毕竟是来看望她，太不给他面子就好像她多么不懂待客之道。可是她发现，她的容忍让他得寸进尺，一点点地想干涉她的生活，像五年前一样。没想到五年过去，他的霸道和不容人反抗越发严重了。只是如今的她不是当初的她，曾经的妥协让她吃到了苦头，这一次，不可能了。

房间里的气氛因为裴衿衿的态度起了变化，裴四海和袁莉看着裴衿衿，连忙不满地斥责她。

"怎么对施先生说话的！"袁莉瞪着自己的女儿，"他关心你，你不喜欢也不能用这样的态度与他说话啊，太不懂事了。"

余天阙看着施南笙，态度十分诚恳地说道："施先生，实在是不好意思，衿衿素来不喜欢待在医院，心情可能不太好，她不是有意的，你别介意。"

余天阙摆出十足十的"自家女人自己爱护"的态度，一下就将他和裴衿衿绑在一起，而突然乍现医院的施南笙，对于他们来说就完全是一个外人。

"呵呵……"

面对余天阙温和的宣示主权，施南笙也不恼，好脾气地笑了笑，眼睛盯着裴衿衿，用不温不火的声音说道："怎么会介意呢，这可还不是她最火爆的时候，这傻妞要是来脾气了，我家里的屋顶都能给她烧掉，早就习惯了。"

什么？！

余天阙和裴四海以及袁莉同时大吃一惊，裴衿衿到底认识施南笙多久了？她还去过他的家里？曾经他们是什么关系？

裴衿衿火大了，冲着施南笙吼："施南笙，你别再乱说了。"

"嗯，不乱说。"施南笙表情认真，"只说实话。"

"你！"

看着施南笙一副"难道我说错了吗"的表情，裴衿衿气得不知道怎么说，他非得在他们三人面前说出让人恼火的过往吗？让天阙瞎猜他就高兴了？

殊不知，裴衿衿对着施南笙不满的表情正好证明了他所言非虚，裴家父母和余天阙心中展开了各自对他俩关系的猜测。尤其，他们了解裴衿衿，很少有人能让她产生暴躁情绪，但眼前这个施南笙却显然让她一大清早就怄火了好几次。一个人经常对人发火，若独独对一人发不出脾气，那人定是特殊的。如若一人情绪向来平稳，但却对某人容易动怒来火气，那也必然是特别的存在。

面对裴衿衿的怒气，施南笙却显得颇为包容，眼睛锁着她，脸上带着微微的笑意，温润好脾气的模样让裴四海夫妇不住暗叹他的好教养，再看看他们的女儿，咋个态度就能这样恶劣呢，难道是平时他们对她的管教太过宽松了？

"我吃饱了。"裴衿衿放下筷子,看着面前的早餐,没了食欲,"昨晚没睡好,我睡个回笼觉。"

袁莉看着自己的女儿,暗责她的不懂事,却也不好当着两个外人的面说她太多,小声嘀咕着。

"昨天我和你爸回去得挺早,你怎么还没睡好?"

裴衿衿躺下后,理直气壮地说道:"康复阶段的病人都需要充足的睡眠。"

余天阙体贴地为裴衿衿拉好薄被,成了"三国"中唯一不与她作对的"一国",说话的声音温柔无比。

"既然昨晚没休息好,你再睡会儿,我今天不上班,在这陪你。"

四目相对的一秒钟,裴衿衿忽然想起来,昨晚她睡觉的时候余天阙还在她的病房里看着她,他什么时候回去的?八成不太早。今早又早起特地为她买早餐,昨晚不用多想也肯定没睡饱。

"天阙。"裴衿衿的声音轻轻的,与之前对施南笙的口气和音量有着截然不同,"昨晚你陪我到很晚吧,你也连着工作一星期了,好不容易有个周末,别太累。"

"呵呵……"余天阙笑着抬起手,摸了摸裴衿衿的额头,眼中无尽疼爱,"能看着你对我就算是最好的休息了。"

听到余天阙对自己女儿温柔的情话,袁莉心里乐,脸上也跟着笑开了。这世道,能找到一个真心疼爱自己女儿的好男人太难了。不过,她女儿的运气似乎不错。

"好了,她要休息,咱们就回去吧。"裴四海看着袁莉,"有小余在这照顾,你也该放心。"

"呵呵,放心,当然放心。"

袁莉看着闭上眼睛的裴衿衿,她着实不想回去,不过却不是因为担心她,从这小妮子今天早上与人斗嘴的厉害劲来看,她这身体肯定没什么大毛病了,她想留在这只是心中太好奇了。她真想问问,这丫头到底什么时候认识施南笙的?难不成她之前还和施家大公子有过一段情?那为什么又分开了呢?要说这余天阙是不错,可和施南笙放在一起相比,那自然是毛毛虫和真龙天子的差别了。如果他们没分手,她这辈子说不定就是……想到此,袁莉又看了看在一旁一直没怎么说话的施南笙。小伙子真是长得好看啊。

裴四海拉着自己的老婆朝外面走:"既然放心就走吧。"

"哎哎哎,你拉我干吗。"袁莉停了脚步,"我的保温杯还没拿,等我拿回去洗了。"

拿了东西和裴四海一起离开的袁莉在回去的路上整个人像是打了兴奋剂,不停地问裴四海各种问题。

"老头子,你说,咱家衿衿怎么认识施南笙的?"

"不知道。"

"你说他们之前是不是在一起过？"

"不知道。"

袁莉做出深思状，几秒之后，口气十分笃定地说道："我敢肯定施南笙和我们家衿衿在一起过。只是不知道为什么会分开，你说，好好的恋人，为什么会分手呢？"

"不知道。"

"还有还有，你看出来没有，我感觉是我们衿衿甩了人家施南笙呐。"

裴四海终于受不了地白了一眼身边一直叽叽喳喳的袁莉："我没看出来。"

人家不过来看望了一下她的女儿，她就看出是自己女儿甩了人家，她到底知不知道施家是什么样的人家啊，施氏财团的少董事会被他们的女儿甩掉？这话说出去无异于一个国际大笑话。最关键的，他还觉得他们在一起，两个完全不同世界的人，相处起来，会很累。他了解自己的女儿，又懒又爱自在，施家那个大门大户可不是他们寻常百姓能高攀得起的。

"哼，你没看出来是因为你笨，我是看出来了。"

"行行行，你看出来了看出来了，那麻烦你这个袁半仙嘴巴歇会儿吧，你已经说了一路了，你不累，我听得都累了。"

袁莉不满地瞪了一眼裴四海，他知道什么啊，一点都不长心，如此难得一见的人出现在他们的生活里，也不多想想原因，说不定他们家的衿衿这辈子就真能成为豪门媳妇。若是成真，她这一生就不用辛苦奋斗了。如今这社会，要想发展得好，若自家没什么法子，就只能靠机遇了。现在施家就是咱们衿衿的超级好机会，错过了，以后再想出现这样的家人就难了。

"我不跟你说，我问衿衿。"

说着，袁莉掏出手机，准备打给裴衿衿，被裴四海拦住了。

"哎呀，我说你哪根筋搭错了啊，从医院出来就不消停。小妞这会睡觉了，你就别打扰她了。问什么问啊，难道以后还没有机会问她吗，怎么非得赶在这一时，不怕给她添乱子啊。"

袁莉瞪着裴四海："什么添乱子，我能给她添什么乱子啊，我是她老妈，我爱她还来不及。"

"你没看出小余和施先生之间有问题？"

"什么问题？"

"不管什么问题，你现在安安静静地坐着，回家。"

裴四海或许没有袁莉那么细心，但从一个男人的直觉，他能感觉到施南笙和余天阙之间有暗流涌动，这不是坏事，只是男人间的较劲，但对于他的宝贝女儿来说，却不是一件轻松的事情，毕竟两个男人都很优秀，如何处理全看她自己。

*

医院，裴衿衿的病房。

裴四海和袁莉走了之后，裴衿衿躺在床上睡觉，确切地说，是在装睡。两尊镇妖大仙走了之后，她还敢睁开眼睛？傻子才会把自己送到枪口上。

施南笙和余天阙知道裴衿衿肯定没睡着，不过她要装，他们就配合她装。

于是，让裴衿衿内伤的对抗开始上演了。

余天阙坐在裴衿衿的床边，摆出正牌男友的姿态，一会儿帮她掖被角，一会儿又摸摸她的头，眼睛和施南笙对上的时候，还表现得特别镇定和大方。

"听说施氏财团总部在 Y 市，施先生到 C 市来，是出差？"

施南笙看着余天阙，直接回道："特地来看衿衿。"

裴衿衿紧闭的长睫颤了下，施南笙，你故意要说得直白是吧，含蓄点能死人啊。

"余先生既然是衿衿的男朋友，怎会让她发生如此严重的事情，听说现代男友失职一次就可能'下岗'的。"

余天阙微笑："让衿衿出事我确实是做得不够好，但施先生可能不知道，我家衿衿心地善良，便是我犯错多次也会原谅我。"

裴衿衿卷翘的睫毛又是一颤，原谅你个头啊！余天阙你有本事给老子犯原则性的错误试试，看看我会不会原谅你。

施南笙笑了笑。

"让女友屡次原谅的男朋友不是好的男朋友，对吧，余先生？"

"呵呵，打着关心朋友的旗帜来抢别人女朋友的男人也不是好男人，你说是不是，施先生？"

裴衿衿暗咒，我去，合着我裴衿衿遇到的两人都不是什么好东西。

"相比之下，一个不好的男朋友，我觉得，总比没机会当别人的男朋友更好点。"余天阙笑得灿烂，"起码，我还有改正的机会。若人判了死刑，可就什么都没戏了。施先生，你说是不是？"

施南笙淡淡地笑了下，没有说话。是了，他的话糙理不糙，有机会的人总有改正的可能，可若失去希望，就真的什么可能都没有了。虽然他没有对裴衿衿抱什么两人再在一起的念想，但忽然听到这话，竟会感觉有些不爽。

听到余天阙的话，裴衿衿的心尖颤动了一下，放在胸口的手轻轻握成拳。为何，她的心口会感觉到一丝疼痛？

病房里陷入一阵短暂的安静。

忽然，余天阙的手机响了。

掏出手机后，看到上面的来电显示，余天阙拿着手机走出房间，到外面接电话了。

"你喜欢这个'死刑'吗？"

假睡的裴衿衿心脏一个抽搐，努力不让自己动弹分毫，尽管她忍得很辛苦。不过，显然某人不打算让她蒙混过关，又说了一句。

"别装了，知道你没睡。"

裴衿衿本想来一招"我就是不醒你能奈我何"的戏码，但某人仿佛料到她会用这招，说话时凑得特别近，气息热乎乎地喷到她的脸上，唇瓣距她的脸颊近若咫尺，似乎还有意无意地碰到了她，让她紧张得装不下去了。

"你怎么不出去接电话。"裴衿衿睁开眼睛，不高兴地看着施南笙，"少干点戳穿人的事情，很不厚道。"

施南笙微微扯了下嘴角，上半身依旧倾斜着靠近她，问，"喜欢吗？"

"什么？"

"我们之间的'死刑'。"

沉默了好一会儿裴衿衿才开口说话，眼睛亮亮的，声音里透着一股经历时间后的成熟和理智。

她说："五年前和你分开，说不伤心肯定是假。但人总要生活下去不是吗？可以伤心一天，伤心一个月，伤心一年，却不能伤心一辈子。这个世界，谁还没经历过失恋呢？"

说着，裴衿衿偏过头，望着施南笙，"缘在天定，分在人为。我们生活里，能够遇见什么样的人，完全是一种偶然，会和什么样的人在一起，则是一种必然。一生中最爱的人，未必是最适合自己的人。最爱的人是碰到的，最适合的人是选到的。那些'过来人'不是说么，25岁左右是爱情的分水岭，25岁之前，我们研究如何遇到最爱的人，25岁之后，应该考虑什么样的人适合自己。"

施南笙看着裴衿衿，觉得她真的成熟了，之前她看事情，多半还带着小女孩的冲动，现在的她，完全掌控着自己的理智，学会了怎样去规避可能对她产生伤害的人事。

"你觉得我不适合你？"施南笙问。

"呵呵。"裴衿衿笑，"你应该说，我不适合你。"

看着眼底的小脸，施南笙心生出感慨，是啊，一早就知道她不适合他，为什么当初还会一意孤行追她让她做他的女朋友呢？她非名门，与他门不当户不对；她不爱学经管，无法帮他管理施氏集团的事务；她不懂得持家照顾人，只会让他为她操心；她还不温柔，脾气又臭又倔，常常不给他面子地任性妄为。这些都告诉他，他们是不适合在一起的。可他也不知道，为什么他就是愿意和她待在一起也不想和自己的正牌女友去逛街看电影。

此时的施南笙和裴衿衿都不知道，人活一世，总会有那么一个人，或许他很优秀，他很好看；又或许他什么都没有，长得也不好看，可我们就是爱他，就是会为他付出，为他等待，为他连自己都不认识自己。在年华懵懂的时候，总会有这么个人，让我们为他犯贱很多年。等到有一天，蓦然回首的时候，我们也分不清到底是不是爱。也许是，也许又不是，谁又能分得清"真固执"和"假爱情"呢？

施南笙端起身子，靠到了椅背上，看着裴衿衿的脸，表情忽然回归平静，眸光却深邃得让人读不懂。

"施南笙，我跟你说实话吧。"

裴衿衿像是下定了决心，眼睛里有着与他一样的平静，"五年前，刚分开，我确实怨恨你。当然，也自责过自己，毕竟是我先有错在先。后来时间长了，我慢慢长大，就越知道做一个人的不容易。世上，没有完人，没有完美的生活，没有完美的故事，每个人都有难处，哪怕是你。渐渐地，我也就越来越不敢去恨你，以免不小心伤害了你，也刺痛自己。这当然不是说我多么善良，而是我学会了体谅。将心比心，若换成当初我是你，也许我也会做出你那样的举动。"

失踪多日的女友昏迷不醒，仿佛奄奄一息，人命关天，在那样的情况下，他首要的事情是送孙一萌去医院。罗天涵和张裕既然想带走她，两人必然做了施南笙不同意情况下的应对准备。他或许是看到了一人之力难以保全两个女孩，危机情况下，他选择了更需要照顾的一个。

"所以施南笙，虽然时隔五年有些长，但是我还是想说，我很高兴能认识你，同时也谢谢老天让我们分开。"

施南笙轻声问："你是不是还少说了一句话。"

"哪句？"

"感谢上帝让你遇到了现在的男朋友。"

裴衿衿扑哧一笑："我不信西方的上帝，东西方相距太远了，国外那些人就够他老人家操心了，我这边就不劳他费神了。"

有些沉闷的气氛终究没有因为裴衿衿的故作轻松而改变，施南笙看着她，愈发深沉了，看得出，她很满意现在的男朋友，似乎也打定了要和他一起生活下去的念头。可为何，他却没有要和孙一萌一辈子生活在一起的想法？他到底在坚持什么，等待什么？

病房的门外，余天阙站在门口，听着房间里的对话，原本有些焦躁的心开始安宁下来，他的姑娘看来很理智，不用他担心什么了。

听到身后的脚步声，余天阙回头，见裴衿衿的主治医师走了过来，连忙笑着打招呼。

"张医师，你来了。"

"你好，这么早就来看女朋友了。"

余天阙推开门，和医生护士一起走进房，看着张医师给裴衿衿做完检查。

张医师看着面色红润的裴衿衿，微笑着点点头，"嗯，没什么问题。"

"张医师，请问你知道和我一起送来的那个女孩子怎么样了吗？"裴衿衿颇为紧张地问着，"叫何文，昨晚很晚还在手术室里没有出来的那个。"

张医师想了想，看着身边的护士："你知道吗？"

护士看着裴衿衿，道："有三个女孩子昨晚都在手术室。一个抢救过来了，凌晨五点多出了手术室，在重症病房观察；还有一个抢救无效；还有一个……我就不知道是什么情况了，应该救过来了吧。"

"被抢救过来的女孩子是不是叫何文？"

"这个，我不知道。"

听到护士的话，裴衿衿紧张了，看着余天阙："天阙……"

"好好，我去给你看看，看是不是何文，你别担心。"余天阙心疼地握住裴衿衿的手，一只手抚摸着她的脸，安慰她，"先别红眼睛，我现在就给你去看看。"

"好。"

裴衿衿目送着余天阙离开，一颗心七上八下的。

"裴小姐，你好好休息，我还有别的病人要检查，先忙。"

"谢谢你张医师。"

离开的时候，张医师和两名护士还特地回头看了下一直一言不发的施南笙，眼中满是好奇。

没过多久，余天阙推开门快步走了进来。

"天阙，什么情况？"裴衿衿腾的一下就从病床上坐了起来，"是不是何文在重症监护室？"

余天阙露出一个浅浅的微笑，点头："是她。另外两个女的，一个昨晚抢救无效死亡，一个在今天早上因为伤势过重也……"

得到确信，裴衿衿长长舒了一口气，还活着就好。

*

Y市。

一辆黑色奥迪Q7缓缓开到施家大宅门口，见到熟悉的车牌，门卫将大门打开，看着汽车开了进去。

孙一萌下车后提着给福澜买的东西走进大门，脸上笑意盎然，看上去心情很不错。

"孙小姐。"

"孙小姐，你来了。"

"孙小姐好。"

在客厅里忙事的施家佣人一一向孙一萌打着招呼，大管家罗平非从楼上反背着手走了下来，见到孙一萌，双手变成了自然的行走摆动，看着她，走了过去。

"孙小姐。"罗平非朝孙一萌微微点了下头，"夫人在瑜伽室，应该还要一会儿。"

孙一萌轻轻笑了笑："没关系，不急。"

罗平非点点头："你请坐。王嫂，孙小姐的咖啡泡好了吗？"

很快，王嫂将孙一萌习惯喝的咖啡端了过来："孙小姐，你的咖啡。"

"嗯。"

孙一萌坐在沙发上，因为来施宅的次数很多，并不显得拘谨，倒是神态自若。咖啡香飘散开来，倾身端起瓷杯，浅浅抿了一口，脸上的笑意加深。

"罗管家。"

走开两步的罗平非站住，回身看着孙一萌："孙小姐，有什么事吗？"

"请问，南笙起床了吗？"

和施南笙认识多年的人都知道，他不是爱睡懒觉的人，周末时间虽然过得随意，但到上午十点还睡觉的情况绝对不会出现。罗平非不是傻子，听到孙一萌的话一秒钟就明白了她的意思。

"孙小姐，少爷昨晚没有回施家大宅。"罗平非声线平稳道，"应该是住在其他宅子里了。"

孙一萌诧异了，"没有回来？"

"是的。"

孙一萌想了想，估摸着施南笙可能又去了世瑾琰那儿，便没有再多想，慢慢喝着咖啡等着福澜。

临近中午的时候，福澜总算来到了客厅。罗平非走到她的面前，鞠了一个浅幅度的躬，说道："夫人，孙小姐来了。"

"一萌来了？"福澜脸上稍稍出现了一点笑容。

"孙小姐来了有一段时间了，在客厅等着无聊，现在在花园里散步呢。"

"知道了。"

罗平非问："我现在派人去把孙小姐叫进来吧。"

福澜摆了下手，边说边朝通向花园的侧门走去："她是在前花园对吧？我自己过去找她就行了，正好我也想走走。"

"是，夫人。"

偌大的花园里，孙一萌坐在双人秋千上，轻轻荡着，手里拿着手机，开开关关弄了好多次，怎么都下定不了拨出那个号码的决心。打，还是不打呢？

"哎……"孙一萌忍不住心中的失落，轻轻低叹，"为什么你不像一个正常的男朋友呢？"

"一个人在这嘀咕什么呢？"

福澜的声音忽然从孙一萌的背后传来，吓了她一大跳，连忙从秋千上下来，紧张不已。

"伯母你怎么来了。"

"吓到你了吧。"福澜随和地笑笑，"听老罗说你在花园里，正好我也想走走，便直接过来找你了。"

孙一萌平复好心情，走到福澜的身边，微笑着："我陪伯母走走吧。"

"嗯。"

走在福澜的身边，孙一萌身上平时的那股强势感觉莫名地就找不到了，像一个非常乖顺的小媳妇一样，温温柔柔的，敛了她与友人相处时的气场，看上去倒也顺眼。

走了一段路之后，福澜开始说话了。

"一萌啊。"

听到福澜用这样的口气开场，孙一萌立即绷起神经，等着她下面的话。

"你和南南在一起差不多六年了吧。"

"是的，伯母。"

福澜看了眼孙一萌："六年时间不短了。今年你也二十七了，年纪不小了，南南二十八，也都算得上是剩男剩女了。有些事情，必须得提到台面上来说了。"

心里虽然万分明白福澜的意思，但孙一萌也不好将自己内心的想法说出来，她当然是希望能尽快和施南笙举行婚礼，尘埃落定，正了自己的名分。可他一点都没有要结婚的意思，她总不能逼婚吧？当初成功成为他女朋友的时候也幻想过他们研究生毕业就会结婚，没想到现在感觉越来越生疏，甚至除了上班她都没法见到他一面，完全就不像恋爱中的男女。

"你知道我的意思吧？"福澜望着孙一萌。

孙一萌点头："知道。"

"知道就要行动。二十七岁，再过几年就三十了，高龄产妇生子风险大，你自己也受累。"

"嗯。"

"虽说年轻人事业为主，但到了适当的年纪就得做符合年龄段的事情。"福澜加重语气道，"现在你和南南首要的任务就是结婚生子，其他的事情都可以排到后面缓一缓。公司的事情可以安排其他人做，你们俩人排出时间，解决个人问题。"

说着，福澜似乎想起了什么，问道："怎么不见南南和你一起回来？"

"他……可能和世瑾琰在一起吧。"

"可能？"福澜挑眉，"你昨晚没和他在一起？"

昨晚是周五，工作了一星期，两人不约会好好聚聚，却跑去和好兄弟见面，有那么重要的事情要说吗？

孙一萌面露尴尬之色："下班后我去他办公室，他已经下班了。"

"那就给他电话啊。让他见完世瑾琰去找你，这有什么难的吗？好兄弟和女朋友并不冲突，怎么弄得有朋友就不要女朋友的感觉一样，回头你得好好训训他。"说话间，福澜看了眼孙一萌，"一萌啊，不是伯母说你，你对南南，就是太纵容了。他说什么就是什么，他想干吗你就让他干吗，弄得他越来越我行我素，没点儿当男朋友的自觉性。我还是他妈吧，结果一个月都见不到他几次，你都知道每个星期跑来看我，他整个就不见影儿。就算他事情忙，隔一次和你一道回来不难吧，这么多年来，我就没见你们一起出现在我面前多少回。"

说着，福澜用手比画了一下，"一只手都能数过来。真不像话。"

"是，伯母，一萌知错了。"

"不是你的错，我也不是训你，只是说你们这样不像恋人。"

听着福澜的话，孙一萌内心更加觉得委屈，她何尝不知道他们不像恋人，两人为数不多的约会都是她主动找他且他躲不过了才成功的，各种浪漫的节日他从没送她什么礼物，每次都是直接向她的账户划一笔资金。她不是没有向他抗议过，可得到的回答是什么？

他说：如果你觉得我这个男朋友做得不够称职，可以提出分手。

她永远记得他说这句话的表情，只要她提出来，他会毫不犹豫地答应，且以她对他的了解，一旦他们分开，就不会再有复合的机会。试问，她怎么敢有再控诉他的胆子？更别提什么训斥他了。他们的爱情，外人看到的是光鲜和男才女貌的般配，只有他们自己知道，平淡如水，甚至比不上普通朋友。而关系能保持这么多年，全是因为她在委屈着自己，不哭不闹，不分不离。她都不知道，他这辈子是不是永远都不会知道爱情是什么东西，他的心，难道是石头做的吗？石头都能捂热，他的心似乎缺了"爱情"这一块东西，没有人能让他体会到爱情的滋味。

"好了。我决定了。下周一找南南谈一次，让他把工作的事情放一放，好好想想结婚生子的事情。他手里的工作若实在忙不过来，我让Tom去帮他分担。今年之内，必须把这事给我办了。"

孙一萌扬起嘴角,有些藏不住的高兴,却也有着担心。

"伯母,南笙现在的心思不在成家,我觉得……逼他不太好。"

"看吧看吧。你就是这样,什么都站在他的角度考虑,俩人的婚姻大事才会拖到现在。"福澜拍板定案,"这事,就这么定了。"

孙一萌陪着福澜在施家大宅的花园里走了一会儿,两人回到屋里吃午饭。

桌上,福澜还说了几句关于施南笙和孙一萌结婚的话,似乎恨不得下一个月他们就将事情办了。见福澜对他们的婚事如此上心,孙一萌心中说不出的高兴,她父母也催促了好多次,只不过她都不敢对他们说出她和施南笙之间的实情,只说自己现在想事业为主,不想结婚太早,可她哪里是不想结,只是不想让施南笙反感她,如果这件事由他的妈妈出面和他谈,那自然最好,她乐得当一个待嫁新娘。

第十章
现今，如花美眷，常思朝暮

C市。

施南笙吃完饭刚走进裴衿衿的房间，手机响了，见到手机上面显示的号码，转身走了出去。

"喂。"

福澜的声音从电话那端传了过来，带着不满："还能听出我是哪个吗？"

"妈。"施南笙轻轻发笑，"妈，我最近工作没有偷懒。"

"我不是嫌你工作偷懒，你啊，要是在工作上偷懒挪出时间去忙别的该忙的事情，我不知道有多高兴。"

施南笙笑："例如？"

"例如好好想想和一萌什么时候举行婚礼，然后什么时候给我生个一男半女的孙子。"福澜看了一眼一旁默默坐着不说话的孙一萌，继续对着施南笙开火，"一个月到头，我都见不到你几次，反而是一萌，每个周末都来看我，二十八年前我生的是你还是她啊？亲儿子都没儿媳妇做得好，你这个当儿子的难道不觉得不好意思？"

施南笙静静听着，没有说话。

"南南啊，我今天和一萌谈了，下周起，你们把工作缓缓，我们来合计一下尽快办了你们的婚礼，两人都老大不小了，老这么谈着像怎么一回事啊，都六年了，马拉松还有个终点呢，你们的终点，必须是今年，不能再拖下去。"

"妈，我现在不想结婚。"

对于这个问题，施南笙回答得很干脆很直接。

福澜问："那你想什么时候？"

"没想过。"

福澜声音忽而严厉："你说什么？"

"没想过结婚这事。"

"以前没想过我就不追究了，从现在起，你给妈妈好好想想。"

施南笙不知道他老妈怎么今天突然遭魔障了一样，居然电话催婚，而且好像恨不得他立即就娶老婆似的，心急成这样。

"妈。"

"你别给我说些没用的，妈给你下通牒，今年必须结婚，没条件没理由可讲。"

听着福澜坚决的口气，施南笙知道，这次她是来真的了。只是，他不想结婚也是真的。孙一萌不是不好，他挑不出她什么问题，问题源自他对她了解太少，也没心思从她的身上挑什么。

见施南笙不说话，福澜问道："你现在是和瑾琰在一起吗？"

"没有。"

"那你在哪？"

"一个朋友出了点意外，到医院来看看她。"

福澜嗯了一声，嘱咐道："看完朋友你就从医院回家来，咱们面对面谈一谈。正好，今天一萌也在，妈好好和你们说说。"

施南笙蹙眉："妈，我恐怕回不了家。"

"为什么？"

"我现在不在Y市。"

福澜不禁好奇了："什么朋友重要到你这么特地过去看他？"

无怪乎福澜有这句问话，施南笙极不爱惹麻烦事，延伸到工作和生活中就是，能不出面的事情一定不出面，能不亲自处理的事情就一定不插手，能不参加的聚会一定不会露脸，能简单处理的事情一定不会多出一步程序，他朋友不少，但能让他上心的人却不多，这次竟然能离开Y市去看望人家，必然不是一般的朋友。他的朋友她多半都了解，不记得有哪一个在外面发展啊？

"妈，你要没别的事，我就挂了。"

"你什么时候回Y市？"

听到福澜这句话，一旁喝着咖啡的孙一萌忽然一愣，看着她，南笙现在不在Y市？

"大概明天晚上吧。"

"嗯。知道了。"

挂掉电话，福澜轻轻叹了一口气，她不是没听出儿子对婚姻的排斥，她感觉得出，他是真的不想结婚。可他二十八了，该考虑这个问题了。这么悬着，她和他老爸总感觉有件大事没有做完似的，看着别人含饴弄孙，他们能不着急吗。

孙一萌轻轻放下咖啡，对着福澜扬起一个微笑。

"伯母，其实……晚点儿结婚也挺好的。"

福澜看着孙一萌，微微有些埋怨她："你总是这样随和的态度，南南才会不将婚姻放上日程，你若表现得着急些，他估计也会上心不少。因为感觉到你对和他结婚不在乎，他也没紧张感。一萌啊，适当给南南一些压力，不要太纵容他，拿出你工作时的状态，做事干净利落。不然，可不像我福澜的儿媳妇啊。"

当初她也不是很满意这个女孩，总觉得她眼中对"施氏"的渴望太强烈，虽然她做了掩饰，行为举止也得体，但别忘了她是谁，她福澜在这世上看到的人多得他们想象不到，一个人对他们家有什么企图，她一看就看得出大概。只不过，这女孩工作能力确实出众，有她在南南身边帮忙处理事务，很不错。加之，她贪图的不过是施家的钱财和名望，这些，施家有的是，不怕她图，让谁进施家大门都能保证她过上人上人的豪门生活。何况，到最后，所有的东西都只会在南南的名下，儿媳妇不过是仗着施家过无忧无虑的生活，谁过不是过，施家还能养不起一个女人么。最重要的是，南南娶的女人必须能不让他太累，还有能全心全意爱他，这两点，她孙一萌都达到了，时间一长，她这个当妈的自然也就接纳了她。

"我知道了，伯母。"

*

挂断和福澜的电话，施南笙在医院的走廊里站了一会儿，想着她的话。

结婚，和孙一萌，今年。

这些，他能做到吗？不知为什么，下不了决心，似乎总觉得自己若和她结婚了，必然会后悔。好像，他真的没有想过结婚这回事。

不，等等！

施南笙的眉头拧在了一起，他真的没想过结婚吗？似乎不是。五年前，他还在研二，那时他想过，等裴衿衿大学毕业就和她举办婚礼，甚至，如果她等不及了，他可以在研究生毕业后就和大三的她结婚。那时，他是真的想和她在一起，一辈子在一起。只是，在她之后，他再没想过结婚一事。明明她欺骗了他，明明她每一处都不符合他娶妻的条件，可他怎么就抽风地想过和她的婚礼呢？反而是适合他的孙一萌，他竟一点都不想与她步入婚姻的殿堂。

施南笙轻轻叹口气，转身进了裴衿衿的房间。在门口，停住了。

房间里，余天阙正俯着身子轻轻地亲吻裴衿衿，他的唇，落在她的额上，温柔中带着怜惜。而她的脸上，带着一丝笑意，享受着他给的爱意和心疼。

施南笙想，他似乎从来都没有如此对过孙一萌，看着他们，才觉得，真正的恋人应该是像他们这样相处的吧，而他和孙一萌，更多的是像公司同事，相敬如宾。

"咳。"施南笙咳嗽了一声，走进房间。

余天阙抬头看了眼，很快又转过头对着裴衿衿说道："你午休吧。醒了我再叫医院过来给你做检查。"

"嗯。你也休息会。"

"好。"

看着余天阙和裴衿衿间的交谈，施南笙恍然觉得，自己在这真的是多余的，她的生活里已经没有他的位置，对于过去，她不想解释，对于未来，她不希望见到他。而他，却是莫名其妙地来了 C 市。

原本，施南笙想第二天晚上飞回 Y 市，哪里知道，第二天裴衿衿的病房出现了不速之人。

*

人也许都是犯贱的动物，平静的生活里忽然出现一丝波动，越让人纠结不解越是能牵住人的心，让人不由自主地沉迷而无法自拔。

就如，此刻的施南笙。

看着余天阙和裴衿衿两人间的互动，施南笙听见自己的心隐隐在说，他不高兴。但他却无法操控自己的双腿离开，哪怕见到她不满自己一直陪在房间的眼神也不想出去，好像他一旦离开就会出现什么让他懊恼后悔的事情。尽管是一种煎熬，他却选择坚持。

医生做完例行检查后，裴衿衿看着给他倒水的余天阙，轻声说话。

"天阙，我想去看看段誉和何文。"

余天阙低头看着水杯里的水，边倒边说："好，段誉没问题。但能不能看到何文就不好说了。"

"你的意思是她还在重症室没有出来吗？"

"我昨晚去问的时候还没有，现在不确定。"

余天阙盖好开水瓶，端着白开水走到裴衿衿的床边，将杯子放到床头柜上，"太烫，等会凉了再喝。"

裴衿衿微微皱了下眉头："我们看完段誉去看何文，然后找一下她的主治医生，问问情况。"

"好。"

吃完消炎药，余天阙扶着裴衿衿慢慢从床上下来，看着一旁安静坐着的施南笙，微微笑了下。

"施先生，我带衿衿过去看她的同事。"

施南笙放下交叠的腿，站了起来，走到裴衿衿的身边，看着她的眼睛，简明地说了两个字："走吧。"

望着施南笙淡定的表情，裴衿衿很想说点什么，比如劝他回 Y 市啦，不要再关心她啦，和孙一萌好好恋爱结婚啦，等等等等。只是话到嘴边，又咽了回去。

一左一右，两个男人夹着裴衿衿朝上一层段誉住的病房走去。

"段誉。"

余天阙推开门，裴衿衿立即快走了两步，看到床上躺着的男孩时，她的眼睛一瞬间红了。

"段誉。"裴衿衿又轻声喊了一下，走到他的床边，不是说他伤得不重吗？那为什么双臂和一条腿都包着这么多的纱布，她还想这小子怎么不去看她，这才发现，他的右腿断了，打着夹板。

段誉看着忽然进来的裴衿衿，开心地咧开嘴笑了："衿衿姐，你怎么来了。"

"你这个没良心的不去看我，还不许我来看你啊。"

段誉笑得像个小孩子："准许准许，高兴得想放鞭炮，大 BOSS 亲自来慰问，小兵我感觉顿时蓬荜生辉，万分激动。"

裴衿衿红着眼睛失笑："你小子，都到这时候还能开玩笑，看来，我真是瞎担心了。"

段誉看了看自己身上的伤，笑笑。

"衿衿姐，没事，要不了多久我就能恢复了。"段誉打量着裴衿衿上下，"你没事吧？"

裴衿衿摇头："比你好。你姐我还没断腿呢，不用你慰问。"

"哈哈……"段誉乐得大笑，"当然不用我慰问你，有天阙哥照顾你，你哪里还需要别人担心啊。是不是，天阙哥？"

余天阙笑得眼睛亮如星辰，这就是每天坚持去接女朋友下班的好处啊，她身边的人早就当他是她的准老公了，私人财产，产权明晰，旁人勿动。

问话间，段誉才发现，还有一个男人在房间里，开始目光都在包扎得像个牧民的裴衿衿身上，没注意到还有一个……超级大帅哥跟着他们进来了。不！等等！不是大帅哥，是一个大美……男。

见段誉张着"O"型嘴吃惊地看着自己，施南笙礼貌地点头打招呼。

"你好。"

施南笙微小却十分优雅的动作幅度，配合他的浅笑表情和温和目光，一下让段誉受惊得更严重，成了名副其实的"草痴"。草痴，顾名思义，与"花痴"相对，裴衿衿发明出来形容某类人的。这次很不凑巧，她的小同事成功中招。

"喂！"

裴衿衿瞪着段誉，搞什么鬼啊，看到施南笙居然出现这个表情，他就是看到他的女神都没这么吃惊吧，一个家世和名望"稍微"好点的男人有必要让他如此失神吗？

段誉还沉浸在对施南笙的"惊"中，直到裴衿衿碰了他一下才回过神。

"呢？啊？"段誉不明所以地看着裴衿衿，"怎么了衿衿姐？"

怎么了？他还问她怎么了？自己一个男的，盯着另一个男人看，也不怕别人误会他。

"没怎么，就问你，想吃什么不？"

段誉摇头，"刚吃完早饭，肚子还是饱的呢。哎，衿衿姐，他是……"

裴衿衿真是想不明白，段誉要是个女人那他对施南笙有一百分的兴趣她都能理解，但问题是，他一个男人，怎么对施南笙有如此浓厚的兴趣，只看他的眼睛她就知道，段誉这小子这会心思都放在施南笙身上了。

"一个朋友。"

"你的？"

裴衿衿白了一眼段誉："难道还是你的？"

"衿衿姐的朋友就是我的朋友，我会对他很好的。"

裴衿衿伸手拍了一下段誉的额头："小子你乱说什么呢，什么我的朋友就是你的朋友，这话用何文身上合适。用他身上？也不嫌别扭啊。你一个大男人对他好什么好，他不稀罕。"

段誉看着施南笙，眼睛继续放光，极小声地嘀咕："一个男人怎么能长成这样呢……"

"稀罕。"

让人惊讶的是，施南笙居然说话了。

他说啥，稀罕？稀罕什么？

施南笙看着段誉，嘴角带着笑："在C市，对我好的人，还没有。"

"哇。"段誉一激动，从床上坐了起来，疼得他龇牙咧嘴的，看着施南笙。

"你说的是真的吗？我是C市第一个对你好的人吗？"

"嗯。"

"我好荣幸啊，大美男，我真的好荣幸好荣幸啊。"

听着段誉对自己的称呼，施南笙真想拉下脸，但他忍住了。而且，他看到裴衿衿听到段誉的话后，脸色变得难看起来，可不知道为何，他却似乎有些小开心。

施南笙对着段誉认真地点头："能得到你的认同也是我的荣幸。"

"认同认同，我肯定认同你。"段誉还不忘顺道夸自己的女BOSS，"衿衿姐的朋友都是非常优秀的，物以类聚人以群分，大美男，我对你百分百的认同。是吧，衿衿姐。"

"我什么都没说。"

施南笙目光溜到裴衿衿身上，似有委屈地说道："你看，她就是这样对我。"

"呵呵，没事没事，衿衿姐最爱说反话。"

裴衿衿恼火地看着段誉："段誉！"

她什么时候爱说反话了，她什么时候觉得施南笙优秀了，她什么时候说过她和他是一类人了，她什么时候表现出她认同施南笙了，这个段誉真是……欠揍。她就不该好心上来看他，完全就是给自己找堵，活像她真的多委屈施南笙一般。

"啊？"

看到段誉无辜的小眼睛，裴衿衿又发不出火了，臭小子，等他好了再算账，先记着。

"你好好休息，我去看看何文。"

"我也去。"

段誉作势要下床。

就近的施南笙和裴衿衿同时出手摁住段誉，一个没注意，施南笙的手正好覆到裴衿衿的手背上，两人同时一愣，四目相对。很快，两人别开眼。裴衿衿抽出自己的手，脸悄悄地红了。施南笙扶着段誉躺下，轻声说着话："你伤着，别乱动。"

因为段誉离得近，施南笙和裴衿衿之间的眼神交流被他敏锐捕捉到，躺下后，他的目光在两人身上来回流转，虽然他还是个没出师的心理专业学生，但用他仅有的一点经验分析，此两人间肯定有不同寻常的关系，他们绝不是他开始认定的普通朋友。

裴衿衿挥掉刚才的尴尬，说道："段誉你躺着，我走了，敢再动，扣半月工资。"

施南笙因为离裴衿衿近，顺势就扶着她朝门外走，刚走出门，迎面见到一个意外出现的人。

叮的响了一声后打开的电梯里，走出几个人，一个医生两个护士和四个病人家属，还有一个抬头挺胸气质出众的女孩。巧的是，段誉的病房门刚好在电梯对面，女孩走出电梯就看到了施南笙和裴衿衿。

一瞬间的惊讶闪现在眼中后，孙一萌努力平复着自己的神情，朝他们迎面走去。

"南笙。"

孙一萌带着微笑站在施南笙一步开外，嘴角扬起，可她的心，却怎么都笑不起来。在施家听到福澜和他通电话，说是在 C 市看望一个住院的朋友，她当时还很好奇，到底是谁有这么大的面子，居然能让他周末飞过去看望。思前想后，她给世瑾琰打了个电话，他们是最好的朋友，如果是施南笙如此在乎的人，世瑾琰肯定知道是谁。但让她起疑的是，世瑾琰居然说不知道施南笙到哪儿去了，在她再三追问下才说"他看完新闻就急匆匆地

跑出去了，去哪儿了，真的不知道"。只是一个新闻就让他这么紧张，到底是谁？在强烈好奇心的驱使下，她查了他。

C市！

他去的是C市！

当追查施南笙行踪的人向她汇报情况时，她第一反应就是——裴衿衿。上飞机前，她还在想，或许只是她想多了，毕竟裴衿衿和她男朋友都准备结婚了，她不可能再和南笙有什么瓜葛。C市那么大，人那么多，南笙或许还有其他朋友在那，她千万不能乱七八糟地想。可是，下飞机后，她听到了什么消息。裴衿衿火灾住院，而她心心念念的男朋友，便是在周五的晚上赶到她所在医院，在她的病房陪了她一夜。

看着眼前的施南笙，孙一萌不知道自己从C市机场到他面前的这段路到底是怎么忍住不给他打电话的，她好几次握着电话想问他在哪儿，想对他大发脾气，都强忍下了。她真的很想像福澜说的那样，对他斥责发火，让他给自己一个合理的解释。可是她，怕！

施南笙扶着裴衿衿的手没有松开，看着孙一萌，她突然的意外出现仅仅给了他一秒钟的惊讶，很快表情淡如寻常，问："你怎么来了？"

"我过来看看……衿衿。"说着，孙一萌的目光转到裴衿衿的身上，视线掠过施南笙扶着裴衿衿手臂的一刻，眉头极浅地皱了下，若不仔细看，一点都看不出她细微的小动作。

"衿衿，你没事吧？"

裴衿衿微微一笑，摇头："我没事，谢谢孙小姐的关心。"

从孙一萌出现后，在裴衿衿身边另一侧的余天阙便伸手揽住她的细腰，将自己独特的身份表现得十分明显，尤其脸上的笑容，格外温和，仿佛是十佳女友的代言人。

"这位，想必就是衿衿的未婚夫吧。"孙一萌笑着伸出手，"你好，很高兴见到你。"

听到孙一萌对自己的定位，余天阙心中那个乐啊，心有所想，口便有所说："小姐，你真是好眼力，一下就看出了我的身份。你好，我是余天阙，正是衿衿的未婚夫。"

余天阙伸出手，友好地握了握孙一萌的手，搂着裴衿衿的手臂不自觉地又收紧了一些。

"呵呵……"孙一萌笑，"衿衿向我提过你，说你们快结婚了，到时如果不嫌弃，一定通知我。"

什么？

余天阙愣了一秒，衿衿对外人说他们要结婚了？这么说，她真的是从心底里认定自己了哇。虽然事先她没有和他商量，但这样的消息对他来说，无疑是一个让人非常振奋高兴的大好消息。如果她愿意，他恨不得现在就筹办他们的婚礼。因为他很肯定，她是他想共度一辈子的女人。

"哈哈，美女能赏光来参加我们的婚礼我求之不得，怎么会嫌弃呢。是吧，衿衿？"

裴衿衿干干地笑了笑："嗯。"

她脑袋抽风了才会请孙一萌过来参加她的婚礼，天阙也是，不看人就乱接话，他肯定不知道眼前的短发美女就是施南笙的女朋友吧。

得到了裴衿衿的回答，余天阙手臂上的力道越发加大，几乎是将她半纳进怀中一般。他从来没想过，有一天，他们之间，竟是她先宣布他们要结婚的消息。这感觉，实在是很棒。

由于余天阙一点一点加力，原本近身扶着裴衿衿的施南笙与她之间的距离逐渐拉大，到最后很明显就看出三人之间的亲疏关系。不过，四个俊男美女站在一起，路过的人哪里会去想他们到底谁和谁是一对儿，只管着怎么养眼怎么看。

孙一萌带着微笑向施南笙走近一步，伸出手自然地挽过他的手臂："南笙你也是，来看衿衿怎么不跟我说一声，这样我们就能一起过来了。"

施南笙略略地侧头看着孙一萌："你刚下的飞机？"说话间，原来扶着裴衿衿的手放下了，顺势滑进了裤兜，潇洒而优雅的姿态，眉目间却是一片清远的感觉，让人没有亲近感。

"是啊。"孙一萌道。

余天阙见到孙一萌对施南笙的动作，忽然明白了什么，揽着裴衿衿，轻声道："衿衿，我扶你回房。"

"嗯。"

因为只需要下一层，裴衿衿不想坐电梯，余天阙便小心翼翼带着她走楼梯，因为她脚上也包扎着纱布，走得十分缓慢，有一阶下的时候还特别不小心地崴了一下。

"啊。"

两个声音同时响起。

"小心。"

"小心。"

余天阙和施南笙出声的同时向裴衿衿施以帮助，余天阙搂紧她的腰身，而施南笙则从后面眼疾手快地伸手抓住裴衿衿的上臂。待她稳住后，两个男人同时向对方看了一眼。

孙一萌看着施南笙的反应，眉心蹙了起来。

"衿衿，崴到了吗？"余天阙担忧地看着裴衿衿。

"没事。"

回答余天阙的时候，裴衿衿故意不去理会施南笙对她做出的动作，仿佛她感觉不到他

的关心和紧张一样。她真的不能理解他，女朋友都追到 C 市来了，怎么还不知道避嫌，这个时候，就算她摔得滚下楼梯他都不要快速出手相救，免得向孙一萌解释不清楚，情侣吵架是最让人头疼的事情，因为很多时候女人是不会对自己的男朋友讲理的，她可不想再遭遇一次被孙一萌约谈。

余天阙担心再次伤到裴衿衿，说道："我抱着你走。"

裴衿衿还没来得及说"不"字，余天阙话音未落便弯腰将她悬空抱了起来，稳稳朝楼下走去。

看着裴衿衿带着娇羞绯色的脸庞，余天阙脸上的笑容逐渐加大，忍不住打趣她，"未婚妻，你很可爱。"

裴衿衿剜了余天阙一眼，这个小小的动作在走在他们后面的施南笙眼中，成了她和他浓情蜜意的表现，他不知道到底是他的角度问题，还是裴衿衿真就那么喜欢余天阙，竟用那么可爱动人的脸色向他撒娇，那样的表情，他五年前和她在一起时，她从没对他做过。

孙一萌看着前面几步的一男一女，心中忽然生出一丝悲哀，这才是真正的恋人不是吗，男人心疼女人，女人喜欢着男人，相互眉目传情。两人甜蜜地相恋，然后幸福地结婚，最后化成难舍难分的亲情，相伴到老。可为什么，她和施南笙就不能这样。如果她受伤，施南笙会做到裴衿衿男友这样吗？如果有一天，他抱着她走在外面，她想，她会成为最让路人侧目的女人，他有这样的魅力迷住所有人的目光。只是，她没有看到他对她的在乎，却看到了他为裴衿衿出手时的迅速和那份他没有多加掩饰的紧张和关心。

施南笙，是否，你的心里，还装着裴衿衿？

裴衿衿回到病房后，余天阙小心地放她到床上，照顾好她躺下，这才看着施南笙和孙一萌。

"谢谢你们两个来看衿衿，以后若有机会，我做东，请你们吃饭。"

施南笙没说什么，转身朝门外走，留下一句："你出来下。"

孙一萌知道是在叫她，对着余天阙和裴衿衿笑了一下："我先出去下，等会来。"

当孙一萌走出房间，见到施南笙已经快到电梯门口了，赶紧快走几步跟了过去，两人在电梯里没有任何的眼神交流和话语，直到施南笙走到医院住院部后面供病人散步用的小园子里。

"有意思吗？"施南笙开口问道。

孙一萌愣了一秒，他的问题有点出乎她的意料，一时让她不明白他到底指什么。

"南笙，我不明白你的意思。"

"调查她让你有成就感？"

"我没……有。"

孙一萌的回答有些心虚,她以为他首先要责怪的是她突然跑来医院,没想到会是这个。

施南笙眼睛凌厉地看着孙一萌:"你知道我讨厌被人欺骗。"

他记得,她和裴衿衿从来就没有交谈过,他也从未在她的面前主动提过"裴衿衿"三个字,他当然知道她那些闺蜜在五年前会在她的耳边嚼舌根,但她曾问过他裴衿衿的事情,那时他就告诉她,不要去找裴衿衿,也不要在他的面前提起这个名字,更加不要主动去查,他不喜欢的事情她最好不要做,否则,别怪他对她发脾气。可是,照刚才她和裴衿衿打招呼的情况看,她完全不是第一次和她见面。而且,她怎么就听说了裴衿衿准备和余天阙结婚的消息?裴衿衿不想和他有瓜葛,也仅仅只是说余天阙适合她,并未说他们马上要结婚了,她一个在Y市朝九晚五上班的人,与裴衿衿又没有交情,以裴衿衿的性格,不可能告诉她婚事情况。如果不是她曾背着他来C市找过裴衿衿,他分析不出第二个可能。

他真没想到,一向乖巧懂得他做事喜好的人居然会背着他来找裴衿衿,难怪这两天裴衿衿不止一次让他好好和女朋友恋爱结婚,怕是上次孙一萌对她说了什么吧。

"我是来C市找过她一次。"孙一萌的声音轻轻的。

"今天是我妈叫你来找我,还是你自己要来的?"

孙一萌看着施南笙,她很想说是福澜叫的,因为这样,他对她的不满才可能降低。但是,真的要撒谎吗?

"是……"孙一萌心有惴惴,低声道,"伯母。"

听到她的话,施南笙二话不说,掏出手机,拨福澜的电话。

见状,孙一萌紧张了,伸手立即握住施南笙的手机,慌忙道:"不是不是,不是伯母叫我来的,是我自己来的,请你别给伯母打电话。"

电话已经接通,传来福澜的声音。

"喂。南南!"

施南笙扫了眼孙一萌,将手机放到耳边:"妈,是我。"

福澜似乎在那边忙着什么事情,口气有些公式化:"有什么事?"

"没大事。就准备告诉你,今晚我可能不回Y市,明早回。"

"哦,好。"

"妈,再见。"

放手机进兜,顺势地,施南笙就将手插在裤兜里,眼睛盯着孙一萌:"当着我的面撒谎,很好。"

此时的孙一萌已经紧张不已了,她知道施南笙讨厌被人骗,但她没想到自己有一天竟蠢得去犯他的禁忌,她到底是怎么了,以前不是反应很快的吗,怎么在裴衿衿的事情上就屡次做出让他不高兴的事来呢。

"南笙,对不起。"孙一萌伸手轻轻抓住施南笙的手臂,脸上的表情紧张中带着哀怜,"我不是故意想骗你,我怕说实话你会生气,我只是不想你不高兴。"

望着眼前的脸,施南笙口气淡然得很:"你不是常对人说,你很了解我吗?那你应该知道,任何真话,我都能接受。"

"我保证,以后再也不会了。"孙一萌目光中带着祈求,"南笙,相信我,我以后不会再说谎了。"

"我们,有以后吗?"施南笙问孙一萌。

看到余天阙和裴衿衿之间的相处和感情,他虽不确定裴衿衿有多爱余天阙,但看得出余天阙很在乎她,而她似乎也理智地认为余天阙就是自己这辈子最值得托付的人,他们能确定今生自己要什么。可他呢?他从来都没有想过要和孙一萌结婚,当初她说做他的女朋友,他不想麻烦,默许她在他的身边。后来她遭遇绑架,回来后,她想报警追缉绑架犯,他担心涉及裴衿衿,便让她不要报警,可是没想到,遭遇到她身边所有闺蜜的反对,她们一致鼓动她追查到底。没办法,他便对她端出了男朋友的姿态。

他说,难道你认为你的男朋友会在你遭受这种情况后亏待你吗?报警影响的不单单是个人,可能涉及到施氏。他记得自己说出这番话后孙一萌的表情,惊讶,惊喜,然后非常爽快地同意再不追究绑架事件,就算后面她的朋友不理解她,她也用强势的姿态将她们的建议都堵了回去。他想,在她的心中,能获得他对她身份的认可,那些委屈都算不得什么吧。他曾怀疑过她,他有这么好吗?好到她可以这样顺从他。如果他真的好,为什么裴衿衿就不像她这样。

孙一萌心中警铃响起,看着施南笙:"南笙你说什么呢,我们怎么会没有以后呢,我们会很幸福地结婚,然后有我们的孩子,我会努力地工作,让你不那么辛苦,我们会白头到老的。"

听着孙一萌的描述,施南笙微微蹙了下眉头。

"一萌,对不起。"

孙一萌怔住,看着施南笙,说话的声音有些颤:"南笙,你说什么?"

"一萌,你很聪明,知道我的意思。"

"我不知道。"孙一萌快速地说道,"我不聪明,我什么都不知道。"

说完,孙一萌转身飞快地跑开了。

她想,她走,她现在就回Y市,这样他就没法当着她的面继续这样说话,她不想听他后面的话，也不想去理解他那句"对不起"后面的意思。

看着孙一萌的背影，施南笙轻轻叹了口气，从心头来说，他并不想伤害任何人，他懂情伤有多苦。但，或许是今天妈的催婚电话让他忽然发现，他是一个男人，他可以从来没想过结婚这事，但对女孩子不可能。他可以一辈子不娶女人，可孙一萌不能一辈子耗在他的身上不嫁人，时间长了，对她很不利。他以前就是太不想婚姻这档事把她耽误了，这样一个顺从自己的姑娘，竟也能几年都不催他娶她，她的纵容滋长了他之前的疏忽。

"呵……"施南笙苦笑一声。

想来他是真的不在乎一萌吧，她这么多年不催他结婚，他竟然没一次想到这个问题，居然就这样混了五年。现在想想，他真的是个混蛋，浪费了一个女孩的美好光阴。

"施南笙，你真是可耻啊。"

*

周一。

Y市，施氏集团1号大厦。

福澜在施南笙的办公室里一次次按下自己欲发作的脾气，搞什么鬼，说好的早上回来，现在都什么时候，十点，十点都不见他出现在公司，他不拿时间当一回事是吗？他搞清楚了自己的身份吗？他是那种有足够时间悠闲的人吗？他的上班时间宝贵得分分钟都珍贵无比。

付西喆泡了一杯咖啡放到福澜的面前，轻声道："夫人，少爷兴许是遭遇飞机晚点了。"

福澜脸色不甚好看地说道："知道飞机可能晚点，怎么不昨晚回来，非要工作日赶班机？"

付西喆不敢再为施南笙多说什么，夫人的脾气他可是见识过的。

过了一会儿，施南笙的办公室门被推开了。

见到福澜坐在自己的办公椅上，施南笙也不惊讶，笑了笑："妈，早。"

"早？"福澜挑眉，"我怎么不知道上午十点对你来说可以称之为'早'呢？"

听到福澜的口气，施南笙知道，要挨训了。

"飞机晚点。来的路上又遇到堵车。"施南笙走到办公桌前，摁下内线电话，"Leo，把今天早会议案结果拿到我办公室来。"

"好的。"

福澜看着自己的儿子，这会想立即投入工作，她怕是不能如他的愿了。

"Tom，你先出去下。"

"好的，夫人。"

付西喆走出办公室，施南笙知道福澜要对他说什么话题了，面色平静地看着她，等待她的话。

"南南。"

福澜将身子慢慢靠到椅背上，神态看似漫不经心，可施南笙知道，他的母亲越是在放松的情况下，就会越强势。她这样说出来的话，听的人就必须无条件地遵从。

"我看你工作也忙，有些话，我也不拐弯抹角了。上周六我给你的电话里就说到了今天要过来找你，为的什么事，你应该知道吧。"

施南笙将姿态放松，神情依旧平静。

"你和一萌恋爱够久了，再长，就到了那什么'七年之痒'了。恋爱可不是越长越好，就今年，把你们的事情办了。"福澜面带笑意继续说着，"你这边没问题后，我就和孙家两老商量商量，选个日子，给你们办一个盛世大婚礼。"

"妈。"

施南笙微微调了下站立的姿势，让自己完全正对福澜，眼中有着非一般的认真，将心中的话说了出来。

"我和一萌，结束了。"

福澜脸上的笑容有一瞬间的僵硬，怔怔地看着施南笙三秒，没有反应过他的话来。

"结束了？什么意思？"

"我和她，分手了。"

福澜脸上的笑意完全散去，慢慢从大班椅上站了起来，看着施南笙，声音压低了不少，不敢置信地看着他，问道："为什么？"

"我不能继续耽误她。"

"耽误她？"

"妈，我从来都没有想过娶她，继续在一起，只会耗费她更多的青春。"

施南笙脸上有些歉疚之意，不管怎么说，之前真的是他太疏忽了，完全没想到她和他不是一类人，他麻木地生活可以，但她的美好时间却不经消磨，现在他醒悟过来了，绝对不能再伤害孙一萌了。以前的自己真的很自我，没有考虑到她，从今往后，他会还她自由之身，让她能选择一个给她未来保证和幸福的男人结婚。

福澜提高了音量问他："你既然不打算娶她，为什么要和她在一起这么久？"

"妈，我跟你说实话吧，我和她这些年的相处，不像男女朋友。"施南笙无奈道，"更像是同事。"

"这些不是借口。你们在一起六年，我早就认定她会是施家的儿媳妇。你现在说不娶她，让她怎么想，让孙家怎么看我们家。"福澜眼中的坚决也愈来愈多，"我不管你是发自内心的不想结婚,还是像其他那些不靠谱的公子哥儿一样在外面有'小的',孙一萌必须是你娶的女人。"

施南笙眉头微微蹙紧,他娶不了的人妈也非要逼着他娶吗?

"南南,你看看这些年一萌为你做的事情,不看功劳也得看苦劳吧。工作上,生活上,感情上,她可是没犯过错。你身边的女孩子不少,读书这些年,妈也不是没注意那些女的,可哪一个又像一萌这样对你一心一意?多少人不是冲我们家的财权才有意对你特别好啊,虽说最开始一萌也不免俗,但这些年过来,妈看得出,她确实很适合你,能帮你分忧解难,这媳妇娶了,你以后不累。"

"妈,你说对了一半。"

"还有一半错在哪儿?"

施南笙看着窗外,仿佛透明的玻璃上有他内心深处最明白的答案。昨晚躺在酒店的床上,他想了很多,也许坚持和孙一萌分开在外人看来不明智,但他却很想坚持,哪怕真的就是一个错误的选择。这么多年,她帮忙处理的问题很多,能力确实出众,可她仅仅能缓解他工作上的高压,心里的呢?她不但没有帮他舒缓的本事,反而让他感觉越来越累了。

"一个人,身体上感觉再累,好好地睡一觉可能就没事了。但是精神上若觉得疲惫,无论如何都轻松不起来。"施南笙看着福澜,"在一萌的身上,我找不到放松的感觉,面对她,我感觉很沉闷压抑。"

福澜立即道:"这是因为你们谈恋爱太久的缘故,时间长了,自然就会出现这样的审美疲劳,其实你内心肯定还是很在乎她的。"

"不是!"

施南笙语气异常肯定,"妈,自始至终都是一样。"

福澜不解:"如果你一开始就是这样的感觉,为什么要和她在一起?"

施南笙叹息,不无自责地说道:"这一点,我无法否认,是我的错。太不在乎她了,于是从没有站在她的角度为她考虑一丝一毫。现在明白了,和她了断干净。这样,她还来得及追寻自己的幸福。"

"南南,妈劝你还是好好想想,不要如此草率地分手。"

"妈,我想得很清楚了。"

他不可能娶孙一萌,就不能再耽误她。

福澜又问:"真的一点可能都没有?"

"没有。"

施南笙看着自己的母亲,她其实了解他的性格不是吗,他决定的事情,一旦是想清楚了,就不可能被他人轻易更改,甚至可以说不容任何人改变。尤其,此决定还可能影响一个女人的一生，他既然想明白了，就肯定不会再犹豫了。

福澜知道此时自己再多说什么都无益，只希望他和孙一萌的感情足够深厚，能在过段时间后让他明白，和孙一萌分开不是最聪明的做法。毕竟，要找到一个在工作生活当中如此配合他的女人太不容易了，两人六年的磨合多少还是有些默契的，重新找个女孩来配合他，未必就有孙一萌用得顺手。

"好了，你工作吧。婚事，咱们再想想。"

福澜走到门口的时候，施南笙叫住了她："妈，我现在不想结婚，这事你就别再操心了。"

"如果你不叫我妈，你的事，我就不管。"

说完，福澜拉开门走了出去，留下施南笙在桌前叹了一声，打开电脑，思维却有一瞬的停顿，想了想，掏出手机，拨出了一个号码。

"喂？"电话那端的人似乎很惊讶施南笙会给她打电话，嗓音较平时有些低哑。

"到我的办公室来一下。"

"现在？"

"嗯。"

孙一萌握着手机的手指悄然捏紧，两次欲言又止，最后只是简单应了一声："好。"

熟悉的一段路，平时走的时候，心中带着各种期待，唯独这次，孙一萌竟隐隐不想过去。或许，支撑她去的勇气里，还有一丝奢望，希望能听到他挽留她的声音。

"请进。"

敲门之后，孙一萌听到办公室里传出施南笙干净清晰的声音，心尖颤动了一下，以前到他的办公室希望他和她谈工作之外的话题，这次来找他，她却盼望他只是有什么企划案想问询她的意见。如此，她的心，也许就不会太过慌张。

在门外深呼吸一次后，孙一萌扭开门，走了进去。

"施总。"

工作中，孙一萌像其他人一样，多半的时候都是叫他"施总"，除非她有意想区别自己和别人身份之差时才会叫他"南笙"。只是，他也许永远都不知道，她为这一点点的特属关系都要委屈自己太多太多，让自己一直保持在聪慧冷静端庄温和的点上。事实上，谁会没有脾气？她又不比任何人差，甚至比太多的女孩都要优秀很多，为了心中的男人，她压抑着自己生活工作，这些都是出于她对他的爱。

施南笙停下敲击键盘的手，微微转动皮椅，正面对着孙一萌，看着她几秒，起身朝办公室里的休息区走去。

"一萌，过来坐。"

孙一萌心有疑惑地走过去，坐下，以如此聊天的方式和她谈话，是不是他不想分手了？今天他的妈妈来过公司，早会之后找过她，说是找他聊一下两人结婚的事情，她当时没告诉她他们昨天发生的插曲，一是她不想承认他昨天在 C 市医院里说的话，二则也想用长辈的力量让他回到她的身边。现在他妈离开了，不知道他们母子的谈话结果是什么，她希望是他被他母亲说服了。

两人之间出现一段短暂安静，施南笙先开口说话了。

"一萌。我们认识时间不短了，这些年，是我做得很不好，让你受到很多委屈，我很抱歉。"

孙一萌的脸上出现了一丝红晕，这么多年来，她还是第一次听到施南笙用这样的口气和她说话，没想到他也会反省自己，这是不是表示以后他会像一个真正的男朋友一样来对待她？

施南笙继续做着自我检讨，"按理说，我不该上班时间和你谈这些，但我下午和晚上有事要忙，有些话拖久了，对你不好。"

孙一萌越发认真地聆听着。

"耽误你五年的时间，现在回想起来，我真是一个很差劲的人。完全不是合格的男朋友，也算不得一个好的上司。你是个很优秀很好的女孩子，值得男人珍惜。"

听到施南笙夸赞自己，孙一萌微笑着低下头，脸颊开始染上一层淡淡的粉色，她从来没想到，自己在他心目中竟是如此的好，有他这番话，她之前所有的委屈和难过都可以一笔勾销了，只要他以后好好对她，她可以什么都不计较。

孙一萌想，她算不算得上是守得云开见月明了，施南笙总算看到她的好，愿意来珍惜她了。

"南笙，只要你看到我的好，我就高兴了。"

施南笙轻轻一笑："是的，我现在看到了你的好，更看到了我自己的不好。所以，一萌……"

孙一萌万分紧张地看着施南笙，是否，他下面的话就是她期盼了太久的话？

只见施南笙从自己的钱夹里拿出一张折得很整齐的纸片，伸手递到孙一萌的面前，看着她，眼中带着歉意，声音很温和地说道："这个，给你。"

"什么？"

孙一萌好奇地接过纸片，打开，看清楚之后，眼中更是疑惑不已。

"南笙，你这是什么意思？"

"也许这个太过于直接，但除了钱，我不知道还能补偿你什么。"施南笙态度诚恳，着实是从心底发出的歉意，从他的声音里也能听出一二，"希望你以后能找到真正心疼你

的男人,也希望你能继续在施氏工作,不要因为我们分开就离开公司,你是一个很好的高管,身为上司,我很希望你能留在公司。"

补偿?

孙一萌再次低头看着支票上的大额数字,她以为他是要复合,没想到,他居然是给她"分手费"。呵呵,真是可笑,她怎么会想到他会复合呢,他是施南笙啊,他是做了决定就不容更改的施家大少啊。可是,这些钱给她干什么,她又不缺房子车子,他出手这么大方,怎么不把自己送给她啊,这些钱和施家家业比起来,连九牛一毛都不算,她又怎会真的看得上。他以为,她单单只喜欢他家的权势?她花费这么多的心力和时间陪在他身边,要的,最关键的,是他的人和心。

"南笙,你真的要和我分手吗?"

"分开对以后的你来说,伤害是最小的。"

孙一萌飞快接话,"我不怕受伤,只要我们在一起,多大的伤害我都愿意承受。"

施南笙望着孙一萌,她爱他,他感觉得出,但他的心里没有她,再继续下去,他会更加不在乎她,他最后不会娶她,她年纪大了,要怎么嫁人?与其到时大家两难,不如在还来得及的时候做一个了结。也许,彼此的未来从此改变。

"一萌,之前对你造成的疏忽已让我很内疚了。往后,你好好追寻自己的幸福吧。"

话已至此,孙一萌眼睛开始泛红,她知道,施南笙很坚决地要和她分手了,这份看不出恋人的关系要结束了,她连挂牌女友的身份都将失去了。

"南笙……"

"好好工作。会有更好的男人陪在你的身边的。"

孙一萌忽然伸手抓住施南笙:"没有更好的,你就是最好的,我只想和你在一起。南笙,我们不要分手好不好?你是不是怪我去 C 市了,我保证,再也不会了。还有裴衿衿,我绝对再不见她了。以后我会认真地在施氏工作,不会再撒谎,我只希望我们不分开,好吗?"

手臂上传来孙一萌紧攥的感觉,施南笙看得出她很难过,可有句话说得好,长痛不如短痛,现在分开,她找到新的男友,自然就会将现在的心痛忘记了。

"一萌,这不像你,好好回去工作吧。"

说着,施南笙站起身,拍拍她的肩膀,回到自己的办公桌后面,留下孙一萌一人坐在沙发上,愣了许久。真的没有挽回的余地了吗?他对他们的感情可以做到如此绝情吗?她的真心他一点都看不到吗?

忽地一下,孙一萌从沙发上站了起来,走到施南笙办公桌的面前。

"我到底哪里做得不如裴衿衿?"

施南笙停下工作，慢慢掀起眼帘，看着孙一萌，她的问题很奇怪。

"她真的比我好很多吗？"孙一萌不甘心地又问。

"人和人之间没有可比性。"

"那为什么你见了她之后就要和我分手？"

"我们的感情，你觉得像是男女朋友的感情吗？"

孙一萌问："为什么不像？"

"莫非你觉得像？"

"如果不像，我们可以努力。"

"五年了，一萌，你的努力，我不是没看到，可我真的提不起精神和你像情侣一样地生活。"

孙一萌的心狠狠地被刺痛："你都没有努力就要放弃吗？"

"一萌，我很抱歉。"

"我不需要你的道歉，我只需要你的感情。"

"我的感情？"施南笙轻笑，"呵，我都不知道我还有没有爱人的能力了。一萌，去找真正爱你的人吧，我不是个好男朋友。"

孙一萌却认为造成施南笙突然要和她分手的原因就是因为裴衿衿出现了，她看得出，他心中对那个女人还保留着一份感情，尽管隐藏得很深，但他关心她。

"南笙，裴衿衿她有男朋友了，他们很相爱。而且，很快就要结婚了。"

"我知道。"

"即便这样你还是要和我分手吗？"

施南笙挑眉："她结婚与我们分手有什么关系吗？"

"你难道不是为了想和她在一起才结束我们的关系吗？"孙一萌锁着施南笙的眼睛，他嘴里可以说谎，可他的眼睛不会欺骗人，"你敢看着我的眼睛回答，你真的对裴衿衿没有一点想法吗？"

闻言，施南笙镇定地看着孙一萌，不得不说，他倒是有点意外她会说出这样质问他的话。在施氏，他太习惯别人按他的方式工作和生活了，出现一点异声，都会感觉很特别。例如，现在敢质疑他的孙一萌，他还是第一次见到。

当自己的视线和施南笙对上的一瞬间，孙一萌感觉到自己的心在打颤，她从未怀疑过他的话，这次也不知道自己到底怎么了，不吐不快，哪怕因此挑出他的火气。

"我可以很明白地回答你。我和你结束恋人关系并不是为了和裴衿衿在一起。"

事实上，施南笙确实不是为了能和裴衿衿在一起而如此坚决地要和孙一萌分手。他只是从裴衿衿和余天阙的相处中看出了自己和孙一萌的感情不像恋人，加之又碰到了母亲催婚，便认真想了想，他并不打算现在结婚，和孙一萌的感情没有到那种地步，而且从两人的交往来看，再过几年，他也不会对她产生爱情，他不能再继续耗费一个女人的青春了。当然，此时让他娶裴衿衿也不可能，五年，不算短的时间，他变了，她也变了，纵然以前他是真心想过娶她，现在却没那份勇气了，现在的她对他来说，就像是一个需要重新认识的人，他还没有到可以随便娶一个不了解的女子当妻子的地步。

施南笙稍作停顿，继续道："至于对裴衿衿有没有想法，我不能说完全没有想法。"

孙一萌怔住，心抽搐了一下，他承认了？

"但并不是你心里想的那样。"施南笙看着孙一萌，似乎能看到她的心底，"我觉得这五年她成熟了很多，而且更加明白自己要什么，她的状态让我很羡慕。她对未来对生活的态度，是我缺失的。我想和她亲近，更多的，是想从她的身上找到'活着的存在感'。"

"活着的……存在感？"

施南笙微微一笑："长久以来，我都不知道每天为什么而奋斗，每天只是上班下班，连当初的爱好都无法引起自己狂热地去投入。可是看到裴衿衿，我就仿佛能看到五年前的自己，想努力再活一次。"

孙一萌不解："你现在不就活得很好吗？为什么一定要看到她才能感觉到生存的意义呢？"

她真正想问的是，为什么他看到她就不能打起精神奋斗呢？她比裴衿衿更早认识了他。

"现在的好，只在表面。"

施南笙看着孙一萌，他解释不了那种感觉，只有裴衿衿能给他，其他人，若是能，他又何必等到今日。

看着眼前自己深爱的男子坚定的眼神，孙一萌想挽回两人感情的话哽在喉咙里，还要说什么吗？他是如此肯定着心中的坚持，她说再多的话，在他的耳朵里也不过是一些毫无意义的话吧。

"南笙，如果你肯定只有裴衿衿能带给你存在感，那么，我祝你能成功地抢到她。"孙一萌说着，轻轻一笑，"只不过，我告诉你，如果我是裴衿衿，我也会选择余天阙而不要你。"

说完，孙一萌转身走出了办公室。

施南笙不知道，当孙一萌关上他办公室的门，眼睛里猝不及防落下一颗泪。他也没机会听到她心里的一句话。

南笙，可惜我不是裴衿衿，所以，纵然有千万个"余天阙"，可我的心里只有你。

办公室里的施南笙看着被关上的门板，脸色因为孙一萌最后那句话逐渐变得难看。第一次，他觉得自己被一向崇拜和仰慕他的人鄙视了。而且，最关键的是，竟是拿他和其他男人作比较，一个放在平时和他完全不是一个档次的男人，居然比他更好，更讨女人心。或者，更准确地说，他不介意女人觉得他比某个男人差，常言道，情人眼里出西施，女人自然是会觉得自己的男朋友或者老公是最好的。但独独一个女人不行，他难容她的心中他不是最好的男子。他自问，和她在一起的时候，他做到了一个男朋友该做的一切，什么事情都将她考虑在先，照顾得无微不至，就算她现在的男友很体贴，但他自信没有当初的自己做得好。

要余天阙……而不要我吗？

施南笙看着桌前不知何处，自己问自己。

*

C市。

裴衿衿从裴妈妈的手里接过水杯，喝了一口，将口中的药丸咽下。药粒还在她的喉咙里，去给段誉送早餐的余天阙微微急切的声音就从门口传到了她的耳朵里。

"衿衿。"

裴衿衿的第一直觉就是何文有什么情况。

"衿衿，段誉和何文转院了。"

什么？

裴衿衿咽下药，忙问："转到哪儿去了？为什么转院？"

"转到了Y市。"

"Y市？"裴衿衿不解，"两个人都转过去了吗？"

"嗯。"

"段誉的情况不是稳定了吗？为什么要把在恢复阶段的他也转院？还有，何文为什么转到Y市，她一直在重症室，怎么能随便转院呢？Y市那么远，她在路上病情能得到有效控制吗？"

余天阙伸手扶住准备下床的裴衿衿："衿衿，你先冷静，听我把话说完。"

裴衿衿停下动作，看着余天阙。

"我问了护士，他们是昨晚转的院，两人是乘包机过去的，随行的是非常权威的医学教授。尤其是照顾何文的医护人员，听说都是精挑细选后才随机过去的，而且，Y市那边的医院也有教授过来，确保她万无一失。"

"这么说，是何文的情况很危险这边治不了了？"

余天阙否认道："不不不，我问清楚了，是Y市的某家医院对何文这样的病例有很好的治疗经验，各种条件都比现在要好很多。"

"那段誉为什么也转院？"

"这……听说也是因为Y市有更好的条件治疗。"

裴妈妈袁莉听了不高兴了，"这是什么道理。何文病重转院也就不说了，段誉骨折转院就有些勉强了，难道这么大一个医院还治不好一个骨折病人吗？那就不用开医院了。再说了，如果这家医院不够好，这次火灾受害人都该转到Y市去，怎么单单就转别人不转我们家衿衿呢？难道她就伤得不重吗？满身都包着纱布，说不定还要破相呢？"越说，袁莉越觉得裴衿衿受到的待遇不公平，抬腿朝门外走，打算为她讨个公道。

"我找医院要说法去。"

裴四海急忙转身拉住袁莉："你别去，我说你急个什么劲啊。"

"我女儿受到欺负，我能不急？"

"什么欺负不欺负啊。衿衿的情况比其他两个人好很多，不转院不是很正常吗，你干吗去乱找人。"裴四海看了看房间里的环境，"我看这里挺好的，住院的目的是将身上的伤治好，这里治疗的效果不是挺好吗。去了Y市，离家远，难道你也跟着住过去？不嫌遭罪吗，真不知道你瞎闹什么。"

余天阙道："阿姨，叔叔说得对，在这里治疗，我们能天天照顾衿衿，而且还不耽误自己的工作。去了Y市，就没这么方便了。"

裴衿衿也加入劝说袁莉的行列："是啊，妈，在这挺好。难不成，你希望我变得像何文或者段誉那样？"

"呸呸呸，乌鸦嘴，别乱说。"袁莉瞪着裴衿衿，"也不知道禁口，倒霉的话不要说。"

"呵呵，放心吧，我运气一向好。"

笑过之后，裴衿衿忽然就想到一个人。他从C市回去三天了，怎么段誉和何文转的院偏偏就在Y市呢？

见裴衿衿陷入思索，余天阙将心中的话压了下去。他特地问了护士，是不是院方主动将他们转院的，结果不是。据说是一个他们的朋友想为他们提供最佳的治疗条件主动承担所有转院费用和事宜。

余天阙暗道，那个何文和段誉的共同朋友，是谁呢？

　　*

晚上。

余天阙和裴家父母回去之后，裴衿衿睡在床上，却是怎么都睡不着，辗转反侧，坐了起来。

何文和段誉去了Y市，她下午给段誉打过电话，他并不知道是谁帮他转的院，而且转去的是Y市的省军区医院。如今住院的人都知道，要拿到一个医院的床位不容易，等级越高的医院越难,何况是转院进去。

"她们共同认识的朋友?"裴衿衿皱眉,"谁呢?"

不知道为何,明明得到的提示是何文和段誉共同的朋友,但裴衿衿就是想到了一个人,尽管那个人不是他们的朋友,但她总感觉和他脱不了干系。如果真是他,要办成转院一事,不难,他有能力做到。

握着自己的手机,裴衿衿捏紧放松,又握紧放开,到底该不该给他打个电话确认下?

不该。

两人已经没什么关系了,不要再去打扰他。如果不是他,岂不是让他觉得自己心中第一个想到的人就是他;如果是他,她要说什么呢?代替段誉和何文谢谢他,还是装成训斥他多管闲事呢?

该。

何文和段誉都是她的同事,尤其段誉,还只是个在校未毕业的实习大学生,她身为他的老板,理应照顾好他,现在出了这样的事情,遗憾的是她没有足够的能力提供最好的医疗条件让他早日康复,而不明身份的神秘朋友帮忙是否出自真心,她更应该调查清楚。

"如果真是他……"裴衿衿细声碎碎道,"我该说什么呢?"

说什么……说什么呢,哎呀,是他就是他呗,是他就说谢谢,不是也权当给一个朋友随便打了个电话,一直纠结会害得她今晚都不能睡觉了。

心里不纠结后,裴衿衿动作麻利地拨出那个五年没打过一次的电话,电话里"嘟"地响了两声后,裴衿衿摁掉了电话。

五年了,施南笙说不定换了号码,这号还能是他在用吗?

生活中,偶尔打错电话算不得什么大失误,当电话通了之后,绝大部分人不会切断可能拨错的号码,他们会等对方接通,然后仔细辨听那端的声音,以判断是不是要找的人。可裴衿衿不行,她脑中的第一反应是,如果不是施南笙,她会失望!

是了,她会失望。五年了,她并非不记得他的号码,只是不管有多么正当的节庆日当借口,她都不敢去拨那个号码,甚至连一个短信都不敢发。有时候,一个人不去做一件事,不是因为别的,仅仅是承受不起一个叫"失望"的结果。

*

Y市。施家。

下半身围着浴巾的施南笙从洗手间走出来,床头柜上的手机正好发出嗡嗡的振动声,他正想要不要接,手机安静下来。

嗯?

施南笙纳闷,找他的电话从没有只响两声就挂断的先例,又由于他是通讯公司的白金

客户，那些带骚扰性质的呼叫都被技术部门屏蔽处理掉，谁会这么无聊？

冥冥中，仿佛有着一道说不清道不明的吸引力，吸引着施南笙走到床头柜前，微微俯身拿起手机，摁亮屏幕。一刹那，他在原地呆住了。手机上显示的号码是个陌生号码，但属地却在第一时间触动了他的心。

C市！

会是她吗？

听着电话里传来的通讯公司客服女孩的声音："对不起，您所拨打的电话暂时无人接听，请您稍后再拨。"施南笙慢慢放下手，看着掌中的黑色手机沉默不语了数秒，放到原位，转身打算换上睡袍睡觉。

看着镜子里的自己，施南笙一边系睡袍的系带一边思索，是她吧？

走出洗手间，施南笙又听到自己手机发出了嗡嗡的振动声，但他刚走了两步，手机又安静了，拿起一看，不由得轻笑出声。

又是C市的那个号码！

*

C市，裴衿衿的病房。

双手抓着自己手机的裴衿衿懊恼得直想敲自己的脑袋，平时不是风风火火一派万人皆昏她独醒的姿态吗，怎么到了这时就这么没出息了呢，连一个电话都不敢打出去，连呼两次都是在听到第二声"嘟"后掐断，她到底要不要确定给段誉和何文转院的是不是施南笙呢？

要！当然要！必须要！

"不管是不是他，都要弄清楚是谁在帮何文和段誉。"

就在裴衿衿自言自语的时候，手里的电话再次响铃并振动了。长长的深呼吸后，在Beyoncé声音将消失的最后一秒，裴衿衿摁下了接听键，抬起手，将手机放到了耳边，大气都不敢出。

电话接通后，施南笙安静听着，那端并没有传来一声"喂"，他的嘴角慢慢勾起，不需要更多确认了，他知道，是她！

好吧，既然她还没想好说什么，他也不催她，等着她便是了。

施南笙握着电话，走到窗户边，将还有些没完全拉合的落地窗帘拉好，走到床边，躺了下去，寻了一个舒服的姿势半躺在床头，不急不躁，心底还有着他不曾察觉的淡淡小喜悦。

千里外的医院病房里，裴衿衿握着电话，本以为那端的人会先说话，没想到，人家安静得很，只是在过了一会儿后听到窸窸窣窣的小声音，也不知道在干吗，但可以肯定的是，对方在等她先开口。

裴衿衿皱眉，她要说什么呢？

前前后后想了想，裴衿衿竟找不到一句合适开口的话，慢慢地，她放躺自己的身子，半靠在床头。

就这样，电话两端的人都没说话地过了二十分钟。

裴衿衿想，要不，今晚就这样过吧，他不说话，她也不说，就这样接通着电话。等等，电话是谁打给谁的？

确认电话不是自己打出去的之后，裴衿衿内心肆无忌惮地乐了，哈哈……她不是主叫，扣话费也不是扣她的，不管那端是哪个，他钱多就浪费他的去，要不想浪费，开口说话或者挂电话都好。

又过了十分钟的沉默时间。

忽然，裴衿衿听到了"嘀"的一声。

遭了，她的手机只剩一格电了。

"你再不吭声，我的手机就没电了。"

"呵呵……"听到裴衿衿口气不善的话，施南笙低笑出声，到底开了她的尊口了。

听见手机里传出的男人轻笑声，裴衿衿的心莫名一软，好像之前一直绷着的什么弦放松下来。是他，是他的笑声，温柔的声线，虽五年不曾听过，却一点不陌生。

"你一直没换号？"裴衿衿轻声问。

施南笙也是轻声回话："如果换了，你今晚怎么找得到我。"

"到底是有钱人，长途话费浪费起来一点不心疼。"居然半小时不发一个音。

"呵……"施南笙笑，他不是不想说话，是体谅她可能没想好和他说什么，他给她时间，现在反而给她讽刺她的借口，不过没什么，知道她说这话没什么恶意，只要她说话就好。

"没什么想问我的？"施南笙问。

听到施南笙如此问还反应不过来那裴衿衿就是真傻了。

她道："还需要问吗？"

"你若问，我就答。"

"是你，对吧？"

施南笙语气无辜地反问裴衿衿："什么是我？"

顿时，裴衿衿觉得自己被施南笙耍了，他让她问，她听话地问了，他却装傻，她不信他不知道她在问什么事。

"施南笙，你别给我装傻啊，我知道你知道我在说什么。"

"呵呵……"电话里又传来施南笙轻轻的笑声,不同之前的,这次他的笑声里多了一丝愉悦,连带说话的声调都变得轻快,他笑着道,"我不知道你知道我知道什么。"

"你知道。"

"不知道。"

裴衿衿带着小火气道:"那你问我是不是有什么要问你的?"

施南笙的声音透着更加无辜的味道,问:"你给我打电话难道不是有事?"

呃?

裴衿衿想了想,确实是自己最先给他电话的,问道:"我也不跟你拐弯抹角了。段誉和何文的转院事情,是不是你办的?"

施南笙没有直接作答,反而问裴衿衿:"怎么,你也想转?"

"你别岔开话题,正面回答我。"

这次,施南笙倒是应得干脆。

"是。"

听着电话里肯定而清晰的声音,裴衿衿心中有说不出的一种奇怪感觉,原来她听到天阙说他们两个转院的第一反应是如此的正确,果真就是他。

"你为什么要这么做?"

"省军院的条件对他们的病情恢复更有效。"

听到施南笙如此一说,裴衿衿内心不知不觉地放软了。五年前她在省军区医院待过,知道那儿的条件确实比市一院好很多,从段誉和何文的身体康复出发,他确实是好心。可是施南笙身上能找出"好管闲事"这几个字?若不是这次的火灾事故,高高在上的施家大少能知道段誉和何文?

然而,确定事情真是施南笙做的后,裴衿衿突然一下不知道要说什么了,他回答的理由漏洞百出,可她却不敢再追问一句"为什么要如此关心他们",后面藏着的答案似乎昭然若揭。如果他说,因为她,她要怎么回应?

沉默了一会的电话被施南笙打破。

"衿衿。"

他唤她,声音温柔似水。

"嗯?"她应声,软软懒懒的声调,仿佛面对的是一个再熟稔不过的故人。

施南笙将身子放低,躺成更加舒服的姿势,轻声道:"你也来Y市吧。"随后,施南笙又补了一句,"我看你脑子烧得不轻。"

"你才脑子烧坏了呢!"

裴衿衿忍不住嗔了施南笙一句,这人,损人也太悄无声息了,以前不是这样的呀,难道男大也十八变？"

"呵呵……"施南笙笑，"好好考虑下，为你自己的身体着想。"

"不用了。市一院若连治我这点小伤病的本事也没有，大概离关门也不远了。"

忽然一下，施南笙的话题急速跳跃，跳了裴衿衿一个措手不及，她甚至脑子停顿了两秒，完全跟不上他的节奏，脑中盘旋着他的声音。

他说："我和孙一萌分手了。"

裴衿衿握着手机愣住了。

他……和孙一萌分手了？！

裴衿衿内心第一反应是，不是我造成的！

"不是你造成的。"

听着施南笙的声音，裴衿衿立即道："当然不是我造成的。你和你女朋友分手关我什么事。"

说完，裴衿衿就觉得自己蠢到家了。她干吗要接话，什么都不说安安静静听着就好，还急不可待地否认，弄得自己好像多么心虚一样，给人一种此地无银三百两的感觉。

施南笙的声音却好似变得更加轻松，问裴衿衿："怎么不问我们为什么分手？"

"你们的事情，我没兴趣知道。"说着，裴衿衿又补了一句，"反正我和天阙准备结婚。"

"呵呵，你不用强调你有男朋友的现实。"

他记得，非常记得，时时刻刻都记得她已经有男友了。

"衿衿，你听过一句话吗？"

"什么话？"

"一个女人，有男朋友怎么了，有男朋友还可以分手；有老公怎么了，有老公还可以离婚；没有挖不到的红杏，只有挥不好的锄头。"

裴衿衿的心打了个激灵，不是吧，施南笙这算是在暗示她，他要挥锄头挖墙脚吗？

"施南笙，我也告诉你一句话。不是每一个人都能挥得好锄头，也不是每一枝红杏都能被挖到。"

"呵呵，我是个好学生。"

学习能力超强！

裴衿衿翘起眉梢："我可不是枝随便的红杏。"

说挖到就挖到？不可能。

忽然，电话那端的施南笙失声大笑起来，朗朗的，仿佛五月初的阳光，让人忽然之间就从湿冷变得温暖起来，连带裴衿衿的嘴角都跟着他的声音向上弯起。

"姑娘，我可没说我要学习怎么当一个挥锄头的人啊。"说着，施南笙又讲了一句气死人不偿命的话，"而且，我也没说你是红杏啊。"

眉眼弯弯的施南笙拿着手机，几乎能想象出裴衿衿在那端抓狂的模样了，心情愈发好了。

果然，裴衿衿气呼呼地扔出一句话。

"手机没电了，挂了，睡觉。"

施南笙也不纠缠，带着笑意道："是挺晚了，休息吧。"

　*

和裴衿衿通过电话的第二天，施南笙心情颇佳地走进公司，嘴角边带着若有似无的笑意，看得从他身后追上来的Leo愣了三秒。

不是吧，他好像感觉到施大少爷今天的心情有些小靓噢？

"再看，收费。"施南笙看着电梯楼层变动的指示灯面无表情地说道。

Leo不屑地哼出鼻音："稀罕?!"

电梯到达一楼，施南笙率先走了进去，看着身边跟进的Leo，打趣道："今天居然没迟到。"

"还不是拜某个姓施的男人所赐。"

某人啊，整整三天，开大大小小的会议都摆出一副别人抢了他老婆的表情，各部门经理和主管说话都小心翼翼，生怕哪里被抓到小辫子给当成了某人的撒气筒。尤其，平时最爱迟到的他，被某人毫不留情地点了三次名，再有第四次，他屁股底下的那把舒服的大班椅恐怕就要易主了，为了生存，他不得不每天闹铃一响就抛弃自己深爱的……大床。

施南笙嘴角微微扬起，说道："你说我爸？"

"你爸？"

"他姓施。"

"哎，我说施……"

Leo的话还没有说完就被施南笙突然的动作打断，只见他伸手迅速地摁下电梯的开门按键，原本关上准备上升的电梯停住，打开门。

提着包的孙一萌站在电梯门外看着里面的几个高管，应该说，是看着某一个绝对掌权者，连电梯里其他人向她打招呼都没有回应，直到Leo伸手将她拉进电梯。

"大清早的就上演眉目传情啊。"Leo取笑孙一萌，"昨晚肯定没睡好吧。"

孙一萌看了Leo一眼，向其他同事点点头："大家早上好。"

"早上好。"

"孙经理，早。"

和其他人打完招呼孙一萌才侧身看着施南笙："早。"

"早。"

电梯一层层上升，到最后，只剩下在同一楼层办公的施南笙、孙一萌和 Leo。电梯停稳后，Leo 和他们招呼一声，走出电梯，孙一萌则在出了电梯后跟上施南笙的脚步。

"南笙。"

施南笙站住脚，转身看着孙一萌："什么事？"

孙一萌犹豫了一下，从包里拿出一份早餐，递给施南笙："给你带的早点。"

施南笙看着包装精致的纸盒，手臂刚刚抬起一点，裤兜里的手机振动了，微扬的手顺势伸进裤兜，拿出手机。

见到上面显示的号码，施南笙的目光瞬间一亮。

施南笙眸光的变化全部落到孙一萌的眼中，她很好奇到底是谁来的电话，竟能让他出现这样的反应。在她看不见的时候，他接到她的电话，可也会出现这样清晰的情绪变化？

手机持续振动着，施南笙稍稍抬头对着孙一萌道："我有事，早餐就不吃了。去忙吧。"

说完，施南笙转身准备接电话。

"哎。"孙一萌伸手拉住施南笙，"人是铁饭是钢，早餐很重要，再忙也要吃点。"

不知是不是被手里一直嗡嗡作响的手机影响，施南笙嘴角浅浅地勾了一下，语气温和得很，但说出来的字却是一点都不给她人再进一步的空间。

"我不爱吃奶油蛋糕。"

孙一萌站在原地，看着施南笙走开的背影，眼中伤意滋长。她虽不能说完全熟悉他的爱好习惯，可知道他对早餐向来不挑剔，只要保证干净卫生就好，刚才他的手明明伸出来了，若不是那个突然打来的电话，他又怎会拒绝她？

不远处，施南笙对着电话那端说话的声音传来。

"刚才有同事找，电话接慢了，你别介意。"

同事？

一刹那，孙一萌脸色僵住，看着施南笙。他的声音不大，甚至带着不难察觉的歉意，话声里有着别样的温柔，便是这样的异常让她不由自主跟了上去，她太想知道他到底对谁是如此的不同。在他的心中，她竟然成了同事，甚至连朋友都算不上吗？而电话那端的人，仅仅是多等了几秒钟，却得到他耐心的解释。这种不一样，使得她绝不相信对方是一个男人。

第十一章
现今，得而忘忧，给而忘心

　　站在病房里握着电话的裴衿衿有些诧异，没想到施南笙的态度会好成这个样子，还预计会打扰他工作，没想到先抱歉的居然是他，让她一下不知道要说什么好了。

　　施南笙轻轻笑出声："怎么，一大清早就打电话给我，做静默气功？"

　　"不是。"裴衿衿这才想起自己找施南笙有事，说道，"无功不受禄。我不要你送的东西。"

　　"昨晚通话时，不是你说手机没电了么？"

　　他听到她说手机没电，就让人给她送一款最近口碑不错的手机，若不是考虑到她是病人需要休息，昨晚就送过去了，怎会让那边的人早上就去敲她的门。

　　"我手机没电我可以充电，你大早上让人送我手机，我不要。"

　　施南笙带着笑意问："你手机充电器在医院？"

　　"这倒没有。"

　　"你今天可以出院了？"

　　"这个医生倒也没说。"

　　"早上让人送东西给你，你不收。"施南笙逗裴衿衿，"你什么时候养成晚上收礼物的习惯了？"

　　裴衿衿辩解："我什么时候说晚上送就收啊。我的意思是，我不要你送的东西。"

　　"不要东西，那你是……要人？"

　　最后两个字施南笙故意扬起声调，带着一丝狡黠的坏意，噎得裴衿衿好一会儿没接话，内心不住地呲他，五年不见，本以为他外表成熟稳重心也一定跟着老成了，没想到还像当年那样嬉皮笑脸逗起她来没个正经样，讨厌！

　　到自己办公室门前，施南笙扭开门走进去。可昭示着他好心情的声音却在孙一萌的脑海里盘旋,如果不是跟着他,她不会知道从施南笙的嘴里竟也能说出如此充满挑逗味道的话,不会知道他其实也可以和人嬉笑逗趣,不会知道他也会主动送礼物给人,不会知道他的心情其实有靓起来的可能。

孙一萌拿着早餐,一步沉过一步走到自己的办公室,心思却怎么都聚不拢,平常专业的工作态度和精神一下全无,总是把偷偷跟着施南笙听他讲电话的那些话想起,折磨着自己的心。

"你工作时也这样?"裴衿衿问。

施南笙走到办公桌的后面,轻声问:"哪样?"

"不正经。"

"哈哈……"

忽然一秒,施南笙竟是乐得笑出了声。

裴衿衿纳闷,她说的三个字有这么好笑吗?居然笑成这样了。

"施南笙,赶紧让送东西的人拿着手机离开吧。"

不久她爸妈和天阙就要来了,若是知道他送她东西,又得解释一番。尤其她妈,自从见过他那次后,抓着机会就想问她那些陈芝麻烂谷子的事情,开始还能随便应付过去,可老太太跟福尔摩斯似的,会把她的话里里外外仔仔细细地细研很久,一旦发现什么不对劲就蹲到她面前刨根问底,越问越来劲,真当自己是侦探了。

老话里有句怎么说来着,祸从口出患从口入,古人的话很多时候是比较正确的,就像现在随随便便从嘴巴里蹦出字眼的裴衿衿,她不说"赶紧"两字还好,可一用上了就显得她是有多讨厌收到他的礼物一般。精明如斯的施南笙毫不费劲抓到症结,故意要和她唱唱反调。譬如,他就不让人把手机拿走,而且,还打算一直耗到余天阙他们给她送早餐为止。

施南笙道:"我又不是他们的上司,说话没作用。"

"你是买家,你说不要了还不行?"

"我没说不要啊。"

裴衿衿小声地磨着牙:"假装,你不会?"

忽然之间,施南笙的思维里插进一个话外题。假装,他会吗?假装自己过得很好,假装自己接受孙一萌,假装自己不记得裴衿衿,假装自己对五年前的事情不再追究,假装他看到裴衿衿和余天阙在一起恩爱幸福的样子没有一点感触,假装他是一个将婚姻看得很轻的富家公子,假装他对手里拥有的一切都很满意。但,有人问过他,施南笙,你过得轻松吗?开心吗?

电话那端的忽然沉默让裴衿衿有些觉得怪异,疑惑道:"施南笙?"

施南笙的眼睛恢复清明的光泽，"我不想假装。"

从今以后他都不想再"假装"地生活，他不知道为什么，只要遇见她，就仿佛能听见自己心底最深处的声音。一个人，一辈子，能两次遇到有本事勾起自己对未来希望的人，不容易。如果老天给他第二次机会，他没理由不好好抓住，这一回，他不再是当初心思直白的男孩，他不会再自信爆棚地以为所有事情都会按他预想的发生，但他会努力让事情的结局是他想要的。

听到施南笙的声音，裴衿衿的职业病一下就发了，她能感觉到他话里有别样的意思，话后附带的分量极重，不单单只是指这件事，好像他心中的积压必须得发泄出来。

"不假装就不假装吧。"裴衿衿看着面前站着的送货人员，对着施南笙说道，"手机我暂时收下了，你下次来C市的时候记得找我，我还你。"

"今年都不去C市了。"

裴衿衿挑眉："你的意思是，你今年的工作安排都满了？"

"如果我想的话，是的。"

"那你说地址，我快递给你。"

施南笙笑："何必呢，就是一部手机，到时我不签单，还是会退回给你。"

裴衿衿暴走了："施南笙，你好讨厌啊。"

"呵。"施南笙看了下时间，"好了，先不说了，我得开早会了，会后给你打电话，你先吃饭，顺便用用新手机，你脑子笨，不花时间研究新机，我怕你下次不知道怎么用。挂了。"

裴衿衿在那端还没来得及开吼，施南笙就把电话切断了，放下手机的他忍不住嘴角上扬成弯弯的弧度，不用想，他能肯定现在她就是一副可爱到不行的气呼呼模样。

　　　　＊

上午做完基本检查，裴衿衿在裴妈妈袁莉的陪伴下回到病房，刚进门就听到枕头底下有音乐声传出。

袁莉问道："是你的手机在响吧？"

她的手机？

裴衿衿稍微想了下，还真是她的……新手机，原本用的手机没电了，她把电话卡换到了施南笙送的新机上，乍一听新铃声，还真有些反应不过来。

"噢，是我电话。"

说着话，裴衿衿慢慢走到床前，从枕头底下捞出手机，见到上面显示的号码，就下意识地皱了下眉头，看了一眼自己老妈，他怎么刚好在这个要命的福尔摩斯在这里时就打电话来了呢？

袁莉伸手指指裴袆袆小爪子里的手机："还不快接。"

裴袆袆稳了稳心神，接通电话，口气极为平淡："喂。"

电话那端的施南笙将身子靠到椅背上，舒服地叹了口气，总算是将早会开完了，今天的会议感觉开得比平时久很多，需要他做最后决定的案子一个接一个，每件都很重要，绷紧的神经在听到她声音的这一秒，仿佛一下子就放松了，感觉真好。

"在做什么？"施南笙问。

"刚检查完。"

想到裴袆袆浑身缠着纱布的样子，施南笙关切地问："怎么样，医生怎么说？"

为了给袁莉一种普通朋友问候她病情的假象，裴袆袆礼貌而客气地笑着："没什么大碍，再住几天院就好了。"

事实上，施南笙对于她不就是一个普通朋友么？甚至还谈不上朋友，恋人圈子里不是流传着这样两句话吗。恋人分手后，不能做朋友，因为彼此伤害过；不能做敌人，因为彼此深爱过；于是，两人成了最熟悉的陌生人。她和施南笙，还真就是这样一种状态。装不熟，明明爱过；装无济于事，似乎心里又总有些别扭。

施南笙不信，一本正经道："伤成你那样还说住几天就能出院？你的主治医生是华佗再世？"骗人也不打打草稿，当他三岁小孩子吗？

"什么叫伤成我这样？"

施南笙的话叫裴袆袆不爱听了，她伤得很重吗？比起其他从火灾里死里逃生的人来说，她简直是幸运神附体，只是灼伤了皮肤，没有裂胳膊断腿的，已经很不错了。

"姐姐我很走运了，你看看其他人，哪一个不比我惨。"裴袆袆无聊地踮了踮脚，坐到了床上，继续道，"好像我出院快你还不高兴似的。"

一旁给裴袆袆泡冲剂的袁莉转头瞪她，小妮子怎么说话呢，朋友好心来电话关心她，一点都不会讲话，如此挤对，别人又不是她的爹妈姐妹，可没义务非得对她好不可。

"怎么会，你能早点出院我求之不得。只是，烧伤可不像蚊虫叮咬，疤痕持久而可怕，到时……"

爱美之心人皆有之，何况是青春女孩，裴袆袆心里虽害怕担忧，嘴上却一点都不饶施南笙。

"乌鸦嘴。"

施南笙被裴袆袆气呼呼的语气逗乐："今天早会还有主管说我是'神嘴'，说什么就中什么。"

这下，裴袆袆完全急了，对着电话不顾袁莉还在场就开吼。

"施南笙，你这张讨厌的乌鸦嘴，你别再说了，你的嘴说什么都不中，全是反的。"

"哈哈……"

朗朗的笑声透过手机话筒传了出来，也不知是因为房间里在裴衿衿嚷嚷之后安静下来了，还是电话的音响效果实在是好，袁莉不仅听到了裴衿衿口里喊出的人名，还听到了施南笙的笑声，那颗一直就在"探索"边缘游走的心一下子就膨胀了，堪比娱乐周刊的记者见到了最有卖点噱头的超级独家新闻，两只眼睛都放光了。

裴妈妈端着玻璃杯就凑到了裴衿衿的面前，笑容可掬地看着自己的宝贝女儿，小声问话，"是哪个？施南笙，Y市施家大少爷是不是？"

裴衿衿刚想张口，裴妈妈抢话了。

"嘿嘿，你不用回答，妈妈知道，肯定就是他，这世界上叫'施南笙'的可能不少，但能给你打电话的施南笙可就只有一个了。嘿嘿，乖女儿，态度要放好一点，对待施少爷可不能如此暴躁，不好不好，得温柔，语气要慢慢的，轻轻的，好好地和他说话。人家关心你，问候你，你怎么能说别人是'乌鸦嘴'呢？道歉，赶紧道歉啊。"

裴衿衿口语着："妈，你能等我打完电话再出声吗？"

袁莉大手一挥："不能。"

"施少爷啊，是施南笙少爷吗？"裴妈妈索性把脸贴到了裴衿衿手机面前，"施少爷，你能听到我说话吗？我是衿衿的妈妈啊。我们家衿衿不懂事，你别和她计较啊，你大人有大量，她一黄毛丫头不懂事，说什么不中听的话你都别往心里去。"

裴衿衿内心叫苦连天，若不是她现在是病人，四肢不便；若不是她的双手被她老妈用力抓住；若不是她现在不是"孔武有力"的裴侦探的对手；她一定会将手机切断，然后来一场"一个电话引起的母女PK案"。

听着电话的施南笙使劲忍住了笑，语气温和地说道："阿姨好，我是施南笙。"

袁莉惊喜："啊，听到呐？南笙啊，你听到阿姨的声音啦？"

"嗯，是的。"

裴衿衿太阳穴有一丝抽搐，一瞬就叫他"南笙"了？老妈，你对施南笙也未免亲热过头了吧？尤其老妈此刻这脸她看着真不怎么习惯，"献媚"一词的意思她现在可是诠释得淋漓尽致了。

有了施南笙的回话，袁莉忽然出手利索地将裴衿衿手里的手机直接拿了过来，放在自己的耳朵边，乐呵呵和施南笙讲起了话。

"我说南笙啊，你现在在哪儿给阿姨打电话呢？"

裴衿衿嘴角再抽一下，老妈，人家电话不是打给你的，是打给我的，你要不要这样明目张胆地抢啊。

"在我办公室。"

"Y市吗？"

"是的，阿姨。"

"哎呀呀，那可是长途啊。"

袁莉哪里会真的心疼几个长途费，就算心疼，那也得是她拨出去的长途，这会儿是施公子打来的，别说国内长途，就是国际长途，那也不算什么，唯一能证明的就是，他可是真心喜欢她家的小妮子。有心，又帅气的女婿，她喜欢，非常喜欢。

施南笙轻轻一笑，笑得袁莉脸上笑容又加深了不少，而他嘴里出来的话更是让她乐得不行。

"长途没关系，我只是担心衿衿的情况。"说着，施南笙话锋儿一转，道，"Y市的省军区医院我有认识一个医师朋友，对治疗烧灼伤方面有特别多的经验，如果阿姨允许，不知道可不可以让他给衿衿治一治？"

"哎，嘿嘿，南笙啊，看你说的，你能这样为衿衿考虑，我高兴还来不及，怎么会不允许呢？"袁莉一边说电话一边躲着下床来抢手机的裴衿衿，"我和衿衿爸本来也想给她转院，让她接受更好的治疗，女孩子嘛，留疤特别遗憾。可是，我们俩不认识什么医生朋友，南笙你那边能有这样好的医师，真是太好了。只不过……"

袁莉一只手挡着朝她挥舞着"馒头"的裴衿衿，一边快速地说话，生怕说慢了给裴衿衿抢成功。

"只不过，去Y市治疗的费用是不是很高啊？"

施南笙笑："我全部包了。"

袁莉心中大喜，乖乖，阿姨等的就是你这句话。

"哈哈，那怎么好意思呢？"

裴衿衿几乎是"手舞足蹈"了，袁莉同志，你说话还能再假点么，我看你哪里有不好意思的模样啊，完全是非常的好意思。

"阿姨不用和我客气，能为衿衿做点什么，是我的荣幸。"

"哈哈，南笙，你真会讲话，阿姨真是好喜欢你。"

一只手渐渐挡不住越来越使蛮力的裴衿衿，袁莉决定速战速决。

"南笙啊，你对衿衿这么好，阿姨没什么回报你的，有时间常来我家玩啊，阿姨给你做好吃的。"

裴衿衿内心彻底伤了。娘啊，那厮说不定会把你的话当真呢！

相对于神经紧张心情急躁的裴衿衿，施南笙和裴妈妈袁莉则很高兴，尤其袁莉，拿着裴衿衿的手机，欢欢喜喜和施南笙告别。

"南笙啊，有时间记得一定来阿姨家吃饭啊。好了，不打扰你工作了，你先上班吧。"

末了,裴妈妈还补充了一句,"放心,我会照顾好衿衿,你别太担心。"

听着自己老妈和施南笙说话的口气,裴衿衿完全找不到词儿了,敢情她和施南笙成了一家人,照顾她成了老妈的一项工作?

施南笙也懂得讨巧地顺着袁莉的话说:"阿姨,这阵子真是辛苦您了。等衿衿好了,咱们一起出去旅旅游,散散心,庆祝她康复,也为健康地投入工作做一次精神的放松和准备。"

"好,好好。"袁莉眉开眼笑,"这个建议好,那咱们就这么说定了,到时我们一起出去玩。"

"嗯。"

"南笙,你忙,再见。"

虽然没有和裴衿衿说上几句话有些遗憾,可施南笙却深谙一个道理,现在挂电话比和裴衿衿再恢复交谈效果要好得多,这个电话结束后她肯定要和她妈妈"斗争"一番了,而且毫无疑问地,她的妈妈完全站在他这边,有这么一个长辈成为他的"前锋"简直好得不能再好了,之前他还琢磨着怎么将她弄到Y市医院的建议,现在完全不用他再多费口舌,他相信,某人一定会被她妈拿下。

"阿姨再见。"

挂断电话后,想起袁莉说的话和对自己的态度,施南笙禁不住笑出声,黑色手机在他修长的指间潇洒旋转,这么一个重要人物居然会是在这种情况下获得,真是意外。难怪以前总觉得傻妞不是地球上的生物,现在看来,是有遗传因素在里面,有个如此"彪悍"的妈妈,那傻姑娘能不让人奇怪么?不过,同是彪悍的老妈,她的妈妈比他的母亲要接地气多了。

放下手机,施南笙心悦如花,他的心情是好了,可另外一人却苦了。

*

C市。

难得一个余天阙不用加班的周末,陪着裴衿衿吃完早餐之后在房间里说笑话逗她开心,两人聊得正欢的时候,裴四海和袁莉提着东西走了进来,见余天阙在,裴四海立即夸赞起自己未来的女婿。

"哟,我以为我们算早的,没想到天阙比我们还早,真是个勤快的小伙子。不过,你那么远跑来给小妞送早餐,费事。以后啊,别忙活,我和你阿姨送来就行了,平时你上班累,周末好好休息。"

袁莉看着裴衿衿一副"酒足饭饱"的样子,心中略有不满,吃得倒真是舒坦,亏得她这几天变着法给她做好吃的,就是为了能说服她去Y市,现在说服工作没有进展,她那张挑食的小嘴倒是吃了不少好东西，哼，今儿她必须给她答应下来，若不然，早上她主动打给施家少爷的那通电话就会食言，她可是保证了会拿下她家的倔妞儿的。

"早饭吃饱了吧？"袁莉将从家里带的早点放到病房里的桌子上，转身看着心情很是不错的裴衿衿，"有力气和妈妈聊聊天吧。"

闻言，裴衿衿心中警铃大作，"裴侦探"不会在天阙在场时也提转院到Y市的事情吧？天阙对她的心思她清楚得很，只要是为她好的，肯定想也不想就能点头答应，若真欠了施南笙这次的人情，到时让他们两人在医院碰面了，她要怎么解释啊？现男友和前男友，啧啧，俩尴尬的生物，他们四眼相对的场面有过一次就足够了，再多几次，她会短寿的。

"没有。"裴衿衿看着自己的妈，精神状态一下子变得大不如刚才，"妈，我刚吃完东西，等会就要去做检查，昨晚一直没睡好，这会还想着躺一个回笼觉呐。"

袁莉挥挥手："没事，妈找你也不是什么大事，一句话就能搞定。"

"哎！"

裴衿衿飞快打住袁莉的话头，"别，别别别，妈，我还不了解您啊，一开话匣子就没完，等我精神好了，有力气了，你再慢慢说。"

说着，裴衿衿生怕袁莉又蹦出什么语不惊人死不休的话，连忙让余天阙给自己拿药。

"天阙，开水应该不烫了，你帮我把药拿过来，我吃完了好去做检查。"

"哦。好。"

袁莉也不是傻瓜，见自己女儿不想谈，一猜就知道她在顾忌余天阙在场，她越不想在天阙的面前提南笙就越证明她心里有鬼，如果坦坦荡荡的，干吗怕她提起南笙想接她去Y市住院的事啊，虽说是要照顾一下现任男友的面子，但事关身体康复，就算男友度量小也能体谅吧，哪个男人应该都不希望见到自己女友真的被疤痕毁容，若他们的感情真的经得起考验，南笙再怎么努力也会无济于事。若是他们扛不住风风雨雨，随随便便就疑心俩人的感情，日后结婚了，也会出问题。信任，是他们必须学会的东西。

待裴衿衿吃完药，袁莉坐到她的床边，神情自然，像是拉家常一样，轻描淡写地说道："我和你爸昨晚想了一夜，赞同你转院。"

裴衿衿惊悚地看着袁莉，不是吧，还真的当着天阙的面说出来了啊。

很快，余天阙就问了。

"转院？转到哪儿？为什么转院啊？"

"天阙你还不知道？"袁莉状似诧异地看着余天阙，"衿衿没告诉你吗？"

"没有啊。"

"噢，是这样的，衿衿的一个朋友在Y市认识一个很有治疗烧伤经验的医师，他想接

衿衿过去治疗，我们合计了一下，考虑到那边的条件确实比市一院要好很多，不想将来她身上留下什么疤痕，决定接受那个朋友的帮忙。"

余天阙何其精明，从"Y市"两个字出来心中就有了猜测的目标人物，段誉和何文转院的城市就是Y市，如今衿衿也在一个朋友的帮助下要转到那儿，他认识衿衿的时间虽不是十年八载，但身为男友，他多少也了解她的基本朋友圈子，Y市的朋友从来没有听她提及过，若不是这次出了意外，他绝想不到她竟然认识施家财团的少董施南笙，那样的人物完全是她平时接触不到的，遥不可及。主动找她要帮她转院的人，如果是施南笙，他一点都不意外，那次他突然出现在衿衿的病房他就知道来者不善，那人看衿衿的眼神里藏着一种叫占有欲的东西，那是人对自己所有物的眼神，仿佛她是他的私有物品，不容其他人觊觎，尽管施南笙藏得很深，但同为男人的他依旧能凭借自己的直觉抓出他隐藏的心思，然后加以防范。

"那个朋友……"余天阙将目光从袁莉身上转到裴衿衿脸上，试探性地询问，"是施南笙吗？"

裴衿衿心中轻叹，果然……

袁莉惊喜地看着余天阙："你怎么知道？就是南笙。那孩子啊，心眼很不错。"

余天阙笑笑："瞎猜的。"

随后，余天阙看着裴衿衿，问她："你想转过去吗？"

虽然不确定她和施南笙过去到底经历了怎样的时光，而且从她对施南笙的态度看，她对他没有让他不放心的想法和留恋。可从一个男朋友的正常私心出发，他并不想她转到Y市去，从身体安危方面说，她并无大碍，只是一些伤疤，这些他不在乎，他提供不了非常好的条件让她很快复原，但他可以在她出院之后买有效的祛疤产品，太大的话他不敢说，可买那些用品的钱他绝对不缺，也不会舍不得。

裴衿衿摇头。

"不想。"

"嘿，你这孩子，怎么搞的，昨晚还和你爸说你想转过去，今儿一大早就说不想了，拿我们逗着好玩儿是吧？"袁莉装模作样瞪着自己女儿，"你昨晚说要过去我们才给那边确信，现在人家安排好了，你又不想去了，这不是瞎折腾人嘛。"

裴衿衿惊讶地看着裴妈妈，她什么时候说同意转院了？还昨晚，是昨晚她在做梦时答应的吧。

"你别一副无辜表情看着我，如果不是你告诉你爸你想转，我也不会给南笙打电话，让他安排好那边。"

什么?!

裴衿衿再添惊色地看着妈妈，她给施南笙打电话了？

"你这孩子，这不是存心糟践人嘛，别人在那边给你忙前忙后，你一会儿想过去，一会儿不过去，拿人当猴耍。"袁莉恼火地看着裴四海，表情十分为难，"老裴，你说说，让我怎么给南笙说，出尔反尔的形象我可不要。"

裴四海努力回想自己昨晚到底有没有给自己老婆说过裴衿衿同意转院的话，他说了吗？没有吧，他记得自己没有说啊。

"老婆，你确定我告诉你衿衿说要转院的事了？"

袁莉眼睛一瞪，杀气毕露："没有？你敢说你没有？你敢装忘记？老裴啊老裴，以后你说话我是不是得随时准备录音机啊，不然你一转身就不承认。昨晚你喝了二两酒回来，见我要给衿衿打电话，拉住我，叫我别打了，说你跟她通过话了，她说想早点休息，然后今天办理转院手续。若不是你说了，我昨晚怎么会没给她通电话确认呢？"

说着，袁莉看着裴衿衿，"你自己看看手机，看看我昨晚给你电话了吗？如果没有，就是因为你爸给了我肯定答复。"

裴衿衿暗暗一想，哎呀还真是，这几天裴老太太每晚都给她电话洗脑，昨晚还真没有，按这么一说，老爸肯定说了什么阻住了她。

"爸，我昨晚和你通电话了吗？"裴衿衿头疼了，"你该不是喝了点酒就回家胡言乱语吧。"

她这个老爹的酒量不好，却又爱和老友们浅酌几杯，常常带着微醺的酒气回家，说话有些混混癫癫，酒劲散去之后经常不记得自己说过什么，这次的祸，估计真是他闯下的也说不定。

裴四海越想越不记得自己昨晚说没说，看着女儿，为难道："小妞啊，为了自己好，咱们转吧。啊。"

裴衿衿心中掂量，如果她还坚持不转，那就不是她和裴老太太的斗争了，裴老爹都被扯进来了，以老妈的杀伤力，老爸过不了多久就会和她一起轰炸她。如果施南笙真在那边安排好了，以他的脾气和习惯……

房间里响起某个女子哀怨而无力的声音。

"我知道了。"

*

西雅会所。

一整天心情奇好的施南笙看着精神萎靡不振的世瑾琰，到了晚饭时间，硬拉着他到了西雅会所，美其名曰透气放松。两人一起走进西雅会所大门的时候，前台负责的小欧愣了两秒，以为自己眼花了，这两个大帅哥可有一阵子没同时出现了，尤其今天心情看上去

十分好的那一位，更是难得一见。

"施少爷好。"

"世大少好。"

施南笙双手插在裤兜里，对着小欧点了下头，问道："还有雅座吗？"

"请稍等一下，我查查。"

很快，服务员将施南笙和世瑾琰带到了会所西餐厅的一间雅座前，为他们点好餐后转身离开。

世瑾琰无聊地用长指拨转着桌上的玻璃杯，看了对面的施南笙一眼，收回目光继续盯着杯子看，边转边问他："哎，我说你今天不正常啊，平时请你来西雅吃饭都请不动，今天竟然主动跑来这里请客，有什么情况？"

施南笙笑了下，"照顾西雅的生意还需要什么情况吗？"

"喊，你当我是三言两语就能哄过去的小孩子啊。说，实话。"

"饿了，想吃饭。"施南笙对着世瑾琰笑得帅气无比，"这就是大实话。"

"少来。"

世瑾琰的话音才落下，几个青年男女走了过来，其中一个见到施南笙，定睛确定是他们俩后，笑着打起了招呼。

"嘿，施少爷。"

世瑾琰回头看了下，尹家瀚立即笑道："哟，世家大少也在这里啊，我说谁在南笙对面呐，两个大少爷真是好雅兴啊。看你们坐在一起吃饭，让我不由得想起了四个字，四个很销魂的字噢。"

"什么？"世瑾琰问。

"基情四射！"

听到尹家瀚的话，与他同行的几个友人同时发出了笑声，尤其两个女孩子，禁不住仔细打量起施南笙和世瑾琰来。

尹家瀚带着几个朋友走到施南笙一桌面前，问道，"哎，不介意大家一起坐这吧？"

世瑾琰道："还有朋友没来。"

"那好吧。"尹家瀚耸耸肩，"改天再一起吃饭。走咯，姑娘们，咱们开个新桌子。"

和自己的朋友在不远处桌子坐下的尹家瀚时不时地转头看向施南笙和世瑾琰，最后起身从自己的位子上走了过去，在施南笙的旁边坐下，脸色难得的认真，望着他。这小子长得确实好看，说他阴柔吧，眼中总有一种男人的坚毅和睿智光芒，英气逼人；若说他帅气吧，又总给人一种温和得近乎女人的润雅，仿佛怎么触犯他都不会惹起他的不满，有着"海纳百川，有容乃大"的气度。

"哎哎哎。"世瑾琰对着尹家瀚吊起眼角,嘴角似笑非笑地调戏他,"说我和施美人基情四射,我看你现在看他的眼神倒是更为贴切,呵呵,对他有什么不轨之心,说来小爷我听听。"

施南笙心情很好,侧脸看着尹家瀚,笑了笑,随便他看,他今天高兴。

"南笙,咱们兄弟多年,有问题我就不拐弯抹角了。"

世瑾琰掐着玻璃杯慢慢旋转着,家瀚一向吊儿郎当,圈子里数他最爱开玩笑,若非真是什么要紧的事情他也不会正儿八经地问他们,他还真是好奇他要问施美人什么事。

施南笙对着尹家瀚点点头:"知无不言。"

"你……"

尹家瀚问了一个字,后面的没有憋出来,惹得世瑾琰鄙视他。

"尹家瀚,爷们点,什么不能直接问呢,还吞吞吐吐的,像个女人,干脆点,赶紧问。"

"南笙,你和孙一萌真的分手了?"

原来,施南笙和孙一萌分手的事情除了两个当事人知道,另外就是孙一萌的三个好闺蜜,再有第六人就是裴衿衿。其他人,都不知道这对保持了恋人表象五年的情侣已经正式分手。施南笙不是嘴多的人,而孙一萌一心想挽回和施南笙的感情,也绝不会主动对人提起她和他分手的事情。所以,分开一个星期,连世瑾琰都不知道施南笙恢复了单身。

世瑾琰惊讶地看着施南笙,不是吧?他和孙一萌分手了?前阵子不还好好的吗?怎么突然就分了?

"施美人?"

施南笙与世瑾琰的眼神对上,笑笑。

尹家瀚看着施南笙的反应,问道:"是真的?"

施南笙反问:"你听孙一萌说的?"

"不是。"尹家瀚稍稍犹豫了一下,想得到一个确定的答案,便又开口问施南笙,"是真的?"

"嗯。"

对于孙一萌,施南笙心中有愧,是他耽误了她五年时间,当初她被救回来之后,想严惩那些人,从个人理性处事的角度出发,他应该支持她。可一旦报警,中间就有可能涉及到一个人,虽当时对她有气有怨有恨,但他却不想她被记录在案,影响一生的发展,明知为她徇私坏了自己一贯的为人原则,却仍不想将她逼到险境,那些对人从不动摇分毫的规矩在面对她时,从来都要打折,让他懊恼却无法自控。他一直就知道孙一萌对他的心意,也知道那时对她做任何经济上的补偿都没用,唯有用自己的感情。曾以为,她消失了,自

己会和孙一萌日久生情,却不知不管他如何努力,和各方面都比她出众的孙一萌就是尝不到爱情的甜蜜。原来,爱情有时候与一切外力都没有关系,只需要一份感觉,一份心动的感觉。现在以分手结束,问题完全不在孙一萌,全部都是他的错,如果朋友们要指责他,他毫无怨言。

世瑾琰诧异不已:"怎么分了?"

"不想再耽误她。"

"不是吧,施美人,你们在一起有五年多了吧,说分就分?"

世瑾琰稍微想了一下,孙一萌对施南笙的在意程度,根本毋庸置疑,她是根本不可能主动提出和他分手的事情,只可能是……

尹家瀚目光复杂地看着施南笙,眼中似有高兴,又似乎有些气愤,两种矛盾的情绪交杂在他的心中,让他一时也不知道是该讨伐施南笙的无情还是应该高兴孙一萌终于恢复单身了。

"哎,你们……"世瑾琰疑惑地问道,"因为什么事情分的?"

"没什么事,就觉得不能再耗费她的时间。"

尹家瀚抓住了施南笙话中的关键,"你没想过娶她?"

施南笙皱了皱眉头:"最开始想过两人在一起久了也许能培养起感情,然后顺理成章地结婚生子。不过,后来发现……"

施南笙的声音里透着一股子无力感,他真的试图和孙一萌好好恋爱,甚至有一段时间想像照顾傻妞一样照顾她,可每次她看到他就无限包容和体贴,什么事情都摆出站在他的立场和角度考虑的姿态,完全不需要他操心,看着这样的她,心中那些打算全部都退了回去。她不是傻妞,她们太不同了,连假装她是她都不行。

世瑾琰内心叹道,难怪总觉得施美人和孙一萌之间少了什么,原来症结在这里,他们少了感情这个基础。

"好了好了,分开之后就别再多想了,以后见面还是朋友。"

施南笙无奈地笑了笑:"我这样对她,估计她恨不得不再见我这张脸吧。"

尹家瀚突然就来了一句:"那最好。"

"嗯?"

世瑾琰挑起眉梢看着尹家瀚,什么情况?

"没什么。"尹家瀚看着施南笙,手掌摁到他的肩头,用力撑了一下,站起身,说道,"分了好,你们啊,早就该分了。不过,万幸的是,也不算晚,一切都还来得及。失陪。"

世瑾琰用余光睨了一下回到他位子上的尹家瀚:"尹家瀚该不会是……"

"呵呵,我看有点像。"施南笙话音刚落,手机来了电话,"喂,施南笙。"

悠扬的音乐声里，世瑾琰见到接电话的施南笙嘴角的笑容越来越大，说话的声音里笑意也越来越浓。哟，这小子遭遇什么好事了，高兴成这样。

"……裴阿姨你放心吧，这边的事情我会安排好的。嗯，好，到时见。"施南笙的好心情直接写到了脸上。